10

ESCONDIDA

SÉRIE HOUSE OF NIGHT

P. C. CAST + KRISTIN CAST

novo século®

São Paulo, 2017

Escondida

Hidden

Edição original St. Martin's Press.

COORDENAÇÃO EDITORIAL
Vitor Donofrio

EDITORIAL
João Paulo Putini
Nair Ferraz
Rebeca Lacerda

GERENTE DE AQUISIÇÕES
Renata de Mello do Vale

ASSISTENTE DE AQUISIÇÕES
Talita Wakasugui

TRADUÇÃO
Alessandra Kormann

PREPARAÇÃO DE TEXTO
Equipe Novo Século

DIAGRAMAÇÃO E ADAPTAÇÃO DE CAPA
Vitor Donofrio

REVISÃO
Fernanda Guerriero Antunes

Texto de acordo com as normas do Novo Acordo Ortográfico da Língua Portuguesa (1990), em vigor desde 1º de janeiro de 2009.

Dados Internacionais de Catalogação na Publicação (CIP)
(Câmara Brasileira do Livro, SP, Brasil)

Cast, P. C.
Escondida
P. C. Cast e Kristin Cast; [tradução Alessandra Kormann]
Barueri, SP: Novo Século Editora, 2017.

Título original: Hidden.

1. Vampiros – Ficção norte-americana 2. Vampiros – Ficção I. Cast, Kristin. II. Título. III. Série.

12-14196 CDD-813.5

Índice para catálogo sistemático:
1. Vampiros: Ficção: Literatura norte-americana 813.5

NOVO SÉCULO EDITORA LTDA.
Alameda Araguaia, 2190 – Bloco A – 11º andar – Conjunto 1111
CEP 06455-000 – Alphaville Industrial, Barueri – SP – Brasil
Tel.: (11) 3699-7107 | Fax: (11) 3699-7323
www.gruponovoseculo.com.br | atendimento@novoseculo.com.br

Este livro é para aqueles que já cometeram erros
e que foram corajosos o bastante para corrigi-los
e sábios o suficiente para aprender com eles.

AGRADECIMENTOS

Kristin e eu gostaríamos de agradecer à nossa família da editora St. Martin's. Nós somos muito gratas por a nossa equipe amar tanto quanto a gente o mundo de *House of Night*! Um OBRIGADA ESPECIAL ao nosso dedicado *staff* de produção por cumprir esses prazos tão apertados! Vocês são fora de série!

Mais uma vez, gostaríamos de expressar a nossa estima pela nossa comunidade de Tulsa. O seu apoio e entusiasmo por *House of Night* nos comove. Nós temos orgulho de chamar Tulsa de lar.

Obrigada, CZ. Você sabe por quê. Muitos beijos e abraços.

Como sempre, nós agradecemos à nossa amiga e agente, Meredith Bernstein, sem a qual *House of Night* não existiria. Nós amamos você!

1

LENOBIA

O sono de Lenobia estava tão agitado que aquele sonho familiar adquiriu uma sensação de realidade que ultrapassou o reino etéreo das fantasias do subconsciente. E se tornou, desde o começo, dolorosamente real demais.

Começou com uma lembrança. Décadas e então séculos vagaram à deriva, deixando Lenobia jovem e ingênua de novo, no porão de carga do navio que a havia levado da França para a América – de um mundo a outro. Foi durante essa viagem que Lenobia conheceu Martin, o homem que deveria ter sido seu Consorte pela sua vida inteira. Mas, em vez disso, ele morrera jovem demais e havia levado o amor dela para o túmulo junto com ele.

No seu sonho, Lenobia podia sentir a leve ondulação do navio e o cheiro de cavalo, feno, peixe e mar – e Martin. Sempre Martin. Ele estava em pé na sua frente, olhando fixamente para ela com olhos ansiosos cor de azeitona e âmbar. Ela havia acabado de dizer a ele que o amava.

– É impossível – Martin estendeu o braço, pegou a mão dela e a levantou com delicadeza, fazendo a memória se repetir em sonho na sua mente. Ele levantou o próprio braço, alinhando-o lado a lado com o braço dela. – Você vê a diferença, não vê?

A Lenobia do sonho deu uma pequena exclamação de dor sem palavras. O som da voz dele! Aquele sotaque crioulo característico – profundo, sensual, único. A lembrança do som agridoce da sua voz e do seu belo sotaque havia mantido Lenobia longe de Nova Orleans por mais de duzentos anos.

– Não – a jovem Lenobia respondeu à pergunta dele depois de olhar para os braços encostados dos dois, um marrom e um branco. – Tudo o que eu vejo é você.

Ainda profundamente adormecida, Lenobia, a Mestra dos Cavalos da Morada da Noite de Tulsa, se remexeu agitada, como se o seu corpo estivesse tentando forçar a sua mente a despertar. Mas nesta noite a sua mente não obedeceu. Nesta noite os sonhos prevaleceram.

A sequência de memórias se alterou e se transformou em outra cena, ainda no porão de carga do mesmo navio, ainda com Martin, mas alguns dias depois. Ele estava entregando para ela um colar longo de couro amarrado a uma pequena bolsa tingida de um profundo azul safira. Martin colocou-o no pescoço dela, dizendo:

– Este *gris-gris* a protege, *chérie.*

Tão rápida quanto uma batida de coração, a memória se ondulou e o tempo foi adiantado para um século à frente. Uma Lenobia mais velha, mais sábia e menos ingênua estava segurando entre suas mãos a bolsa de couro envelhecida, que havia se partido e cujo conteúdo estava caindo para fora – treze coisas, justamente como Martin tinha dito para ela. Mas a maioria dessas coisas havia se tornado irreconhecível durante o século em que ela usara o talismã. Lenobia se lembrou de um cheiro fraco de zimbro, do toque macio do barro granulado antes de ele se transformar em pó e da pequena pena de pomba que se desintegrou entre seus dedos. Mas, acima de tudo, Lenobia se lembrava da onda de alegria fugaz que ela sentira quando, no meio dos restos em decomposição do amor e da proteção de Martin, ela descobriu algo que o tempo não havia sido capaz de destruir. Era um anel de ouro, com uma esmeralda em forma de coração rodeada por minúsculos diamantes.

– O coração de sua mãe... o seu coração... o meu coração – Lenobia sussurrou enquanto deslizava a peça pelo seu dedo anular. – Eu ainda sinto a sua falta, Martin. Eu nunca o esqueci. Eu prometi isso.

E então as memórias do sonho voltaram no tempo novamente, levando Lenobia para Martin outra vez, só que desta vez eles não estavam se encontrando no porão de carga de um navio no mar e se apaixonando. Essa memória era sombria e terrível. Mesmo sonhando, Lenobia sabia o lugar e a data: Nova Orleans, 21 de março de 1788, pouco tempo depois do pôr do sol.

Os estábulos haviam explodido em um incêndio e Martin a salvara, carregando-a para longe das chamas.

– Oh, não! Martin! Não! – Lenobia havia gritado para ele, e agora ela choramingava, lutando para despertar antes que ela tivesse que reviver o fim terrível da sua lembrança.

Ela não acordou. Em vez disso, ela ouviu o seu único amor repetir as palavras que haviam partido o seu coração dois séculos atrás, sentindo tudo novamente como se fosse uma ferida fresca e em carne viva.

– Tarde demais, *chérie.* É tarde demais para nós neste mundo. Mas eu vou vê--la de novo. Meu amor por você não acaba aqui. Meu amor por você não vai acabar nunca... Vou encontrá-la de novo, *chérie.* Isso eu prometo.

Quando Martin capturou o humano do mal que havia tentado escravizá-la, e então voltou com ele para a estrebaria em chamas, salvando a vida de Lenobia, a Mestra dos Cavalos finalmente conseguiu acordar com um choro soluçante e violento. Ela se sentou na cama e, com a mão trêmula, tirou o cabelo ensopado de suor do seu rosto.

O primeiro pensamento de Lenobia ao despertar foi em sua égua. Através da conexão psíquica que elas tinham, ela podia sentir que Mujaji estava agitada, quase em pânico.

– Shhhh, minha bonitona. Volte a dormir. Eu estou bem – Lenobia falou em voz alta, enviando pensamentos tranquilizantes para a égua negra com a qual ela tinha um vínculo especial. Sentindo-se culpada por ter deixado Mujaji perturbada, ela abaixou a cabeça e começou a girar carinhosamente o anel de esmeralda em volta do seu dedo.

– Pare de ser tão tola – Lenobia disse a si mesma com firmeza. – Foi só um sonho. Eu estou em segurança. Não estou lá de novo. O que aconteceu naquela ocasião não pode me machucar mais do que já machucou – Lenobia mentiu para si mesma. *Eu posso me ferir de novo. Se Martin voltou, se ele realmente voltou, meu coração pode se ferir novamente.* Outro soluço tentou escapar de Lenobia, mas ela pressionou seus lábios e controlou suas emoções à força.

Ele pode não ser Martin, ela disse a si mesma racionalmente. Travis Foster, o novo humano contratado por Neferet para auxiliá-la nos estábulos, era simplesmente uma bela distração – ele e sua grande e bonita égua Percherão.

– Provavelmente, era exatamente isso o que Neferet pretendia quando o contratou – Lenobia resmungou. – Ela só queria me distrair. E a Percherão dele é só uma estranha coincidência – Lenobia fechou os olhos e bloqueou as lembranças que se levantavam do passado. Então ela repetiu em voz alta: – Travis pode não ser Martin reencarnado. Eu sei que a minha reação a ele é surpreendentemente forte, mas já faz muito tempo desde que eu tive um amante.

Você nunca mais teve um amante humano. Você prometeu isso – sua consciência a lembrou.

– Então simplesmente já passou da hora de eu ter um amante vampiro, mesmo se for por pouco tempo. E *esse* tipo de distração vai ser uma coisa boa para mim – Lenobia tentou ocupar sua imaginação considerando e depois rejeitando uma lista de guerreiros Filhos de Erebus bonitões, mas os olhos de sua mente não estavam vendo seus corpos fortes e musculosos, e sim imaginando olhos castanhos cor de uísque tingidos de um verde-oliva familiar e um sorriso fácil... – Não! – ela não iria pensar nisso. Ela não iria pensar *nele.*

Mas e se a alma de Martin realmente estiver em Travis? A mente inquieta de Lenobia sussurrou sedutoramente. *Ele deu sua palavra de que me encontraria de novo. Talvez ele tenha conseguido.*

– E então? – Lenobia se levantou e começou a andar de um lado para outro. – Eu conheço bem demais a fragilidade dos humanos. Eles são tão facilmente mortos, e hoje em dia o mundo é ainda mais perigoso do que era em 1788. O meu amor terminou em sofrimento e chamas uma vez. E uma vez já é o bastante – Lenobia parou e colocou seu rosto entre as mãos quando seu coração percebeu a verdade e bombeou-a através de seu corpo e de sua alma, tornando-se realidade. – Eu sou uma covarde. Se Travis não é Martin, eu não quero me entregar a ele e correr o risco de amar outro humano. E se ele é Martin que voltou para mim, eu não posso suportar o inevitável, pois vou perdê-lo de novo.

Lenobia sentou-se pesadamente na velha cadeira de balanço que ela havia colocado ao lado da janela do seu quarto. Ela gostava de ler ali. Se não conseguisse dormir, sua janela era voltada para o leste, de modo que ela podia assistir ao nascer do sol e olhar para os jardins ao lado do estábulo. Lenobia não conseguia deixar de apreciar a luz da manhã, por mais irônico que isso fosse para uma vampira. No fundo do seu coração, vampira ou não, ela seria eternamente uma garota que amava as manhãs, os cavalos e um humano alto, com a pele cor de cappuccino, que havia morrido muito tempo atrás quando ele ainda era jovem demais.

Seus ombros desabaram. Ela não costumava pensar tanto em Martin havia décadas. A memória reavivada dele era uma espada de dois gumes. Por um lado, ela amava se lembrar do seu sorriso, do seu cheiro, do seu toque. Por outro lado, a sua lembrança também evocava o vazio que a sua ausência tinha deixado. Por mais de duzentos anos, Lenobia havia sofrido por uma possibilidade perdida – uma vida desperdiçada.

– O nosso futuro foi queimado e arrancado de nós. Destruído pelas chamas do ódio, da obsessão e do mal – Lenobia balançou a cabeça e enxugou os olhos. Ela precisava recuperar o controle sobre as suas emoções. O mal ainda estava queimando e abrindo terreno no campo da Luz e do bem. Ela inspirou o ar profundamente para se centrar e voltou seus pensamentos para um assunto que nunca falhou em acalmá-la, não importando o quão caótico o mundo ao redor dela tivesse se tornado: cavalos e Mujaji, em particular. Sentindo-se mais calma agora, Lenobia se concentrou de novo, atingindo aquela parte superespecial do seu espírito que Nyx tocara – e que recebera o dom da sua afinidade com cavalos – no dia em que a Lenobia de dezesseis anos havia sido Marcada. Ela encontrou sua égua facilmente e, no mesmo instante, sentiu-se culpada pela sua agitação refletida em Mujaji.

– *Shhh* – Lenobia a tranquilizou novamente, repetindo em voz alta a sensação de segurança que ela estava enviando através do seu elo com a égua. – Eu só estou sendo tola e autoindulgente. Isso vai passar, eu prometo, minha querida – Lenobia projetou uma maré de ternura e amor sobre sua égua da cor da noite e, como sempre, Mujaji recuperou a calma.

Lenobia fechou os olhos e soltou um longo suspiro. Ela podia visualizar sua égua, negra e bela como a noite, finalmente se tranquilizando, levantando uma pata traseira e caindo num sono sem sonhos.

A Mestra dos Cavalos se concentrou na sua égua, afastando o turbilhão que a chegada do jovem cowboy ao seu estábulo havia causado dentro dela. *Amanhã*, ela prometeu para si mesma, *amanhã eu vou deixar claro para Travis que nós nunca vamos ser mais do que patroa e empregado. A cor dos seus olhos e o jeito com que ele me faz sentir, tudo isso vai começar a acalmar quando eu me distanciar dele... Isso tem que... tem que...*

Finalmente, Lenobia adormeceu.

NEFERET

Shadowfax atendeu prontamente ao chamado de Neferet, apesar de o felino não ser ligado a ela. Felizmente, as aulas já haviam terminado por esta noite, portanto, quando o grande Maine Coon a encontrou no meio do ginásio, o lugar estava com as luzes parcialmente apagadas e totalmente vazio – não havia nenhum estudante por perto; o próprio Dragon Lankford também estava ausente, mas provavelmente por pouco tempo. Ela tinha visto apenas alguns novatos vermelhos no caminho até ali. Neferet sorriu, satisfeita por pensar em como ela havia colocado os vermelhos do mal na Morada da Noite. Quantas possibilidades adoráveis e caóticas eles apresentaram – especialmente depois de ela ter certeza de que o círculo de Zoey seria quebrado e que a melhor amiga dela, Stevie Rae, ficaria arrasada, sofrendo com a perda do seu amante.

A constatação de que ela iria assegurar dor e sofrimento futuros para Zoey agradou infinitamente Neferet, mas ela era disciplinada demais para se permitir começar a tripudiar antes que o feitiço de sacrifício estivesse terminado e os seus comandos fossem postos em andamento. Apesar de a escola estar surpreendentemente quieta esta noite, quase abandonada, na verdade qualquer um podia aparecer no ginásio. Neferet precisava trabalhar rapidamente e em silêncio. Haveria tempo de sobra para se regozijar com os frutos do seu trabalho mais tarde.

Ela falou suavemente com o gato, atraindo-o para mais perto dela, e quando ele estava próximo o bastante ela se ajoelhou ao seu nível. Neferet pensou que ele desconfiaria dela – os gatos sabem das coisas. Eles eram muito mais difíceis de enganar do que humanos, novatos ou até mesmo vampiros. O próprio gato de Neferet, Skylar, havia se recusado a se mudar para a nova cobertura dela no edifício Mayo, preferindo ficar espreitando nas sombras da Morada da Noite, observando-a deliberadamente com seus grandes olhos verdes.

Mas Shadowfax não era tão precavido.

Neferet acenou. Shadowfax veio até ela, encurtando vagarosamente o último espaço que os separava. O grande gato não foi amigável – ele não se esfregou contra ela, marcando-a afetivamente com o seu cheiro –, mas veio até ela. A sua obediência era tudo o que importava para Neferet. Ela não queria o amor dele; ela queria a sua vida.

A Tsi Sgili, Consorte imortal das Trevas e ex-Grande Sacerdotisa da Morada da Noite, sentiu apenas uma vaga e remota sombra de remorso quando a sua mão esquerda acariciou o grande Maine Coon cinza tigrado. O seu pelo era macio e grosso sobre o seu corpo ágil e atlético. Como Dragon Lankford, o guerreiro que o gato havia escolhido como seu, Shadowfax era poderoso e estava em pleno vigor. Era uma pena que ele fosse necessário para atender a um propósito maior. Um propósito superior.

O remorso de Neferet não equivalia a hesitação. Ela usou o seu dom concedido pela Deusa – a afinidade com felinos – e canalizou afeto e confiança através da palma da sua mão para o gato já confiante. Enquanto sua mão esquerda o acariciava, encorajando-o a se arquear e começar a ronronar, a sua mão direita sorrateiramente puxou o seu afiado athame,[1] com o qual ela rapidamente, de modo preciso, cortou o pescoço de Shadowfax.

O grande gato não emitiu nenhum som. O seu corpo deu um espasmo, tentando se lançar para longe de Neferet, mas a mão dela agarrou o pelo do animal, segurando-o tão perto que o seu sangue respingou, quente e úmido, sobre o corpete do seu vestido de veludo verde.

1 Faca cerimonial. (N.T.)

Os filamentos de Trevas que estavam sempre em volta de Neferet pulsaram e estremeceram na expectativa.

Neferet os ignorou.

O gato morreu mais rápido do que ela imaginara, e Neferet ficou feliz por isso. Ela não tinha imaginado que ele fosse encará-la, mas o gato guerreiro sustentou o olhar dela mesmo depois de desabar no chão arenoso do ginásio, quando ele já não podia mais combatê-la, mas ainda assim ficou deitado respirando com dificuldade, contorcendo-se em silêncio e encarando-a.

Trabalhando rapidamente, enquanto o gato ainda estava vivo, Neferet começou o feitiço. Usando a lâmina do seu athame ritual, Neferet desenhou um círculo em volta do corpo moribundo de Shadowfax, de modo que o sangue que se empoçava em volta dele escorria para dentro do círculo, e um fosso escarlate em miniatura se formou.

Então ela pressionou uma palma da mão dentro do sangue fresco e quente, levantou-se do lado de fora do círculo, ergueu as duas mãos – uma ensanguentada, a outra segurando a faca com a ponta escarlate – e entoou:

"Com este sacrifício eu comando
as Trevas controladas pela minha mão.
Aurox, obedeça-me!
A morte de Rephaim acontecerá".

Neferet fez uma pausa, permitindo que os filamentos pegajosos, negros e frios se esfregassem contra ela e se agrupassem em toda a volta do círculo. Ela sentiu a sua ânsia, a sua necessidade, o seu desejo, o seu perigo. Mas, acima de tudo, ela sentiu o seu poder.

Para completar o feitiço, ela mergulhou o athame dentro do sangue e escreveu diretamente na areia com ele, fechando o encantamento:

"Através do pagamento de sangue, dor e batalha,
Eu forço o Receptáculo a ser minha arma!".

Concentrando-se na imagem de Aurox em sua mente, Neferet entrou no círculo e cravou o punhal no corpo de Shadowfax, espetando-o no chão do ginásio enquanto ela soltava as gavinhas de Trevas para que elas pudessem consumir o seu banquete de sangue e dor.

Quando o gato estava completamente drenado e morto, Neferet disse:

– O sacrifício está concluído. O feitiço foi feito. Façam como eu ordeno. Forcem Aurox a matar Rephaim. Façam Stevie Rae a quebrar o círculo. Façam com que o feitiço de revelação falhe. Agora!

Como um ninho agitado de cobras, os filamentos subordinados às Trevas serpentearam para dentro da noite, afastando-se do ginásio e indo em direção a um campo de lavandas e ao ritual que já estava em andamento.

Neferet olhou-os atentamente, sorrindo de satisfação. Um filamento de Trevas em particular, grosso como o seu braço, chicoteou através da porta que se abria do ginásio para o estábulo. A atenção de Neferet foi atraída naquela direção pelo som abafado de vidro quebrado.

Curiosa, a Tsi Sgili deslizou até lá. Tomando cuidado para não fazer barulho e disfarçando-se nas sombras, Neferet espiou o estábulo. Os seus olhos esmeralda se arregalaram com uma agradável surpresa. O filamento grosso de Trevas havia sido desajeitado. Ele havia derrubado um dos lampiões a gás que ficavam pendurados não muito longe das pilhas de feno de ótima qualidade que Lenobia era sempre tão meticulosa em escolher para as suas criaturas. Neferet assistiu, fascinada, quando o primeiro ramo de feno pegou fogo, crepitou e então, com uma renovada onda amarela e um poderoso som de *whoosh*, incendiou-se completamente.

Neferet olhou para a longa fileira de baias de madeira fechadas. Ela só conseguia ver os contornos escuros e indistintos de alguns dos cavalos. A maioria estava dormindo. Alguns estavam pastando preguiçosamente, já acomodados para o amanhecer que se aproximava e para o descanso que o dia iria proporcionar a eles até o pôr do sol, quando os estudantes chegariam para as suas aulas intermináveis.

Ela olhou de volta para o feno. Um fardo inteiro foi engolfado em chamas. O cheiro de fumaça foi levado até ela, e era possível ouvir o som crepitante do fogo se alimentando e crescendo, como uma besta descontrolada.

Neferet saiu do estábulo, fechando a pesada porta que dava para o ginásio com firmeza. *Parece que provavelmente Stevie Rae não vai ser a única a sofrer depois desta noite.* Esse pensamento satisfez Neferet, e ela saiu do ginásio e da matança que ela havia causado ali, sem ver a pequena gata branca que caminhou até o corpo imóvel de Shadowfax, deitou ao lado dele e fechou os olhos.

LENOBIA

A Mestra dos Cavalos acordou com um terrível pressentimento. Confusa, Lenobia esfregou as mãos no rosto. Ela havia pegado no sono na cadeira de balanço perto da janela e esse súbito despertar parecia mais um pesadelo do que realidade.

– Isso é tolice – ela resmungou sonolenta. – Preciso encontrar meu centro de novo. – A meditação a havia ajudado a silenciar seus pensamentos no passado. Resolutamente, Lenobia inspirou profundamente o ar para se purificar.

Foi com essa inspiração profunda que Lenobia sentiu o cheiro – fogo. Mais especificamente, um estábulo em chamas. Ela cerrou os dentes. *Desapareçam, fantasmas do passado! Sou velha demais para esse tipo de jogo.* Então um agourento som crepitante fez Lenobia afastar o último resquício de sono que havia obscurecido a sua mente. Ela se moveu rapidamente até a janela e abriu as pesadas cortinas pretas. A Mestra dos Cavalos olhou para o seu estábulo e arfou de horror.

Não era um sonho.

Não era a sua imaginação.

Em vez disso, era um pesadelo real.

Chamas estavam lambendo as laterais do edifício. Enquanto ela observava, as portas duplas no canto da sua visão foram abertas pelo lado de dentro e, contra o pano de fundo de uma onda de fumaça e labaredas ardentes, estava a silhueta de um cowboy alto guiando uma enorme Percherão cinza e uma égua negra como a noite para fora.

Travis soltou as éguas, tocando-as para os jardins da escola e para longe do estábulo em chamas; então, ele correu de volta para a boca flamejante do edifício.

Tudo dentro de Lenobia ficou vivo quando aquela visão extinguiu o seu medo e a sua dúvida.

– Não, Deusa. De novo, não. Eu não sou mais uma garota assustada. Desta vez, o fim dele vai ser diferente!

2

LENOBIA

Lenobia saiu em disparada de seu quarto e desceu correndo a pequena escada que ligava o seu alojamento ao piso térreo e ao estábulo. A fumaça estava se infiltrando feito cobras por debaixo da porta. Ela controlou o seu pânico e encostou a mão na madeira. Não estava quente, então ela empurrou a porta, avaliando a situação rapidamente enquanto entrava no estábulo. O fogo estava ardendo mais furiosamente no fundo do edifício, na área onde o feno e a ração eram estocados. Era também a área mais próxima à baia de Mujaji e à grande baia para animais prenhes onde a Percherão Bonnie e Travis haviam se instalado.

– Travis! – ela gritou, levantando o braço para proteger o rosto do calor das labaredas crescentes, enquanto corria para dentro do estábulo, abrindo as baias e libertando os cavalos mais próximos a ela. *Para fora, Persephone, vá!* Lenobia empurrou a égua clara, que estava congelada de pavor, recusando-se a sair de sua baia. Quando Persephone passou por ela em disparada em direção à saída, Lenobia chamou de novo: – Travis! Cadê você?

– Estou levando para fora os cavalos que estavam mais perto do fogo! – ele gritou quando uma jovem égua acinzentada correu da direção de onde vinha a voz de Travis e quase passou por cima de Lenobia.

– Calma! Calma, Anjo – Lenobia a tranquilizou, conduzindo a égua aterrorizada até a saída.

– A saída leste está bloqueada pelas chamas e eu... – as palavras de Travis foram cortadas quando a janela da selaria explodiu e estilhaços de vidro quente voaram pelo ar.

– Travis! Saia daqui e ligue para o 911! – Lenobia gritou enquanto abria a baia mais próxima e libertava um capão, detestando o fato de ela não ter pegado o seu telefone e feito ela mesma a chamada antes de sair do quarto.

– Eu acabei de ligar! – respondeu uma voz não familiar. Lenobia olhou através da fumaça e das chamas e viu uma novata correndo na sua direção, guiando uma égua alazã que estava totalmente em pânico.

– Está tudo bem, Diva – Lenobia automaticamente acalmou o cavalo, pegando a correia da garota. Ao seu toque, a égua se aquietou, e Lenobia soltou a correia do cabresto, encorajando-a a galopar para fora pela porta mais próxima atrás dos outros cavalos em fuga. Ela puxou a garota para trás com ela, afastando-se do calor que aumentava, dizendo: – Quantos cavalos estão... – Lenobia perdeu a fala quando viu que o crescente na testa da garota era vermelho.

– Acho que só sobraram alguns – a novata vermelha estava com a mão trêmula quando enxugou o suor com fuligem do seu rosto, gaguejando as palavras. – E-eu peguei Diva porque sempre gostei dela e pensei que ela podia se lembrar de mim. Mas até ela estava assustada. Realmente assustada.

Então Lenobia reconheceu a garota: Nicole. Ela tinha uma aptidão com cavalos e um modo natural de montar antes de morrer, ressuscitar e se juntar ao grupo do mal de Dallas. Mas não havia tempo para questionar a garota. Não havia tempo para nada, exceto levar os cavalos – e Travis – para um local seguro.

– Você fez bem, Nicole. Você pode entrar de novo lá?

– Sim – Nicole concordou trêmula. – Não quero que eles se queimem. Farei qualquer coisa que você mandar.

Lenobia colocou a mão no ombro da garota.

– Eu só preciso que você abra as baias e saia do caminho. Eu vou guiá-los para um local seguro.

– Ok, ok. Eu consigo fazer isso – Nicole concordou. Ela soou aflita e assustada, mas seguiu Lenobia sem hesitação, e as duas correram de volta para o turbilhão de calor dentro do estábulo.

– Travis! – Lenobia tossiu, tentando enxergar através da fumaça cada vez mais espessa. – Você está me ouvindo?

Mais alto que o som crepitante das chamas, ele gritou:

– Sim! Estou aqui atrás. Fechado na baia!

– Abra a baia! – Lenobia se recusou a ceder ao seu próprio pânico. – Abra todas as baias! Eu consigo chamar os cavalos para mim, para um local seguro. Posso fazê-los sair. Siga-os. Posso guiar todos vocês para fora!

– Já abri! – Travis gritou logo depois, do meio da fumaça e do calor.

– Já abri todas aqui também! – Nicole gritou bem mais perto.

– Agora sigam os cavalos e saiam do estábulo! – Lenobia berrou antes de começar a correr para trás, para longe do fogo e em direção à porta dupla da saída que ela deixou bem aberta. Em pé, na frente da porta, ela levantou os braços, com as palmas voltadas para fora, e imaginou que estava extraindo poder diretamente do Mundo do Além e do reino místico de Nyx. Lenobia abriu seu coração, sua alma e seu dom concedido pela Deusa e gritou: – Venham, meus belos filhos e filhas! Sigam minha voz e meu amor e vivam!

Pareceu haver um estouro da manada, com cavalos saindo em disparada do meio das labaredas e da fumaça escura. O terror deles era tão palpável para Lenobia que era quase como um ser vivo. Ela compreendeu isso – o seu medo das chamas, do fogo e da morte – e canalizou força e serenidade para si mesma e para os cavalos que passavam por ela galopando em direção aos jardins da escola.

A novata vermelha saiu cambaleando e tossindo atrás deles.

– Acabou. Todos os cavalos saíram – ela disse, desabando no gramado.

Lenobia deu um aceno rápido de cabeça para Nicole por consideração. Suas emoções estavam concentradas na manada agitada atrás dela, e seus olhos estavam focados na fumaça espessa e nas chamas flamejantes diante dela, das quais Travis não saía.

– Travis! – ela gritou.

Não houve nenhuma resposta.

– O fogo está se espalhando rápido – a novata vermelha falou ainda tossindo. – Ele pode estar morto.

– Não – Lenobia respondeu com firmeza. – Não desta vez – ela se voltou na direção da manada, chamando a sua amada égua negra. – Mujaji!

O cavalo relinchou e veio trotando até ela. Lenobia levantou a mão, fazendo-a parar.

– Fique calma, doçura. Cuide dos meus outros filhos. Empreste a eles a sua força e serenidade, assim como o meu amor – Lenobia disse.

Com relutância, porém obedientemente, a égua começou a andar ao redor do bando de cavalos assustados, agrupando-os. Satisfeita, Lenobia se virou, inspirou duas vezes profundamente e entrou em disparada na boca do estábulo em chamas.

O calor estava terrível. A fumaça era tão densa que era como tentar respirar um líquido efervescente. Por um instante, Lenobia foi transportada de volta para aquela noite horrível em Nova Orleans e para outro celeiro em chamas. Os sulcos grossos das cicatrizes nas suas costas latejaram como uma memória fantasma de dor, e por um momento o pânico reinou, enraizando Lenobia no passado.

Então ela o escutou tossir, e o seu pânico foi despedaçado pela esperança, permitindo que o presente e a força verdadeira da vontade de Lenobia superassem o seu medo.

– Travis! Eu não estou te vendo! – ela gritou e arrancou a parte de baixo de sua camisola, entrou na baia mais próxima e mergulhou o pano na água do cocho.

– Saia... daqui... – ele disse entre uma tosse seca e outra.

– Nem ferrando. Já vi um homem queimar por minha causa. Não gosto nada disso. – Lenobia colocou o tecido ensopado sobre ela como um manto com capuz e avançou mais para dentro da fumaça e do calor, seguindo a tosse de Travis.

Ela o encontrou perto de uma baia aberta. Ele havia caído e estava tentando se levantar, mas só havia conseguido se ajoelhar e estava curvado para frente, quase vomitando e tossindo. Lenobia não hesitou. Ela entrou na baia e molhou o tecido rasgado na água do cocho da baia de novo.

– O quê...? – outra tosse o acometeu enquanto ele franzia os olhos para ela. – Não! Saia...

– Eu não tenho tempo para discutir. Apenas deite-se – ela falou. Como ele não se moveu rápido o bastante, ela deu uma rasteira por baixo dos seus joelhos. Ele caiu de costas com um gemido e ela estendeu o tecido molhado sobre o rosto e o peito dele. – Isso, assim mesmo. Na horizontal – Lenobia ordenou, enquanto foi até o cocho e rapidamente espalhou água pelo seu próprio rosto e cabelo. Então, antes que ele pudesse protestar ou estragar o plano dela se mexendo, ela agarrou as pernas de Travis e começou a puxá-lo.

Ele tinha que ser tão grande e pesado? A mente de Lenobia estava ficando confusa. As chamas estavam rugindo em volta dela, e ela tinha certeza de que podia sentir o cheiro de cabelo queimado. *Bem, Martin também era grande...* E então a mente dela parou de funcionar. Era como se o seu corpo estivesse se movendo no piloto automático, sem ninguém para dirigi-lo, exceto uma necessidade primordial de continuar arrastando aquele homem para longe do perigo.

– É ela! É Lenobia!

De repente, mãos fortes estavam ali, tentando tirar aquela carga dela. Lenobia lutou. *A morte não vai vencer desta vez! Não desta vez!*

– Professora Lenobia, está tudo bem. Você conseguiu.

Então a mente dela registrou o frescor do ar e foi capaz de entender o que estava acontecendo. Ela ofegou, inspirando o ar puro e tossindo o calor e a fumaça, enquanto mãos gentis a ajudaram a se sentar na grama e colocaram uma máscara sobre o seu nariz e sua boca, através da qual um ar ainda mais puro inundou os seus pulmões. Ela sugou o oxigênio e a sua mente clareou completamente.

Um enxame de bombeiros humanos lotava os jardins. Poderosas mangueiras estavam voltadas para o estábulo em chamas. Dois paramédicos estavam ao redor dela, observando-a, parecendo perdidos e obviamente surpresos com a rapidez com que ela estava se recuperando.

Ela arrancou a máscara do rosto.

– Não cuidem de mim. Cuidem dele! – ela puxou o tecido quente do corpo de Travis, que ainda estava imóvel demais. – Ele é humano. Ajudem-no!

– Sim, senhora – um dos paramédicos murmurou e então eles começaram a trabalhar em Travis.

– Lenobia, beba isto – alguém disse e uma taça foi colocada em suas mãos.

A Mestra dos Cavalos levantou os olhos e viu duas vampiras curandeiras da enfermaria da Morada da Noite, Margareta e Pemphredo, agachadas ao lado dela. Lenobia bebeu de uma vez todo o vinho, que estava bastante misturado com sangue, sentindo instantaneamente a energia vital que ele carregava formigar pelo seu corpo.

– É melhor você vir com a gente, professora – Margareta afirmou. – Você vai precisar de mais do que isso para se curar completamente.

– Mais tarde – Lenobia respondeu, deixando a taça de lado. Ela ignorou as curandeiras, bem como as sirenes, as vozes e o caos generalizado ao seu redor. Lenobia engatinhou em direção à cabeça de Travis. Os paramédicos estavam ocupados. O cowboy já estava usando uma máscara, e eles estavam dando uma injeção no seu braço. Os olhos dele estavam fechados. Mesmo por baixo da sujeira da fuligem, ela podia ver que o seu rosto estava escaldado e vermelho. Ele estava usando uma camiseta para fora da calça, que obviamente tinha vestido apressadamente por sobre o jeans. Os seus antebraços fortes estavam descobertos e cheios de bolhas. E as suas mãos... as suas mãos estavam queimadas e ensanguentadas.

Ela deve ter feito algum barulho involuntário – sinal da terrível dor de cabeça que estava sentindo –, pois Travis abriu os olhos. Eles eram exatamente como ela se lembrava: castanhos, com um tom de uísque e traços verde-oliva. Os seus olhares se encontraram e se fixaram um no outro.

– Ele vai sobreviver? – ela perguntou ao paramédico mais próximo.

– Eu já vi casos piores, e ele vai ter cicatrizes, mas nós temos que levá-lo ao hospital St. John o mais rápido possível. A inalação de fumaça foi pior do que as suas queimaduras – o humano fez uma pausa e, apesar de Lenobia não tirar os olhos de Travis, pôde escutar o sorriso na voz do paramédico. – Ele é um cara de sorte. Quase você não o encontra a tempo.

– Na verdade, levei duzentos e vinte e quatro anos para encontrá-lo, mas estou feliz que cheguei a tempo.

Travis começou a dizer algo, mas suas palavras foram cortadas por uma tosse seca horrível.

– Com licença, senhora. A maca chegou.

Lenobia se afastou para o lado, enquanto Travis era transferido para a maca com rodinhas, mas em nenhum momento eles deixaram de se olhar. Ela caminhou ao lado dele enquanto os paramédicos empurravam a maca até a ambulância que estava à espera. Antes de o colocarem lá dentro, ele tirou a máscara e, com uma voz áspera, perguntou:

– Bonnie? Ok?

– Ela está bem. Eu posso senti-la. Ela está com Mujaji. Vou cuidar dela. Vou cuidar de todos eles e deixá-los em segurança – ela assegurou a ele.

Ele estendeu a mão para Lenobia, e ela cuidadosamente tocou sua mão queimada e ensanguentada.

– Você vai cuidar de mim também? – ele conseguiu perguntar.

– Sim, cowboy. Você pode apostar sua bela e grande égua que eu vou – e sem se importar nem um pouco com os olhares de humanos, novatos e vampiros que ela podia sentir na direção dela, Lenobia se inclinou e o beijou suavemente na boca. – Procure por alegria e cavalos. Eu vou estar lá. Desta vez, cuidando para que *você* esteja a salvo.

– Bom saber. Minha mãe sempre dizia que eu precisava de alguém que cuidasse de mim. Espero que ela descanse em paz sabendo que eu consegui essa pessoa – a voz dele soou como se a sua garganta fosse uma lixa.

Lenobia sorriu.

– Você conseguiu, mas eu acho que é *você* que precisa aprender a descansar.

As pontas dos dedos dele tocaram a mão de Lenobia, e ele disse:

– Acho que agora eu vou conseguir. Eu só estava esperando encontrar o meu caminho de volta para casa.

Lenobia encarou aqueles olhos âmbar esverdeados que lhe eram tão familiares, tão incrivelmente parecidos com os de Martin, e imaginou que através deles ela podia enxergar a verdadeira natureza daquela alma também familiar – a bondade, a força, a honestidade e o amor que, de algum modo, haviam cumprido a sua promessa de voltar para ela. Lá no fundo do coração, Lenobia sabia que, apesar de no resto da aparência o cowboy alto e rijo não ter nenhuma semelhança com o seu amor perdido, ela havia encontrado o seu coração de novo. A emoção travou a sua voz, e tudo o que ela podia fazer era sorrir, concordar com a cabeça e virar a mão para que os dedos dele pousassem na sua palma – quente, forte e muito viva.

– Nós temos que levá-lo ao hospital, senhora – afirmou o paramédico.

Lenobia tirou sua mão de Travis com relutância, enxugou os olhos e disse:

– Você pode levá-lo por pouco tempo, mas eu o quero de volta. Logo – ela dirigiu o seu olhar, que parecia uma nuvem de tempestade, para o humano de jaleco. – Trate-o bem. Esse fogo no celeiro não é nada perto do meu temperamento inflamado.

– S-sim, senhora – o paramédico gaguejou, rapidamente colocando Travis dentro da ambulância.

Lenobia teve certeza de que ouviu a risada de Travis no meio da sua tosse horrorosa, antes de as portas da ambulância se fecharem e de eles partirem com a sirene piscando.

Ela estava parada ali, olhando a ambulância se afastar e preocupada com Travis, quando alguém próximo limpou a garganta de um jeito bem óbvio, atraindo a atenção de Lenobia instantaneamente. Ao se virar, ela enxergou o que a sua visão antes totalmente capturada por Travis havia ignorado. Parecia que a escola havia explodido. Cavalos movendo-se nervosamente o mais perto do muro leste que eles conseguiam chegar. Caminhões de bombeiros estavam estacionados nos jardins ao lado do estábulo, esguichando água de enormes mangueiras na direção do prédio ainda em chamas. Novatos e vampiros tinham se reunido em grupos assustados, parecendo impotentes.

– Calma, Mujaji, calma... Está tudo bem agora, minha doçura. – Lenobia fechou os olhos e se concentrou em usar o dom que a sua Deusa havia concedido a ela há mais de duzentos anos. Ela sentiu a bela égua negra responder imediatamente, relaxando da sua agitação e acabando com o resto do seu medo e nervosismo. Então Lenobia voltou sua conexão para a grande Percherão, que estava preocupada escavando o chão, movendo as orelhas, buscando algum sinal de Travis. – Bonnie, ele está bem. Você não tem com o que se preocupar – Lenobia falou suavemente, ecoando as ondas de emoção que ela estava transmitindo para a égua ansiosa. Bonnie se acalmou quase tão rápido quanto Mujaji, o que agradou bastante Lenobia e permitiu que ela direcionasse sua atenção facilmente para o resto dos cavalos. – Persephone, Anjo, Diva, Little Biscuit, Okie Dodger – ela enviou afeto e segurança individualmente para os cavalos –, sigam a liderança de Mujaji. Fiquem calmos. Sejam fortes. Vocês estão a salvo.

A pessoa próxima a ela limpou a garganta novamente, interrompendo a concentração dela. Irritada, Lenobia abriu os olhos e viu um humano parado na sua frente. Ele vestia um uniforme de bombeiro e a estava observando com as sobrancelhas arqueadas e uma curiosidade explícita.

– Você está falando com aqueles cavalos?

– Na verdade, estou fazendo muito mais do que isso. Dê uma olhada – ela fez um gesto para a manada diante dela.

Ele se virou, e o seu rosto registrou a sua surpresa.

– Eles se acalmaram bastante. Isso é bizarro.

– A palavra "bizarro" tem tantas conotações negativas. Prefiro a palavra "mágico". – Lenobia fez um aceno de cabeça, despedindo-se do bombeiro, e então começou a andar a passos largos na direção do grupo de novatos que estavam aglomerados em volta de Erik Night e da professora P.

– Senhora, eu sou o capitão Alderman, Steve Alderman – ele disse, quase correndo para acompanhar o passo de Lenobia. – Estamos trabalhando para controlar o fogo, e eu preciso saber quem é o responsável pela escola.

– Capitão Alderman, eu gostaria de dizer que sou eu – Lenobia disse sombriamente. Então ela acrescentou: – Venha comigo. Vou resolver isso – a Mestra dos Cavalos se juntou a Erik, professora P. e seu grupo de novatos, que incluía um guerreiro Filho de Erebus, Kramisha, Shaylin e vários novatos azuis quinto-formandos e sexto-formandos. – Penthesilea, eu sei que Thanatos está com Zoey e o seu círculo, terminando o ritual na fazenda da Sylvia Redbird, mas onde está Neferet? – a voz de Lenobia soou como um chicote.

– E-eu simplesmente não sei! – a professora de Literatura respondeu trêmula, olhando por sobre o seu ombro para o estábulo em chamas. – Eu fui até os aposentos dela quando vi o fogo, mas não havia nenhum sinal dela.

– E ninguém tentou ligar para ela? – Kramisha perguntou.

– Não atende – Erik respondeu.

– Que maravilha – Lenobia resmungou.

– Posso supor então que, na ausência dessas pessoas que acabou de mencionar, você é a responsável aqui? – o capitão Alderman questionou Lenobia.

– É, parece que, como não sobrou ninguém, sou eu – ela disse.

– Bem, então você precisa fazer a contagem dos estudantes o mais rápido possível. Você e os professores precisam conferir imediatamente se todos os alunos estão presentes – ele indicou com o polegar um banco não muito longe de onde eles estavam. – Aquela garota com a lua vermelha na testa é a única garota que encontramos perto do celeiro. Ela não está ferida, apenas um pouco abalada. O oxigênio está limpando os pulmões dela surpreendentemente rápido. Mesmo assim, pode ser uma boa ideia que ela seja examinada no hospital St. John.

Lenobia deu uma olhada para Nicole, que estava sentada respirando profundamente com uma máscara de oxigênio, enquanto um paramédico conferia seus sinais vitais. Margareta e Pemphredo estavam por perto, fuzilando o paramédico com os olhos, como se ele fosse um inseto irritante.

– A nossa enfermaria está mais bem equipada para cuidar de novatos feridos do que um hospital humano – Lenobia afirmou.

– Como achar melhor, senhora. Você é a responsável aqui, e sei que vocês, vampiros, têm uma fisiologia própria. – Ele fez uma pausa e acrescentou: – Sem ofensas. Meu melhor amigo no Ensino Médio foi Marcado e Transformado. Eu gostava dele na época. E ainda gosto dele.

Lenobia controlou o sorriso.

– Não me senti ofendida, capitão Alderman. Nós estamos apenas falando a verdade. Os vampiros realmente têm necessidades fisiológicas diferentes das dos humanos. Nicole vai ficar bem aqui com a gente.

– Ótimo. Acho que é melhor enviar alguns rapazes para dentro daquele ginásio para procurar outros garotos que podem estar por perto – o capitão falou. – Parece que nós conseguimos evitar que o fogo se espalhasse, mas é melhor fazer uma busca nas partes adjacentes da escola.

– Acho que procurar no ginásio é uma perda de tempo para os seus homens – Lenobia afirmou, seguindo o que o seu instinto estava lhe dizendo. – Concentre-se em fazer com que eles acabem com o fogo no estábulo. O incêndio não começou sozinho. Isso precisa ser investigado, além de nos certificarmos de que nenhum dos nossos ficou preso nas chamas. Eu vou pedir que os nossos guerreiros façam buscas nas áreas adjacentes da escola, começando pelo ginásio.

– Sim, senhora. Parece que realmente nós chegamos aqui a tempo. O ginásio vai ter danos de fumaça e água, mas vai parecer muito pior do que realmente é. Acho que a estrutura permaneceu intata. É um edifício sólido, feito de pedras boas e espessas. Vai ser preciso alguma reforma, mas o seu esqueleto foi feito para durar – o bombeiro tocou no seu chapéu para cumprimentá-la e se afastou, gritando ordens para os homens mais próximos.

Bem, pelo menos algumas notícias boas, Lenobia pensou, tentando desviar os olhos do caos em combustão em que o seu estábulo tinha se transformado. Ela se virou de novo para o seu grupo.

– Onde está Dragon? Ainda no ginásio?

– Nós também não conseguimos encontrar Dragon – Erik respondeu.

– Dragon está desaparecido? – O estábulo tinha sido construído com uma parede compartilhada com o grande ginásio coberto. Até então, ela havia estado muito preocupada para pensar nisso, mas a ausência do líder dos Filhos de Erebus durante uma crise na escola era algo totalmente estranho. – Neferet e Dragon... Não gosto do fato de que nenhum deles está aqui. Isso é um mau presságio para a escola.

– Professora Lenobia, hum, eu vi Neferet.

Os olhos de todos se voltaram para a pequena garota de cabelos grossos e escuros que faziam as feições delicadas do seu rosto parecerem quase de boneca. Lenobia colocou um nome rapidamente naquele rosto: Shaylin, a novata recém-chegada na Morada da Noite de Tulsa e a única novata cuja Marca original era vermelha. No instante em que a conhecera alguns dias atrás, Lenobia pensou que havia algo muito estranho com ela.

– Você viu Neferet? – ela franziu os olhos para a novata. – Onde? Quando?

– Há mais ou menos uma hora – Shaylin respondeu. – Eu estava sentada do lado de fora do dormitório, olhando para as árvores. – Ela encolheu os ombros, nervosa, e acrescentou: – Eu era cega e, agora que eu não sou mais, gosto de olhar para as coisas. Adoro.

– Shaylin, e Neferet? – Erik a estimulou a continuar.

– Ah, sim, eu a vi andando pela calçada em direção ao ginásio. Ela, bem, ela parecia muito *escura* – Shaylin fez uma pausa, parecendo desconfortável.

– Escura? O que você quer dizer com...

– Shaylin tem um jeito único de ver as pessoas – Erik interrompeu. Lenobia o viu colocar a mão sobre o ombro de Shaylin para tranquilizá-la. – Se ela achou que Neferet parecia escura, então provavelmente foi bom você ter evitado que os bombeiros humanos fossem bisbilhotar no ginásio.

Lenobia queria questionar mais Shaylin, mas Erik encontrou o seu olhar e balançou a cabeça, quase imperceptivelmente. Lenobia sentiu um arrepio de mau pressentimento descendo pela sua espinha. Aquela premonição fez com que ela tomasse a decisão.

– Axis, vá com Penthesilea até o escritório da administração. Se Diana não estiver acordada, acorde-a. Pegue a lista de alunos e a distribua para os guerreiros Filhos de Erebus. Peça para que eles contem todos os estudantes e depois faça com que os estudantes apresentem-se aos seus mentores antes de voltarem aos dormitórios. – Quando a professora e o guerreiro saíram apressados, Lenobia encontrou o olhar franco de Kramisha. – Você pode fazer com que esses novatos – Lenobia fez uma pausa e seu gesto abrangeu todos os alunos com aparência desnorteada que estavam vagando pela área – se apresentem aos seus mentores?

– Sou uma poetisa. Eu consigo criar alguns pentâmetros iâmbicos incríveis. Isso significa que eu posso dar uma de chefe de alguns garotos assustados e sonolentos.

Lenobia sorriu para a garota. Ela já gostava de Kramisha mesmo antes de ela morrer e depois voltar como uma novata vermelha, que tinha tantas habilidades poéticas e proféticas que havia sido nomeada a nova vampira Poeta Laureada.

– Obrigada, Kramisha. Eu sabia que podia contar com você. Mas é bom se apressar. Não preciso dizer isso para *você*, mas está bem perto de amanhecer.

Kramisha bufou.

– Você está me dizendo isso? Eu vou ficar mais tostada do que aquele celeiro se eu não entrar em um lugar coberto logo.

Quando Kramisha saiu apressada, chamando os novatos espalhados, Lenobia encarou Erik e Shaylin.

– Nós três precisamos dar uma examinada no ginásio.

– É, eu concordo – Erik disse. – Vamos lá.

Mas Shaylin não saiu do lugar, e Lenobia percebeu que ela tirou a mão de Erik do seu ombro. Não de um jeito irritado, mas, sim, distraído. Ela viu a jovem novata vermelha olhar para o céu e suspirar. Lenobia notou que ela parecia se sentir importante, que ela exibia uma sensação de quem queria ou esperava algo.

– O que foi? – Lenobia perguntou para a garota, apesar de a última coisa que ela deveria fazer naquele momento era dar atenção para uma novata vermelha distraída e estranha.

Ainda olhando para cima, Shaylin falou:

– Onde está a chuva quando você precisa dela?

– Ahn? – Erik balançou a cabeça. – Do que você está falando?

– Chuva. Eu queria muito, muito mesmo que chovesse – a garota baixou os olhos do céu e se voltou para ele, encolhendo os ombros e parecendo um pouco sem jeito. – Juro que eu posso sentir um cheiro de chuva no ar. Isso iria ajudar os bombeiros e seria uma garantia dupla de que o fogo não vai se espalhar para o resto da escola.

– Os humanos estão conseguindo lidar com o fogo. Nós temos que examinar o ginásio. Não gosto do fato de Neferet ter sido vista entrando lá – Lenobia afirmou e começou a andar em direção ao ginásio, supondo que os dois iriam segui-la, mas ela hesitou ao perceber que Shaylin ainda continuava lá. Ela se virou para a novata e estava pronta para repreendê-la por insolência ou ignorância, mas Erik disse algo antes:

– Ei, isso é importante – ele falou com uma voz baixa e urgente para Shaylin. – Vamos com Lenobia conferir o ginásio. Os bombeiros já estão com as coisas sob controle. – Como Shaylin não saiu do lugar e continuou a resistir em ir até o ginásio, ele falou mais alto: – O que há com você? Já que Thanatos, Dragon e até Zoey e o seu grupo não estão aqui, a gente tem que tomar cuidado para não deixar ninguém pensar que nós podíamos...

– Erik, eu realmente acho que Lenobia está certa – Shaylin o interrompeu. – Eu só quero saber o que vai acontecer com ela.

Lenobia seguiu o olhar de Shaylin e encontrou Nicole, ainda sentada no banco, entre duas vampiras da enfermaria, com a pele rosa e manchada de fuligem.

– Ela faz parte do grupo de novatos vermelhos de Dallas. Eu não ficaria surpreso se ela tivesse algo a ver com o incêndio – Erik insinuou, claramente irritado. – Lenobia, acho que você deveria fazer com que Nicole vá até a enfermaria e fique trancada lá até nós descobrirmos o que realmente aconteceu aqui.

Antes de Lenobia responder, Shaylin já estava falando. Ela soou firme e muito mais sábia do que deveria ser aos dezesseis anos.

– Não. Façam com que ela vá até a enfermaria para ter certeza de que ela está bem, mas não a prendam lá.

– Shaylin, você não sabe o que está dizendo. Nicole está com Dallas – Erik afirmou.

– Bem, neste momento ela não está com ele. Ela está mudando – Shaylin respondeu.

– Realmente, ela me ajudou a tirar os cavalos do estábulo – Lenobia disse. – Se ela estivesse envolvida com o incêndio, teria sido muito mais fácil se esconder e fugir no meio da fumaça. Eu nunca saberia que ela esteve lá.

– Isso faz sentido. As cores dela estão diferentes... melhores. – E então Shaylin, com a sua firmeza e sabedoria se dissipando, arregalou os olhos para Lenobia: – Ah, desculpe. Eu falei demais. Preciso aprender a manter a minha boca fechada.

– Que atrocidade foi cometida nos jardins da escola esta noite!

A voz ressoou como um trovão sobre Lenobia. Pelos jardins da escola, movendo-se rapidamente em direção a eles, havia uma falange de vampiros e novatos, com Thanatos à frente, Zoey e Stevie Rae cada uma ao seu lado e, por mais bizarro que fosse, Kalona marchando logo atrás de Thanatos, com as asas abertas defensivamente, como se ele de repente tivesse se tornado o Anjo Guardião da Morte.

Foi nessa hora que o céu da noite se abriu e começou a chover.

3

ZOEY

Eu já sabia antes mesmo de ver os caminhões dos bombeiros e a fumaça. Eu já sabia que o inferno ia se instalar na Morada da Noite no momento em que Thanatos testemunhou a verdade sobre os crimes de Neferet. Nesta noite, havia sido provado sem sombra de dúvidas que Neferet estava do lado das Trevas. Thanatos não havia perdido tempo para enxotá-la. No caminho de volta da fazenda de lavandas de vovó até a escola, a Grande Sacerdotisa da Morte havia feito uma chamada de emergência para a Itália e informado oficialmente o Conselho Supremo dos Vampiros de que Neferet não era mais uma Sacerdotisa de Nyx – que ela tinha escolhido as Trevas como seu Consorte. Neferet tinha sido vista como realmente era, algo que eu queria muito desde que eu havia percebido a sua verdade nojenta. Só que, agora que eu tinha realizado meu desejo, tive uma sensação terrível de que expulsar Neferet serviria mais para libertá-la do que para forçá-la a pagar pelas consequências das suas mentiras e traições.

Tudo parecia tão confuso e horroroso, como se a noite toda tivesse sido a metade final de um filme de terror medonho e sanguinolento: o ritual, assistir às imagens do assassinato da minha mãe, tudo o que tinha acontecido com Dragon, Rephaim, Kalona e Aurox... Aurox? Heath? *Não, eu não posso pensar nisso! Não agora!* Agora os estábulos estavam em chamas. Sério. Os cavalos da escola estavam relinchando e se aglomerando nervosamente perto do muro leste. Lenobia parecia chamuscada e coberta de fuligem. Erik, Shaylin e um monte de outros novatos estavam parados lá, chocados e ensopados porque, é claro, havia começado a cair uma chuva torrencial. E Nicole, a garota que era uma novata vermelha super do mal e a namorada vadia e detestável do Dallas, estava caída em um banco com dois paramédicos humanos em volta dela como se fosse o menino Jesus com asas douradas.

Eu queria apertar um botão, desligar aquele filme assustador e pegar no sono, deitada de conchinha com Stark, em segurança. Que inferno, eu queria fechar os olhos e voltar no tempo, quando o pior estresse que eu tinha era ter três namorados, e isso tinha sido muito, muito ruim.

Eu me chacoalhei mentalmente, fiz o melhor que podia para afastar o caos que me rodeava por dentro e por fora e me concentrei em Lenobia.

– Sim, o estábulo pegou fogo – ela estava explicando para a gente. – Nós não sabemos quem ou o que provocou isso. Algum de vocês viu Neferet?

– Nós não a vimos em pessoa, mas vimos a imagem dela em espírito que ficou gravada nas terras da avó de Zoey. – Thanatos levantou o queixo e, com uma voz forte e segura que se sobrepôs à chuva, declarou: – Neferet se aliou ao touro branco. Ela sacrificou a mãe de Zoey para ele. Ela vai ser uma inimiga poderosa, mas é inimiga de todos que seguem a Luz e a Deusa.

Percebi que esse anúncio chocou Lenobia, apesar de eu saber que a Mestra dos Cavalos já estava ciente de que Neferet era nossa inimiga havia meses. Mesmo assim, existia uma grande diferença entre imaginar algo e saber que o pior que você havia imaginado era verdade. Especialmente quando isso era tão horrível que quase fugia à compreensão. Então Lenobia limpou a garganta e perguntou:

– O Conselho Supremo a baniu?

– Eu relatei o que testemunhei esta noite – Thanatos disse, portando-se como a Grande Sacerdotisa da nossa Morada da Noite. – Foi determinado que Neferet se apresente perante o Conselho Supremo, que vai fazer justiça pela traição dela à nossa Deusa e aos nossos caminhos.

– Ela deve ter imaginado o que vocês iriam descobrir se o ritual desse certo – Lenobia afirmou.

– Sim, e é por isso que ela mandou aquela coisa dela atrás de nós... Para matar Rephaim e estragar o nosso círculo, acabando com o ritual de revelação – Stevie

Rae falou, entrelaçando sua mão à de Rephaim, que estava parado, alto e forte, ao seu lado.

– Parece que não deu certo – Erik observou.

Ele estava perto de Shaylin. Agora que eu pensei nisso, parece que Erik estava passando muito tempo perto de Shaylin. Hummm...

– Bem, o plano dela teria funcionado – Stevie Rae explicou –, mas Dragon apareceu lá e segurou Aurox por um tempo – ela fez uma pausa e olhou para trás em direção a Kalona. Na verdade, ela deu seu típico sorriso doce e afetuoso para ele, antes de continuar. – Foi Kalona quem realmente salvou Rephaim. Kalona salvou o seu filho.

– Dragon! Então é com vocês que ele está – Erik exclamou, movendo-se para olhar atrás de nós, obviamente esperando ver Dragon.

Senti um aperto no estômago e pisquei com força para não cair em prantos. Como ninguém disse nada, respirei fundo e dei aquela notícia realmente triste e péssima.

– Dragon *estava* com a gente. Ele lutou para nos proteger. Bem, para proteger a nós e Rephaim. Mas... – perdi a fala, achando difícil dizer as próximas palavras.

– Mas Aurox furou Dragon com seus chifres até a morte, quebrando o feitiço que havia nos aprisionado e libertando-nos para que nós conseguíssemos chegar até Rephaim para protegê-lo – Stark não teve problemas em terminar para mim.

– Mas já era tarde demais – Stevie Rae acrescentou. – Rephaim também teria morrido se Kalona não tivesse aparecido a tempo de salvá-lo.

– Dragon Lankford está morto? – o rosto de Lenobia havia ficado imóvel e pálido.

– Está. Ele morreu como um guerreiro, fiel a si mesmo e ao seu Juramento. Ele se reencontrou com sua companheira no Mundo do Além – Thanatos concluiu. – Todos nós testemunhamos isso.

Lenobia fechou os olhos e abaixou a cabeça. Percebi que os lábios dela estavam se movendo, como que murmurando uma prece em voz baixa. Quando ela levantou a cabeça, seu rosto estava marcado por vincos de raiva e os seus olhos cinza pareciam nuvens de tempestade.

– Incendiar o meu estábulo foi uma distração que permitiu que Neferet escapasse.

– Parece provável – Thanatos concordou. Então a Grande Sacerdotisa fez uma pausa, como se estivesse escutando atentamente algo além do barulho da chuva, dos bombeiros e dos cavalos. Ela franziu os olhos e disse: – A Morte esteve aqui... Recentemente.

Lenobia balançou a cabeça.

– Não, os bombeiros já estão liberando o estábulo. Eu acredito que ninguém morreu lá.

– Não estou sentindo o espírito de um novato ou de um vampiro – Thanatos respondeu.

– Todos os cavalos saíram! – a voz de Nicole se levantou subitamente. Fiquei surpresa com o seu tom. Quero dizer, até aquele momento eu só tinha ouvido Nicole rindo sarcasticamente ou dizendo coisas maldosas. Agora Nicole soou como uma garota normal, preocupada com coisas como cavalos pegando fogo e o mal solto no mundo.

Mas Stevie Rae, assim como eu, conhecia uma Nicole muito diferente.

– Que diabo você está fazendo aqui, Nicole? – Stevie Rae perguntou.

– Ela estava ajudando Lenobia e Travis a tirar os cavalos do estábulo – Shaylin explicou.

– Sei, tenho certeza de que ela estava ajudando... logo depois de colocar fogo lá! – Stevie Rae afirmou.

– Sua vaca, você não pode falar assim comigo! – Nicole respondeu de um jeito sarcástico, sua voz ficando bem mais familiar.

– Se liga, Nicole – eu falei, colocando-me ao lado de Stevie Rae.

– Basta! – Thanatos levantou as mãos e o seu poder emanou, crepitando mais alto que a chuva e fazendo todos darem um salto. – Nicole, você é uma novata vermelha. Já passou da hora de você submeter a sua lealdade à única Grande Sacerdotisa da sua espécie. Você *não* vai xingá-la. Está entendido?

Nicole cruzou os braços e concordou com a cabeça uma vez. Ela não pareceu arrependida de jeito nenhum para mim, e a atitude dela, coroando todo o resto que tinha acontecido naquela noite, realmente me irritou. Eu a encarei e disse exatamente o que estava na minha cabeça:

– Você tem que entender que ninguém vai aturar mais a sua maldade. De agora em diante, as coisas vão ser diferentes.

– E você vai ter que passar por cima de mim para machucar Zoey – Stark disse.

– Você me usou para tentar matar Stevie Rae uma vez. Isso nunca mais vai acontecer – Rephaim subiu o tom.

– Zoey, Stevie Rae – Thanatos interveio enfaticamente. – Para serem respeitadas como Grandes Sacerdotisas, vocês precisam agir de modo adequado, assim como os seus guerreiros.

– Ela tentou nos matar. A nós duas! – Stevie Rae argumentou.

– Não recentemente! – Nicole gritou para Stevie Rae.

– Como nós podemos combater as grandes Trevas ancestrais que agora foram soltas no mundo se não passamos de crianças birrentas? – Thanatos falou em voz baixa. Ela não soou poderosa, nem sábia, nem forte. Ela soou cansada e sem esperança, e isso foi muito mais assustador do que o barulho crepitante que ela tinha feito antes.

– Thanatos está certa – eu concordei.

– Do que você está falando, Z.? Você sabe como Nicole é de verdade – Stevie Rae apontou para ela. – Assim como você sabia como Neferet era de verdade, mesmo quando ninguém acreditava em você.

– Estou falando que Thanatos está certa sobre a birra. Nós não podemos nem começar a combater Neferet se o nosso time não for forte e unido – olhei para Nicole. – O que significa: entre no nosso time ou vai pro inferno.

– Se ela está amaldiçoando, está falando sério – Aphrodite reforçou.

– Eu estou de acordo com ela – Damien afirmou.

– Assim como eu – Darius acrescentou.

– Eu também – Shaunee falou. Logo depois dela, Erin disse: – É.

– Eu já escolhi o meu lado – Kalona declarou solenemente. – Acho que é hora de os outros também escolherem.

– Eu sou nova por aqui, mas sei qual lado é o certo, e eu escolho o lado deles – Shaylin se aproximou mais de nós.

Erik a seguiu. Ele não disse nada, mas encontrou meu olhar e assentiu com a cabeça. Sorri para ele e me virei para encarar Thanatos, apoiada pela solidariedade do meu grupo.

– Nós não somos crianças birrentas. Nós só estamos cansados de receber ordens de pessoas que dizem que sabem o que é melhor, mas que parecem que continuam fazendo besteiras, até mais do que a gente.

– Ou seja, muitas – Aphrodite comentou ironicamente.

– Você não está ajudando – respondi automaticamente. Para Nicole, eu disse: – Então escolha o seu time.

– Ok. Eu escolho o Time Nicole – ela falou.

– Que na verdade significa Time Egoísta – Stevie Rae rebateu.

– Ou Time Detestável – Erin sugeriu.

– Ou Time Nada Atraente – Aphrodite acrescentou.

– Thanatos está indo embora – Lenobia disse rapidamente, indicando as costas da Grande Sacerdotisa.

– Como eu já previa – a voz de Kalona pareceu secar a chuva com a sua raiva. – Ela volta para o seu civilizado Conselho Supremo e nos deixa aqui para combater o mal.

Thanatos parou, virou-se e fuzilou o imortal alado com o seu olhar sombrio.

– Guerreiro juramentado, fique quieto! As minhas palavras não são menos desconfortáveis do que as suas. Estou indo é atrás da Morte. Infelizmente, isso não me leva para longe desta escola, nem vai me levar num futuro próximo. – Sem dizer mais nada, Thanatos continuou se afastando de nós, indo em direção à entrada fumegante do ginásio.

– *Aff*, ela é tão dramática – Aphrodite revirou os olhos. – Ela já disse que não é nenhum novato, vampiro ou cavalo. Então, e daí? Se a porra de um mosquito morre, nós temos que nos descabelar?

– Qual é o seu problema? – Nicole balançou a cabeça para Aphrodite. – Deusa! Você é mesmo uma bruxa histérica. Por que você não pensa antes de falar tanta besteira? Thanatos não está falando de insetos e merdas assim. Ela só pode estar falando de algum gato. É o único outro espírito de animal aqui com o qual ela se importa.

Aquilo calou Aphrodite, criando o que pareceu um vácuo gigante de silêncio, enquanto todos nós percebíamos que Nicole devia estar certa.

Eu perdi o fôlego.

– Ah, Deusa, não! Nala!

Franzindo os olhos para Nicole, Aphrodite disse:

– Relaxe, os nossos gatos estão na estação. Até aquele cachorro fedido. Não é nenhum dos nossos.

– A Duquesa *não* é fedida – Damien respondeu. – Mas, ah, eu estou tão feliz que ela e Cammy estão a salvo.

– Eu morreria se algo acontecesse a Belzebu – Shaunee afirmou.

– Eu também! – Erin complementou, soando mais protetora do que preocupada.

– Eu amo Nal – Stevie Rae encontrou meus olhos e nós duas piscamos para segurar as lágrimas.

– Os nossos familiares estão em segurança – a voz profunda de Darius pareceu me ancorar, pelo menos até Erik falar.

– Só porque o gato que morreu não era de nenhum de vocês, isso não torna a morte dele nem um pouco menos horrível – Erik pareceu bem mais maduro do que o normal. – Quem será que está no Time Egoísta agora?

Eu suspirei e já ia concordar com Erik, quando Nicole fez um som exasperado e saiu andando, seguindo o caminho que Thanatos tinha acabado de fazer.

– Aonde você pensa que vai? – Stevie Rae gritou para ela.

Nicole não parou. Ela também não se virou, mas sua voz chegou até nós.

– O Time Egoísta está indo ajudar Thanatos com o gato morto, seja o gato de quem for, porque o Time Egoísta gosta de animais. Eles são mais legais do que as pessoas. Ponto final.

– Eu não sei do que ela está falando – Aphrodite disse.

Revirei os olhos para ela.

– Isso tudo é teatrinho dela. Não dá pra confiar naquela garota – Stevie Rae olhou com raiva na direção de Nicole.

– Bom, eu posso dizer que Nicole quase morreu inalando fumaça ao me ajudar a libertar os cavalos – Lenobia afirmou.

– A cor dela está mudando – Shaylin sussurrou.

– *Shhh* – Erik falou para ela, tocando seu ombro.

– Ela tentou me matar! – Stevie Rae soou como se ela fosse explodir.

– Ah, que merda, quem *não* tentou te matar? Ou a Zoey. Ou a mim. Supere isso. – Aphrodite foi rápida e, antes que Stevie Rae pudesse rebater, ela levantou a mão, com a palma voltada para fora, e continuou: – Guarde isso para você. A menos que você, Stark e os outros novatos vermelhos que ficam torrados na luz do sol estejam planejando passar o dia aqui descobertos, é melhor a gente começar a embarcar no ônibus e voltar para a estação. Ah, e o menino-pássaro também vai virar cem por cento pássaro e zero por cento menino logo mais, o que eu tenho certeza de que é algo bem estranho em público.

– Eu detesto quando ela está certa – Stevie Rae disse para mim.

– Nem me fala – respondi. – Ok, por que vocês não reúnem todo mundo que deve voltar para a estação? Eu vou descobrir o que está rolando com Thanatos, a Morte e seja lá o que for, e depois encontro vocês no ônibus. Logo.

– Você quer dizer que você e eu vamos descobrir o que está rolando com Thanatos, a Morte e seja lá o que for, e depois os encontramos no ônibus. Logo – Stark me corrigiu.

Eu apertei a mão dele.

– Foi exatamente o que eu quis dizer.

– Eu também vou – Kalona afirmou. – Vou seguir Thanatos com vocês, mas não vou voltar para a estação – ele sorriu levemente quando desviou o olhar de mim e se voltou para o seu filho. – Mas logo vou ver vocês novamente.

Stevie Rae soltou a mão de Rephaim para se atirar nos braços de Kalona, apertando-o num abraço gigante, o que pareceu surpreendê-lo tanto quanto a nós, apesar de Rephaim assistir à cena com um sorriso enorme.

– Sim, com certeza a gente vai se ver logo. Obrigada de novo por aparecer para salvar o seu filho.

Kalona deu um tapinha nas costas dela desajeitadamente.

– De nada.

Então ela segurou a mão de Rephaim de novo e começou a caminhar na direção do estacionamento, dizendo:

– Ok, vamos esperar por vocês, mas lembrem-se, é batata que o sol vai nascer rapidinho.

Aphrodite sacudiu a cabeça e começou a andar de braços dados com Darius.

– Afinal, o que significa "é batata"? Será que ela pelo menos concluiu o ensino fundamental?

– Apenas a ajude a levar os garotos para o ônibus – respondi.

Felizmente, junto com a chuva havia começado a soprar um vento, e ambos encobriram a resposta de Aphrodite, enquanto ela, Darius e o resto do meu círculo, além de Shaylin e Erik, se afastavam – teoricamente para fazer o que eu havia pedido. O que me deixou sozinha com Stark, Lenobia e Kalona.

– Pronta? – Stark me perguntou.

– Sim, é claro – eu menti.

– Então lá vamos nós para o ginásio – Lenobia disse.

Enquanto seguia Thanatos e Nicole, eu tentei me preparar para algo terrível, mas a minha cota de coisas terríveis já estava completa por aquela noite, e tudo o que eu conseguia fazer era enxugar a chuva do meu rosto e colocar um pé na frente do outro. Na verdade, eu não estava pronta para nada além de uma boa cama.

Estava quente e seco dentro do ginásio e havia um cheiro de fumaça. A areia sob os nossos pés estava úmida e suja. *Dragon detestaria ver este lugar bagunçado assim,* era o que eu estava pensando quando Kalona apontou para o centro da arena mal iluminada, onde eu só conseguia discernir os vultos de Thanatos e Nicole.

– Lá... Logo ali – ele falou.

– A gente devia ter acendido as tochas – Lenobia murmurou enquanto nós caminhávamos pela areia encharcada. – Os humanos apagaram quase todos os lampiões junto com o fogo do estábulo.

Eu não quis dizer nada, mas a verdade é que fiquei feliz que estava difícil de enxergar, pois eu sabia que, seja lá o que fosse aquilo em volta do qual Thanatos e Nicole estavam, não ia ser nada bonito de ver. Mas guardei esse pensamento para mim mesma e segurei na mão de Stark, tirando força do seu aperto firme.

– Olhem por onde andam – Thanatos disse quando nos aproximamos de onde ela e Nicole estavam, sem levantar os olhos, ajoelhada no chão do ginásio. – Há evidências de feitiço aqui. Quero tudo preservado e examinado para que eu possa descobrir quem é responsável por esta atrocidade.

Dei uma espiada por sobre o ombro dela, sem entender muito bem o que eu estava vendo. Um círculo tinha sido traçado na areia, que parecia estranha e escura do lado de dentro do círculo. Havia duas bolas de pelo no centro. Ao lado, palavras escritas na areia. Franzi os olhos, tentando decifrá-las.

– Que diabo é isso? – perguntei.

Os vampiros vermelhos enxergam muito melhor no escuro, então, quando Stark colocou seu braço em volta de mim, eu sabia que era algo ruim. Muito ruim. Antes que eu repetisse a minha pergunta, Nicole enfiou a mão no seu bolso e pegou seu telefone.

– Vou tirar uma foto com flash. Vai incomodar os seus olhos, mas pelo menos a foto vai sair.

Ela estava certa. No instante seguinte, eu estava piscando, lacrimejando e vendo pontinhos. Kalona, cuja visão imortal era menos suscetível aos efeitos da luz do que qualquer vampiro, disse solenemente:

– Isso é obra eu sei de quem. Vocês não conseguem sentir a presença dela ainda pairando por aqui?

A minha visão se clareou e eu me aproximei mais, apesar de Stark tentar me puxar para trás. Tarde demais, entendi para o que eu estava olhando.

– Shadowfax! Ele está morto!

– Sacrificado em um ritual macabro – Thanatos afirmou.

– E Guinevere também – Nicole acrescentou.

Achei que eu fosse vomitar.

– O gato de Dragon *e* a gata de Anastasia? Os dois foram mortos? – perguntei.

Thanatos estendeu o braço e gentilmente passou a mão na lateral do corpo de Shadowfax e depois na gata bem menor que estava encolhida ao lado dele.

– Esta gata pequena não foi sacrificada. Ela não tomou parte no ritual. A tristeza parou o seu coração e a sua respiração. – A Grande Sacerdotisa se levantou e voltou-se para Kalona. – Você disse que sabe de quem isso é obra.

– Eu sei, assim como você sabe. Neferet sacrificou a gata do guerreiro. Isso foi feito como pagamento. As Trevas a obedecem, mas o preço por essa obediência é sangue, morte e dor. Esse preço precisa ser pago sempre, sem parar. As Trevas nunca se dão por satisfeitas – ele apontou para as palavras escritas no chão. – Aquilo prova o que eu digo.

Naquela luz fraca, eu conseguia ver os corpos dos gatos, mas para mim era difícil entender as palavras ao lado deles. Não precisei perguntar o que significavam. Segurando-me bem perto dele, Stark leu em voz alta:

– *Através do pagamento de sangue, dor e batalha, eu forço o Receptáculo a ser minha arma!*

– Receptáculo é como Neferet se refere a Aurox – Kalona explicou.

– Ah, grande Deusa, isso prova mais do que o fato de isto aqui ser obra de Neferet – o olhar sombrio de Thanatos encontrou o meu. – A morte de sua mãe não foi simplesmente um sacrifício aleatório para as Trevas. Foi o pagamento exigido para a criação do Receptáculo, Aurox, a criatura de Neferet.

Senti minhas pernas fraquejarem e me aproximei ainda mais de Stark. Senti como se o braço dele fosse a única coisa que estivesse me mantendo em pé.

– Eu sabia que aquele maldito menino-touro não era boa coisa – Stark disse. – Nem ferrando que ele é algum tipo de presente de Nyx.

– O Receptáculo é o oposto disso. Ele é uma criatura feita de dor e de morte pelas Trevas e controlada por Neferet – Thanatos afirmou.

Eu não podia contar a eles o que eu tinha visto através da pedra da vidência. Como eu poderia, com os braços de Stark em volta de mim, Dragon recém-morto e a atrocidade cometida contra os gatos? Mas eu estava em carne viva – muito cansada, ferida e confusa para vigiar minhas palavras e não falar o nome de Heath sem querer. Então, em vez disso, como uma retardada, eu soltei:

– Tem que haver algo mais em Aurox além disso! Lembra quando ele foi fazer uma pergunta para você depois da aula? Ele queria saber quem ele era; *o que* ele era. Você disse que ele podia decidir isso por ele mesmo e que ele não devia deixar que o seu passado controlasse o seu futuro. Por que uma criatura feita totalmente de Trevas, alguém que não é nada além do Receptáculo de Neferet, iria se preocupar em perguntar qualquer coisa sobre si mesmo?

– Você tem razão. Eu lembro que Aurox veio falar comigo – Thanatos assentiu. Seu olhar se voltou para os corpos dos gatos. – Talvez Aurox não seja um receptáculo completamente vazio. Talvez a interação dele conosco e com você em particular, Zoey, tenha tocado algum pedaço de consciência dentro dele.

Senti uma onda de emoção que fez Stark me olhar de modo alarmado e questionador.

– Ele estava dizendo a verdade! – eu expliquei. – Hoje à noite, logo antes de fugir, Aurox disse: "Eu escolhi um futuro diferente. Eu escolhi um futuro novo". Ele quis dizer que não queria machucar Rephaim nem Dragon, mas que não conseguia evitar, já que Neferet o controlava.

– Isso faz sentido – Thanatos concordou, falando devagar, como se estivesse abrindo caminho verbalmente por um labirinto. – O sacrifício do familiar de Dragon Lankford foi preciso porque Neferet estava perdendo o controle sobre o seu Receptáculo. Todos nós vimos Aurox se transformar de touro em garoto e depois começar a se transformar de novo em touro quando ele fugiu.

– Você também deve ter visto como ele ficou atordoado quando virou Aurox de novo e viu o que ele tinha feito com Dragon – eu disse.

– Isso não muda o fato de que Aurox matou Dragon – Stark afirmou. Eu senti a tensão que emanava dele e odiei perceber que o seu rosto tinha uma expressão severa.

– Mas e se ele só matou Dragon porque Neferet fez esse sacrifício horrível com Shadowfax? – perguntei, tentando fazer Stark enxergar que poderia haver mais de uma resposta certa.

– Zoey, isso não faz com que Dragon esteja menos morto – Stark respondeu, tirando o braço que estava ao meu redor e se afastando um pouco de mim.

– Nem faz com que Aurox seja menos perigoso – Kalona acrescentou.

– Mas talvez faça com que ele seja uma ameaça menor do que nós imaginávamos a princípio – Thanatos falou racionalmente. – Se Neferet precisa conduzir um ritual de sacrifício desta extensão a cada vez que quer controlá-lo, ela vai ter que escolher cuidadosamente e ser bem seletiva sobre quando e como usá-lo.

– Ele disse várias vezes que tinha escolhido um futuro diferente – eu insisti.

– Z., isso *não* faz de Aurox um cara do bem – Stark afirmou, balançando a cabeça para mim.

– Sabe, as pessoas podem mudar – Nicole de repente deu sua opinião. Todos nós olhamos surpresos para ela. Obviamente, eu não era a única que tinha esquecido que ela estava ali.

Eu odiava concordar com Nicole, então só mordi meu lábio, em silêncio e inquieta.

– Aurox não é uma pessoa, não é um cara nem do bem nem do mal – a voz profunda de Kalona ressoou como uma bomba no ginásio escuro, atordoando meus nervos já combalidos. – Aurox é um Receptáculo. Uma criatura feita para ser a arma de Neferet. Teria ele uma consciência e a capacidade de mudar? – ele deu de ombros. – Nós só podemos imaginar isso. E sinceramente, isso importa? Não faz diferença se uma lança tem consciência. O que importa é quem está manejando a arma. Neferet, claramente, está manejando Aurox.

– Há quanto tempo você sabe disso? – contra-ataquei Kalona. Stark estava me encarando como se eu estivesse sendo irracional, mas eu não me contive. Mesmo que eu não soubesse como contar a eles, eu acreditava que tinha visto de relance a alma de Heath dentro de Aurox através da pedra da vidência. – Se você sabia o que Aurox era, por que nunca disse nada até agora?

– Ninguém me perguntou – Kalona respondeu.

– Isso não justifica – eu falei, descarregando toda a minha raiva, frustração e confusão com o enigma Aurox/Heath em cima de Kalona. – O que mais você escondeu de nós?

– O que mais você quer saber? – ele respondeu sem hesitar. – Apenas pense bem, jovem Sacerdotisa, se você realmente quer ouvir as respostas para as perguntas que fizer.

– Você deveria estar do nosso lado, lembra? – Stark disse, colocando-se entre mim e Kalona.

– Eu me lembro de mais do que você imagina, vampiro vermelho – Kalona falou.

– O que você quer dizer com isso? – Stark rebateu.

– Isso significa que você não foi sempre todo bonzinho! – Nicole gritou.

– Não se atreva a falar dele! – atirei minhas palavras contra ela.

– De novo, vocês brigam uns com os outros! – Thanatos gritou, e a ira na sua voz agitou o ar à nossa volta. – A nossa inimiga cometeu atrocidades na nossa própria casa. Ela não matou apenas uma ou duas vezes, mas várias. Ela se aliou ao maior mal que este mundo já conheceu. E, ainda assim, vocês se atacam entre si. Se nós não somos capazes de nos unir, então ela já nos derrotou.

Thanatos balançou a cabeça com tristeza. Ela deu as costas para nós e se voltou para os dois gatos. A Grande Sacerdotisa se ajoelhou ao lado dos seus corpos e, mais uma vez, passou a mão suavemente sobre cada um deles. Desta vez, o ar acima dos gatos começou a emitir uma luz trêmula, e os contornos brilhantes de Shadowfax e Guinevere se materializaram – só que eles não eram os gatos adultos que jaziam imóveis e frios no chão da arena. Eles eram filhotes. Gatinhos gorduchos e adoráveis.

– Vão ao encontro da Deusa, pequeninos – Thanatos falou com eles afetuosamente. – Nyx e aqueles a quem vocês mais amam esperam por vocês. – O pequeno Shadowfax estendeu uma patinha felpuda para brincar com a manga de Thanatos que estava balançando no ar, até que os dois gatos desapareceram em um sopro de luz.

Eu podia jurar ter ouvido o som distante da risada musical de Anastasia, e imaginei que ela e Dragon deviam estar em êxtase recepcionando os seus gatinhos no Mundo do Além.

O Mundo do Além...

Minha mãe estava lá, junto com Dragon, Anastasia, Jack e, se eu estivesse errada sobre o que vi dentro de Aurox, Heath estava lá também... Eu havia estado lá. Eu sabia que o Mundo do Além existia com tanta certeza quanto sabia que eu existia. Eu também sabia que era um lugar mágico e incrível e, mesmo que aquela não fosse a minha hora de morrer e ficar lá, a beleza daquele lugar ainda permanecia na minha mente e na minha alma, formando uma espécie de bolha de maravilhas e segurança, que era completamente o oposto do que o mundo real em volta de mim tinha se tornado.

– Seria tão mal assim se nós perdêssemos?

Não percebi que eu havia falado em voz alta até Stark sacudir meu ombro.

– Do que você está falando, Z.? Nós não podemos perder porque Neferet não pode ganhar. As Trevas não podem vencer.

Eu podia ver a sua preocupação e sentir o seu medo. Eu sabia que eu o estava assustando, mas não consegui me conter. Eu estava tão incrivelmente cansada de tudo ser uma batalha entre as Trevas e a Luz, entre a morte e o amor. *Por que tudo não podia simplesmente terminar? Eu daria qualquer coisa para que tudo isso simplesmente acabasse!*

– Qual é a pior coisa que pode acontecer? – eu me escutei dizendo e depois continuei sem pensar, respondendo à minha própria pergunta. – Neferet vai nos matar. Bem, estar morto não parece tão terrível – indiquei com a mão a direção onde os gatos haviam se manifestado recentemente.

– *Aff*, desistir totalmente? – Nicole murmurou em voz baixa, em desgosto.

– Zoey Redbird, a morte está longe de ser a pior coisa que pode acontecer a qualquer um de nós – Thanatos afirmou. – Sim, as Trevas parecem extremamente poderosas agora, principalmente depois de tudo que nós descobrimos nesta noite, mas também existe amor e Luz aqui. Pense em quanta tristeza as suas palavras iriam trazer para Sylvia Redbird.

Senti uma onda de culpa. Thanatos estava certa. Havia coisas piores do que morrer, e essas coisas piores acontecem com as pessoas que se deixa para trás. Abaixei a cabeça e me aproximei de Stark, pegando sua mão.

– Sinto muito. Vocês estão certos. Eu nunca devia ter dito isso.

Thanatos sorriu gentilmente para mim.

– Volte para a sua estação. Reze. Durma. Encontre conforto e orientação nas palavras que Nyx falou para nós: *"Guardem a lembrança da cura que aconteceu aqui nesta noite. Vocês vão precisar dessa força e dessa paz para a luta que está a caminho".* – Ela hesitou, deu um forte suspiro e acrescentou: – Você é tão jovem.

Eu queria gritar: *Eu sei! Sou jovem demais para salvar o mundo!* Em vez disso, fiquei parada ali em silêncio, sentindo-me tola e inútil, enquanto Thanatos se abaixava e recolhia os corpos de Shadowfax e Guinevere, envolvendo-os em uma de suas volumosas saias, segurando-os com delicadeza e ternura, como se eles fossem bebês adormecidos. Então ela fez um gesto para Kalona, dizendo:

– Venha comigo. Preciso dar a triste notícia da morte do Mestre da Espada para os Filhos de Erebus. Enquanto eu faço isso, comece a construir uma pira para Dragon e estes pequenos. No momento em que eu acender a pira, irei oficialmente proclamar você como o guerreiro da Morte. – Sem se dirigir a mim outra vez, Thanatos saiu do ginásio. Kalona a seguiu sem nem olhar de relance para mim e Stark.

– Enfim, o time de vocês é um saco – Nicole se afastou de nós também, balançando a cabeça.

Eu podia sentir o olhar de Stark em mim. A mão dele, entrelaçada à minha, parecia rígida. Levantei os olhos para ele, certa de que ele ia me chacoalhar, gritar comigo ou pelo menos perguntar que diabo estava havendo comigo. De novo.

Em vez disso, ele abriu os braços e disse:

– Venha cá, Z. – e ele simplesmente me deu amor.

4

AUROX

Aurox correu, sem saber ou se importar para onde o seu corpo o estava levando. Ele só sabia que tinha que fugir do círculo, e de Zoey, antes que ele cometesse outra atrocidade. Os seus pés, completamente transformados em cascos fendidos e demoníacos, rasgavam o solo fértil, transportando-o em uma velocidade sobre-humana através dos campos de lavanda adormecidos pelo inverno. Como o vento que batia no seu corpo, as emoções oscilavam dentro de Aurox.

Confusão – ele não queria machucar ninguém, mas mesmo assim tinha matado Dragon e talvez até Rephaim.

Raiva – ele tinha sido manipulado, controlado contra a sua vontade!

Desespero – jamais acreditariam que ele não tinha a intenção de machucar ninguém. Ele era uma besta, uma criatura das Trevas. O Receptáculo de Neferet. Todos iriam odiá-lo. Zoey iria odiá-lo.

Solidão – mesmo assim, ele *não* era o Receptáculo de Neferet. Não importava o que havia acontecido naquela noite. Não importava como ela tinha conseguido controlá-lo. Ele não pertencia, *não iria* pertencer a Neferet. Não depois de ver o que ele tinha visto esta noite... e de sentir o que ele havia sentido.

Aurox havia sentido a Luz. Apesar de ele não ter sido capaz de abraçá-la, ele havia compreendido a força de sua bondade no círculo mágico e reconhecido a sua beleza na invocação dos elementos. Até aqueles filamentos repugnantes controlarem a besta dentro dele, Aurox tinha assistido, fascinado, ao ritual comovente que havia culminado com a Luz limpando o toque das Trevas na terra e nele, apesar de a purificação que sentiu ter durado apenas um momento. Que foi o bastante para que Aurox percebesse o que havia feito. E então a raiva justa e o ódio compreensível que os guerreiros sentiram tomaram conta dele, e Aurox só teve humanidade suficiente para fugir e *não* matar Zoey.

Aurox encolheu os ombros e gemeu quando a transformação de besta em garoto novamente ondulou pelo seu corpo, deixando-o descalço e com o peito nu, vestido apenas com um jeans rasgado. Uma fraqueza terrível dominou o seu corpo. Trêmulo e respirando com dificuldade, ele diminuiu a velocidade, passando a caminhar de modo vacilante. A sua mente era uma batalha. Ele sentia ódio por si mesmo. Aurox vagou a esmo antes do amanhecer, sem saber ou se importar com onde ele estava, até que ele não pode mais ignorar as necessidades físicas do seu corpo e seguiu o cheiro e o barulho de água. Na beira de um riacho cristalino, Aurox se ajoelhou e bebeu, até que o fogo dentro dele estivesse saciado. E então, dominado pela exaustão e pelas emoções, ele desabou. Um sono sem sonhos finalmente venceu a batalha dentro dele, e Aurox adormeceu.

Aurox despertou com o som dela cantando. Era uma voz tão serena e relaxante que no começo ele nem abriu os olhos. A voz dela era cadenciada, como a batida do coração, mas foi algo além do seu ritmo que tocou Aurox. Foi a emoção que inundava a sua canção. Não que ele a sentisse do mesmo modo que acontecia quando canalizava emoções violentas para alimentar a metamorfose que transformava o seu corpo de garoto em uma besta. A emoção na canção vinha da própria voz dela – alegre, cheia de vida, agradável. Ele não sentiu essas coisas junto com ela, mas elas trouxeram para ele imagens de alegria e permitiram que uma possível felicidade tocasse em sua mente desperta. Aurox não conseguia entender nenhuma das palavras, mas ele não precisava. A voz dela se elevava, e isso transcendia qualquer linguagem.

Mais completamente desperto, ele quis ver a dona da voz. Quis questioná-la sobre alegria. Para tentar entender como ele poderia criar aquele sentimento por si próprio. Aurox abriu os olhos e se sentou. Ele havia desabado não muito longe da casa da fazenda, perto da margem do pequeno córrego. Era uma faixa sinuosa de água límpida que corria calmamente, musicalmente, sobre areia e pedras. O olhar de Aurox seguiu o curso do riacho, à sua esquerda, até onde a mulher estava, usando um vestido sem mangas, com longas franjas de couro decoradas com contas e conchas. Ela dançava graciosamente, acompanhando o ritmo da sua canção com os pés descalços. Apesar de o sol estar apenas se levantando no horizonte e de a manhã estar fria, ela estava corada, animada, cheia de energia. A fumaça do feixe de plantas secas na mão dela flutuava ao seu redor, aparentemente no mesmo ritmo da canção.

Apenas observá-la fez com que Aurox se sentisse melhor. Ele não precisou canalizar a alegria dela – a alegria era palpável ao seu redor. O espírito dele se elevou porque a mulher estava tão tomada pela emoção que ela transbordava. Ela jogou a cabeça para trás, e o seu longo cabelo prateado com fios negros tocou facilmente a sua cintura fina. Ela ergueu os braços nus, como que abraçando o sol nascente, e então começou a se mover em círculo, marcando o compasso com os pés.

Aurox estava tão envolvido pela canção que não reparou que ela estava se virando na sua direção, e que iria vê-lo, até que os olhos deles se encontraram. Então ele a reconheceu. Era a avó de Zoey, que havia ficado no centro do círculo na noite anterior. Ele esperou que ela ofegasse ou gritasse ao vê-lo de repente ali, no extenso gramado na beira do seu riacho. Em vez disso, a sua dança alegre terminou. A sua canção cessou. E ela falou com uma voz clara e calma:

– Eu o reconheço, *tsu-ka-nv-s-di-na*. Você é o transmorfo que matou Dragon Lankford na noite passada. Você também tentou matar Rephaim, mas não conseguiu. E você ainda arremeteu contra minha amada neta, como se pretendesse machucá-la. Você está aqui para me matar também? – Ela ergueu os braços de novo, inspirou profundamente o ar frio e puro da manhã e concluiu: – Se for assim, então eu vou dizer ao céu que meu nome é Sylvia Redbird e que hoje é um bom dia para morrer. Eu irei até a Grande Mãe para encontrar meus ancestrais com o espírito cheio de alegria.

Então ela sorriu para ele.

Foi o sorriso dela que o quebrou. Ele se sentiu despedaçar e, com uma voz trêmula que ele mal reconheceu como sua, Aurox respondeu:

– Eu não estou aqui para matá-la. Estou aqui porque não tenho nenhum outro lugar para ir.

E então Aurox começou a chorar.

Sylvia Redbird hesitou por apenas um instante. Através das suas lágrimas, Aurox a observou erguendo a cabeça de novo e assentindo, como se ela tivesse recebido a resposta para alguma pergunta. Então ela caminhou graciosamente até ele, com as longas franjas de couro do seu vestido farfalhando musicalmente com os seus movimentos e o toque da brisa fria da manhã.

Ela não hesitou quando chegou perto dele. Sylvia Redbird se sentou, cruzando seus pés descalços, e então colocou os braços em volta de Aurox, aconchegando a cabeça dele no seu ombro.

Aurox nunca soube quanto tempo eles ficaram sentados assim, juntos. Só sabia que, quando ele chorou de modo soluçante, ela o acalentou e o balançou suavemente, para a frente e para trás, cantando uma cantiga bem baixinho, dando tapinhas nas suas costas no mesmo ritmo do coração dela.

Finalmente, ele se afastou, desviando o rosto de vergonha.

– Não, meu filho – ela disse, segurando os ombros dele e forçando-o a encontrar o seu olhar. – Antes de se afastar, conte-me por que você estava chorando.

Aurox enxugou o rosto, limpou a garganta e, com uma voz que soou para ele muito jovem e tola, respondeu:

– É porque eu sinto muito.

Sylvia Redbird sustentou o seu olhar.

– E? – ela o estimulou a continuar.

Ele soltou um longo suspiro e admitiu:

– E porque eu estou muito sozinho.

Sylvia arregalou seus olhos negros.

– Você é mais do que parece ser.

– Sim. Eu sou um monstro das Trevas, uma besta – ele concordou com ela.

Os lábios dela se curvaram em um sorriso.

– Uma besta costuma chorar de tristeza? As Trevas têm a capacidade de sentir solidão? Acho que não.

– Então por que eu me sinto tão tolo por chorar?

– Pense nisto: o seu espírito chorou. Ele precisou desse pranto porque sentiu tristeza e solidão. É você quem deve decidir se isso é tolo ou não. De minha parte, já decidi que não é vergonha nenhuma ser encontrado chorando lágrimas honestas. – Sylvia Redbird se levantou e estendeu uma mão pequena e ilusoriamente frágil para ele. – Venha comigo, meu filho. Minha casa está aberta para você.

– Por que você faria isso? Na noite passada, você me viu matar um guerreiro e ferir outro. Eu também podia ter matado Zoey.

Ela inclinou a cabeça para o lado e o examinou com atenção.

– Podia mesmo? Acho que não. Ou, pelo menos, acho que o garoto que eu estou vendo neste momento não seria capaz de matá-la.

Aurox sentiu que os seus ombros desabaram.

– Mas só você acredita nisso. Ninguém mais vai acreditar.

– Bem, *tsu-ka-nv-s-di-na*, eu sou a única pessoa aqui com você neste momento. O fato de eu acreditar não basta?

Aurox enxugou o rosto de novo e se levantou, um pouco inseguro. Então ele pegou com muito cuidado a delicada mão dela.

– Sylvia Redbird, o fato de você acreditar é o bastante neste momento.

Ela apertou a mão dele, sorriu e disse:

– Pode me chamar de Vovó.

– Do que você me chamou, Vovó?

Ela sorriu.

– *Tsu-ka-nv-s-di-na* é a palavra que meu povo usa para dizer touro.

Ele sentiu uma onda de calor e depois de frio.

– A besta na qual eu me transformo é mais terrível do que um touro.

– Então talvez chamar você de *tsu-ka-nv-s-di-na* tire um pouco do horror daquilo que dorme dentro de você. Há poder em nomear as coisas, meu filho.

– *Tsu-ka-nv-s-di-na*. Vou me lembrar disso – Aurox afirmou.

Ainda se sentindo trêmulo, ele caminhou com a velha mulher mágica até a pequena casa de fazenda que ficava no meio de campos de lavanda adormecidos.

Ela era feita de pedra e tinha uma ampla e convidativa varanda na entrada. Vovó o guiou até um sofá macio de couro e entregou a ele um cobertor feito à mão para colocar nos seus ombros. Então ela disse:

– Quero pedir que você descanse o seu espírito.

Aurox fez o que ela pediu, enquanto Vovó cantarolava uma canção para si mesma, acendia a lareira e fervia água para o chá. Depois ela encontrou e deu para ele um suéter e sapatos macios de couro que estavam em outro quarto. Quando a sala ficou aquecida e a canção dela cessou, Vovó fez um gesto para que ele se juntasse a ela em uma pequena mesa de madeira, oferecendo a ele a comida que estava em um prato de cor púrpura.

Aurox provou o chá adoçado com mel e comeu o que estava no prato.

– O-obrigado, Vovó – ele disse com voz trêmula. – A comida está boa. A bebida está boa. *Tudo* aqui é tão bom.

– O chá é de camomila e hissopo. Eu uso esse chá para me ajudar a ficar calma e focada. Os cookies são de uma receita minha: chocolate com um toque de lavanda. Sempre acreditei que chocolate e lavanda são bons para a alma – Vovó sorriu e mordeu um cookie. Eles comeram em silêncio.

Aurox nunca tinha se sentido tão satisfeito. Ele sabia que não fazia sentido, mas de algum modo ele teve uma sensação de pertencimento ali com aquela mulher. Foi essa estranha mas maravilhosa sensação de pertencimento que permitiu que ele começasse a falar com o seu coração.

– Neferet ordenou que eu viesse até aqui na noite passada. Eu deveria interromper o ritual.

Vovó assentiu. A expressão dela não era surpresa, mas contemplativa.

– Ela não queria ser descoberta como a assassina da minha filha.

Aurox a observou com atenção.

– A sua filha foi assassinada. Você assistiu ao registro disso na noite passada, mas ainda assim está serena e alegre hoje. Onde você encontra tanta paz?

– Aqui dentro – ela respondeu. – Essa paz também vem da crença de que há mais coisas funcionando aqui do que podemos ver ou provar. Por exemplo, no mínimo eu deveria temê-lo. Alguns diriam que eu deveria odiá-lo.

– Muitos diriam isso.

– Ainda assim, eu não temo nem odeio você.

– Você... você está me confortando. Dando-me abrigo. Por que, Vovó? – Aurox perguntou.

– Porque eu acredito no poder do amor. Acredito na escolha da Luz em vez das Trevas, da alegria ao invés do ódio, da confiança ao invés do ceticismo – Vovó afirmou.

– Então isso não tem nada a ver comigo. É simplesmente porque você é uma pessoa boa – ele falou.

– Eu acho que ser uma pessoa boa nunca é muito simples, você não acha? – ela disse.

– Eu não sei. Nunca tentei ser uma boa pessoa – ele passou a mão pelo seu cabelo loiro e grosso, como um sinal de frustração.

Os olhos de Vovó se enrugaram quando ela sorriu.

– Nunca mesmo? Na noite passada, uma imortal poderosa ordenou que você interrompesse um ritual e mesmo assim, milagrosamente, o ritual foi completado. Como isso aconteceu, Aurox?

– Ninguém vai acreditar na verdade sobre isso – ele desabafou.

– Eu vou – Vovó o encorajou. – Conte-me, meu filho.

– Eu vim até aqui para seguir as ordens de Neferet: matar Rephaim e distrair Stevie Rae, para que o círculo fosse quebrado e o ritual não funcionasse, mas eu não poderia fazer isso. Eu não poderia quebrar algo que estava tão cheio de Luz, tão *bom* – ele falou com pressa, querendo botar a verdade para fora antes que Vovó o parasse. – Então as Trevas tomaram posse de mim. Eu não queria me transformar! Eu não queria que aquela criatura feito touro emergisse! Mas eu não consegui controlá-la e, quando ela se fez presente, só lembrava da sua última ordem: matar Rephaim. Foi só a onda de elementos e o toque da Luz que detiveram a besta o suficiente para que eu recuperasse algum controle e fugisse.

– Foi por isso que você matou Dragon. Porque ele tentou proteger Rephaim – ela concluiu.

Aurox concordou, abaixando a cabeça de vergonha.

– Eu não queria matá-lo. Eu não pretendia matá-lo. As Trevas controlaram a besta, e a besta me controlou.

– Mas não agora. A besta não está aqui agora – Vovó disse suavemente.

Aurox encontrou o olhar dela.

– Ela está. A besta sempre está aqui – ele apontou para o meio do seu peito. – Ela está eternamente dentro de mim.

Vovó cobriu a mão dele com a sua.

– Pode ser, mas você também está aqui. *Tsu-ka-nv-s-di-na,* lembre-se de que você *controlou* a besta o suficiente para fugir. Talvez isso seja um começo. Aprenda a confiar em si mesmo, e então os outros podem aprender a confiar em você.

Ele balançou a cabeça.

– Não, você é diferente de todos os outros. Ninguém vai acreditar em mim. Eles só vão enxergar a besta. Ninguém vai se importar o bastante para confiar em mim.

– Zoey o protegeu dos guerreiros. Foi por causa da proteção dela que você conseguiu fugir.

Aurox piscou os olhos, surpreso. Ele não tinha pensado nisso. As emoções dele estavam em um turbilhão tão grande que ele nem tinha percebido a extensão dos atos de Zoey.

– Ela realmente me protegeu – ele disse devagar.

Vovó acariciou a mão dele.

– Não deixe que a crença dela em você seja desperdiçada. Escolha a Luz, meu filho.

– Mas eu já tentei e falhei!

– Tente de novo, esforce-se mais – ela falou com firmeza.

Aurox abriu a boca para protestar, mas os olhos de Vovó calaram as suas palavras. O olhar dela disse que as suas palavras eram mais do que uma ordem: era uma crença de que ele era capaz.

Ele abaixou a cabeça novamente. Desta vez não de vergonha, mas devido a um lampejo incerto de esperança. Aurox levou um momento para saborear esse novo e maravilhoso sentimento. Então, gentilmente, ele tirou sua mão debaixo das mãos de Vovó e se levantou. Em resposta ao olhar questionador dela, ele disse:

– Tenho que aprender como fazer para provar que você está certa.

– E como você vai fazer isso, meu filho?

– Preciso encontrar a mim mesmo – ele falou sem hesitação.

Ela deu um sorriso afetuoso e iluminado. Inesperadamente, aquele sorriso o lembrou de Zoey, o que fez com que aquele lampejo incerto de esperança se expandisse até aquecer o seu interior.

– Aonde você vai? – ela quis saber.

– Aonde eu possa fazer o bem – ele respondeu.

– Aurox, meu filho, saiba que, desde que você controle a besta e não mate de novo, sempre pode encontrar abrigo aqui comigo.

– Nunca vou me esquecer disso, Vovó.

Quando ela o abraçou perto da porta, Aurox fechou os olhos e inspirou o aroma de lavanda e o toque de amor de uma mãe. Aquele aroma e aquele toque permaneceram com ele enquanto dirigia devagar de volta para Tulsa.

Aquele dia de fevereiro estava claro e, como o homem no rádio havia dito, *quente o bastante para os carrapatos começarem a acordar.* Aurox estacionou o carro de Neferet em uma das vagas da parte dos fundos da Utica Square, e então ele deixou que o seu instinto guiasse os seus passos enquanto caminhava do movimentado centro de compras até a rua detrás, chamada South Yorktown Avenue. Aurox sentiu o cheiro de fumaça antes de chegar ao grande muro de pedra que circundava a Morada da Noite.

Esse fogo é obra de Neferet. Tem o cheiro desagradável das Trevas que emanam dela, Aurox pensou. Ele não se permitiu imaginar o que aquele fogo podia ter destruído. Ele se concentrou em apenas seguir o seu instinto, que estava dizendo que ele deveria voltar para a Morada da Noite para encontrar a si mesmo e a sua redenção. O coração de Aurox estava batendo forte quando ele passou por ali despercebido e entrou nas sombras do muro, aproximando-se de modo rápido e silencioso da fronteira leste da escola. Então ele chegou perto de um velho carvalho que havia sido partido ao meio tão violentamente que uma parte dele estava apoiada contra o muro da escola.

Foi realmente fácil escalar o muro, agarrar os galhos desfolhados pelo inverno da árvore despedaçada e então aterrissar no chão do outro lado. Aurox se agachou na sombra da árvore. Como ele esperava, a luminosidade do sol havia esvaziado os jardins da escola, mantendo novatos e vampiros dentro dos edifícios de pedra, atrás de janelas com cortinas escuras. Ele deu a volta na base partida da árvore, analisando a Morada da Noite.

Era o estábulo que havia pegado fogo. Ele podia ver isso facilmente. Parecia que o incêndio não tinha se alastrado, apesar de ter deixado uma parede externa do estábulo no chão. Aquela abertura avariada já havia sido coberta com uma grossa lona preta. Aurox se encostou mais na árvore. Escolhendo cuidadosamente o seu caminho por entre os fragmentos espalhados da base quebrada da árvore e da confusão de galhos emaranhados, Aurox se perguntou por que ninguém tinha pensado em tirar aqueles escombros do outrora bem cuidado jardim. Mas ele não teve tempo de pensar muito nisso. Um corvo enorme de repente pousou em um galho inclinado bem na frente dele e começou uma série terrível e bem alta de grasnados e pios estranhamente perturbadores.

– Vá embora! Suma daqui! – Aurox sussurrou, fazendo barulhos para enxotar a grande ave, o que só fez com que a criatura explodisse em mais grasnados. Aurox se lançou na direção do corvo, com a intenção de sufocá-lo, mas seus pés ficaram presos em uma raiz exposta. Ele caiu para a frente, batendo no chão com força. Para o seu espanto, ele continuou caindo quando a terra se abriu embaixo dele, com o peso do seu corpo, e ele foi arremessado de ponta-cabeça para baixo, e foi caindo, caindo...

Até que Aurox sentiu uma dor terrível no lado direito da cabeça, e então o seu mundo ficou escuro.

5

ZOEY

Eu havia adormecido aconchegada nos braços de Stark, então foi totalmente confuso acordar com ele me sacudindo, fuzilando-me com os olhos e quase gritando: "Zoey! Acorde! Pare com isso! Estou falando sério!".

– Stark? Ahn? – eu me sentei, desalojando Nala, que havia se transformado em um donut laranja e gordo em cima do meu quadril. "Miiaaauuu!", Nala resmungou e caminhou até a ponta da cama. Olhei para a minha gata e para o meu guerreiro: ambos estavam me encarando como se eu tivesse cometido um assassinato em massa. – O que foi? – falei em meio a um grande bocejo. – Eu só estava dormindo.

Stark pegou seu travesseiro e o estufou para ficar mais sentado na cama. Ele cruzou os braços, balançou a cabeça e desviou os olhos de mim.

– Acho que você estava fazendo muito mais do que *apenas dormir.*

Eu quis estrangulá-lo.

– Sério, o que há com você? – perguntei.

– Você disse o nome dele.

– O nome de quem? – fechei os olhos, tendo um *flashback* com aquele velho filme assustador chamado *Vampiros de almas*[2] e me perguntando se Stark tinha se transformado em uma réplica alienígena dele mesmo.

2 *Vampiros de almas (Invasion of the Body Snatchers)* é um filme norte-americano de 1956, em que seres alienígenas criam cópias quase perfeitas dos seres humanos. (N.T.)

– Do Heath! – Stark franziu a testa para mim. – Três vezes. Isso me acordou. – Ainda sem olhar para mim, ele disse: – Com o que você estava sonhando?

O que ele falou me deixou totalmente chocada, provocando uma batalha mental em mim. Com que diabo eu estava sonhando? Pensei no que tinha acontecido mais cedo. Lembrei-me de Stark me beijando antes de eu ir dormir. Lembrei que o beijo foi supergostoso, mas eu estava muito cansada e, em vez de fazer algo além de retribuir o beijo, tinha encostado a cabeça no ombro dele e desmaiado. Depois disso, eu não me lembrava de mais nada, até ele começar a me chacoalhar e a gritar comigo para que eu parasse.

– Não tenho a menor ideia – respondi honestamente.

– Você não precisa mentir para mim.

– Stark, eu não mentiria para você – afastei meu cabelo do rosto e toquei no braço dele. – Eu não me lembro de ter sonhado com nada.

Então ele olhou para mim. Os seus olhos estavam tristes.

– Você estava chamando Heath. Eu estou dormindo bem aqui ao seu lado, mas você estava chamando por ele.

O jeito com que ele falou me deu um aperto no coração. Eu detestava tê-lo magoado. Eu podia ter dito que era ridículo ele ficar bravo comigo por algo que eu tinha falado quando estava dormindo, algo de que eu nem me lembrava. Mas, ridícula ou não, a mágoa de Stark era real. Deslizei a minha mão para dentro da dele.

– Ei – eu disse baixinho. – Sinto muito.

Ele entrelaçou seus dedos aos meus.

– Você queria que ele estivesse aqui em vez de mim?

– Não – afirmei. Eu amava Heath desde que eu era criança, mas eu não trocaria Stark por ele. É claro que o resto da verdade era que, se fosse Stark quem tivesse sido assassinado, eu também não trocaria Heath por ele. Mas definitivamente aquilo era algo que Stark não precisava ouvir, nem agora nem nunca.

Amar dois caras era uma coisa confusa, mesmo quando um dos dois estava morto.

– Então você não estava chamando por Heath porque queria estar com ele em vez de mim?

– Eu quero você. Prometo – eu me inclinei para a frente e ele abriu os braços para mim. Eu me encaixei perfeitamente contra o peito dele e inspirei o seu cheiro familiar.

Ele beijou o topo da minha cabeça e me abraçou.

– Sei que é idiota ter ciúmes de um cara morto.

– É – falei.

– Especialmente porque na verdade eu gostava do cara morto.

– Pois é – concordei.

– Mas nós pertencemos um ao outro, Z.

Eu me inclinei para trás para poder olhar nos olhos dele.

– Sim – eu disse seriamente –, nós pertencemos. Por favor, nunca se esqueça disso. Não importa quanta loucura estiver rolando ao redor de nós... Eu posso lidar com isso, mas preciso saber que o meu guerreiro está do meu lado.

– Sempre, Z. Sempre – ele afirmou. – Eu te amo.

– Eu também te amo, Stark. Sempre – então eu o beijei e mostrei para ele que absolutamente não havia motivo algum para ele ter ciúme de ninguém. E, pelo menos por um tempinho, deixei que o calor do amor dele afugentasse a lembrança do que eu tinha visto quando olhei através da pedra da vidência naquela noite...

Da próxima vez que despertei, foi porque eu estava quente demais. Ainda estava nos braços de Stark, mas ele tinha se mexido um pouco e atirado sua perna por cima de mim, fazendo de mim um casulo com meu cobertor azul e felpudo. Desta vez, ele não estava dando uma de Namorado Louco. Ele estava fofo, dormindo como um garotinho.

Como sempre, Nala tinha feito sua cama no meu quadril, então antes que ela resmungasse eu a levantei um pouco, deslizando junto com ela para o lado mais frio da cama o mais silenciosamente possível. Totalmente adormecido,

Stark fez um movimento vago com a sua mão da espada, como que estendendo o braço para me defender. Eu me concentrei em pensamentos felizes – refrigerante marrom, sapatos novos, gatinhos que não espirravam no meu rosto – e ele relaxou.

Tentei relaxar também – para valer. Nal me encarou. Cocei atrás da orelha dela e sussurrei:

– Desculpe por acordá-la. De novo.

Ela esfregou a cara no meu queixo, espirrou em mim e pulou de volta em cima do meu cobertor azul e felpudo. Então ela girou três vezes em círculo e voltou a ser um donut adormecido de pelos.

Suspirei. Eu precisava fazer como Nala, ficar encolhida e voltar a dormir, mas a minha mente estava desperta demais. E junto ao fato de estar desperta vinha o ato de pensar. Depois que fizemos amor, Stark havia murmurado meio sonolento:

– Nós estamos juntos. Todo o resto vai se resolver.

E eu tinha adormecido sentindo-me segura de que ele estava certo.

Mas agora que, infelizmente, eu estava totalmente consciente, não conseguia evitar aquela coisa toda de pensar demais e me preocupar demais. Apesar de eu supor que, se Stark soubesse o que eu imaginei ter visto através da pedra da vidência na noite passada, ele iria retirar aquele comentário de "todo o resto vai se resolver" e voltar ao papel de Senhor Tenho Ciúme de um Cara Morto.

Coloquei minha mão em cima da pequena pedra arredondada que pendia de uma fina corrente de prata em volta do meu pescoço e balançava inocentemente entre os meus seios. Parecia normal – como qualquer outro colar que eu poderia ter usado. Ela não estava irradiando nenhum calor estranho. Eu a tirei de debaixo da minha camiseta e a ergui devagar. Inspirei profundamente para me fortificar e dei uma olhada em Stark através da pedra.

Nada estranho aconteceu. Stark continuou sendo Stark. Virei o colar um pouco e olhei para Nala. Ela continuou sendo uma gata adormecida gorda e alaranjada.

Coloquei a pedra da vidência de novo embaixo da minha camiseta. E se eu tivesse imaginado tudo aquilo? Como Heath poderia estar em Aurox? Até

Thanatos disse que Aurox tinha sido criado pelas Trevas através do sacrifício da minha mãe. Ele era um Receptáculo – uma criatura sob o controle de Neferet.

Mas ela precisou matar Shadowfax para controlá-lo totalmente, e Aurox tinha feito aquelas perguntas sobre o que ele realmente era para Thanatos.

Ok, mas alguma dessas coisas fazia diferença? Aurox não era Heath. Heath estava morto. Ele havia partido para um reino mais distante do Mundo do Além para o qual eu não pude ir *porque Heath estava morto.*

Refletindo a minha inquietação, Stark se remexeu, franzindo a testa em seu sono. A gata Nala rosnou de novo. Eu não queria de jeito nenhum que eles acordassem, então saí da cama em silêncio e andei nas pontas dos pés para fora do quarto, abaixando-me para passar embaixo do cobertor que Stark e eu usávamos como porta.

Refrigerante marrom. Eu precisava seriamente de uma dose de refrigerante marrom. Talvez eu tivesse sorte e encontrasse um pouco de cereal Count Chocula e um resto de leite que não estava azedo. Hum, só de pensar nisso eu me senti um pouco melhor. Eu realmente merecia um pouco do cereal que eu tanto amava no café da manhã.

Fui arrastando os pés pelo túnel mal iluminado, passando por corredores menores e outras portas fechadas com cobertores, atrás das quais meus amigos descansavam enquanto aguardávamos o sol se pôr. Até que entrei na área comum que usávamos como cozinha. O túnel meio que acabava ali, abrindo espaço para algumas mesas, laptops e geladeiras grandes.

– Deve ter sobrado um pouco de refrigerante marrom por aqui – murmurei para mim mesma, enquanto eu vasculhava a primeira geladeira.

– Tem na outra geladeira.

Dei um gritinho idiota e pulei de susto.

– *Aff*, Shaylin! Não fique espreitando pelos cantos assim. Você quase me fez fazer pipi nas calças.

– Desculpe, Zoey – ela foi até a segunda das três geladeiras e pegou uma lata de refrigerante marrom não diet, totalmente cheio de açúcar e cafeína, e o estendeu para mim com um sorriso de desculpas.

– Você não deveria estar dormindo? – sentei na cadeira mais próxima e dei um gole no meu refrigerante, tentando não parecer tão mal-humorada quanto eu estava.

– É, bem, eu estou cansada sim. Posso sentir que o sol não se pôs ainda, mas estou com muita coisa na cabeça. Entende o que quero dizer?

Bufei ligeiramente.

– Entendo perfeitamente o que você quer dizer.

– A sua cor está meio que desligada – Shaylin fez esse comentário de um jeito indiferente, como se ela tivesse acabado de falar algo tão normal quanto mencionar a cor da minha camiseta.

– Shaylin, na verdade eu não entendo muito bem sobre essa coisa de cor que você costuma falar.

– Eu também não sei muito bem o quanto entendo. Tudo o que sei é o que vejo e, se não penso muito sobre isso, normalmente faz sentido para mim.

– Ok, dê um exemplo de como isso normalmente faz sentido para você.

– Isso é fácil. Vou usar você como meu exemplo. As suas cores não mudam muito. Na maior parte do tempo, você é roxa com pontinhos prateados. Mesmo quando você estava se preparando para ir ao ritual na fazenda de sua avó, e sabia que isso seria algo difícil de assistir, as suas cores permaneceram as mesmas. Eu conferi porque... – ela perdeu a fala.

– Você conferiu porque... – eu a incentivei a continuar.

– Porque eu estava curiosa. Eu conferi as cores de todos antes de vocês saírem, mas, bem, acabei de perceber como isso soa invasivo.

Franzi minha testa para ela.

– Isso não é como se você estivesse lendo nossas mentes nem nada parecido. Ou é?

– Não! – ela me assegurou. – Mas quanto mais passa o tempo em que eu tenho essa coisa da Visão Verdadeira, e quanto mais eu pratico, mais real isso fica para mim. Zoey, eu acho que isso me diz coisas sobre as pessoas, coisas que às vezes elas preferem esconder.

– Como Neferet. Você disse que por dentro ela tem cor de olho de peixe morto, e por fora ela é deslumbrante.

– Sim, exato. Mas também como o que eu estou vendo em você. Mas, como Kramisha diria, eu não devo me meter onde não fui chamada.

– Por que você não me conta o que está vendo em mim, e depois eu digo se acho que você está se metendo onde não foi chamada ou não?

– Bem, desde que você voltou do ritual na fazenda de sua avó, as suas cores estão mais escuras – ela fez uma pausa e me encarou. Então ela balançou a cabeça e se corrigiu: – Não, isso não é totalmente preciso. As suas cores não estão apenas mais escuras, elas estão mais turvas. Como se o roxo e o prata tivessem sido misturados e cobertos de lama.

– Ok – falei devagar, começando a entender o que ela quis dizer com *violação*. – Entendi que você vê uma diferença em mim, e isso é meio estranho, principalmente porque você falou que minhas cores não costumam mudar. Mas o que isso significa para você?

– Ah, sim, desculpe. Acho que significa que você está confusa com alguma coisa, com algo sério. Isso está incomodando você. Realmente mexendo com a sua cabeça. É mais ou menos por aí?

Concordei com a cabeça.

– É mais ou menos por aí.

– E você se sente estranha por eu saber disso?

Assenti novamente.

– É, um pouco – pensei por um instante nisso e então acrescentei: – Mas aí vai a verdade: eu me sentiria menos estranha se soubesse que posso confiar que você não vai tagarelar para todo mundo que as minhas cores estão turvas e que eu estou realmente confusa com algo. Isso sim seria violação.

– Sim – ela soou triste. – Foi o que pensei também. Quero que você saiba que pode confiar em mim. Nunca fui fofoqueira. Além disso, esse dom que Nyx me deu quando fui Marcada, bem, é totalmente incrível. Zoey, eu posso ver novamente – Shaylin parecia que ia explodir em lágrimas. – Não quero estragar tudo. Vou usar esse dom do modo que Nyx quer que eu use.

Percebi que ela estava bastante perturbada e me senti mal por ela – principalmente por eu ter algo a ver com o fato de ela estar perturbada.

– Ei, Shaylin, está tudo bem. Eu entendo como é ter um dom pelo qual você sente uma grande responsabilidade e como é não querer estragar tudo. Caramba, você está falando com a Rainha de Meter os Pés pelas Mãos. – Fiz uma pausa e então acrescentei: – Isso é parte do motivo pelo qual estou confusa agora. Eu *não* quero tomar mais uma decisão errada, idiota e imatura. O que eu faço e digo afeta muito mais gente do que apenas eu. Quando tomo decisões ridículas, é como aquelas peças de dominó caindo uma atrás da outra. Novatos, vampiros e humanos, todos podem se ferrar. Isso é péssimo, mas não muda o fato de que eu realmente tenho um dom de Nyx e que sou responsável pelo modo como esse dom é usado.

Shaylin pensou um pouco no que falei, e eu dei um gole no meu refrigerante. Na verdade, eu estava gostando de conversar com ela. Era infinitamente melhor do que ficar quebrando a cabeça com Aurox, Heath, Stark, Neferet e...

– Ok, mas o que fazer nesta situação? – Shaylin interrompeu meus pensamentos. – O que fazer se eu vir as cores de uma pessoa mudarem? É minha responsabilidade contar isso para alguém... alguém como você?

– O que você quer dizer? Tipo, chegar para mim e falar: "Ei, Zoey, as suas cores estão todas turvas. O que está rolando?"?

– Bem, talvez, mas só se nós formos amigas. Mas eu estava pensando mais em algo como o que aconteceu hoje, quando eu vi Nicole. As cores dela eram como as do resto do grupo de Dallas: feito sangue misturado com tons de marrom e preto. Como algo sangrando no meio de uma tempestade de areia. Na noite passada, no estábulo, as cores dela tinham mudado. Ainda havia um vermelho enferrujado ali, mas parecia mais claro, mais brilhante, não no mau sentido. Mais como se estivesse ficando mais limpo. É estranho, mas juro que vi um pouco de azul nela. Mas não como o azul do céu. Mais como o mar. Foi isso que me fez pensar que o lado mau dela pode estar desaparecendo e, depois que pensei isso, senti que estava certa.

– Shaylin, o que você está dizendo é realmente confuso – afirmei.

– Não, para mim não é! Está ficando cada vez menos confuso. Eu simplesmente *sei* as coisas.

– Eu entendi e acredito que você está dizendo a verdade. O problema é que o seu *saber* é tão subjetivo. É como se você estivesse transformando a vida em uma prova, e as pessoas fossem as respostas, mas, em vez de as suas pessoas-respostas serem alternativas tipo verdadeiro ou falso, onde é fácil julgar se o que você captou é certo ou errado, elas são respostas dissertativas. E isso significa que o seu resultado pode variar dependendo de muitas coisas diferentes. Nada é preto ou branco – suspirei. Minha própria analogia estava fazendo minha cabeça doer.

– Mas, Zoey, a vida não é preto no branco ou verdadeiro e falso, nem as pessoas – ela deu um gole no seu refrigerante, o qual eu percebi que era claro. Fiquei pensando que eu realmente não entendia o refrigerante claro: não tinha cafeína e nunca parecia doce o bastante. Então ela continuou: – Mas eu entendo o que você está tentando dizer. Você acredita que eu vejo as cores das pessoas. Você só não acredita no julgamento que eu faço delas.

Eu comecei a negar e a dizer algo que iria fazer com que ela se sentisse melhor, mas um aperto dentro de mim me fez mudar de ideia. Shaylin precisava escutar a verdade.

– Sim, basicamente é isso.

– Bem – ela disse, endireitando os ombros e levantando o queixo –, eu acho que o meu julgamento é bom. Acho que ele está ficando cada vez melhor, e quero usar meu dom para ajudar. Eu sei que uma batalha está a caminho. Ouvi falar sobre o que Neferet fez com a sua mãe e sobre como ela escolheu as Trevas em vez da Luz. Você vai precisar de alguém como eu. Consigo ver o interior das pessoas.

Ela estava certa. Eu realmente precisava do dom dela, mas também precisava saber que podia confiar no seu julgamento.

– Ok, então vamos começar. Que tal você manter os olhos bem abertos? Conte-me se você vir a cor de alguém mudando.

– O primeiro caso que eu quero reportar é o de Nicole. Erik me contou sobre ela. Sei que ela foi realmente do mal no passado. Mas a verdade está nas cores dela, e elas dizem que ela está mudando.

– Está certo. Vou me lembrar disso – levantei as sobrancelhas para ela. – E por falar em se lembrar das coisas... Não quero ser maldosa nem nada parecido, mas você precisa ficar de olho em Erik. Ele não é sempre...

– Ele é arrogante e egoísta – ela me interrompeu, encontrando o meu olhar sem se alterar. – Ele se acha muito, por saber como é gostoso e talentoso. A vida tem sido fácil para ele, mesmo depois de você ter terminado com ele.

– Ele contou para você que eu terminei com ele? – não sabia dizer se ela estava sendo maliciosa ou não. Não parecia que ela estava sendo, mas, de novo, eu não a conhecia muito bem. Mas realmente eu tinha a impressão de que, toda vez que eu a via, eu via Erik. Não que me importasse. Sério. Não era ciúme. Era mais que eu me sentia responsável por adverti-la sobre ele.

– Ele não precisou me contar. Tipo, um bilhão de outros garotos fez isso antes dele – ela respondeu.

– Eu não tenho nenhum ressentimento em relação a Erik. Quero dizer, ele pode ficar com quem ele quiser. Se você gosta dele, por mim não tem problema nenhum – percebi que estava tendo um surto de diarreia verbal, mas eu não conseguia parar de falar. – E ele também não quer mais nada comigo. Acabou mesmo. Só que Erik é...

– É um cuzão – a voz de Aphrodite me salvou. Ela passou por nós bocejando e enfiou a cabeça em uma das geladeiras. – E agora você ouviu isso de duas ex-namoradas dele. Sendo que "ex" é a parte mais importante da frase – ela veio até a mesa e colocou na frente da cadeira vazia ao meu lado uma jarra de suco de laranja e uma garrafa, que eu imaginei ser um champanhe supercaro. – É claro que Z. não o chamou de cuzão. Ela estava sendo gentil – enquanto falava, Aphrodite voltou para a geladeira e abriu o *freezer*. Ouvi um barulho de vidro tinindo. Quando ela voltou para a mesa, estava segurando uma taça de cristal gelada, daquelas compridas e finas em que as pessoas bebem nas festas de Ano Novo na TV. – Já eu não sou tão gentil. Cu-zão. Esse é o nosso Erik – ela estourou a rolha da garrafa, derramou um pouquinho de suco de laranja na taça e então a encheu quase até transbordar com champanhe borbulhante. Ela abriu um sorriso para a taça e falou: – Mimosa ou, como diria minha mãe, *o café da manhã dos campeões*.

– Eu sei o que Erik é – Shaylin afirmou. Ela não pareceu irritada. Ela também não pareceu agradecida. Ela soou segura de si. – Eu também sei o que você é.

Aphrodite levantou uma sobrancelha loira para ela e deu um bom gole na sua Mimosa.

– Conta aí.

Oh-oh, pensei. Eu supunha que devia fazer algo para impedir o que estava para acontecer, mas era como estar parada em um trilho de trem tentando empurrar um carro para fora do caminho. Era mais provável que eu acabasse sendo atropelada pelo trem do que conseguisse salvar o carro. Então, em vez disso, fiquei olhando com cara de tonta e bebendo meu refrigerante.

– Você é prateada. Isso me lembra a luz da lua, o que me diz que você foi tocada por Nyx. Mas você também é amarela cor de manteiga, como a luz de uma pequena vela.

– E isso diz o que para você? – Aphrodite examinou as suas próprias unhas bem cuidadas, claramente sem se importar com a resposta de Shaylin.

– Isso me diz que, como uma pequena vela, você pode ser apagada facilmente.

Os olhos de Aphrodite se estreitaram e ela espalmou a mão contra a mesa.

– Já chega, garotinha nova. Eu já tenho passado por muita coisa, com toda essa merda de batalha contra as Trevas, para ter que aturar a sua boca mole *ou* a sua atitude de sabe-tudo – parecia que ela estava se preparando para avançar no pescoço de Shaylin. Eu estava pensando em correr para tentar encontrar Darius quando Stevie Rae surgiu na cozinha.

– E aí, pessoal! Bom dia! – ela disse e deu um grande bocejo. – Cara, estou cansada. Será que tem alguma lata de Mountain Dew na geladeira?

– Ah, que merda, agora não é de manhã. O sol já vai se pôr. E por que diabo está todo mundo acordado? – Aphrodite atirou as mãos para cima.

Stevie Rae franziu a testa para ela.

– É educado dizer "bom-dia" para as pessoas, mesmo que isso não seja tecnicamente correto. E eu gosto de acordar cedo. Não há nada de errado nisso.

– Ele é um pássaro! – Aphrodite falou, servindo-se de mais champanhe.

– Você já está bebendo?

– Sim. Quem é você? Uma versão caipira da minha mãe?

– Não, se eu fosse uma versão de sua mãe, eu não ia ligar para o fato de você beber no café da manhã, já que a sua mãe realmente tem problemas – Stevie Rae colocou a lata de Mountain Dew de volta na geladeira. – E agora que eu pensei nisso, tomar refrigerante no café da manhã provavelmente também não é uma boa ideia. Aposto que tem uma caixa de Lucky Charms por aqui em algum lugar.

– Esse cereal é magicamente delicioso – Shaylin comentou. – Se você encontrar, vou querer um pouco também.

– Count Chocula – como parecia que Aphrodite não ia matar ninguém (no momento), minha voz voltou a funcionar. – Se você vir uma caixa, eu quero.

– Que diabo há de errado com Mimosas? – Aphrodite estava dizendo. – Suco de laranja combina com café da manhã.

– E a parte do champanhe? É álcool – Stevie Rae argumentou.

– É Veuve Clicquot rosé. Isso significa champanhe *bom*, o que cancela a parte do álcool – Aphrodite afirmou.

– Você acredita mesmo nisso? – Shaylin perguntou.

Olhando para mim e claramente ignorando Shaylin, Aphrodite falou:

– O que é que está falando comigo?

– Estou com dor de cabeça e a gente ainda nem foi para a escola – eu disse para Aphrodite.

– O estábulo quase foi destruído pelo fogo e a nossa Grande Sacerdotisa foi expulsa por ser uma semideusa assassina. Acho que todos nós podemos faltar na aula hoje – Aphrodite sugeriu.

– Nananina – Stevie Rae rebateu. – Nós *temos* que ir para a escola por causa disso tudo. Thanatos vai precisar de nós. Além disso, vai haver a cerimônia da pira funerária para Dragon. Isso vai ser difícil, mas a gente precisa estar lá nessa hora.

Aquilo calou Aphrodite. Ela continuou a beber, enquanto Stevie Rae serviu um pouco de Lucky Charms (um cereal inferior a Count Chocula, apesar de ter marshmallows) para si mesma e para Shaylin, e todas nós ficamos um pouco melancólicas.

– Vou sentir falta de Dragon – falei. – Mas é muito legal que ele está com Anastasia de novo. E o Mundo do Além é incrível. Mesmo.

– Vocês realmente viram os dois se reencontrando, não viram? – Shaylin quis saber, com olhos arregalados.

– Todos nós vimos – eu respondi, sorrindo.

– Foi lindo – Stevie Rae comentou, fungando e enxugando os olhos.

– É – Aphrodite disse baixinho.

Shaylin limpou a garganta.

– Olha só, Aphrodite, eu não queria ter sido tão maldosa antes. O que eu falei foi errado. Eu não devia usar o meu dom dessa forma. Você realmente tem uma luz amarela trêmula por dentro da sua luz da lua, mas isso não quer dizer que você vai se apagar. É parte do seu jeito único... do seu lado afetivo. Aqui vai a verdade: essa luz é pequena e escondida porque você mantém o seu verdadeiro lado bom e afetuoso escondido na maior parte do tempo. Mas isso não muda o fato de que essa luz ainda está aí. Portanto, desculpe.

Aphrodite voltou seus olhos azuis e frios para Shaylin e disse:

– Ponha a loção no cesto.

– Ah, cara – eu falei. – Aphrodite, apenas tome o seu café da manhã. Shaylin, esse é um bom exemplo daquilo que a gente estava conversando antes. Eu não questiono o seu dom. Não duvido dele. Mas eu realmente tenho um pé atrás com o seu bom senso em decifrá-lo.

– Eu decifro o meu dom perfeitamente – Shaylin respondeu, soando incomodada e na defensiva. – Mas Aphrodite me tirou do sério. Então eu cometi um erro. Já pedi desculpas.

– Desculpas não aceitas – Aphrodite falou e deu as costas para Shaylin.

Foi nessa hora que Damien entrou apressado na cozinha, segurando o seu iPad – e parecendo mais descabelado do que normalmente ficava, depois do que ele gostava de chamar de seu "período de rejuvenescimento de beleza". Ele veio direto até mim, ergueu o iPad e disse:

– Vocês têm que assistir a isso.

No começo, eu estava só ligeiramente curiosa quando vi a âncora do telejornal da noite do canal Fox23, a totalmente deslumbrante Chera Kimiko, falando. Nós adorávamos a Chera. Ela não só era bonita no nível de um vampiro como era também uma pessoa real, ao contrário dos âncoras tipo cabeças falantes de plástico que normalmente aparecem.

Aphrodite espiou por sobre o meu ombro para o iPad de Damien.

– Kimiko é clássica. Nunca vou me esquecer daquela vez em que ela cuspiu o chiclete bem no meio da notícia. Pensei que meu pai ia ficar...

– Chera é ótima, mas isto é péssimo – Damien a cortou. – E grave. Neferet acabou de dar uma coletiva de imprensa.

Ah, que inferno...

6

ZOEY

Todos nós nos amontoamos em volta do iPad de Damien. Ele clicou no *play* e o vídeo da Fox23 começou. A parte de baixo da tela trazia a legenda: CAOS NA MORADA DA NOITE DE TULSA? Então a tela foi preenchida por Neferet e um monte de caras de terno. Ela estava em pé em algum lugar realmente bonito, cheio de mármore e *art déco*. Senti que eu quase reconhecia aquele lugar. A voz de Chera Kimiko estava falando em off.

– Vampiros e violência? Você ficaria surpreso com quem está afirmando isso. A Fox23 traz uma reportagem exclusiva esta noite com uma ex-Grande Sacerdotisa da Morada da Noite de Tulsa.

Um comercial idiota começou e, enquanto Damien tentava adiantá-lo, eu disse:

– Pela imagem parece que ela está em algum lugar no centro da cidade.

– É o lobby do edifício Mayo – Aphrodite falou de forma lacônica. – E aquele na frente dela é o meu pai.

– *Aiminhadeusa!* – os olhos de Stevie Rae ficaram gigantes e redondos. – Ela está dando uma entrevista coletiva junto com o prefeito?

– E com alguns vereadores. São os outros caras de terno que estão com ela – Aphrodite explicou.

Então o vídeo começou e todos nós ficamos calados e assistindo embasbacados.

– Eu estou aqui para romper meus laços oficial e publicamente com a Morada da Noite de Tulsa e o Conselho Supremo dos Vampiros – de algum modo, Neferet conseguia parecer régia e vítima ao mesmo tempo.

– Ela é tão cheia de merda – Aphrodite comentou.

– *Shhh!* – todos nós fizemos para ela, pedindo silêncio.

– *Grande Sacerdotisa Neferet, por que a senhora cortaria os laços com o seu povo?* – perguntou um dos repórteres.

– *Nós não podemos ser considerados um só povo? Não somos todos seres inteligentes com a capacidade de amar e entender uns aos outros?* – aparentemente, ela estava falando de modo retórico, pois não esperou por uma resposta. – *As políticas dos vampiros se tornaram desagradáveis para mim. Muitos de vocês sabem que recentemente eu abri vagas de trabalho na Morada da Noite para a comunidade de Tulsa. Fiz isso por causa da minha convicção de que humanos e vampiros podem fazer mais do que apenas coexistir de modo constrangido. Nós podemos viver e trabalhar juntos, e até amar.*

Stevie Rae fez barulho de vômito. Eu fiquei balançando a cabeça de um lado para o outro, sem acreditar no que ouvia.

– *Eu recebi tanta resistência que o Conselho Supremo dos Vampiros enviou para Tulsa a sua Grande Sacerdotisa da Morte, Thanatos, para intervir. A atual administração dos vampiros promove violência e segregação. Apenas olhem para os últimos seis meses e o recorde de violência cada vez maior no centro de Tulsa. Vocês realmente acreditam que todos os ataques, principalmente aqueles envolvendo derramamento de sangue, têm relação com gangues humanas?*

– *Grande Sacerdotisa, a senhora está admitindo que vampiros atacaram humanos em Tulsa?*

Neferet levou sua mão até o pescoço dramaticamente.

– *Se eu soubesse disso com cem por cento de certeza, teria ido até a polícia imediatamente. Eu só tenho suspeitas e preocupações. Eu também tenho uma consciência, e é por isso que eu saí da Morada da Noite* – ela deu um sorriso radiante. – *Por favor, vocês não precisam mais me chamar de Grande Sacerdotisa. De agora em diante, eu sou simplesmente Neferet.*

Mesmo pelo vídeo, pude perceber que o repórter ficou vermelho e sorriu para ela.

– *Há rumores sobre um novo tipo de vampiro, com Marcas vermelhas. A senhora pode confirmar esses rumores?* – perguntou outro repórter.

– *Infelizmente, eu posso. Há, de fato, um novo tipo de vampiros e novatos. Aqueles Marcados em vermelho são deteriorados de certa forma.*

– Deteriorados? A senhora pode nos dar um exemplo?

– Certamente. O primeiro que me vem à cabeça é James Stark, um novato que veio de Chicago depois de acidentalmente causar a morte do seu mentor. Ele se tornou o primeiro guerreiro vampiro vermelho.

Eu ofeguei.

– Aquela vaca está falando do seu namorado! – Aphrodite disse.

– E agora na noite passada Dragon Lankford, Mestre da Espada da escola há muito tempo, foi assassinado. Espetado pelos chifres de um touro até a morte. Lankford estava na companhia de James Stark quando aconteceu o "acidente" – ela enfatizou a palavra, para deixar claro que não acreditava que havia sido um acidente.

– A senhora está querendo dizer que esse vampiro Stark é perigoso?

– Temo que ele possa ser. Na verdade, muitos dos novos vampiros e novatos podem ser perigosos. Afinal de contas, a nova Grande Sacerdotisa da Morada da Noite de Tulsa é a Morte.

– A senhora pode nos dar mais detalhes sobre...

Um dos homens de terno deu um passo à frente, cortando Neferet.

– Eu, mais do que todos, estou muito preocupado com esses acontecimentos na comunidade dos vampiros. Como muitos de vocês sabem, minha amada filha, Aphrodite, foi Marcada há quase quatro anos. Eu entendo muito bem que os vampiros não gostem que os humanos se intrometam nos seus assuntos pessoais, políticos e criminais. Há muito tempo eles tomam conta de si mesmos. Mas quero declarar a vocês e à nossa Morada da Noite local que, por resolução da Câmara dos Vereadores de Tulsa, nós vamos criar uma comissão para examinar as relações entre vampiros e humanos. Infelizmente, acabou o tempo que temos para perguntas por hoje – o homem que havia falado no microfone de Neferet era o pai de Aphrodite, prefeito de Tulsa. *– Tenho apenas mais um breve anúncio para fazer. Começando imediatamente, Neferet foi admitida como membro da comissão da Câmara dos Vereadores sob o título de Agente de Ligação com os Vampiros. Deixem-me reiterar, Tulsa pretende se associar a vampiros que desejam viver em paz com os humanos.* – Quando todos os repórteres começaram a falar ao mesmo tempo, ele levantou a mão e sorriu com certo ar de superioridade (que estranhamente lembrou Aphrodite). *– Neferet vai ter uma coluna semanal no caderno* Scene *do jornal* Tulsa World. *Por enquanto, esse vai ser o fórum através do qual ela vai responder a todas*

as suas perguntas. Lembrem-se de que agora estamos apenas no começo de uma parceria. Precisamos caminhar devagar e gentilmente para não perturbar o delicado equilíbrio das relações entre vampiros e humanos.

Eu estava observando o rosto de Neferet em vez de olhar para o prefeito, e vi o jeito com que os olhos dela se estreitaram e a sua expressão se endureceu. Então o prefeito LaFont acenou para a câmera e a imagem voltou para Chera Kimiko no estúdio. Damien tocou no iPad, e a tela se apagou.

– Ah, que merda! Meu pai perdeu o resto de juízo perfeito que ainda restava depois de conviver com a minha mãe – Aphrodite afirmou.

– Ei, acho que ouvi alguém falar o meu nome – Stark entrou na cozinha, passando os dedos pela sua cabeça descabelada e dando pra mim aquele seu meio sorriso sexy e metidinho.

– Neferet acabou de dar uma coletiva de imprensa e de dizer a todos que você é um assassino perigoso – eu me escutei contando a ele.

– Ela fez o quê? – ele pareceu tão chocado quanto eu me sentia.

– É, e ela fez mais do que isso – Aphrodite continuou. – Ela se juntou ao meu pai e agora toda a cidade acredita que ela é toda boazinha e que nós somos todos sugadores de sangue.

– Ahn, o plantão de notícias é por nossa conta, Aphrodite – Stevie Rae a corrigiu. – *Você* não é mais uma sugadora de sangue.

– Ah, por favor. Como se os meus pais soubessem alguma coisa da minha vida. Não falo com nenhum dos dois há meses. Só sou a filha deles quando isso é conveniente para eles. Como agora.

– Se isso não fosse tão assustador, seria engraçado – Shaylin comentou.

– Neferet está fazendo com que pareça que *ela* rompeu com o Conselho Supremo e com a escola, e não que ela foi expulsa por matar a minha mãe – eu expliquei para Stark.

– Ela não pode fazer isso – Stark reagiu. – O Conselho Supremo dos Vampiros não vai deixar que ela faça isso.

– Meu pai está amando tudo isso – Aphrodite disse. Reparei que ela tinha deixado o champanhe de lado e que agora estava enchendo a taça apenas com suco de laranja. – Há anos ele quer descobrir como se aproximar dos vampiros.

Depois que eles me esqueceram porque não me transformei em um clone da minha mãe, eles na verdade ficaram felizes quando fui Marcada.

Fiquei observando Aphrodite e me lembrando do dia que agora parecia tão distante, em que eu havia escutado os pais dela a repreendendo por ela ter perdido a liderança das Filhas das Trevas para mim. Agora Aphrodite parecia a rainha do gelo de sempre, mas na minha lembrança eu ainda conseguia ouvir o som da mão da mãe dela dando uma bofetada no seu rosto e podia ver as lágrimas que ela teve que represar. Não deve ter sido fácil para ela ouvir o seu pai a chamar de "filha amada" quando a verdade era que tudo o que ele sempre quis foi usá-la.

– Por quê? O que os seus pais querem com os vampiros? – Stevie Rae perguntou.

– Ter acesso a mais dinheiro... mais poder... mais beleza. Em outras palavras, ser parte da turma legal. Isso é tudo o que eles sempre quiseram: ser bacanas e poderosos. Eles usam quem quer que seja para conseguir o que querem, incluindo a mim e, obviamente, Neferet – Aphrodite explicou, ecoando estranhamente o que eu estava pensando.

– Neferet não é o caminho para eles conseguirem nada disso – eu afirmei.

– Fala sério, Z., ela é mais louca que galinha agarrada pelo rabo – Stevie Rae falou.

– Bem, seja o que for que isso signifique, sim, mas não é só isso. Mais alguém reparou no olhar de Neferet quando o pai de Aphrodite estava falando? Ela definitivamente não gostou nada de como as coisas terminaram – eu disse.

– Uma comissão, uma coluna no jornal e "caminhar devagar e gentilmente" não parece algo em que a Consorte das Trevas estaria particularmente interessada – Damien concordou.

– E realmente ela não gostou de quando o prefeito interrompeu a pergunta sobre você ser perigoso – eu completei.

– Eu gostaria de ser perigoso para Neferet! – Stark vociferou, ainda parecendo totalmente chocado.

– O meu pai é muito bom em prometer uma coisa e fazer outra – Aphrodite lembrou. – Posso jurar para vocês que ele acha que pode fazer esse jogo com Neferet – ela balançou a cabeça. Não importava o quanto ela soava insensível, a expressão dela era tensa.

– A gente tem que ir para a Morada da Noite. Agora. Se Thanatos ainda não sabe sobre isso, ela precisa saber – afirmei.

NEFERET

Os humanos são tão fracos, entediantes e terrivelmente simplórios, Neferet pensou enquanto observava o prefeito Charles LaFont sorrir de modo afetado, procurando apaziguar os ânimos e continuando a evitar qualquer pergunta direta sobre perigo, mortes e vampiros depois da coletiva de imprensa dela. *Até esse homem que, dizem os rumores, é o próximo na fila para uma cadeira no Senado e supostamente é tão carismático e dinâmico...* Neferet teve que disfarçar a sua risada sarcástica com uma tosse. Esse homem não era *nada.* Neferet esperava mais do pai de Aphrodite.

Pai! Uma voz ecoou do seu passado, alarmando-a e fazendo que Neferet agarrasse o corrimão de ferro ornamentado e o apertasse bruscamente. Ela teve que tossir de novo para ocultar o som de algo quebrando que veio do ferro forjado quando ela tirou sua mão dali. Foi então que a paciência dela acabou.

– Prefeito LaFont, você pode me acompanhar até a minha cobertura – as palavras deveriam ter soado como uma pergunta, mas a voz de Neferet não formulou a frase desse modo. O prefeito e os quatro vereadores que haviam participado da coletiva de imprensa se viraram na sua direção. Ela decifrou facilmente cada um deles.

Todos a achavam bonita e desejável.

Dois deles a desejavam com tanta intensidade que eles abandonariam suas esposas, suas famílias e suas carreiras para possuí-la.

Charles LaFont não era um deles. O pai de Aphrodite a cobiçava – disso não havia dúvida –, mas o seu principal desejo não era sexual. A maior necessidade de LaFont era alimentar a obsessão de sua mulher por *status* e aceitação social. De fato, era uma pena que ele não pudesse ser seduzido mais facilmente.

Todos eles a temiam.

Isso fez Neferet sorrir.

Charles LaFont limpou a garganta e ajeitou nervosamente a sua gravata.

– É claro, é claro. Será um prazer acompanhá-la.

Friamente, Neferet fez apenas um gesto de despedida com a cabeça para os outros homens e ignorou os olhares ávidos deles na sua direção enquanto ela e LaFont entravam no elevador para subir até a sua cobertura.

Ela não falou nada. Neferet sabia que ele estava nervoso e muito menos seguro de si do que fingia ser. Em público, a sua fachada era de charme natural, como se ele fosse merecedor de tudo o que a vida tinha a oferecer. Mas Neferet enxergava o humano amedrontado e bobo que se encolhia por baixo daquela superfície.

As portas do elevador se abriram e ela entrou no saguão de mármore do seu apartamento.

– Acompanhe-me em um drink, Charles – Neferet não deu a ele nenhuma oportunidade de recusa. Ela caminhou decididamente até o bar *art déco* ornamentado e encheu duas taças com um esplêndido vinho tinto.

Como ela sabia que ia acontecer, ele a seguiu.

Ela estendeu a ele uma das taças. Ele hesitou e ela deu uma gargalhada.

– É só um *cabernet* muito caro. Não está misturado com sangue, de forma alguma.

– Ah, claro – ele pegou a taça e riu nervosamente, parecendo um cachorrinho pequeno e medroso aos olhos dela.

Neferet detestava cachorros quase tanto quanto ela detestava homens.

– Eu tinha mais para revelar hoje do que apenas a informação sobre James Stark – ela disse friamente. – Acho que a nossa comunidade merece entender como os vampiros da Morada da Noite se tornaram perigosos.

– E eu acho que a comunidade não precisa entrar em pânico sem necessidade – LaFont contra-argumentou.

– Sem necessidade? – ela pronunciou as duas palavras incisivamente.

LaFont assentiu e coçou o queixo. Neferet sabia que ele achava que parecia sábio e benevolente. Mas, para ela, ele parecia fraco e ridículo.

Foi então que Neferet reparou nas mãos dele. Elas eram grandes e pálidas, com dedos grossos e, apesar do seu tamanho, pareciam macias e quase femininas.

O estômago de Neferet se embrulhou. Ela quase vomitou no vinho e por pouco não conseguiu manter o seu comportamento frio.

– Neferet? Você está bem? – ele perguntou.

– Sim – ela falou rapidamente. – Só estou confusa. Você está me dizendo que, ao alertar Tulsa sobre os perigos desses novos vampiros, estamos provocando pânico neles sem necessidade?

– É exatamente isso. Depois da coletiva de imprensa, Tulsa vai estar em alerta. A violência contínua não vai ser tolerada; ela vai ser detida.

– Mesmo? E como você pretende deter a violência dos vampiros? – a voz de Neferet era ilusoriamente amável.

– Bem, isso é muito simples. Vou continuar o que nós começamos hoje. Você alertou o público. Com você atuando como Agente de Ligação entre a cidade e o Conselho Supremo na nossa comissão recém-implementada, você será a voz da razão defendendo a coexistência entre humanos e vampiros.

– Então é com palavras que você vai deter a violência deles – ela disse.

– Sim, palavras faladas *e* escritas – ele concordou, parecendo muito satisfeito consigo mesmo. – Peço desculpas se falei fora de hora quando mencionei a coluna no jornal. Foi uma ideia de última hora do meu grande amigo Jim Watts, editor--chefe do caderno *Scene* do *Tulsa World*. Eu teria falado com você sobre isso antes, mas, desde que você apareceu no meu escritório hoje à tarde com o seu alerta, as coisas aconteceram rápido e publicamente.

Porque eu planejei as coisas dessa forma... porque eu coloquei o sistema inepto de vocês em ação. Agora chegou a hora de eu colocá-lo em ação, assim como fiz com os jornalistas e os vereadores.

– Quando eu o procurei, não esperava encontrar reticências nem estava planejando escrever.

– Talvez não, mas eu estou na política de Oklahoma há quase vinte anos e conheço o meu povo. Incitá-los de modo calmo e devagar é o que funciona com eles.

– Como se você estivesse tocando o gado? – Neferet falou sem esconder o desdém na sua voz.

– Bem, eu não usaria essa analogia, mas tenho percebido que criar comissões, fazer pesquisas na comunidade, obter um feedback da amostragem, tudo isso realmente contribui para uma engrenagem mais azeitada das políticas públicas da cidade – LaFont deu uma risadinha e tomou um gole de vinho.

Escondida nas dobras do seu vestido de veludo, Neferet fechou sua mão em punho e a apertou até que suas unhas feito garras perfurassem sua palma. Gotas escarlates quentes se empoçaram embaixo de suas unhas. Sem serem vistas pelo humano ignorante, as gavinhas de Trevas serpentearam subindo pelas pernas de Neferet, procurando... encontrando... bebendo...

Ignorando o calor gelado daquela dor familiar, Neferet encontrou o olhar de LaFont por sobre a taça de vinho dele. Rapidamente, ela abaixou a voz em uma calma cantiga.

"A paz com os vampiros não é o que você deseja.

Eles ardem com brilho e ímpeto demais, você inveja o seu fogo.

Reticências e escrever colunas, maldita seja essa ideia!

Você tem que fazer o que eu..."

O celular de LaFont começou a tocar. Ele piscou e a expressão embaçada que havia encoberto os seus olhos se clareou. Ele abaixou sua taça de vinho, tirou o telefone do bolso, franziu os olhos para ver a tela e então disse:

– É o chefe de polícia. – Ele tocou na tela e passou a mão pelo rosto, enquanto dizia: – Dean, que bom falar com você – LaFont fez um aceno de cabeça e levantou os olhos para Neferet. – Você vai me desculpar, tenho certeza, mas não posso falar sobre isso agora. Em breve nós falaremos sobre os detalhes da comissão e da coluna de perguntas e respostas.

Enquanto falava, o prefeito se retirou rapidamente para o elevador, deixando Neferet sozinha, exceto pelas famintas gavinhas de Trevas.

Neferet permitiu que elas bebessem dela apenas por mais alguns instantes. Então ela as afastou e lambeu as feridas frescas na palma de sua mão para que os cortes se fechassem.

Os filamentos de Trevas pulsaram ao redor dela, pairando no ar como um ninho de cobras flutuante, ansiosas para cumprir as ordens dela.

– Agora vocês me devem um favor – ela disse antes de pegar o telefone da cobertura e digitar o número de Dallas.

Ele pareceu nervoso ao atender:

– Eu vou matar o cuzão que me ligou tão cedo!

– Cale a boca, garoto! Escute e obedeça – Neferet sorriu ao ouvir o silêncio que se seguiu à sua ordem. Ela quase podia sentir o cheiro do medo dele através do telefone. Então ela falou rapidamente, adquirindo mais controle sobre o seu temperamento e mais exatidão enquanto instruía o vampiro vermelho. – Logo a escola vai saber que eu rompi com a Morada da Noite e me tornei membro de uma comissão da Câmara Municipal de Tulsa. Você sabe, é claro, que eu só planejo usar esses humanos para iniciar um conflito. Até eu procurá-lo de novo, você será as minhas mãos, olhos e ouvidos na Morada da Noite. Aja como se você quisesse se dar bem com o resto da escola agora que eu fui embora. Conquiste a confiança dos professores. Faça amizade com os novatos azuis e então faça o que os adolescentes fazem de melhor: apunhale-os pelas costas, espalhe boatos, crie panelinhas.

– Aquela horda de nerds da Zoey não vai confiar em mim.

– Eu disse para você calar a boca, escutar e obedecer! É claro que você não vai conseguir conquistar a confiança de Zoey; ela é próxima demais de Stevie Rae. Mas você pode romper aquele círculo fechado dela, que não é tão forte quanto você pensa. Observe as gêmeas, particularmente Erin. A água é mais facilmente manipulada e mais mutável do que o fogo – ela fez uma pausa, esperando que ele confirmasse que entendeu as suas ordens. Como ele não falou nada, ela disse rispidamente: – Agora você pode falar!

– Eu compreendi, Grande Sacerdotisa. Vou obedecê-la – ele garantiu a ela.

– Excelente. Aurox já voltou para a Morada da Noite?

– Não que eu tenha visto. Pelo menos ele não estava junto de nós, quando fomos agrupados e levados para o dormitório depois do fogo. Foi... foi você que provocou o incêndio? – Dallas fez a pergunta com hesitação.

– Sim, apesar de ter sido mais um acidente imprevisto do que uma manipulação intencional. O fogo causou muita destruição?

– Bem, ele queimou parte do estábulo e causou uma enorme confusão – ele respondeu.

– Algum cavalo ou novato morreu? – ela perguntou ansiosamente.

– Não. Aquele cowboy humano se feriu, mas foi só isso.

– Que pena. Agora vá fazer o que eu mandei. Quando eu voltar a controlar a Morada da Noite e reinar como Tsi Sgili, Deusa de todos os vampiros, você será regiamente recompensado – Neferet apertou o botão de desligar.

Ela estava tomando o seu vinho e pensando em uma morte lenta e dolorosa para Charles LaFont quando um barulho no quarto desviou a sua atenção. Ela havia se esquecido do jovem mensageiro do prédio que flertara descaradamente com ela na hora em que Neferet havia chegado naquela noite, mais cedo. Na ocasião, ele estava parecendo muito disposto a alimentá-la. Ele deveria estar menos disposto agora que tinha percebido que ela estava muito perto de drenar todo o seu sangue perigosamente. Neferet se levantou e caminhou até o quarto, levando sua meia taça de vinho. Ela iria saborear o medo dele no que havia sobrado do seu sangue.

Neferet sorriu.

7

ZOEY

Stevie Rae e eu deveríamos encontrar Thanatos na sua sala de aula. Eu tinha ligado para ela quando estávamos no ônibus escolar a caminho da escola. Nós não havíamos conversado muito. Tudo o que ela tinha dito era que já sabia sobre a coletiva de imprensa de Neferet e que a gente devia ir direto para a sua sala.

A Morada da Noite estava com cheiro de fumaça.

Aquele fedor estava impregnado na escola inteira. Quando nós entramos no estacionamento, percebi que aquele cheiro ruim não era apenas de fumaça. Infelizmente, eu já tinha bastante experiência para reconhecer o aroma penetrante do medo.

O dia normal de escola não havia começado, aquilo era bem óbvio. Havia novatos em grupinhos andando e fofocando para lá e para cá. Eles definitivamente não estavam a caminho da primeira aula. Aquilo deveria ser legal. Quero dizer, qual garoto não ama um dia de neve, um vazamento de água ou qualquer coisa assim? Mas de algum modo aquilo não era legal. Passava uma sensação confusa e de falta de segurança.

– Ok, bem, eu sei que não é normal de minha parte dizer isto, mas acho que Thanatos deveria ter obrigado todo mundo a ir para a aula hoje – Aphrodite assustadoramente ecoou meus pensamentos de novo enquanto descíamos do ônibus. – Agora o que está rolando é essa merda e um pânico do tipo "a gente não vai conseguir ficar sem Neferet" – ela fez um gesto englobando tanto os grupinhos de novatos sussurrando quanto os vampiros e novatos que estavam fazendo dois trabalhos horríveis: limpar o entulho do estábulo e colocar tábuas e vigas no enorme monte de madeira que ia se tornar a pira funerária de Dragon Lankford.

– Eu concordo com você, minha bela – Darius disse sombriamente.

Em silêncio, fiz uma prece rápida mas fervorosa: *Nyx, ajude-me a dizer e a fazer a coisa certa, ajudando os meus amigos, o meu círculo, a ficarem fortes e confiantes.* Então eu encarei o meu grupo e segui os meus instintos.

– Ok, apesar de eu detestar admitir isso em voz alta, ou mesmo em voz baixa, Aphrodite está certa.

Aphrodite atirou para trás o seu longo cabelo loiro.

– É claro que estou.

– Esta escola precisa de uma boa dose de normalidade e, infelizmente, acho que nós somos o melhor tipo de normalidade que eles vão encontrar agora.

– Isso quer dizer que eles *tão* ferrados – Kramisha afirmou. Ela estava usando a sua peruca curta e loira e um sapato de couro envernizado preto com um salto de doze centímetros. A saia dela era curta e supercintilante. De algum modo, aquele visual louco tinha dado certo, fazendo-me pensar (por uns 2,5 segundos) em usar salto com mais frequência.

– Eu estou falando sério, Kramisha – eu disse.

– Eu também – ela replicou.

– Olha só, pessoal. Nós podemos ser normais. Um novo tipo de normalidade, mais interessante – Stevie Rae sugeriu, abrindo um sorriso para Rephaim.

Aphrodite bufou. Eu a ignorei, sorri para Stevie Rae e continuei falando:

– Nós vamos nos separar. Parte de vocês vai para o estábulo, outra parte vai até a pira de Dragon. *Lembrem-se, sejam normais* – eu os orientei com firmeza. – Ajam como vocês fariam normalmente. A gente precisa segurar a onda e ajudar a colocar as coisas de volta nos trilhos, de um jeito aparentemente controlável. Olhem, neste momento parece que nós fomos atacados por todos os lados. O estábulo pegou fogo. Os gatos foram assassinados. Dragon está morto. E agora Neferet não é apenas uma louca do mal. Ela é uma louca do mal que envolveu a comunidade dos humanos em coisas que estão muito longe da sua compreensão ou da sua capacidade de lidar com elas. Nós temos que ficar fortes e visíveis.

Precisamos manter a Morada da Noite unida. Como eu falei para Thanatos na noite passada: nós somos muito mais do que crianças birrentas e já é hora de nos levantarmos, ficarmos juntos e conquistarmos o respeito que merecemos.

– Sábio conselho, Sacerdotisa – Darius disse, fazendo-me ter vontade de abraçá-lo. – Eu vou para a pira de Dragon para espalhar a calma por lá – ele sorriu carinhosamente para Aphrodite. – Venha comigo. A sua influência vai ser boa para os guerreiros que estão desolados com a perda do Mestre da Espada.

– Normalmente, eu diria que vou aonde você for, bonitão – Aphrodite respondeu. – Mas eu preciso conversar um pouco com a Z., então eu vou com ela falar com Thanatos. Que tal eu encontrar com você na pira depois disso?

As palavras dela me surpreenderam e eu pensei no fato de que, exceto por aquele papo com Shaylin mais cedo, eu realmente não tinha falado com ninguém desde o ritual de revelação. O trajeto de volta no ônibus, com o corpo de Dragon, havia sido silencioso e difícil. E então aconteceu o incêndio, os gatos mortos e, felizmente, o sono, apesar de eu ainda não ter dormido o suficiente. Tudo isso significava que ninguém havia me puxado de lado para falar sobre Aurox. Será que Aphrodite estava se preparando para fazer isso? Dei uma olhada nela. Ela estava na ponta dos pés, dando um beijo em Darius. Ela parecia a mesma de sempre: louca pelo seu guerreiro e irritada com todo o resto.

– Eu também vou com Z. – a voz de Stevie Rae interrompeu a minha análise neurótica de Aphrodite. – Depois que terminarmos de falar com Thanatos, eu vou até a pira funerária. Vocês vão precisar construir uma fundação sólida lá, e a terra é o elemento certo para isso – ela deu um beijo rápido em Rephaim. – Você me encontra lá?

– Sim – ele retribuiu o beijo, tocando o queixo dela com carinho. Então ele olhou para mim. – Se ninguém tiver nenhuma objeção, eu gostaria de fazer uma ronda em volta do muro da escola, principalmente o muro leste. Se os filamentos de Trevas de Neferet estão serpenteando por aí, nós precisamos saber disso.

– Isso parece uma boa ideia. Vocês estão de acordo com isso? – perguntei, olhando para Stark e Darius. Os dois guerreiros assentiram. – Ok, ótimo. – Então voltei minha atenção para Stevie Rae. – Também acho que invocar o seu elemento é realmente uma boa ideia, Stevie Rae. Damien, Shaunee e Erin, mantenham os seus elementos por perto. Se eles puderem ajudar a fortalecer ou a apoiar as pessoas, invoquem-nos. Só não sejam totalmente óbvios e... – minha voz sumiu quando percebi o que eu estava dizendo. – Não. Isso é errado. Se vocês precisarem usar os seus elementos, *sejam* óbvios.

– Entendi o que você quis dizer, Z. – Damien afirmou. – Já está na hora de a Morada da Noite saber que há forças prodigiosas do bem trabalhando ao nosso lado contra todas essas Trevas.

– "Prodigiosas" significa muito grandes – Stevie Rae traduziu.

– Nós sabemos o que quer dizer – Kramisha protestou.

– Eu não sabia – Shaunee falou.

– Nem eu – Erin concordou.

Tive vontade de sorrir para as gêmeas e dizer que era legal vê-las fazendo comentários tipo gêmeas de novo, mas assim que Erin falou ela ficou corada e se afastou de Shaunee, que estava parecendo superdesconfortável. Então eu desisti – temporariamente – e fiz uma nota mental para acender uma vela vermelha e uma azul para as duas e pedir a Nyx para dar uma ajuda extra a elas. Se eu conseguisse tempo pra isso. Que inferno, se Nyx tivesse tempo pra isso.

Eu reprimi um suspiro e continuei falando.

– Ok, ótimo. Então, dividam-se em grupos. Vão fazer coisas normais, como pegar alguns livros de estudo e ir até a biblioteca.

– Isso não é o *meu* normal – escutei Johnny B. resmungar, fazendo os garotos em volta rirem.

Eu gostei do barulho das risadas deles. Aquilo era normal.

– Então vá jogar basquete ou fazer alguma coisa típica de garotos no ginásio – eu sugeri, sem conseguir *não* sorrir para eles.

– Eu vou pro refeitório. A cozinha dos túneis parece que foi atacada por um enxame de gafanhotos. Z., nós precisamos dar uma passada no mercado antes de voltar para lá – Kramisha me avisou.

– Sim, bem, isso é normal. Vá em frente. Leve quem não conseguiu comer antes de vir para a escola com você. E, pessoal, espalhem-se. Não fiquem apenas comendo em grupinhos. Conversem com os outros garotos – afirmei.

Os novatos emitiram sons de concordância e se organizaram, dividindo-se em pequenos grupos em volta de Darius, as gêmeas, Damien e Kramisha. Rephaim partiu sozinho. Eu o olhei se afastando por um tempo, pensando se algum dia ele iria realmente se enquadrar no grupo, e o que seria do seu relacionamento com Stevie Rae se ele não conseguisse. Dei uma olhada para a minha amiga. Ela estava olhando com total adoração para Rephaim. Mordi meu lábio e continuei a me preocupar.

– Você está bem, Z.? – a voz de Stark soou baixinha ao meu lado, e ele colocou o braço sobre os meus ombros.

– Sim – respondi, encostando-me nele por um momento. – Só estou me preocupando obsessivamente, como sempre.

Ele me abraçou.

– Tudo bem, desde que você não comece a chorar. Aquele seu choro cheio de catarro não é nada atrativo.

Dei um soquinho nele de brincadeira.

– Eu nunca choro.

– Ah, sim, claro, e você nunca fica cheia de catarro também – ele falou, dando aquele sorriso fofo e metidinho para mim.

– Eu sei! Incrível, não? – eu caçoei.

– Ceeeerto – ele estendeu a palavra e beijou o topo da minha cabeça.

– Ei – eu falei, ainda aninhada seguramente em seus braços. – Você pode ir até o estábulo para dar uma mão para Lenobia? Eu vou conversar com Thanatos e depois vou até o estábulo e encontro com você lá.

Stark hesitou apenas por um instante e senti os seus braços me apertando contra ele. Stark não queria se separar de mim, principalmente com toda essa loucura rolando, mas ele concordou e disse:

– Vou estar lá, esperando por você – então ele beijou minha testa e me soltou, partindo em direção ao estábulo.

Eu estremeci, arrepiada depois do calor do seu toque. Os outros garotos começaram a se afastar em grupos, ficando só Stevie Rae e Aphrodite comigo.

– Eu vou com vocês, mas esperem só um segundo. Primeiro preciso ligar para a minha mãe. Ela tem de saber que Neferet não é só cheia de papo furado, mas também é cheia de perigo – Aphrodite falou.

– Você acha que ela vai te escutar? – eu quis saber.

– É claro que não – ela respondeu sem hesitar. – Mas vou tentar assim mesmo.

– Por que você não liga para o seu pai? Afinal, ele é o prefeito, e não a sua mãe – Stevie Rae sugeriu.

– Na casa dos LaFont quem manda é a mulher. Se há alguma chance de abrir os olhos do Senhor Prefeito em relação a Neferet, isso tem que partir da minha mãe.

– Boa sorte – eu disse.

– Bem, seja como tiver que ser – Aphrodite pegou seu telefone e se afastou de nós.

Surpreendendo-me, Shaylin saiu de um dos grupos que estava indo embora e caminhou até mim.

– Posso ir com vocês? – a sua voz era gentil, mas ela havia falado claramente e seu queixo estava levantado, como se ela estivesse preparada para uma luta.

– Por que você quer ir com a gente? – eu questionei.

– Quero perguntar a Thanatos sobre as minhas cores. Sei que vocês me disseram para manter segredo sobre o meu dom, e eu entendo por quê. Definitivamente, isso é algo que Neferet não precisa saber. Mas ela não é mais Grande Sacerdotisa, e eu tenho perguntas para as quais preciso encontrar respostas. Como Damien falou, já faz muito tempo desde que outra pessoa teve a Visão Verdadeira. Bem, Thanatos é inteligente. E idosa. Imagino que talvez ela possa me dar algumas respostas. Se vocês não se importarem, é isso – ela concluiu rapidamente.

Olhei para Stevie Rae.

– Você é a Grande Sacerdotisa dela. Por você tudo bem?

– Não sei muito bem. O que você acha?

– Acho que, se nós não podemos confiar em Thanatos, estamos totalmente ferrados – respondi honestamente.

– Bem, então acho que está na hora de definir quem está no nosso time, e acredito que Thanatos faz parte das pessoas de bem. Portanto, por mim tudo bem.

– Sim, ok – eu disse.

– Obrigada – Shaylin agradeceu.

– Bem, foi uma perda de tempo – Aphrodite se juntou a nós enquanto colocava o seu telefone de volta dentro de sua bolsa Valentino dourada, cintilante e superfofa. – Pelo menos não foi uma perda de *muito* tempo.

– Ela não escutou nada do que você falou? – eu perguntei.

– Ah, ela escutou. Então ela disse que tinha duas palavras para mim: Nelly Vanzetti. E aí ela desligou.

– Ahn? – eu mostrei que não tinha entendido.

– Nelly Vanzetti é a psicanalista da minha mãe – Aphrodite explicou.

– E por que a sua mãe iria falar o nome dela para você? – Stevie Rae ainda não havia entendido.

– Porque, caipira, esse é o jeito de a minha mãe me dizer que eu estou parecendo completamente louca. Não que ela se importe se eu estou louca mesmo. Com isso ela estava dizendo que não se importa em me ouvir, mas que ela vai pagar a psicanalista dela para fazer isso – Aphrodite deu de ombros. – A mesma coisa de sempre.

– Isso é muito maldoso – Shaylin comentou.

Aphrodite franziu seus olhos azuis.

– Por que você está aqui?

– Ela tem um dom – Stevie Rae falou.

– O meu nível de "não dou a mínima" está muito baixo em relação a isso – Aphrodite rebateu.

– Tenho algumas perguntas para fazer a Thanatos – Shaylin esclareceu.

– Ela vai com a gente – afirmei.

– Tanto faz – Aphrodite deu um olhar de desdém para ela. – Então vá indo. Na frente de nós. Preciso conversar com estas duas, sem ouvidos coloridos escutando.

– Vá indo, Shaylin – eu disse antes que as duas começassem a discutir. De novo. – Nós vamos encontrá-la no escritório de Thanatos.

Shaylin assentiu, franziu as sobrancelhas para Aphrodite e foi embora.

Aphrodite ergueu as mãos.

– Sim, eu sei, eu devia ter sido mais gentil, blá-blá-blá. Mas ela me enerva. Ela me lembra demais uma mini-Kim Kardashian, o que significa que ela é inútil, irritante e visível demais.

Olhei para Stevie Rae, esperando que ela argumentasse com Aphrodite. Mas tudo o que ela fez foi balançar a cabeça e dizer:

– Estou cansada de ficar chutando um maldito cachorro morto.

– Cachorro morto? Isso é tudo o que você tem para dizer? Sério? – Aphrodite protestou.

– Eu não estou falando mais com você – Stevie Rae disse a ela.

– Ótimo. Agora, vamos passar para coisas importantes. Vocês não vão gostar de nenhuma das coisas que eu tenho para contar, mas precisam me ouvir. A menos que vocês queiram ser como a minha mãe.

– Nós estamos escutando – eu assegurei a ela.

Stevie Rae continuou de boca bem fechada, mas assentiu.

– Em primeiro lugar, caipira, você sabe que ficou toda cheia de olhares de adoração para Kalona desde que ele molhou o seu menino-pássaro e o ressuscitou e...

– Ele derramou lágrimas imortais no seu filho e magicamente o trouxe de volta da morte que estava próxima. Vixe Maria, você estava lá! Você viu tudo – Stevie Rae exclamou.

– Você não está mais falando comigo, lembra? Mas você acabou de tocar no ponto em que eu queria. Apenas algumas horas atrás, a gente acreditava que Kalona era tão louco e perigoso quanto Neferet. Agora ele é o guerreiro da Morte. A escola toca vai ficar babando em cima dele, do mesmo modo que ficou quando ele emergiu do chão. Nós vamos demonstrar mais bom senso. Ou pelo menos eu vou demonstrar mais bom senso. Seria bom se vocês duas se juntassem a mim.

– Eu nunca vou confiar nele – eu disse em voz baixa as palavras que vieram do fundo do meu coração.

– Z., ele fez seu Juramento a Thanatos – Stevie Rae argumentou.

Encontrei o olhar dela.

– Ele matou Heath. Ele matou Stark. Ele só trouxe Stark de volta porque Nyx o forçou a pagar a dívida de vida que ele tinha por causa de Heath. Stevie Rae, eu estive no Mundo do Além com ele. Kalona perguntou quando Nyx o perdoaria. Ela respondeu que ele só poderia pedir isso quando fosse digno do perdão dela.

– Talvez ele esteja se esforçando para isso agora – ela disse.

– E talvez ele seja um assassino, estuprador, manipulador e mentiroso – Aphrodite contra-atacou. – Se Zoey e eu estivermos erradas, ótimo. Você pode dizer "eu avisei" e todos nós vamos rir e dar uma puta festa. Mas, se nós estivermos certas, *não* vamos ser pegas desprevenidas quando um imortal caído causar *mais* violência.

Stevie Rae suspirou.

– Eu sei... eu sei. Faz sentido. Eu não vou confiar cem por cento nele.

– Ótimo. Mas fique ligada no seu menino-pássaro também. Ele confia cem por cento no pai, o que significa que Kalona pode usá-lo. De novo.

A expressão de Stevie Rae se endureceu, mas ela concordou.

– Sim, vou ficar.

– Em segundo lugar – Aphrodite desviou a sua atenção para mim –, explique a merda estranha que passou pela sua cabeça quando você chamou aquele maldito touro de Heath na noite passada.

– O quê? – Stevie Rae deixou escapar. – Isso não é verdade, certo, Z.?

Ok, mentir seria fácil. Eu podia simplesmente dizer que obviamente Aphrodite tinha perdido a cabeça e estava ouvindo coisas. Afinal, uma montanha de coisas loucas havia acontecido ontem, tudo de uma vez. Isso sem falar em todos os elementos se manifestando tão poderosamente que nada mais era totalmente claro, exceto o assassinato da minha mãe por Neferet e o fato de ela ser a Consorte das Trevas.

E eu quase menti.

Então eu me lembrei do que o fato de mentir para os meus amigos tinha me custado antes – não apenas perder a confiança deles por um tempo, mas também havia me custado o meu respeito por mim mesma. Eu não me senti bem quando menti. Eu me senti fora de sincronia com a Deusa e com o caminho que eu acredito que ela quer que eu trilhe.

Então, inspirei profundamente e soltei a verdade em uma explosão de palavras:

– Eu olhei para Aurox através da pedra da vidência e vi Heath e isso me assustou e eu chamei o nome dele e Aurox se virou e olhou para mim antes de começar a se transformar de novo naquela coisa tipo touro e foi por isso que quando ele arremeteu contra mim eu simplesmente fiquei parada ali e disse a ele que ele não ia me machucar. Fim.

– Você ficou completamente louca. Que merda, acho que joguei fora antes da hora o telefone da psicanalista da minha mãe. Você precisa ser avaliada e medicada.

– Bem, eu vou ser mais gentil que Aphrodite, mas isso não faz o menor sentido, Z. Como Heath poderia estar ao redor de Aurox?

– Eu não sei! E ele não estava ao redor de Aurox. Foi como se Heath brilhasse *sobre* ele. Ou como se Heath fizesse uma sombra com um brilho da cor da pedra da lua sobre Aurox – tive vontade de gritar de frustração por não conseguir descrever o que eu havia vislumbrado.

– Como um fantasma? – Stevie Rae quis saber.

– Isso pode fazer um pouco mais de sentido – Aphrodite observou, concordando com Stevie Rae com a cabeça, como se as duas estivessem decifrando o que aconteceu. – Nós estávamos no meio de um ritual invocando a Morte. Heath está morto. Talvez a gente tenha atraído o fantasma dele.

– Eu não acredito nisso – falei.

– Mas você não tem certeza, certo? – Stevie Rae questionou.

– Não, eu não tenho certeza de nada, exceto que a pedra da vidência é magia antiga, e a magia antiga é forte e imprevisível. Ela nem deveria estar em lugar nenhum além da Ilha de Skye, então eu não sei o que está acontecendo com o fato de eu estar vendo coisas através dela aqui – atirei as mãos para cima. – Talvez eu tenha imaginado tudo. Talvez não. Isso é estranho, até para mim. Eu achei ter visto Heath, e então Aurox se transformou completamente naquela coisa feito touro e fugiu.

– Tudo aconteceu rápido demais – Stevie Rae comentou.

– Da próxima vez que você vir Aurox, tem que olhar para ele através dessa maldita pedra, com certeza – Aphrodite afirmou. – E não fique sozinha com ele.

– Eu não estou planejando isso! Eu nem sei onde ele está.

– Provavelmente, junto com Neferet de novo – Aphrodite respondeu.

Eu devia ter ficado de boca fechada, mas me ouvi dizendo:

– Ele disse que tinha escolhido um caminho diferente.

– É, logo depois de matar Dragon e de quase matar Rephaim – Aphrodite rebateu.

Suspirei.

– O que Stark acha disso? – Aphrodite perguntou. Como eu não falei nada, ela levantou uma sobrancelha loira. – Ah, entendi. Você não contou para ele, certo?

– Certo.

– Bem, eu não posso te censurar por isso, Z. – Stevie Rae falou gentilmente.

– Ele é o guerreiro dela. O seu Guardião – Aphrodite insistiu. – Por mais arrogante e irritante que ele seja, precisa saber que Zoey tem uma queda por Aurox.

– Eu não tenho!

– Ok, não por Aurox, mas por Heath, e você acha que Heath pode ser Aurox – Aphrodite balançou a cabeça. – Você percebe como isso soa como coisa de louco?

– Minha vida é uma coisa de louco – respondi.

– Stark precisa saber que você pode ser vulnerável a Aurox – Aphrodite disse com firmeza.

– Eu não sou vulnerável a ele!

– Diga a ela, caipira.

Stevie Rae não conseguiu olhar nos meus olhos.

– Stevie Rae?

Ela suspirou e finalmente olhou para mim.

– Se você acredita que existe uma chance, nem que seja mínima, de Heath estar rondando Aurox ou o que quer que seja, isso significa que você não vai pensar claramente em relação a ele. Eu sei. Se eu perdesse Rephaim e depois pensasse que o vi ao redor de outro cara, mesmo que isso parecesse loucura, esse cara seria capaz de me atingir. Aqui – ela apontou para o seu coração. – E isso, na maior parte das vezes, comanda aqui – ela apontou para a cabeça.

– Portanto, conte ao Cara do Arco o que você acha que viu – Aphrodite concluiu.

Eu detestava admitir, mas sabia que elas estavam certas.

– Certo. Vai ser péssimo, mas tudo bem. Vou contar para ele.

– E eu vou contar para Darius – Aphrodite avisou.

– Bem, e eu vou contar para Rephaim – Stevie Rae acrescentou.

– Por quê?! – eu queria explodir.

– Porque os guerreiros ao seu redor precisam saber disso – Aphrodite explicou.

– Está bem – respondi rangendo os dentes. – Mas só para eles. Estou cansada de um monte de gente falando sobre mim e meus problemas com os garotos.

– Bem, Z., você realmente arranja problemas com os garotos – Stevie Rae disse com um tom leve, enganchando o braço dela ao meu.

– Nós também precisamos contar isso para Thanatos – Aphrodite disse quando nós três começamos a caminhar em direção à sua sala de aula. – A afinidade dela é com a Morte. Faz sentido que ela entenda de fantasmas e coisas assim.

– Por que a gente não anuncia isso no *Tulsa World* e faz Neferet escrever uma maldita coluna de perguntas e respostas sobre o assunto? – eu reagi.

– Isso é quase um palavrão. Cuidado. "Maldita" é uma porta de entrada para o mundo dos palavrões. Quando você menos esperar, "foda" vai sair voando da sua boca – Aphrodite me ironizou.

– Foda voando? Isso soa errado – Stevie Rae falou para ela, balançando a cabeça.

Apertei o passo, praticamente arrastando Stevie Rae comigo e fazendo Aphrodite ter que dar uma corridinha para nos acompanhar. Eu não as escutei quando elas começaram a discutir sobre palavrões. Em vez disso, fiquei preocupada.

Eu me preocupei com a nossa escola.

Eu me preocupei com a questão Aurox/Heath.

Eu me preocupei em contar a Stark sobre a questão Aurox/Heath.

E eu me preocupei com a contração no meu estômago e com a possibilidade de a minha síndrome do intestino irritável surgir de repente no meio de tudo. De novo.

8

SHAUNEE

– Damien, acho que eu devo ficar bem longe do estábulo. Lenobia já teve uma dose bem grande de fogo recentemente – Shaunee olhou para Damien e Erin. Os três haviam se afastado quando Zoey disse para eles se dispersarem, mas, em vez de fazer isso, eles haviam ficado juntos, tentando imaginar onde cada um deles seria mais útil com os seus elementos.

– Você tem razão – Damien concordou. – Faz mais sentido que você vá até a pira de Dragon. Você vai ser útil por lá em breve.

Os ombros de Shaunee desabaram.

– É, eu sei, mas não estou nada ansiosa por isso.

– Simplesmente conecte-se ao seu elemento e vai ser fácil – Erin sugeriu.

Shaunee piscou surpresa para ela, não apenas por ela ter falado – Erin definitivamente estava evitando conversar com ela desde que as duas tinham virado ex-gêmeas –, mas com o seu tom sem consideração. Ela estava falando sobre queimar o corpo de Dragon como se isso não fosse nada de mais, como acender um fósforo.

– Nada em relação ao funeral de Dragon vai ser fácil, Erin. Com ou sem o meu elemento.

– Eu não quis dizer fácil para valer – Erin pareceu irritada. Shaunee pensou que ultimamente Erin sempre parecia irritada. – Só quis dizer que, quando você realmente se conecta ao seu elemento, as outras coisas não incomodam tanto. Mas talvez você não vá tão a fundo no seu elemento.

– Isso é besteira – Shaunee sentiu o calor de uma raiva crescente. – Minha afinidade com o fogo não é nem um pouco menor do que a sua afinidade com a água.

Erin deu de ombros.

– Tanto faz. Eu só estava tentando ajudá-la. De agora em diante, vou deixar de tentar – ela se virou para Damien, que estava olhando de uma para a outra, como se não soubesse se pulava no meio delas ou corria na direção oposta. – Eu vou para o estábulo. Lenobia vai ficar feliz de ver a água, e eu não tenho problemas em usar o *meu* elemento – sem dizer mais nada, Erin foi embora.

– Ela sempre foi assim? – Shaunee se ouviu perguntando para Damien algo que havia dias rondava a sua mente.

– Você tem que definir "assim".

– Sem coração.

– Honestamente?

– Sim. Erin sempre foi tão sem coração?

– Isso é realmente muito difícil de responder, Shaunee – Damien falou gentilmente, como se estivesse pensando que precisava ser cuidadoso para que as suas palavras não a magoassem.

– Só me diga a verdade, mesmo se ela for dura – ela insistiu.

– Bem, então, *honestamente,* até vocês duas se separarem, era praticamente impossível saber como era cada uma individualmente. Nunca conheci nenhuma das duas sem a outra. Uma terminava as frases da outra. Era como se vocês fossem duas metades de um todo.

– Mas nem agora? – Shaunee o estimulou a continuar, quando ele hesitou.

– Não, agora é diferente. Agora vocês são indivíduos com personalidade própria – ele sorriu para ela. – O melhor jeito de colocar isso é que ficou bem óbvio para a maioria de nós que a sua personalidade é a *com* coração.

Shaunee ficou olhando Erin se afastar.

– Eu já sabia disso antes, e isso me incomodava. Sabe, o jeito com que ela era tão sarcástica, fofoqueira e maldosa. Mas também era tão divertido e legal estar com ela.

– Normalmente, divertido à custa de outras pessoas – Damien comentou. – Legal porque ela excluía os outros para parecer que ela era melhor do que todo o resto.

Shaunee encontrou o olhar dele.

– Eu sei. Agora eu vejo isso. Mas, antes, tudo o que eu conseguia ver era que nós éramos melhores amigas, e eu precisava de uma melhor amiga.

– E agora? – ele perguntou.

– Agora eu preciso conseguir gostar de mim mesma, e eu não posso fazer isso se eu for só a metade de uma pessoa inteira. Eu também estou cansada de sempre ter que dizer algo sarcástico, engraçadinho ou apenas simplesmente detestável – ela balançou a cabeça, sentindo-se triste e madura. – Isso não significa que eu ache Erin ridícula. Na verdade, quero que ela seja tão legal, divertida e incrível quanto eu acreditava que ela era. Só acho que acabei de descobrir que ela tem que ser, ou não ser, essas coisas por ela mesma. Isso não tem nada a ver comigo.

– Você é mais inteligente do que eu pensei que você fosse – Damien admitiu.

– Eu ainda sou péssima na escola.

Ele sorriu.

– Existem outros tipos de inteligência.

– Bom saber disso.

– Ei, não se subestime. Você poderia ser realmente boa na escola se você se esforçasse um pouco.

– Sei que isso parece uma coisa boa para você, mas por mim estou feliz com a parte dos "outros tipos de inteligência" – Shaunee falou, fazendo Damien rir. Depois acrescentou: – Eu vou até a pira. Talvez, se eu estiver por lá, possa ajudar.

– Ajudar os guerreiros ou a você mesma?

– Talvez ambos. Eu não sei – Shaunee respondeu com um suspiro.

– Vou acreditar que vai ajudar ambos – ele afirmou. – Vou andar por aí, como o ar. Vou tentar soprar para longe o resto de Trevas que ainda está impregnado neste lugar.

– Você também sente isso?

Ele assentiu.

– Posso sentir que a energia por aqui é ruim. Muita coisa negativa aconteceu em um período curto demais – Damien inclinou a cabeça, analisando Shaunee. – Agora que pensei mais nisso, não acho que você deve ficar longe do estábulo. O fogo não é mau. *Você* não é má. Lenobia sabe disso. Lembra como você fez os cascos dos cavalos se aquecerem para que a gente conseguisse cavalgar no meio daquela tempestade de gelo?

– Lembro – Shaunee respondeu, e aquela lembrança fez com que ela se sentisse mais leve.

– Então vá até a pira, ajude lá, mas vá até o estábulo também. Lembre a todos que o fogo pode fazer muito mais do que destruir. A forma como ele é manejado é o que importa.

– Imagino que você quer dizer algo como "o que importa é como o fogo é usado"?

Damien abriu o sorriso.

– Viu só, eu disse que você poderia ser boa na escola. "Manejar" é uma excelente palavra para o seu vocabulário: controlar ou dominar uma arte, uma disciplina etc.

– Você está fazendo a minha cabeça doer – Shaunee falou e ambos riram.

– Então, vou encontrar com você no estábulo mais tarde?

– Sim, vai.

Damien começou a se afastar, mas voltou e deu um abraço rápido e apertado em Shaunee.

– Estou feliz porque você se tornou uma pessoa própria. E se você precisar de um amigo, eu estou aqui – ele falou, e então saiu apressado em direção ao estábulo.

Shaunee piscou com força para segurar as lágrimas, observando o cabelo castanho e macio de Damien balançando na sua brisa própria.

– Fogo – ela sussurrou –, mande uma pequena faísca para Damien. Ele merece encontrar um cara gostoso que o faça feliz, principalmente porque ele sempre se esforça tanto para fazer os outros felizes.

Sentindo-se melhor do que estava se sentindo havia semanas, Shaunee começou a andar em outra direção. Os seus passos eram mais vagarosos, mais calculados do que os de Damien, mas ela não estava mais com medo de para onde estava indo. Ela também não estava ansiosa para a pira e para o fogo – ela não era Erin. Ela só não podia apagar a tristeza e a dor congelando os seus sentimentos. *E sabe de uma coisa? Eu não ia querer ser fria e congelada por dentro, mesmo que isso significasse que eu não fosse me ferir tanto,* ela decidiu em silêncio.

Shaunee estava se centrando e extraindo força do calor constante do seu elemento. *Obrigada, Nyx. Eu vou tentar manejá-lo bem,* era o que ela estava pensando quando a voz do imortal penetrou na sua mente.

– Eu ainda não te agradeci.

Shaunee levantou os olhos e viu Kalona em pé diante da grande estátua de Nyx que ficava na frente do seu templo. Ele estava usando uma calça jeans e um colete de couro muito parecido com o que Dragon costumava usar. Só que esse colete era maior e tinha fendas através das quais as asas negras de Kalona emergiam e então se dobravam sobre suas costas. Esse colete também não ostentava a insígnia da Deusa, mas era difícil pensar nisso com ele a encarando com aqueles olhos âmbar do outro mundo.

Ele é mesmo absolutamente, inumanamente maravilhoso. Shaunee afastou o pensamento da sua mente e em vez disso se concentrou no que ele havia dito.

– Agradecer a mim? Pelo quê?

– Por me emprestar o seu celular. Sem ele, Stevie Rae não teria conseguido me ligar. Se não fosse por você, Rephaim poderia estar morto.

O rosto de Shaunee ficou quente. Ela encolheu os ombros, sem saber por que de repente se sentia tão nervosa.

– Você foi o cara que veio quando ela ligou. Você simplesmente podia não ter atendido e continuaria sendo um pai de merda – Shaunee falou sem pensar e só depois percebeu o que tinha dito. Então ela fechou a boca e disse a si mesma: *fique quieta!*

Houve um silêncio longo e desconfortável, até que Kalona afirmou:

– O que você disse é verdade. Eu não tenho sido um bom pai para os meus filhos. Eu ainda não estou sendo um bom pai para todos os meus filhos.

Shaunee olhou para ele, imaginando o que ele queria dizer exatamente. A voz dele tinha soado estranha. Ela esperava que ele parecesse triste, sério ou até irritado. Em vez disso, pareceu surpreso e um pouco embaraçado, como se aqueles pensamentos tivessem acabado de ocorrer para ele. Ela queria poder ver a sua expressão, mas o rosto dele estava virado para o outro lado. Ele estava olhando para a estátua de Nyx.

– Bem – ela começou, sem saber muito bem o que dizer. – Você está melhorando o seu relacionamento com Rephaim. Talvez não seja tarde demais para consertar o seu relacionamento com os seus outros filhos também. Eu sei que, se o meu pai aparecesse e quisesse algo comigo, eu iria permitir. Pelo menos, eu daria uma chance a ele – o imortal virou a cabeça e ela o encarou. Shaunee se sentiu trêmula, como se aqueles olhos âmbar pudessem enxergar muito dela. – O que eu quero dizer é que acho que nunca é tarde demais para fazer a coisa certa.

– Você acredita mesmo nisso, honestamente?

– Sim. Ultimamente, acredito cada vez mais – Shaunee preferia que Kalona parasse de olhar para ela. – Então, quantos filhos você tem?

Ele deu de ombros. Suas asas enormes se levantaram um pouco e depois de acomodaram novamente.

– Perdi a conta.

– Parece que saber quantos filhos você tem é um bom jeito de começar aquela coisa toda de "quero ser um bom pai".

– Saber algo e agir em relação a isso são coisas bem diferentes – ele falou.

– Sim, totalmente. Mas eu disse que é um bom meio de *começar* – Shaunee desviou o rosto na direção da estátua de Nyx. – Há outro bom ponto de partida.

– A estátua da Deusa?

Ela franziu a testa para ele, sentindo-se um pouco mais confortável sob o seu olhar.

– Não é só ficar perto da estátua dela. Tente pedir...

– O perdão dela não é concedido a todos nós! – a voz dele soou como um trovão.

Shaunee começou a tremer, mas ela desviou os olhos para a estátua de Nyx. Ela quase podia jurar que os seus belos lábios carnudos de mármore se curvaram em um sorriso bondoso para ela. Fosse ou não imaginação dela, aquilo deu a Shaunee o impulso de coragem que ela precisava, e a novata continuou apressadamente:

– Eu não ia dizer perdão. Eu ia dizer ajuda. Tente pedir a ajuda de Nyx.

– Nyx não iria me ouvir – Kalona falou tão baixo que Shaunee quase não o escutou. – Ela não me ouve há éons.

– Durante esses éons, quantas vezes você pediu ajuda a ela?

– Nenhuma – ele respondeu.

– Então como você sabe que ela não o está ouvindo?

Kalona balançou a cabeça.

– Você foi enviada a mim para ser a minha consciência?

Foi a vez de Shaunee balançar a cabeça em negação.

– Eu não fui enviada a você, e a Deusa sabe que eu já tenho problemas suficientes para lidar com a minha própria consciência. Tenho certeza absoluta de que não posso ser a consciência de ninguém mais.

– Eu não teria tanta certeza, novata jovem e ardente... Eu não teria tanta certeza – ele refletiu em voz alta. Então, abruptamente, Kalona se afastou dela, deu alguns passos largos e rápidos e se lançou no céu da noite.

REPHAIM

Ele não se importava muito com o fato de que a maioria dos outros garotos ainda o evitava. Damien era legal, mas ele era legal com praticamente todo mundo, então Rephaim não tinha certeza se a gentileza do garoto tinha alguma coisa a ver com ele. Pelo menos Stark e Darius não estavam tentando matá-lo nem afastá-lo de Stevie Rae. Recentemente, Darius até parecia um pouco mais amigável. O guerreiro Filho de Erebus o tinha amparado quando ele tropeçou dentro do ônibus na noite anterior, ainda fraco depois de ser curado magicamente de um ferimento mortal.

Meu Pai me salvou e depois fez juramento comprometendo-se a ser guerreiro da Morte. Ele realmente me ama, e está escolhendo o lado da Luz em vez das Trevas. Pensar nisso fez Rephaim sorrir, apesar de o ex-Raven Mocker não ser tão ingênuo e crédulo quanto Stevie Rae e os outros pensavam. Rephaim queria que o seu pai continuasse no caminho de Nyx – queria isso muito mesmo. Mas ele, mais do que ninguém (exceto a própria Deusa), conhecia o ódio e a violência em que o imortal caído havia chafurdado por séculos.

O fato de Rephaim existir era prova da capacidade do seu pai de causar imensa dor nos outros.

Os ombros de Rephaim desabaram. Ele havia chegado à parte dos jardins da escola onde ficava o carvalho destruído – metade dele apoiada no muro, metade no chão. O centro da árvore velha e grossa parecia que tinha sido atingido por um raio atirado por um deus furioso.

Mas Rephaim sabia que não era isso.

O seu pai era um imortal, mas ele não era um deus. Kalona era um guerreiro, e um guerreiro caído.

Sentindo-se estranhamente perturbado, Rephaim passou os olhos pela ferida profunda que era aquela destruição no meio da árvore. Ele se sentou em um dos galhos caídos bem em frente à copa quebrada da árvore, analisando o tronco grosso que estava encostado no muro leste da escola.

– Isso precisa ser consertado – Rephaim falou em voz alta, preenchendo o silêncio da noite com a humanidade da sua própria voz. – Stevie Rae e eu podemos trabalhar nisso juntos. Talvez a árvore não esteja completamente perdida – ele sorriu. – A minha Vermelha me curou. Por que ela não poderia curar uma árvore?

A árvore não respondeu, mas enquanto Rephaim falava ele teve uma estranha sensação de *déjà vu*. Como se ele tivesse estado ali antes, não apenas em outro dia normal de escola. Ele sentiu uma sensação de ter estado ali com o vento sob suas asas e o azul brilhante do céu à luz do dia.

Rephaim enrugou a testa e esfregou a mão nela, sentindo o começo de uma dor de cabeça. Será que ele tinha vindo até ali durante o dia, enquanto ele era um corvo, quando a sua humanidade estava escondida tão profundamente dentro dele que aquelas horas passavam como um borrão nebuloso e indistinto de sons, cheiros e visão?

A única resposta que veio até Rephaim foi aquela pulsação surda em suas têmporas.

O vento batia ao redor dele, farfalhando através dos galhos caídos, fazendo sussurrar as poucas folhas marrons do inverno que ainda estavam presas ao velho carvalho. Por um momento, pareceu que a árvore estava tentando falar com ele, tentando contar os seus segredos.

Rephaim desviou o olhar de volta para o centro da árvore. Sombras. Casca de árvore partida. Tronco despedaçado. Raiz exposta. E parecia que o chão perto do centro da árvore já havia começado a sofrer uma erosão, quase como se houvesse um buraco se formando abaixo dela.

Rephaim estremeceu. Já houve um buraco abaixo da árvore. Um buraco que havia aprisionado Kalona dentro da terra por séculos. A lembrança desses séculos e da terrível existência meio irreal e repleta de ódio, violência e solidão que ele havia vivido durante esse tempo ainda era parte do fardo pesado que Rephaim carregava.

– Deusa, eu sei que você me perdoou pelo meu passado e sempre vou ser grato por isso. Mas será que você poderia me ensinar a me perdoar de verdade?

A brisa farfalhou de novo. Aquele som era reconfortante, como se o sussurro ancestral da árvore pudesse ser a voz da Deusa.

– Vou entender isso como um sinal – Rephaim falou em voz alta para a árvore, pressionando a palma da sua mão contra o tronco ao lado dele. – Vou pedir a Stevie Rae para me ajudar a consertar a violência que te despedaçou. Logo. Dou minha palavra. Vou voltar logo.

Quando Rephaim se afastou para continuar a sua ronda pelo perímetro da escola, ele pensou ter ouvido um movimento bem embaixo da árvore e imaginou que fosse o velho carvalho o agradecendo.

AUROX

Aurox estava andando agitado de um lado para o outro, cobrindo com três passos aquele pequeno espaço vazio abaixo do carvalho despedaçado. Então ele se virou e deu três passos curtos de volta para o outro lado. Ele continuou para lá e para cá, para lá e para cá. Pensando... pensando... pensando... e desejando desesperadamente ter um plano.

A sua cabeça doía. Ele não havia quebrado o crânio quando caiu no buraco, mas o machucado na sua cabeça tinha sangrado e inchado. Ele estava com fome e com sede. Ele achava difícil descansar dentro da terra, apesar de o seu corpo estar exausto e de ele precisar dormir para poder se curar.

Por que ele tinha achado uma boa ideia voltar para esta escola e se esconder nos jardins onde viviam o professor que ele havia matado e o garoto que ele tinha tentado matar?

Aurox segurou sua cabeça com as mãos. *Não fui eu!* Ele queria gritar aquelas palavras. *Eu não matei Dragon Lankford. Eu não ataquei Rephaim. Eu fiz uma escolha diferente!* Mas a escolha dele não tinha importado. Ele havia se transformado em uma besta. E a besta espalhara um rastro de morte e destruição.

Havia sido tolice da parte dele ir até a escola. Tolice acreditar que ele poderia se encontrar ali ou fazer algum bem. Bem? Se alguém soubesse que ele estava se escondendo na escola, seria atacado, aprisionado e possivelmente morto. Apesar de ele não estar ali para ferir ninguém, isso não importaria. Ele iria absorver o ódio daqueles que o descobrissem e a besta emergiria. Ele não seria capaz de controlá-la. Os guerreiros Filhos de Erebus iriam cercá-lo e colocar um fim na sua existência miserável.

Eu já controlei a besta antes. Eu não ataquei Zoey. Mas será que ele teria a oportunidade de tentar explicar que não queria causar nenhum dano? Ou mesmo de ter um momento para testar o seu autocontrole e provar que ele era mais do que a besta dentro dele? Aurox recomeçou a andar de um lado para o outro. Não, a intenção dele não iria importar para ninguém na Morada da Noite. Tudo o que eles iriam ver era a besta.

Inclusive Zoey? Será que até mesmo ela ficaria contra ele?

"Zoey o protegeu dos guerreiros. Foi por causa da proteção dela que você conseguiu fugir." A voz de Vovó Redbird acalmou os seus pensamentos turbulentos. Zoey o havia protegido. Ela tinha acreditado que ele conseguia controlar a besta o suficiente para não machucá-la. A avó dela oferecera abrigo a ele. Podia ser que Zoey não o quisesse morto.

Mas os outros queriam.

Aurox não os censurava por isso. Ele merecia a morte. Apesar de ele ter recentemente começado a sentir e a desejar ter uma vida diferente, e fazer escolhas diferentes, isso não mudava o passado. Ele havia cometido atos violentos e desprezíveis. Ele tinha feito tudo o que a Sacerdotisa ordenara.

Neferet...

O nome dela, mesmo como uma palavra não pronunciada em sua mente, causou um arrepio pelo seu corpo agitado.

A besta dentro dele queria ir até a Sacerdotisa. A besta dentro dele precisava servi-la.

– Eu sou mais do que uma besta – a terra em volta dele absorveu suas palavras, abafando a humanidade de Aurox. Em desespero, ele agarrou uma raiz retorcida e começou a puxá-la para tentar subir e sair daquele buraco de terra.

– Isso precisa ser consertado – aquelas palavras chegaram até Aurox lá embaixo.

O corpo dele congelou. Ele reconheceu a voz: Rephaim. Vovó havia falado a verdade. O garoto sobrevivera.

O fardo invisível de Aurox ficou um pouco mais leve.

Aquela morte não precisava pesar na sua consciência.

Aurox se agachou, esforçando-se em silêncio para escutar com quem Rephaim estava falando. Ele não sentiu raiva nem violência. Certamente, se Rephaim tivesse a menor ideia de que Aurox estava escondido tão perto, o garoto seria tomado por sentimentos de vingança, não seria?

O tempo parecia passar devagar. O vento ficou mais forte. Aurox podia ouvi-lo chicoteando as folhas secas da árvore partida acima dele. Ele captou palavras que flutuaram com o ar frio: *trabalhar... árvore... Vermelha me curou...* Tudo na voz de Rephaim, sem nenhuma maldade, como se ele estivesse apenas refletindo em voz alta. E então a brisa levou até ele a prece do garoto:

– Deusa, eu sei que você me perdoou pelo meu passado e sempre vou ser grato por isso. Mas será que você poderia me ensinar a me perdoar de verdade?

Aurox mal respirava.

Rephaim estava pedindo ajuda da sua Deusa para perdoar a si mesmo? Por quê?

Aurox esfregou a testa latejante e se esforçou para pensar. A Sacerdotisa raramente tinha falado com ele, exceto para ordenar que ele cometesse um ato de violência. Mas ela havia falado quando ele estava por perto, como se Aurox não tivesse a capacidade de ouvi-la ou de formular pensamentos por si mesmo. O que ele sabia sobre Rephaim? Ele era o filho do imortal Kalona. Ele era amaldiçoado a ser um garoto de noite e um corvo de dia.

Amaldiçoado?

Ele havia acabado de escutar Rephaim rezando, e na sua prece ele havia agradecido o perdão de Nyx. Certamente, uma Deusa não iria amaldiçoar e perdoar ao mesmo tempo.

Então, com um princípio de surpresa, Aurox se lembrou do corvo que tinha grasnado para ele e feito tanto barulho que havia provocado a sua queda naquele buraco.

Será que aquele corvo podia ser Rephaim? O corpo de Aurox se tensionou quando ele se preparou para o confronto aparentemente inevitável que estava por vir.

– Dou minha palavra. Vou voltar logo – a voz de Rephaim chegou novamente até Aurox. O garoto estava indo embora, ainda que temporariamente. Aurox relaxou contra a parede de terra. O corpo dele doía e a sua mente zunia.

Era óbvio que ele não podia ficar naquele buraco, mas só isso era óbvio para Aurox.

Será que a Deusa de Rephaim, aquela que o havia perdoado, também o havia guiado até o buraco onde estava Aurox? Se fosse isso, era para mostrar a Aurox redenção ou vingança?

Será que ele devia se entregar, talvez para Zoey, e sofrer as consequências que fossem necessárias?

E se a besta emergisse de novo, e dessa vez ele não conseguisse controlá-la?

Será que ele deveria fugir?

Ou deveria procurar a Sacerdotisa e exigir respostas?

– Eu não sei nada – ele murmurou para si mesmo. – Eu não sei nada.

Com o peso da sua confusão e de toda a sua ânsia, Aurox abaixou a cabeça. Em silêncio e cheio de hesitação, ele imitou Rephaim e fez sua própria prece. Uma prece simples e sincera. E aquela foi a primeira vez na vida que Aurox rezou.

Nyx, se você é mesmo uma Deusa misericordiosa, por favor, me ajude... Por favor...

9

ZOEY

– Neferet precisa ser detida – Thanatos foi logo direto ao ponto.

– Finalmente uma boa notícia – Aphrodite disse. – Então, o Conselho Supremo inteiro vai aparecer aqui para declarar que tudo que ela disse naquela coletiva de imprensa ridícula é papo furado, ou Duantia vem sozinha?

– Não vejo a hora de os humanos ouvirem a verdade sobre ela – Stevie Rae falou em seguida, soando tão irritada quanto Aphrodite e sem dar chance a Thanatos para replicar – Estou realmente cansada de ver Neferet sorrindo, seduzindo, iludindo e fazendo todo mundo acreditar que ela é tudo de bom.

– Neferet faz muito mais do que seduzir, iludir e sorrir – Thanatos observou sombriamente. – Ela usa o seu dom concedido pela Deusa para manipular e ferir os outros. Os vampiros são sujeitos aos seus encantos, e os humanos praticamente não têm defesa contra ela.

– O que significa que o Conselho Supremo dos Vampiros precisa tomar uma posição e fazer alguma coisa em relação a ela – eu afirmei.

– Eu gostaria que fosse assim tão simples – Thanatos respondeu.

Meu estômago se contraiu. Tive uma daquelas intuições, e minhas intuições quase nunca eram boas.

– O que você quer dizer? Por que isso não seria algo simples? – perguntei.

– O Conselho Supremo não vai misturar humanos nos assuntos de vampiros – ela explicou.

– Mas Neferet já fez isso – eu argumentei.

– Pois é, não adianta fechar a porta do estábulo depois quc o gado já fugiu – Stevie Rae concordou.

– Aquela vaca matou a mãe de Zoey – Aphrodite estava balançando a cabeça, incrédula. – Você está dizendo que o Conselho Supremo vai simplesmente ignorar isso e vai deixá-la escapar com um assassinato nas costas *e* falando merda sobre todos nós?

– E o que vocês querem que o Conselho Supremo faça? Que desmascare Neferet como uma assassina?

– Sim – eu disse, feliz por soar firme e madura, em vez de assustada e com doze anos, que era como eu realmente estava me sentindo com essa coisa toda. – Eu sei que ela é imortal e poderosa, mas ela *matou a minha mãe.*

– Nós não temos provas disso – Thanatos falou em voz baixa.

– Isso é besteira! – Aphrodite explodiu. – Todos nós vimos!

– Em um ritual de revelação realizado com um feitiço de morte. Nada disso pode ser repetido. A terra foi purificada desse ato de violência por meio dos cinco elementos.

– Ela tomou as Trevas como seu Consorte – Aphrodite alegou. – Ela não está apenas aliada ao mal, ela provavelmente está fazendo as coisas mais indecentes com ele!

– Eca! – Stevie Rae e eu exclamamos juntas.

– Os humanos nunca iriam acreditar em nada disso, mesmo se eles tivessem estado lá.

Nós todas nos voltamos para a voz de Shaylin, que até então estava em pé em silêncio, observando nós quatro com olhos vazios e uma expressão chocada. Mas o seu tom era seguro. É claro, ela parecia nervosa, mas o seu queixo estava levantado de novo e ela apresentava o que eu já estava reconhecendo como a sua cara de teimosa.

– Que diabo você sabe sobre isso e por que você está falando? – Aphrodite vociferou contra ela.

– No mês passado eu era humana. Os humanos não acreditam na magia dos vampiros – Shaylin encarou Aphrodite sem vacilar. – Vocês estão há muito tempo às voltas com essa magia. Vocês perderam totalmente a perspectiva.

– E você perdeu completamente a cabeça – Aphrodite rosnou, inchando como um baiacu.

– Crianças briguentas de novo – Thanatos não levantou a voz, mas as suas palavras atravessaram aquela tensão tipo briga de garotas entre Aphrodite e Shaylin.

– Elas não querem brigar – eu falei em meio ao súbito silêncio. – Nenhuma de nós quer. Mas estamos todas frustradas e esperávamos que você e o Conselho Supremo fossem fazer algo, *qualquer coisa,* para nos ajudar a combater Neferet.

– Deixem-me mostrar a verdade sobre quem vocês são, e então pode ser que vocês entendam mais sobre essa batalha em que vocês estão insistindo em envolver os humanos – Thanatos estendeu o seu braço direito, com a palma da mão voltada para cima na altura do peito. Ela fez uma concha com a mão, inspirou profundamente e, com a mão esquerda, agitou o ar acima da sua outra mão estendida, dizendo: – Observem o mundo! – a voz dela era poderosa, hipnotizante. Os meus olhos foram atraídos para a palma de sua mão. Sobre ela, um globo do planeta estava se formando. Era incrível, não era como aqueles globos entediantes que os professores de História usavam para juntar pó. Aquele parecia feito de fumaça negra. A água se ondulava e se agitava. Os continentes emergiam, como que esculpidos em ônix.

– *Aiminhadeusa!* – Stevie Rae exclamou. – É tão lindo!

– É mesmo – Thanatos disse. – E agora observem quem vocês são no mundo! – ela sacudiu os dedos da mão esquerda na direção do globo, como se estivesse salpicando água em cima dele. Aphrodite, Stevie Rae, Shaylin e eu ofegamos de surpresa. Pequenas faíscas começaram a aparecer, pontuando a massa de terra ônix com minúsculas luzes de diamante.

– Que bonito – comentei.

– São diamantes? Diamantes de verdade? – Aphrodite perguntou, aproximando-se mais.

– Não, jovem Profetisa. São almas. Almas de vampiros. Essas luzes somos nós.

– Mas há tão poucas luzes. Quero dizer, em comparação ao resto do globo, que é todo escuro – Shaylin observou.

Eu franzi a testa e me aproximei mais, juntando-me a Aphrodite. Shaylin estava certa. A terra parecia imensa comparada à pequena quantidade de pontos cintilantes. Fiquei encarando o globo. Os meus olhos foram atraídos para os agrupamentos de brilho: Veneza, a Ilha de Skye, algum lugar que eu achei ser a Alemanha. Um grupo de luzes na França, alguns borrões no Canadá e vários outros espalhados pelos Estados Unidos – vários, mas mesmo assim não muitos.

– Aqui é a Austrália? – Stevie Rae perguntou.

Dei uma olhada no outro lado do globo, reparando em outros diamantes salpicados.

– Sim – Thanatos confirmou. – E a Nova Zelândia também.

– Ali é o Japão, não é? – Shaylin apontou para outra pequena mancha de brilho.

– Sim, é – Thanatos afirmou.

– Os Estados Unidos não têm tantos diamantes quanto deveria – Aphrodite opinou.

Thanatos não respondeu. Ela encontrou o meu olhar. Eu desviei os olhos, analisando o globo novamente. Devagar, dei toda a volta ao redor dela, desejando que eu tivesse prestado mais atenção às aulas de Geografia – qualquer aula. Quando terminei de dar a volta, encontrei o olhar da Grande Sacerdotisa de novo.

– Não existem muitos de nós – eu concluí.

– Infelizmente, isso é a mais absoluta verdade – Thanatos concordou. – Nós somos brilhantes, poderosos e espetaculares, mas somos poucos.

– Então, mesmo que nós conseguíssemos fazer com que os humanos nos ouvissem, estaríamos abrindo portas para o nosso mundo que é melhor que fiquem fechadas – Aphrodite falou calmamente, soando madura e sem malícia, como não era próprio dela. – Senão eles podem começar a pensar que as leis deles se aplicam a nós, que nós precisamos deles para nos manterem na linha e isso significa que eles podem começar a apagar as nossas luzes.

– Simples, mas bem colocado – Thanatos juntou as mãos e o globo desapareceu em um sopro de fumaça brilhante.

– Então o que nós vamos fazer? Nós não podemos simplesmente deixar Neferet escapar com todas as coisas horríveis que ela fez. Ela não vai parar em uma coletiva de imprensa, uma comissão na Câmara e uma coluna no jornal. Ela quer morte e destruição. Caramba, ela é Consorte das Trevas! – Stevie Rae disse.

– Nós temos que lutar com as mesmas armas dela – Shaylin sugeriu.

– Ah, que merda. Não vou aguentar mais uma garota que usa metáforas ruins em vez de falar claramente – Aphrodite rebateu.

– O que eu quis dizer é que, se Neferet está envolvendo os humanos, nós também deveríamos fazer isso. Mas nos nossos próprios termos – Shaylin explicou. Eu vi quando ela movimentou a boca sem som, dizendo "detestável", mas Aphrodite havia decidido ignorar a novata. De novo. E, felizmente, Aphrodite não estava olhando para ela.

– Shaylin, você despertou o meu interesse, filha. Por que você acompanhou as duas Sacerdotisas e a Profetisa até aqui? – Thanatos perguntou de repente.

Nós, as Sacerdotisas e a Profetisa, ficamos em silêncio. Pessoalmente, eu queria ver como Shaylin ia lidar com Thanatos. Imaginei que Stevie Rae ficou quieta pelo mesmo motivo. Eu já sabia as razões de Aphrodite, as quais Shaylin tinha resumido bem com a palavra que ela disse sem som: *detestável*.

A pequena novata vermelha levantou seu queixo e pareceu superobstinada.

– Eu vim com elas porque quero fazer perguntas a você sobre o meu dom. E elas concordaram – Shaylin fez uma pausa, deu uma olhada para Aphrodite e acrescentou: – Bem, duas delas concordaram.

– Qual dom Nyx concedeu a você, novata?

– A Visão Verdadeira – ela olhou nervosamente para Stevie Rae e para mim. – Certo?

– Nós achamos que sim – eu falei.

– É. Pelo menos foi o que a pesquisa de Damien nos disse, e ele está quase sempre certo em relação às coisas que pesquisa – Stevie Rae concordou.

– Ela disse que Neferet tinha cor de olho de peixe morto. Isso me faz pensar que ela pode ter algo mais do que uma simples doença mental – Aphrodite me surpreendeu ao dizer isso.

– Você vê auras? – Thanatos perguntou enquanto analisava Shaylin como se ela estivesse olhando em um microscópio e Shaylin estivesse sob uma lâmina de vidro.

– Eu vejo cores – Shaylin respondeu. – Não sei como chamar o que eu vejo. E-eu era cega até a noite em que fui Marcada. Eu era cega desde os cinco anos. De repente, *zap!* Ganhei uma lua crescente vermelha no meio da minha testa, minha visão voltou e, junto com ela, as cores. Muitas cores. Por causa delas, eu sei coisas sobre as pessoas. Tipo, eu sabia que Neferet era podre no mesmo instante em que a vi. Apesar de por fora ela ser bonita – ela contou a Thanatos, e eu percebi que ela entrelaçou as mãos com força atrás de si e permaneceu imóvel sob o escrutínio da Grande Sacerdotisa. – Do mesmo modo, eu sei que Erik Night é basicamente um cara legal, mas é fraco. Ele sempre escolheu o caminho mais fácil. A cor dele é preta, mas não um preto chapado. É um preto profundo e rico, e eu consigo ver pequenos raios de luz dourada relampejando através dele – ela suspirou. – Acho que você é realmente idosa, inteligente e poderosa, mas também tem um temperamento forte, que mantém sob controle. Na maior parte do tempo.

Thanatos curvou os lábios em um sorriso.

– Continue.

Shaylin olhou rapidamente para Stevie Rae e depois de novo para Thanatos.

– As cores de Stevie Rae são como fogos de artifício. Isso me faz pensar que ela é a pessoa mais doce e alegre que eu já conheci.

– Isso porque você não conheceu Jack – Stevie Rae falou, com um sorriso triste para Shaylin. – Mas, obrigada. Foi muito legal dizer isso sobre mim.

– Eu não tive a intenção de ser legal. Só estou tentando dizer a verdade – os olhos de Shaylin se voltaram para Aphrodite. – Bem, na maioria das vezes estou tentando dizer a verdadc.

Aphrodite bufou.

Eu esperei que fosse a minha vez e que ela diria a Thanatos que as minhas cores tinham ficado mais escuras porque eu estava superpreocupada, mas ela não falou nada sobre mim. Ela apenas assentiu levemente com a cabeça, como se tivesse decidido internamente alguma coisa, e então concluiu:

– É por isso que eu estou aqui. Preciso da sua orientação sobre como usar o meu dom e quero saber a verdade sobre ele.

Acho que foi nessa hora que comecei a respeitá-la. Thanatos não era uma Grande Sacerdotisa qualquer. Ela era membro do Conselho Supremo e tinha afinidade com a Morte. Ok, Thanatos era assustadora. Sem brincadeira. Mesmo assim, ali estava Shaylin, com seus quarenta e poucos quilos, menos de um mês como novata, confrontando Thanatos, sem entregar nada privado sobre mim. Ela nem disse aquelas coisas sobre os pontos de luz trêmula do bem dentro de Aphrodite. Era preciso coragem. Muita coragem.

Olhei para as mãos entrelaçadas com força de Shaylin e reparei que os seus dedos haviam ficado brancos. Eu sabia como ela se sentia. Eu também tive que confrontar uma Grande Sacerdotisa poderosa logo depois de ser Marcada.

Eu me aproximei mais de Shaylin.

– Seja como for que você queria chamar o que Shaylin vê, ela tem um dom. Eu concordo com Damien. Acho que é a Visão Verdadeira.

– Todos nós achamos – Stevie Rae falou.

– Você pode me ajudar? – Shaylin perguntou.

Então Thanatos me surpreendeu. Ela não disse nada. Ela se virou e caminhou até a sua mesa, olhando para baixo, como se a resposta para a pergunta de Shaylin estivesse escrita no grande calendário que ela deixava em cima da escrivaninha. Ela ficou parada daquele jeito, com a cabeça abaixada, pelo que pareceu um tempo ridiculamente longo. Eu tinha decidido entrelaçar minhas mãos atrás do meu corpo para evitar me remexer também, até que a Grande Sacerdotisa finalmente se voltou para nós quatro e nos encarou.

– Shaylin, a resposta que eu tenho para você é a mesma que eu tenho para Zoey, Stevie Rae e Aphrodite.

Escutei Aphrodite murmurar algo sobre não se lembrar de ter feito nenhuma maldita pergunta, mas Thanatos a interrompeu e continuou:

– Cada uma de vocês recebeu um dom incomum concedido pela nossa Deusa, e isso vem a calhar para nós, pois vamos precisar de todos os poderes que a Luz pode nos dar se pretendemos combater as Trevas.

– Você quis dizer derrotar as Trevas, não quis? – Stevie Rae perguntou.

Eu sabia a resposta de Thanatos antes de ela falar.

– As Trevas nunca podem ser realmente derrotadas. Elas só podem ser combatidas e desmascaradas pelo amor, pela Luz e pela verdade – a Grande Sacerdotisa afirmou.

– Perdeu. De novo – Aphrodite disse em voz baixa.

– Vou dar uma tarefa a cada uma para que vocês possam exercitar os seus dons. Profetisa, a primeira é para você – Thanatos se dirigiu a Aphrodite.

Aphrodite deu um suspirou profundo.

– Você recebeu de Nyx o dom de ter visões com alertas sobre fatos horríveis que estão para acontecer. Você teve alguma visão antes da coletiva de imprensa de Neferet?

– Não – Aphrodite pareceu surpresa com a pergunta de Thanatos. – Não tenho nenhuma visão há cerca de uma semana.

– Então o quanto você é boa, Profetisa? – as palavras dela foram duras e frias. Thanatos soou quase cruel.

O rosto de Aphrodite ficou realmente pálido e logo depois ficou rosa.

– Quem é você para me questionar? Você não é Nyx. Eu não respondo a você. Eu respondo a ela!

– Exatamente! – a expressão de Thanatos se relaxou. – Então responda a ela. Ouça-a. Observe os seus sinais. As suas visões se tornaram cada vez mais difíceis e dolorosas, não é?

Aphrodite assentiu com um movimento tenso e rápido.

– Talvez porque a nossa Deusa queira que você exercite o seu dom de outros modos. Você fez isso recentemente, diante do Conselho Supremo. Lembra?

– É claro que eu lembro. Foi como eu soube que as almas de Kalona e de Zoey tinham saído de seus corpos.

– Mas você não precisou de uma visão que dissesse isso a você.

– Não.

– Já cheguei ao ponto que queria – Thanatos afirmou. Então ela se virou para Stevie Rae. – Você é a Grande Sacerdotisa mais jovem que já conheci na vida, e eu já vivi bastante. Você é a primeira Grande Sacerdotisa dos vampiros vermelhos na história do nosso povo. Você tem uma afinidade poderosa com a terra.

– Siiiiim... – Stevie Rae prolongou a palavra, como que esperando pelo golpe final de Thanatos.

– A sua tarefa é praticar liderança. Você acata as decisões de Zoey com muita frequência. Você é uma Grande Sacerdotisa. Extraia força da terra e comece a agir como uma Grande Sacerdotisa – Thanatos não deu chance para Stevie Rae responder. O seu olhar penetrante e sombrio se voltou para Shaylin. – Se você tem a Visão Verdadeira, o seu dom é tão bom quanto você for. Não o desperdice com trivialidades e mesquinharias.

– É por isso que eu estou aqui – Shaylin falou rapidamente. – Quero aprender a usar o meu dom do jeito certo.

– Isso, jovem novata, é algo que você precisa desenvolver e ensinar a si mesma. A sua tarefa é analisar aqueles ao seu redor. Leve os resultados até a sua Grande Sacerdotisa. Stevie Rae vai usar os poderes do elemento dela, assim como o seu crescente poder de liderança, para guiar você.

– Mas eu não sei... – Stevie Rae começou, mas Thanatos a cortou.

– E você nunca saberá. Nada. Nada importante de fato. *A menos* que você assuma a responsabilidade de ser uma Grande Sacerdotisa. Aprenda a confiar em si mesma, para que os outros possam se sentir seguros em confiar em você.

Stevie Rae fechou a sua boca e assentiu, parecendo que ela tinha doze anos, exatamente o oposto de uma Grande Sacerdotisa. Mas eu não tive tempo de dizer nada para ela porque finalmente Thanatos voltou suas baterias contra mim.

– Use a sua pedra da vidência.

– Ahn?

– Ela a intimida – Thanatos continuou como se eu não tivesse dito nada. – A verdade é que o mundo deve mesmo intimidar você, todas vocês, neste momento. Mas o medo não é razão para fugir às suas responsabilidades. Está em suas mãos uma peça de magia antiga que responde a você. Use-a.

– Como? Para quê? – falei sem pensar.

– Uma pedra da vidência, um dom da Visão Verdadeira, uma Profetisa, uma Grande Sacerdotisa: todas essas coisas poderosas são inúteis a menos que todas vocês comecem a responder essas questões a si mesmas. Você disse que vocês não são crianças birrentas? Provem. Podem ir agora – ela virou as costas para nós e deu passos firmes em direção à sua mesa.

Minhas amigas e eu obviamente tivemos o mesmo impulso ao mesmo tempo. Como se fôssemos uma só, começamos a andar apressadas a caminho da porta de saída.

– Eu vou acender a pira de Dragon Lankford à meia-noite. Estejam presentes à cerimônia. Logo depois, preciso de vocês e do resto do seu círculo no lobby da escola. Eu convoquei a minha própria coletiva de imprensa.

As palavras dela nos atingiram e nos fizeram parar como se fossem um muro invisível. Nós nos viramos e olhamos embasbacadas para ela. Eu engoli em seco o nó na minha garganta e falei:

– Mas você disse que nós não podemos confrontar Neferet na comunidade dos humanos. Então, sobre o que vai ser a nossa coletiva de imprensa?

– Nós vamos continuar de boa vontade aquilo que Neferet começou apenas para gerar caos e conflitos. Ela abriu esta escola para empregados humanos. Nós vamos anunciar na coletiva que, apesar de estarmos tristes por Neferet ter saído do seu *emprego* na nossa escola, estamos felizes em abrir inscrições para mais ocupações para a comunidade na Morada da Noite. Nós vamos sorrir. Nós seremos afetuosos e abertos. James Stark estará presente com seu jeito agradável, atraente e inofensivo.

– Você vai fazer com que Neferet pareça nada mais do que uma empregada descontente? Brilhante! – Aphrodite comentou.

– E normal – eu observei.

– Algo que os humanos vão entender completamente – Shaylin disse.

– Ei, se vocês realmente querem parecer normais como os humanos, nós precisamos fazer algo tipo um feira de empregos aberta ao público – Stevie Rae sugeriu e todas nos voltamos para ela.

– Continue. Qual é a sua ideia, Grande Sacerdotisa? – Thanatos perguntou.

– Bem, a minha escola de Ensino Médio costumava ter uma feira de empregos para os formandos no fim do ano. Era como qualquer festa aberta ao público, com ponche ruim, salgadinhos e tudo mais. Mas empresas de Tulsa, de Oklahoma City e até de Dallas apareciam e recebiam inscrições e marcavam entrevistas com os formandos enquanto o resto dos estudantes só ficava por ali, desejando que chegasse a sua vez – Stevie Rae sorriu timidamente e encolheu os ombros. – Acho que pensei nisso porque a minha vez não chegou, já que eu fui Marcada e tal.

– De fato, é uma ideia interessante – Thanatos me chocou ao dizer isso. – Nós vamos mencionar a nossa disposição de abrir a escola para uma *feira de empregos*

– ela pronunciou essas palavras como se elas fossem de uma língua estrangeira – durante a coletiva de imprensa mais tarde.

– Se você realmente quer uma festa aberta ao público aqui na escola, precisamos ter um bocado de gente aqui. Que tal nós convidarmos os Street Cats e fazermos um evento para levantar fundos para a adoção de gatos? Isso seria algo que Tulsa apoiaria – Stevie Rae acrescentou.

– E isso seria normal – Aphrodite falou. – Eventos beneficentes são coisas normais e atraem as pessoas com muita grana, e isso é uma coisa boa.

– Bem pensado – Thanatos concordou.

– Minha avó pode ajudar a coordenar isso com os Street Cats. Ela e a irmã Mary Angela, a freira diretora dos Street Cats, são amigas – eu sugeri.

Thanatos assentiu.

– Então eu vou ligar para Sylvia e perguntar se ela poderia coordenar o que nós chamaremos de uma noite aberta ao público com uma feira de empregos para Tulsa. A presença de sua avó, além das freiras, vai dar uma sensação de normalidade e de tranquilidade.

– Minha mãe pode assar uma tonelada de cookies de chocolate e vir também – Stevie Rae ofereceu.

– Então a convide. Eu tenho fé em vocês, assim como Nyx tem. Não nos desapontem. E agora vocês podem ir mesmo.

Nós saímos da sala de Thanatos falando sobre a coletiva de imprensa e o evento aberto ao público, e comentando como era bom termos um plano. Foi só mais tarde que me dei conta de que eu não havia dito nem uma única palavra sobre o caso Aurox/Heath...

10

SHAUNEE

Os guerreiros Filhos de Erebus estavam com ares soturnos, ocupados com o trabalho de amontoar madeira para construir a pira de Dragon. Shaunee tentou fazer o que podia para ajudá-los. Ela sabia dizer se a madeira ia queimar bem só de tocá-la, então indicou todas as toras e tábuas mais secas e orientou os guerreiros para colocar tudo de forma correta, a fim de que o fogo queimasse sem empecilhos e rapidamente.

Shaunee tentou encorajá-los. Ela disse que eles estavam fazendo um bom trabalho e que Dragon ficaria orgulhoso deles, mas aquilo pareceu deixá-los ainda mais calados e soturnos. Até Darius estava em silêncio e parecia quase um estranho. Foi só quando Aphrodite surgiu atirando o cabelo para o lado e falando com aquele seu jeito dominador e sedutor que as coisas começaram a melhorar.

– Ei, bonitão, você se lembra do sermão que Dragon deu em você quando nós começamos a sair? – Aphrodite piscou para vários guerreiros que estavam por perto. – Aposto que Stephen, Conner e Westin se lembram, não é? Não foram vocês que tiveram que fazer um treinamento extra com Darius depois que Dragon descobriu que ele estava *confraternizando com uma novata?* – Aphrodite fez um tom de voz baixo que soou muito parecido o Mestre da Espada.

Os guerreiros até sorriram.

– Dragon nos fez dar um trato no seu garoto aqui por três dias seguidos – Conner lembrou.

Darius bufou.

– Cuidado com as suas palavras, Conner. Eu não sou um *garoto* há décadas.

Conner riu.

– Acho que era exatamente com isso que Dragon estava tendo problemas.

Aphrodite sorriu de modo sedutor e passou a mão pelo bíceps grosso de Darius.

– Ele queria que você ficasse esgotado para que não tivesse energia suficiente para *confraternizar* comigo.

– Seria preciso um exército de vampiros para isso – Darius afirmou.

Foi a vez de Stephen provocá-lo.

– Sério? Então por que Anastasia teve que intervir?

Aphrodite levantou suas sobrancelhas loiras.

– Intervir? Anastasia? Você não me contou isso, bonitão.

– Devo ter esquecido, já que eu estava muito ocupado confraternizando com você, minha bela.

– Hahaha! – Westin caçoou. – É impossível que qualquer um de nós tenha se esquecido de Anastasia, com os cabelos ao vento, repreendendo o nosso Mestre da Espada por perseguir o pobre e jovem Darius.

Shaunee não conseguiu deixar de rir junto com eles.

– Ela disse mesmo que Dragon estava perseguindo Darius? – a novata quis saber.

Conner, que era alto, loiro e quase tão ardente quanto o elemento de Shaunee, respondeu:

– Sim, ela disse exatamente isso. Ela até chamou Dragon de Bryan e o lembrou de que, se *ela* não tivesse confraternizado com um novato um século atrás, a vida dele seria muito menos interessante.

– Eu convivi com Dragon Lankford por cinquenta anos – Stephen falou. – Eu nunca o vi ser superado por nenhum outro guerreiro, mas Anastasia conseguia detê-lo com um simples olhar.

– Que bom que eles estão juntos agora – Darius afirmou.

– Ele ficou perdido sem ela – Westin comentou.

– Isso é algo que eu posso entender muito bem – Darius pegou a mão de Aphrodite, beijando-a gentilmente.

– Vocês realmente viram os dois se reencontrando?

– Sim – Darius, Aphrodite e Shaunee responderam juntos.

– Ele está feliz de novo – Shaunee disse.

– Ela morreu primeiro, mas esperou por ele – Aphrodite sorriu para Darius, mas Shaunee pôde ver lágrimas nos olhos dela.

– Ela teve uma morte de guerreira – Westin lembrou.

– Assim como Dragon – Darius concordou.

– Nós precisamos nos lembrar disso hoje à noite – Shaunee sugeriu. – Lembrar-nos da alegria e do Juramento deles, e que eles ainda se amam.

– Amar para sempre – Darius falou docemente, tocando o rosto de Aphrodite.

– Amar para sempre – Aphrodite ecoou e depois levantou uma sobrancelha loira. – Se você não estiver cansado demais, é isso aí.

– Ah! Então Anastasia estava certa! Nós estamos perseguindo o pobre e jovem Darius! – Stephen e os outros guerreiros riram, e Darius começou a se defender excitadamente, enquanto Aphrodite o provocava.

Shaunee se afastou um pouco da pira em construção e do grupo que a cercava. *Fogo, aqueça essa pequena fagulha de alegria que Aphrodite conseguiu plantar dentro deles. Ajude os guerreiros a se lembrarem de que Dragon e Anastasia estão juntos e felizes.* Ela sentiu o calor do seu elemento passar rapidamente por ela e envolver o grupo, um calor invisível e quase indetectável para quem não tinha afinidade com o fogo. Mas aquilo ajudou. *Ela* havia ajudado. Shaunee realmente acreditava nisso.

Sentindo-se levemente melhor, ela saiu caminhando a esmo. Shaunee sabia que tinha que ir até o estábulo, mas isso não significava que ela estava com pressa de encarar a destruição que o seu elemento havia causado. *Mas eu não o estava manejando,* ela lembrou a si mesma. Mesmo assim, ela fez um caminho mais longo e sinuoso, na direção do pátio que tinha uma bela fonte. Dali ela iria pegar o caminho dos fundos, passando pelo estacionamento, que iria dar mais diretamente no ginásio do que no estábulo.

Shaunee escutou a água antes de ouvir a voz de Erin.

Ela não quis ficar espreitando nem se escondendo. Ela só se moveu em silêncio pelas sombras em volta do pátio porque não queria uma cena com Erin, não porque ela a estava espionando.

Então ela escutou a outra voz. No começo, Shaunee não reconheceu de quem era. Ele não estava falando alto o bastante. Ela só reconheceu a risadinha sedutora de Erin. Shaunee estava tentando decidir se ter curiosidade era a mesma coisa que bisbilhotar quando a voz dele ficou mais alta e ela percebeu que o alvo da risadinha sedutora de Erin era Dallas!

Sentindo uma dor de estômago, Shaunee se aproximou mais.

– Sim, é isso mesmo que estou dizendo. Não consigo tirar você da cabeça, garota. Você sabe o que a água e a eletricidade fazem quando se juntam, não sabe?

Shaunee ficou completamente imóvel, esperando que Erin o chamasse de otário e falasse para ele voltar correndo para a nojenta da Nicole, que era da mesma laia dele; em vez disso, ela sentiu uma dor no estômago quando ouviu Erin responder flertando com ele:

– Relâmpagos... É isso o que a eletricidade e a água fazem. Parece interessante.

– *É* interessante. *Você* é interessante. E quente. Você é como uma sauna, garota. Ou como um banho de vapor no qual eu adoraria ficar ensopado.

Shaunee teve que apertar os lábios para evitar dizer "eca" e chamar Dallas de otário ela mesma. Erin ainda tinha que fazer isso. De jeito nenhum ela ia querer nada com Dallas. Ele era um completo idiota. Ele odiava Stevie Rae e Zoey! Stevie Rae disse que ele tinha tentado matá-la! Erin só estava levantando a bola dele para depois detoná-lo e colocá-lo no seu devido lugar.

Shaunee esperou por isso. Nada. Ela não ouviu mais nada. Andando sem fazer barulho, Shaunee se aproximou ainda mais. Provavelmente, Erin tinha ido embora, depois de revirar os olhos e sair andando sem nem se dar ao trabalho de falar para Dallas sumir da frente dela.

Mas Shaunee estava errada. Totalmente errada.

Erin havia se encostado na fonte. A água a estava molhando inteira. Seu cabelo, suas roupas, seu corpo. Dallas a estava encarando como se ele estivesse morrendo de fome e ela fosse uma bisteca suculenta. Erin levantou os braços acima da cabeça, fazendo com que seus peitos marcassem a sua camiseta molhada, que era branca e agora estava totalmente transparente.

– Que tal isto aqui para um concurso de camiseta molhada? – ela perguntou com uma voz toda sexy, fazendo os seus peitos balançarem um pouco.

– Você ganha. É a coisa mais gostosa que eu já vi na vida, garota.

– Eu posso te mostrar algo mais gostoso – Erin disse. Com um movimento rápido, ela tirou a sua camiseta ensopada e desabotoou o seu sutiã de renda.

A respiração de Dallas estava tão ofegante que Shaunee podia até escutar. Ele lambeu os lábios.

– Você estava certa, garota. Isso é mais gostoso.

– E que tal isto? – Erin enganchou os dedões na cintura da sua minissaia xadrez e a tirou. Ela sorriu para Dallas, que ficou olhando para a minúscula tanga de renda que ela ainda estava usando.

– Que tal tirar todo o resto? – a voz de Dallas estava intensa, e ele se aproximou mais dela.

– Parece uma boa ideia. Eu gosto de não vestir nada além de água – Erin tirou a tanga. Agora tudo o que ela estava usando eram suas botas Christian Louboutin. Ela passou a mão com água por todo o seu corpo. – Quer se molhar comigo?

– Não é só isso que eu quero fazer com você – ele sugeriu. – Garota, eu vou abrir as portas de um outro mundo inteiro para você.

– Estou pronta para isso – ela falou de modo sedutor, ainda tocando o próprio corpo. – Porque estou cansada do mundo entediante em que estou vivendo.

– Relâmpagos, garota. Vamos fazer relâmpagos e algumas mudanças.

– Vamos lá! – Erin disse.

Dallas acabou com a distância que ainda havia entre eles. Os dois ficaram tão abraçados e tão concentrados um no outro que Shaunee não teve que se preocupar se eles iriam ouvi-la quando ela saiu correndo, totalmente enojada, com os olhos cheios de lágrimas.

ZOEY

– Se vocês não se importam, eu vou até o centro de mídia. Damien acha que posso encontrar alguns livros antigos sobre a Visão Verdadeira na seção de livros de referência, se eu procurar bastante. Provavelmente ele é melhor em pesquisa do que eu, mas sou teimosa – Shaylin afirmou. – Se há algo a ser encontrado, eu vou encontrar.

– Sem problemas – eu falei.

Stevie Rae deu de ombros, dizendo:

– Por mim tudo bem.

Shaylin começou a ir embora, mas fez uma pausa.

– Ei, obrigada por me deixarem ir com vocês falar com Thanatos. E obrigada por ouvirem o que eu tinha a dizer lá. Bem, e me desculpem de novo por aquela coisa com Aphrodite mais cedo.

– Não é comigo que você tem que continuar se desculpando – eu disse.

– É, eu sei, mas acho que você é a única que vai escutar – Shaylin falou, olhando para a direção em que Aphrodite havia saído andando bruscamente.

– Aphrodite vai escutar. Só não muito bem – Stevie Rae opinou. – Você falou bem lá dentro, Shaylin. Gostei do que você disse sobre as cores das pessoas. Acho que você deve se concentrar em seguir o seu instinto sobre o que você vê.

– Hum – Kramisha bufou enquanto se aproximava apressada da gente. – Eu digo que o instinto pode te levar para uma tonelada de problemas.

Eu estava pensando *"frase do ano"* quando Stevie Rae perguntou:

– O que está rolando, Kramisha?

– São os novatos vermelhos de Dallas. Eles estão agindo como se quisessem ajudar a limpar o estábulo.

Stevie Rae franziu as sobrancelhas. Eu mordi os lábios. Kramisha cruzou os braços e ficou batendo o pé no chão.

– Ajudar é uma coisa ruim? – Shaylin falou em meio àquele silêncio desconfortável.

– O grupo de Dallas tem sido, bem... – eu hesitei, tentando formar uma frase sem o tipo de palavras que eu tentava (bastante) evitar.

Kramisha foi mais rápida do que eu.

– Eles são encrenca.

– Talvez eles estejam tentando mudar – Shaylin sugeriu.

– Eles são encrenca *dissimulada* – Kramisha acrescentou.

– Nós não confiamos neles – eu expliquei.

– E a gente tem um monte de razões para não confiar neles – Stevie Rae reforçou. – Mas eu tenho uma ideia. Thanatos disse que eu tenho que praticar liderança e Shaylin precisa praticar a coisa da Visão Verdadeira dela. Então vamos fazer as duas coisas – Stevie Rae endireitou as costas e a sua voz deixou de ser doce e do tipo garotinha e passou a ser a voz de uma mulher que soava mais confiante e bem mais velha. – Shaylin, você pode ir até o centro de mídia mais tarde. Agora você vai comigo para o estábulo. Quero que você olhe para as cores dos novatos vermelhos que estão lá e me diga quais deles são mais perigosos.

– Sim, senhora – Shaylin respondeu.

– Ahn, você não precisa me chamar de senhora – Stevie Rae falou rapidamente, soando como ela mesma de novo. – Só me deixar bancar a chefe já é o bastante.

– Você não faz o tipo "chefe mandona" – Kramisha observou.

– Bem, estou tentando fazer – Stevie Rae suspirou e olhou para mim.

Eu sorri para ela.

– Você pode mandar em mim se quiser.

Ela me deu um olhar de surpresa.

– Se alguma vez eu tentar fazer isso, você pode me chamar de salsicha e me falar para bater em mim mesma com pão e mostarda.

Dei risada e então falei:

– Bom, então, se vocês não se importam, eu preciso ficar um tempo sozinha. Quero pensar nessa coisa da pedra da vidência. Mas eu encontro com vocês no estábulo daqui a pouco. Se você virem Stark, digam que estou bem e que logo estarei lá.

– Combinado – Stevie Rae disse.

Observei as três se afastarem. Consegui ouvir Kramisha perguntar qual era a sua cor para Shaylin e, antes que a garota pudesse responder, ela já estava falando que a cor dela não podia ser laranja de jeito nenhum porque ela não gostava de laranja. Shaylin parecia confusa, mas interessada. Stevie Rae parecia pensativa e determinada, como se estivesse tentando refletir por fora a liderança em que ela estava trabalhando por dentro.

E eu? Imagino que, se você colocasse um espelho na minha direção, eu pareceria confusa e cansada e veria que o meu rímel estava empelotando e o meu cabelo estava ficando cheio de *frizz*.

Eu queria ir com as minhas amigas ajudar a arrumar o estábulo. Eu queria encontrar Stark e queria que ele segurasse a minha mão e ficasse rindo de mim por eu me preocupar demais e por procurar no Google sobre sintomas de doenças. Mais do que tudo, eu queria esquecer sobre aquela pedra da vidência idiota em volta do meu pescoço e me concentrar em algo que fizesse mais sentido, como novatos vermelhos detestáveis ou lição de casa. Mas eu sabia que Thanatos estava certa. Nós iríamos precisar de todos os nossos dons para ter chance de pelo menos manter as Trevas em xeque. Então, em vez de seguir minhas amigas, tomei um caminho diferente. Limpei a minha mente o máximo que eu podia e deixei que meus instintos me guiassem. Então, quando ficou óbvio aonde os meus pés estavam me levando, sussurrei:

– Espírito, por favor, venha para mim. Ajude-me a não ter tanto medo – o elemento com o qual eu ficava mais confortável suavizou o meu medo, então na hora em que eu estava diante do carvalho despedaçado foi como se as minhas emoções estivessem envoltas em um cobertor macio e quentinho.

Eu precisava daquele cobertor confortável. Aquele lugar me assustava. A professora Nolan tinha sido assassinada ali. Stevie Rae quase havia sido morta ali. Kalona surgira rasgando a terra ali. Jack, o pobre e doce Jack, morrera ali.

O meu instinto tinha me levado até lá. E o pior de tudo era que a minha pedra da vidência começou a irradiar calor.

É, como Kramisha disse, seguir o seu instinto pode causar uma tonelada de problemas, eu pensei. Suspirei e admiti a verdade que a minha intuição havia seguido: se havia magia antiga na Morada da Noite, aquele era um lugar excelente para ela se esconder. Sgiach me contara que a magia antiga era poderosa. Ela também era imprevisível e perigosa. Eu me lembrei dela explicando que o modo como a magia antiga se manifestava tinha muito a ver com a Sacerdotisa que a invocava.

Então, o que aquilo significava para mim? Que tipo de Sacerdotisa eu estava me tornando?

Suspirei. *Uma porcaria de Sacerdotisa confusa que não tinha dormido o suficiente.*

Uma com potencial – o pensamento vagou pela minha mente.

Uma que não sabe o bastante, contra-argumentei mentalmente.

Uma que precisa acreditar em si mesma, o vento sussurrou para mim.

Uma que precisa parar de fazer besteira, minha mente insistiu.

Uma que precisa acreditar na sua Deusa.

E aquilo parou com a minha batalha mental.

– Eu acredito de verdade em você, Nyx. Sempre vou acreditar – decididamente, tirei a pedra da vidência quente que estava embaixo da minha camiseta, respirei fundo e a levantei, olhando através do pequeno buraco, tipo aquele furo de pastilhas Life Savers, para o carvalho despedaçado.

Por um segundo, nada aconteceu. Franzi os olhos, e o carvalho continuou sendo apenas uma velha árvore quebrada. Comecei a relaxar e, como de costume, foi então que o caos começou.

Do centro do tronco partido emergiu um redemoinho terrível e feio de sombras rodopiantes. Dentro daquele turbilhão eu vi criaturas horríveis com os corpos retorcidos, cobertos com uma pele manchada, como se estivessem apodrecendo de doenças nojentas. Os olhos deles eram cavidades profundas. As suas bocas eram costuradas. Eu podia sentir o cheiro deles. Era como o fedor de animais atropelados misturado ao cheiro de privada entupida. Eu tive ânsia e devo ter feito barulho de vômito, pois o grupo voltou seus rostos cegos para mim. Os seus dedos longos e esqueléticos se estenderam na minha direção.

– Não! Parem! – gritei. O conforto do espírito tinha se quebrado. Eu estava paralisada de medo.

E então, bem do meio do redemoinho, brilhou uma luz bonita, com a cor da lua cheia, reduzindo aquelas criaturas horrendas a nada e fazendo com que eu caísse sobre o meu traseiro. Soltei a pedra da vidência, cortando a minha ligação com a magia antiga. Num piscar de olhos, enquanto eu arfava, a árvore se tornou a árvore de novo. Velha e assustadora, mas mundana e quebrada.

Sem me importar com Thanatos ou ordens da Morte, levantei cambaleante e corri feito louca.

– Eu não sou louca. É a minha vida que é louca. Eu não sou louca. É a minha vida que é louca... – entre suspiros ofegantes, eu repetia as palavras para mim mesma como um mantra, sem parar, tentando voltar ao meu estado normal, ao meu centro, ou pelo menos a algum estado de calma, mas o meu coração estava batendo tão alto que eu podia ouvi-lo e não conseguia controlar a respiração. *Ataque do coração*, pensei. *Esse nível de loucura é demais para mim e estou tendo um ataque do coração.*

Foi então que percebi que eu não conseguia controlar a respiração e o meu coração estava batendo loucamente porque eu ainda estava correndo, e mãos fortes e familiares me agarraram, fazendo com que eu parasse abruptamente. Como uma garotinha, desabei em cima de Stark, tremendo e batendo os dentes.

– Zoey! Você está ferida? Quem está atrás de você? – Stark me manteve grudada nele, enquanto ele me virava para olhar a escuridão atrás de mim. Eu o abracei e senti que ele estava carregando seu arco e seu estojo de flechas sobre o ombro. Ele irradiava aptidão e presteza. Mesmo através do meu pânico, a presença dele me acalmou. Eu engoli o ar, balançando a cabeça.

– Não, eu estou bem. Estou bem.

Ele me segurou pelo ombro, à distância do seu braço esticado, olhando meu corpo de cima a baixo, como se estivesse procurando por ferimentos.

– O que aconteceu? Por que você estava apavorada, correndo feito uma louca?

Franzi a testa para ele.

– Eu não sou uma louca.

– Bem, você estava correndo como se fosse. E aqui dentro – ele pressionou um dedo contra o meu peito, sobre o meu coração que se acalmava – você estava se sentindo como se tivesse levado uma pancada.

– Magia antiga.

Ele arregalou os olhos.

– O touro?

– Não, não, nada disso. Eu olhei através da pedra da vidência para a árvore. Você sabe, *aquela* árvore, perto do muro leste.

– E por que diabos você faria isso?

– Porque Thanatos me disse que eu precisava praticar com a maldita pedra da vidência, para o caso de ela poder ser usada de algum modo na luta contra Neferet.

– Então você viu algo que veio atrás de você?

– Bem, não. Sim. Mais ou menos. Eu vi umas coisas assustadoras dentro de algo que parecia um tornado girando para cima, saindo do meio da árvore. Stark, eles eram a coisa mais nojenta que já vi na vida. E eles tinham um cheiro ruim. Muito, muito ruim. Na verdade, eu quase vomitei por causa do fedor. Tive uma ânsia de vômito, e foi quando repararam em mim, mas antes que pudessem fazer qualquer coisa uma luz brilhante acabou com eles – fiz uma pausa, tentando pensar em meio ao meu pânico. – Na verdade, a luz salvadora era tipo aquela luz de fada da Sookie. Você acha que existe alguma chance de eu ser uma fada?

– Não, Z. Foco. *True Blood* é ficção. Isto aqui é o mundo real. O que aconteceu depois dessa luz?

– Não sei. Eu corri – olhei em volta de nós e percebi que eu havia corrido todo o caminho pelo lado de dentro do muro e que eu estava quase no estábulo. – Eu realmente corri bastante.

– E?

– E nada. Exceto que você me agarrou. Deusa, eu achei que estava tendo um ataque do coração.

– Então você ficou assustada. É só isso?

Franzi a testa para ele de novo. A voz dele era gentil, mas a sua expressão estava tensa, como se ele estivesse tentando decidir se me sacudia ou me beijava.

– Bem – eu disse devagar. – Sim, mas eu fiquei *realmente* assustada.

As mãos dele, que estavam segurando os meus ombros, me deram um enorme e apertado abraço dc urso. Senti o corpo dele relaxar. Ele soltou um longo suspiro que terminou com uma risadinha.

– Você me assustou pra caramba, Z.

– Desculpe – eu murmurei contra o peito dele, envolvendo-o com os meus braços e apertando-o também. – Obrigada por me encontrar e por estar totalmente pronto para me salvar.

– Você não tem por que se desculpar. Eu sou o seu guerreiro, o seu Guardião. É o meu trabalho salvar você. Apesar de você ser muito boa em se salvar sozinha.

Eu me inclinei para trás para poder olhar nos seus olhos.

– Eu sou um trabalho?

Ele deu aquele seu meio sorriso metidinho.

– De tempo integral. Totalmente. E sem benefícios nem folgas.

– Sério?

– Ok, não – o sorriso dele se alargou. – Eu me lembro de ter tirado uns dias de repouso quando uma flecha me queimou e mais alguns dias quando um escocês louco me retalhou. Então, eu retiro o que disse. Eu tenho alguns benefícios. Só que são bem poucos.

– Você está demitido! – tive vontade de dar um tapa em Stark, mas eu não queria tirar os meus braços dos ombros dele.

– Você não pode me demitir. Assinei um contrato vitalício – o sorriso de Stark despareceu dos seus lábios, mas continuou nos seus olhos. – Você é minha Sacerdotisa, minha rainha, *mo bann ri.* Eu nunca vou deixá-la. Sempre vou protegê-la. Eu amo você, Zoey Redbird – ele se inclinou e me beijou com tanta ternura que eu senti a verdade do seu compromisso no fundo da minha alma.

Quando os seus lábios finalmente deixaram os meus, levantei os olhos para ele.

– Eu também amo você. E você sabe que não precisa ter ciúmes de um cara morto, certo?

Ele tocou o meu rosto.

– Certo. Desculpe pela noite passada.

– Tudo bem. E, ahn, por falar nisso... Há algo que você precisa saber.

– O quê?

Respirei fundo e falei de uma vez:

– Na noite passada, no final do ritual, eu olhei através da pedra da vidência para Aurox e vi Heath. Foi por isso que eu não deixei que você e Darius o ferissem.

Senti a tensão no corpo de Stark disparar para o nível "Perigo! Alerta Vermelho!".

– Foi por isso que você estava chamando por Heath durante o sono na noite passada? – ele soou mais magoado do que irritado.

– Não. Sim. Eu não sei! Eu falei a verdade. Não lembro com o que eu estava sonhando, mas faz sentido que Heath estivesse na minha mente depois de eu tê-lo visto quando olhei para Aurox.

– Aquela coisa feito touro *não* é Heath. Como você pode pensar isso?

– Não é que eu esteja pensando isso. É o que eu *vi*.

– Zoey, olha só, tem que haver uma explicação para o que você viu – ele deu um passo para trás. Meus braços se soltaram do seu ombro.

– É por isso que Thanatos quer que eu pratique mais essa coisa de olhar através da pedra da vidência, para que eu possa descobrir como isso funciona – eu me senti com frio e sozinha sem os braços dele em volta de mim. – Stark, eu sinto muito. Eu não *quis* ver Heath em Aurox. Eu não quero ver nem dizer nem fazer nada que machuque você. Nunca – eu estava piscando com força, tentando evitar explodir em lágrimas.

Stark passou a mão pelos seus cabelos.

– Z., por favor, não chore.

– Eu não estou chorando – eu disse, e então dei um pequeno soluço e enxuguei uma lágrima que de algum modo tinha escapado do meu olho.

Stark enfiou a mão no bolso da sua calça jeans e pegou um lenço de papel amassado. Ele se aproximou mais de mim de novo e enxugou a segunda lágrima que estava seguindo a primeira lágrima fugitiva. Então ele me beijou docemente e me entregou o lenço, puxando-me de volta para os seus braços.

– Não se preocupe, Z. Heath e eu ficamos em paz no Mundo do Além. Eu ficaria feliz em vê-lo de novo.

– Sério? – eu tive que me afastar um pouco do seu abraço para assoar meu nariz.

– Bem, sim. Feliz por vê-lo de novo, mas não tão feliz por você vê-lo de novo – a sinceridade dele arrancou um sorriso de nós dois. – E eu sei que você não me magoaria de propósito. Mas, Z., aquela coisa tipo touro *não* é Heath.

– Stark, eu soube que Aurox tinha alguma coisa a ver com magia antiga desde a primeira vez em que o vi. Ele fez com que eu me sentisse completamente estranha – eu odiava contar isso a ele, mas Stark merecia nada menos do que honestidade de minha parte.

– É claro que ele fez com que você se sentisse estranha. Ele é uma criatura das Trevas! E, sim, ele é magia antiga. Ele foi criado pelo tipo mais horrível dessa merda quando Neferet matou a sua mãe como sacrifício. Eu ficaria preocupado se ele *não* fizesse você se sentir estranha.

Soltei um longo suspiro.

– Bem, acho que isso realmente faz sentido.

– Sim, e aposto que, se a gente trabalhar junto, nós vamos descobrir por que a pedra mostrou Heath a você na noite passada – ele disse e eu apenas mordi o lábio. Então ele continuou, como se estivesse raciocinando em voz alta. – Pense nisso, Z. O que mais você viu através da pedra?

– Bem, em Skye eu vi aqueles duendes antigos, os elementais.

– Eles eram parecidos com as coisas que você viu hoje?

Encolhi os ombros.

– Não, de jeito nenhum. Os elementais eram sobrenaturais, misteriosos, estranhos, mas no bom sentido. O que eu vi hoje foi grotesco e assustador.

– Ok, exceto por agora na árvore e pela noite passada no ritual, a pedra da vidência mostrou a você mais alguma coisa desde que nós voltamos da Itália?

Eu encontrei o olhar dele.

– Sim. Você.

11

ZOEY

– Eu? Z., o que você disse não faz o menor sentido – Stark falou.

– Eu sei, eu sei. Desculpe. É que eu me senti meio como se estivesse espionando você quando fiz isso porque você estava dormindo, e eu só fiz isso porque foi na época em que você estava tendo problemas para dormir, e na verdade foi mais uma coisa acidental, então eu nunca disse nada para você, e agora parece como se eu tivesse inventado tudo isso – terminei apressadamente.

– Zoey, eu posso ouvir as suas emoções. Isso é muito mais "espionagem" do que você olhar para mim através de uma pedra enquanto estou dormindo. Além do mais, você está certa. Meu sono realmente tem aumentado. Eu não a culpo por dar uma conferida em mim com a pedra. Apenas me conte o que você viu.

– Eu vi uma sombra em cima de você. Eu me lembro de pensar que parecia um guerreiro fantasma. Você abriu a sua mão e a espada do Guardião apareceu. Então a sombra-fantasma a segurou e ela se transformou em uma lança. Achei que ela estava ensanguentada. Aquilo me assustou, então chamei o espírito e ele afugentou aquela coisa. Você acordou e nós, ahn... – senti meu rosto esquentar. – Bem, nós fizemos amor e eu me esqueci disso.

– Z., gosto de pensar que eu sou bom de cama e tal, mas, mesmo assim, como você pode se esquecer de ter visto um cara-fantasma com uma lança pairando em cima de mim?

– É sério, Stark. Logo depois disso começou o que Stevie Rae chamaria de um fuzuê danado aqui na Morada da Noite. *Eu estava ocupada* – cruzei os braços e olhei intensamente para ele. – Espere aí, eu não me esqueci totalmente disso. Eu contei para Lenobia sobre o cara da sombra.

– Ótimo, então uma professora sabe, mas eu não sabia.

– Agora você sabe.

– Bom, e o que Lenobia falou sobre isso?

– Basicamente, ela me disse para manter os meus olhos bem abertos aqui no mundo real em vez de ficar olhando embasbacada através da pedra, que foi o que eu fiz até a noite passada quando eu vi Heath – falei.

– Olhe para mim através da pedra de novo.

– Agora?

– Agora.

– Ok – levantei a pedra da vidência, respirei fundo e olhei através dela para Stark.

– E então? Que tal eu estou?

– Mal-humorado.

– E?

– Irritante.

– Nada mais?

– Talvez um pouco fofo. Mas apenas talvez – coloquei a pedra de volta embaixo da minha camiseta. – Simplesmente apenas você. Não achei mesmo que eu fosse ver nada. A pedra não estava quente.

– Ela fica quente?

– Sim, às vezes – mordi o lábio e pensei sobre isso. – Na verdade, foi por isso que eu olhei através dela para você da primeira vez. Ela tinha esquentado.

– A pedra estava quente quando você olhou através dela para Aurox? – ele perguntou.

– Não, mas eu sabia que tinha que olhar através dela. Foi como se eu me sentisse compelida a fazer isso – respondi. – E ela já tinha esquentado antes, quando Aurox estava por perto.

– Maldita magia antiga. Isso é um pé no saco – ele reclamou. – Podia pelo menos existir um manual com as regras da pedra descritas em algum lugar, mas não.

– Eu posso ligar para Sgiach. Quero dizer, ela me deu a pedra. Ela lida com magia antiga. Talvez ela possa me dar algumas orientações.

Ele bufou.

– Você não pediu isso a ela em Skye?

– Sim – eu disse.

– Se eu me lembro bem, ela não deu nenhuma resposta concreta.

– Você está certo. Ela falou inclusive que achava que a única magia antiga que ainda existia neste mundo estava em Skye.

– Ela estava errada – Stark afirmou.

– Sim, definitivamente.

– Quer saber o que eu acho?

Stark chegou mais perto de novo e colocou o seu braço em volta de mim. Encostei minha cabeça no ombro dele, deslizei o meu braço ao redor da sua cintura e falei:

– Que eu sou louca?

Ele abriu um sorriso e beijou minha testa.

– Você não é só louca. Você é muito louca. Caramba, Z., você é totalmente louca. Mas eu gosto de um pouco de loucura.

– Agora você pareceu a Stevie Rae – nós sorrimos um para o outro, mais relaxados, apoiados nas bases do nosso relacionamento: o nosso compromisso e a nossa crença um no outro. – Então, o que você ia dizer? O que você acha disso tudo?

– Eu acho que estou cansado de decidir o que fazer por causa do que os outros dizem. Especialmente adultos que nos entregam enigmas ou que nos largam no meio de uma tempestade de merda sem nos dar nenhuma ajuda de verdade – ele disse.

– Sim, eu entendo isso. Eu me senti assim quando Neferet ficou louca e eu era a única que sabia disso.

– Ok, então vamos decifrar essa coisa de magia antiga por nós mesmos. Z., você tem afinidade com todos os cinco elementos. Ninguém consegue nem se lembrar da última vez em que isso aconteceu com outra pessoa. Você é um tipo diferente de novata, um tipo diferente de Grande Sacerdotisa. Você é uma jovem rainha guerreira, e eu sou o seu Guardião. Juntos, não há nada que nós não possamos enfrentar – o seu sorriso metidinho estava de volta. – Nós combatemos no Mundo do Além e vencemos.

– É, exceto pela parte em que você morreu e tal – eu o lembrei.

– Só um pequeno detalhe. No fim deu tudo certo.

Eu o abracei, pressionando o meu corpo contra o seu dorso forte.

– Deu tudo mais do que certo.

Ele me beijou e eu extraí força do seu gosto, do seu toque e do seu amor. Talvez Stark estivesse certo. Talvez não existisse nada que nós não pudéssemos enfrentar. Suspirei de alegria e me aconcheguei no peito dele.

– Vamos para o estábulo – Stark indicou com o queixo o prédio comprido que não estava longe de nós.

– Sim, acho que devemos ir. Aposto que Erin está lá. Até daqui eu posso ver que parece tudo encharcado.

– Na verdade, já faz um tempo que não vejo Erin – Stark encolheu os ombros. – Talvez porque o estábulo esteja realmente muito melhor do que você imagina. A maior parte dos danos foi a fumaça. Só o que realmente queimou foram uma baia e um fardo de feno e forragem.

– Persephone está bem, certo? – Entrelaçando os meus dedos aos dele, nós começamos a caminhar devagar em direção ao estábulo, deixando os nossos braços e quadris roçarem um contra o outro.

– Ela está bem. Todos os cavalos estão bem. Bem, menos Bonnie. Ela está muito nervosa. Lenobia a colocou junto com Mujaji para acalmá-la. Aparentemente as duas se dão bem. O que me faz lembrar que vários novatos disseram que viram Lenobia beijando Travis antes de os paramédicos o levarem embora – Stark contou.

Meus olhos se arregalaram.

– Sério? Mal posso esperar até Aphrodite e Stevie Rae saberem disso!

Stark riu.

– Stevie Rae já soube por Kramisha, que está contando para todo mundo – ele me cutucou com o seu ombro. – Todo esse tempo que você passou na árvore fez com que você perdesse uma boa fofoca.

Levantei os olhos para ele, confusa.

– Todo esse tempo? Eu só fiquei lá por tipo um minuto.

Stark parou.

– Que horas você acha que são agora?

Dei de ombros.

– Sei lá. Eu teria que olhar no meu telefone, mas nós fomos até a sala de Thanatos às sete e meia. Ficamos lá provavelmente meia hora ou menos, então agora deve ser no máximo oito e meia.

– Zoey, são onze e meia. Nós só temos tempo para encontrar todo mundo no estábulo e ir até a pira funerária de Dragon.

Fiquei gelada por dentro.

– Stark, eu perdi mais de três horas!

– Sim, você perdeu, e eu não gosto nada disso. Prometa que você não vai olhar através dessa maldita pedra de novo, a menos que eu esteja com você.

Eu estava apavorada o bastante para não discutir com ele.

– Prometo. Dou minha palavra a você. Eu não vou olhar através dessa coisa a não ser que eu esteja com você.

Os ombros dele relaxaram e ele me deu um beijo rápido.

– Obrigado, Z. Algo que pode roubar tempo de você não é *nada bom* – ele deu ênfase especial às duas últimas palavras. – Eu sei que Sgiach disse que a magia antiga pode ser boa ou má, mas não faz diferença se ela chega sem avisar.

– Eu sei. Eu sei – a gente tinha começado a andar de novo, mas eu continuei segurando firme a mão dele. – Não me espanta que eu tenha me sentido como se fosse ter um ataque do coração. Eu fiquei parada ali, encarando aquelas coisas nojentas e fedidas por *horas* – encolhi os ombros.

– Está tudo bem. A gente vai decifrar essa magia antiga toda. Eu *não* vou deixar que nada aconteça com você.

Stark apertou minha mão e eu apertei a dele de volta. Eu queria acreditar nele. Eu realmente acreditava *nele*, na sua força e no seu amor. Era com o outro lado que eu estava preocupada. O lado desconhecido em que as Trevas estavam firmemente plantadas, que continuava espreitando e derrubando as pessoas que eu amava.

Fiquei pensando em como eu não queria perder mais ninguém quando aquela pedra da vidência idiota começou a esquentar. Eu parei, fazendo com que Stark parasse abruptamente comigo também. Pressionei a minha mão sobre o ponto quente no meu peito.

– O que foi? – ele perguntou.

– Está esquentando.

– Por quê?

– Stark, eu não tenho ideia. Você deveria me ajudar a decifrar isso, lembra?

– Ok, sim. Certo. Nós podemos fazer isso – ele começou a olhar em volta. – Então, vamos decifrar isso.

– Como?

– Bom, eu estou pensando – ele disse.

Suspirei e tentei pensar também. A gente havia parado embaixo de uma das grandes árvores bem próximas ao lado leste do estábulo. Levantei os olhos rapidamente, preocupada com coisas sem olhos e bocas costuradas à espreita. Mas não havia nada acima de nós. Na verdade, tudo estava em paz ao nosso redor. Tudo o que eu conseguia pensar era que não havia nada para pensar. Algumas vozes chegavam até nós do estábulo e eu podia ouvir equipamentos e outras coisas em funcionamento, como tratores e máquinas sendo usados para retirar o entulho e limpar os destroços. Escutei o som de outro motor, vindo de algum lugar atrás de nós e se aproximando.

– Que estranho – Stark comentou, olhando por sobre o meu ombro. – Táxis não costumam vir aqui.

Segui o olhar dele e vi o carro velho e marrom, com a palavra "TÁXI" escrita em letras pretas na sua lateral. Stark estava certo. Era superestranho ver um táxi na Morada da Noite. Que inferno, Tulsa não era exatamente conhecida por seu maravilhoso serviço de táxis. Dei de ombros mentalmente – o bonde do Centro da cidade era mais legal mesmo.

Então Lenobia saiu pela porta lateral do estábulo e praticamente correu até o carro. Ela abriu a porta traseira e se abaixou para ajudar o cowboy alto e enfaixado a descer do veículo. O táxi foi embora. Travis e Lenobia apenas ficaram parados ali, olhando um para o outro.

Minha pedra da vidência estava tão quente que parecia que ia queimar a minha camiseta e abrir um buraco nela. Eu a tirei e a segurei longe da minha pele. Mas não disse nada. Stark e eu estávamos muito ocupados olhando Travis e Lenobia. Eles não estavam muito perto de nós, mas mesmo assim parecia uma invasão de privacidade ficar ali olhando para eles – apesar de a gente continuar ali, olhando embasbacados para os dois.

Então caiu a ficha. Cutuquei o braço de Stark e falei em voz baixa:

– A pedra ficou superquente assim que Travis saiu do táxi.

Stark desviou os olhos de Travis e Lenobia, voltou-se para a pedra e depois para mim. Ele colocou uma mão firme no meu ombro e disse:

– Vá em frente. Olhe através da pedra para ele. Eu estou aqui com você. Não vou deixar que nada aconteça com você. Se alguma coisa tentar sugar o seu tempo, eu vou detê-la.

Eu assenti e, como se arrancasse um band-aid com um movimento rápido, levantei a pedra da vidência, enquadrando Travis e Lenobia dentro do seu círculo.

No começo, foi como tinha acontecido na árvore: a minha visão dos dois permaneceu exatamente a mesma. Observei Lenobia passando as mãos nervosamente sobre as mãos enfaixadas de Travis. Elas pareciam grandes luvas brancas, e eu reparei que a gaze chegava até o antebraço dele. Mesmo de onde estávamos, o rosto dele estava anormalmente vermelho e brilhante, como se ele tivesse se queimado muito no sol e tivesse passado um gel pós-sol. Mas não parecia que ele estava sentindo dor. Ele estava sorrindo. Muito. Para Lenobia. Eu estava quase largando a pedra e me preparando para dizer a Stark que eu era de fato totalmente louca, quando Travis se inclinou e beijou Lenobia.

Então tudo mudou. Houve um brilho tão forte que me fez piscar e, quando minha visão clareou, Travis tinha desaparecido. No lugar dele estava um cara negro, jovem e realmente bonito. Ele tinha cabelo comprido, que estava puxado para trás em um rabo de cavalo baixo, e ombros tão largos que parecia um *linebacker.* Ele estava beijando Lenobia como se fosse o último beijo dele no mundo. E ela o estava beijando de volta, só que era uma Lenobia diferente. Ela parecia jovem, como se tivesse apenas uns dezesseis anos. Ela o envolveu com os seus braços como se nunca mais fosse soltá-lo. Em toda a volta deles, o ar ondulava e tremeluzia, como se eu os estivesse observando por trás de uma panela efervescente. Só que, em vez do vapor subindo, eu juro que havia duendes de felicidade azul-turquesa esvoaçando ao redor deles. A felicidade cresceu dentro de mim e começou a borbulhar, como se a panela fosse a minha cabeça e a água, as minhas emoções. O chão sumiu de debaixo dos meus pés. Eu estava flutuando em alegria, amor e bolhas azuis.

Então minha cabeça ficou realmente zonza e o meu estômago, totalmente rebelde.

– Zoey! Chega! Abaixe a pedra agora!

Percebi que Stark estava gritando comigo e puxando a pedra da vidência. Senti a terra embaixo dos meus pés de novo. As bolhas azuis evaporaram e a alegria se foi, deixando-me enjoada, exausta e supertrêmula. Soltei a pedra da vidência a tempo de me abaixar e vomitar ao lado da árvore.

– Você está bem. Estou aqui com você, Z. Está tudo bem – Stark estava segurando o meu cabelo para trás enquanto eu continuava a vomitar e a botar minhas tripas para fora.

– Stark? Zoey? – Lenobia estava vindo na nossa direção, soando ofegante e preocupada. Eu ouvi Travis logo atrás dela, perguntando o que havia de errado. Mas eu não consegui responder. Eu estava muito ocupada vomitando. – Zoey! Ah, Deusa, não! – a preocupação de Lenobia disparou quando ela percebeu que eu estava vomitando.

– Ela não está rejeitando a Transformação. Ela está bem – Stark a tranquilizou enquanto eu pegava outro lenço de papel que ele tinha me oferecido e enxugava a boca. Quando finalmente parei de vomitar, eu me encostei na árvore, envergonhada e desconfortável. Eu realmente detestava vomitar.

– Então o que aconteceu? Por que você está enjoada?

Com Stark de um lado e Lenobia de outro, eles me guiaram até um banco de ferro forjado que não estava muito longe da árvore grande (mas longe o bastante para que ninguém sentisse o cheiro do meu vômito, eca).

– Vocês querem que eu chame alguém? – Travis perguntou.

– Não – respondi rapidamente. – Eu estou bem. Vou ficar melhor agora que estou sentada – olhei para Stark com ar de interrogação.

Ele assentiu.

– Seja o que for que você tenha visto, conte para ela. Nós confiamos nela.

Eu me voltei para Lenobia.

– E você confia em Travis?

– Com a minha vida – ela não hesitou.

O cowboy grandão sorriu e se aproximou mais dela. Os ombros deles se tocaram.

– Ok, o que aconteceu é que a minha pedra da vidência começou a esquentar. Quando Travis saiu do carro, ela ficou *realmente* quente. Stark estava aqui, então nós decidimos que eu deveria olhar através dela, bem, para vocês, e ver se isso poderia me ajudar a começar a entender o que ela me mostra. Então eu olhei através dela para vocês dois.

– Pedra da vidência? – Travis perguntou. Ele não soou nem um pouco assustado, apenas curioso.

– É um amuleto de magia antiga dado a Zoey por uma rainha vampira ancestral – Lenobia explicou. – E o que você viu?

– Bem, nada de mais até que vocês dois se beijaram – eu sorri encabulada. – Desculpe por ficar olhando vocês se beijarem.

Travis sorriu e colocou um braço enfaixado em volta do ombro de Lenobia.

– No que depender de mim, mocinha, você vai me ver beijando esta bela garota aqui muitas vezes.

Esperei que Lenobia o fuzilasse com o seu olhar mortal. Em vez disso, ela levantou os olhos com adoração para ele, colocou a mão sobre o peito dele em cima do coração e encostou a cabeça cuidadosamente sobre o seu ombro. Então ela repetiu:

– O que você viu enquanto estávamos nos beijando?

– Travis se transformou em um cara negro grandão e você virou uma versão mais jovem de si mesma. E ao redor de vocês havia umas coisinhas borbulhantes, felizes e azuis. Tenho certeza de que eram duendes de algum tipo – arregalei os olhos. – Na verdade, agora que estou pensando nisso, aquelas bolhas me lembram o mar. Hum. Estranho. Enfim, fiquei totalmente capturada pela cena, como se eu tivesse saído do chão e estivesse em uma bolha azul e feliz do oceano. Desculpe. Eu sei que isso parece loucura – prendi a respiração, esperando Lenobia cair na risada e Travis começar a zombar de mim.

Mas eles também não fizeram isso. Em vez disso, Lenobia começou a chorar. Eu quero dizer chorar para valer. Ela caiu naquele choro convulsivo e cheio de catarro em que eu sou especialista. Travis apenas a abraçou mais forte. Ele abaixou os olhos para Lenobia como se ela fosse um milagre personificado.

– Eu já conheci você antes. É por isso que, com você, eu me sinto como se estivesse em casa.

Lenobia assentiu. Então, em meio às suas lágrimas, ela contou:

– Travis é o meu único companheiro humano, meu único amor, que voltou para mim depois de duzentos e vinte e quatro anos. Eu jurei nunca amar ninguém depois dele e não amei. Nós nos conhecemos e nos apaixonamos no mar, no navio que nos levou da França para Nova Orleans.

– Então a pedra da vidência me mostrou a verdade?

– Sim, Zoey. Com certeza absoluta – Lenobia disse antes de afundar o rosto no peito de Travis e chorar, enquanto ele a abraçava, deixando para trás dois séculos de espera, saudade e dor.

Eu me levantei e peguei a mão de Stark de novo, puxando-o para longe para que os dois pudessem ficar sozinhos. Enquanto entrávamos no estábulo, ele disse:

– Isso não significa que Aurox é Heath que voltou para você. Você sabe disso, certo?

Stevie Rae me salvou ao chegar apressada, falando efusivamente:

– *Aiminhadeusa!* Por onde você andou? Mal posso esperar para contar a você sobre Lenobia e Travis!

– Já vi esse filme antes – Stark falou. – Onde estão Darius e Aphrodite?

– Eles já estão na frente do Templo de Nyx, na pira funerária – Stevie Rae respondeu. – Nós vamos encontrar com eles já, já.

– Vou procurar Erin, Shaunee e Damien. A gente tem que ir.

– O que há com ele? – Stevie Rae perguntou, olhando Stark se afastar dando passos firmes.

– Heath pode estar realmente dentro de Aurox.

Stevie Rae ecoou exatamente meus pensamentos, dizendo:

– Ah, que inferno!

12

KALONA

Estar do lado da Luz não era tão interessante quanto ele se lembrava. Verdade seja dita, Kalona estava entediado. Sim, Kalona entendia por que Thanatos havia dito a ele para ficar em segundo plano e não chamar atenção para si mesmo até depois do funeral de Dragon. Era nessa hora que ela ia anunciar para a escola que ele era o seu novo guerreiro e que ele ia assumir o posto de Mestre da Espada e líder dos Filhos de Erebus da Morada da Noite de Tulsa. Até esse momento, a presença dele poderia ser algo confuso, se não insultuoso aos olhos dos outros guerreiros.

O problema é que Kalona nunca havia se preocupado por parecer insultuoso. Ele era um imortal poderoso. Por que ele deveria se importar com os sentimentos irrelevantes dos outros?

Porque aqueles que eu julgo mais irrelevantes às vezes me surpreendem: Heath, Stark, Dragon, Aurox, Rephaim. O último nome da sua lista mental o alarmou. Rephaim já pareceu sem importância para ele um dia, mas ele estava errado. Kalona tinha percebido que ele amava e precisava do seu filho.

Em que mais ele havia errado?

Provavelmente em um monte de coisas.

Esse pensamento o deixou deprimido.

Ele andou de um lado para o outro pelo lado mais escuro e cheio de sombras do Templo de Nyx. Ali ele estava perto o bastante da pira de Dragon para ouvir quando Thanatos o chamasse, mas ao mesmo tempo estava fora do campo de visão.

O fato de alguém dizer a ele o que deveria fazer o irritava. Isso sempre o irritara.

E havia aquela novata que tinha afinidade com o fogo, Shaunee. Ela parecia ter a habilidade de incitá-lo, de fazê-lo pensar em coisas em que ele não estava acostumado a perder tempo pensando.

Ela já havia feito isso antes. Ele havia tido a intenção de manipulá-la, para conseguir informações sobre Rephaim e a Vermelha. Mas o que havia acontecido era que ela o tinha presenteado com algo ridiculamente mundano e simples: um telefone celular. Aquele pequeno presente tinha salvado a vida do seu filho.

Agora ela o fizera pensar em todos aqueles éons que ele havia passado afastado de Nyx.

– Não! – ele falou a palavra em voz alta, fazendo que o pequeno bosque de olaias que estavam plantadas no lado oeste do Templo de Nyx chacoalhasse como se uma tempestade as ameaçasse. Kalona se concentrou e controlou o seu temperamento. – Não – ele repetiu usando uma voz que não estava mais repleta de poder sobrenatural. – Eu não vou pensar nos séculos que passei afastado dela. Não vou pensar nela de jeito nenhum.

Uma gargalhada soou ao redor dele, fazendo as olaias se mexerem, tremularem e então explodirem em plena floração, como se um facho da luz do sol do verão tivesse subitamente iluminado as árvores. Kalona cerrou os punhos e levantou os olhos.

Ele estava sentado no beiral de pedra do templo. Havia pouca luz naquele lado do edifício, motivo pelo qual Thanatos havia ordenado que ele esperasse ali, mas Erebus irradiava luz própria.

Erebus... seu irmão... o Consorte imortal de Nyx. O único ser do universo que era mais parecido com ele, e o único ser do universo que ele detestava mais do que a si mesmo. Ali! No reino mortal depois de todos esses éons? *Por quê?*

Kalona mascarou o seu choque com desdém.

– Você é mais baixo do que eu me lembrava.

Erebus sorriu.

– Que bom ver você de novo também, irmão.

– Como sempre, você coloca palavras da minha boca.

– Desculpe. Eu não preciso fazer isso. Não quando as suas próprias palavras são tão interessantes. *"Não vou pensar nela de jeito nenhum"* – Erebus não apenas era quase uma imagem espelhada de Kalona, como também imitava a voz de seu irmão perfeitamente.

– Eu estava falando de Neferet – Kalona rapidamente organizou seus pensamentos e mentiu com facilidade. Fazia éons, mas ele costumava ser bom em mentir para o seu irmão. Kalona achou que ainda levava jeito para a coisa.

– Não duvido de você, irmão – Erebus se inclinou para a frente, abriu suas asas douradas e planou graciosamente até o chão diante de Kalona. – Veja só, *esse* é exatamente o motivo da minha pequena visita.

– Você veio até o reino terreno porque eu era amante de Neferet? – Kalona cruzou os braços sobre o seu peito largo e encontrou o olhar âmbar de seu irmão.

– Não, eu vim porque você é um mentiroso e um ladrão. O estupro da última bondade de Neferet é apenas mais um de seus muitos crimes – Erebus disse. Ele também cruzou o braço sobre o peito.

Kalona deu uma gargalhada.

– Você não andou espionando muito bem se acha que estupro tem algo a ver com o que Neferet e eu compartilhamos. Ela estava mais do que desejosa e pronta para o meu corpo.

– Eu não estava falando do corpo dela! – a voz de Erebus se elevou e Kalona ouviu o som de vampiros chamando e perguntando o que estava havendo ali perto do Templo de Nyx.

– Como sempre, irmão, você apareceu para causar problemas para mim. Eu deveria ficar nas sombras, sem ser visto e esperando até ser convocado. Se bem que, pensando melhor, vai ser divertido assistir a você lidar com a descoberta dos mortais. Apenas um rápido aviso: até os vampiros tendem a ter reações exageradas quando encontram um deus.

Erebus não hesitou. Ele levantou as mãos e ordenou:

– Esconda-nos!

Houve uma onda de vento e uma sensação de claridade que Kalona achou tão familiar, tão agridoce, que só duas reações vieram à sua mente: raiva e desespero. Ele não ia permitir que Erebus visse o seu desespero.

– Você está desafiando Nyx? Ela determinou que eu não posso entrar no Mundo do Além. Como você se atreve a me trazer aqui? – as asas cor da noite de Kalona estavam totalmente abertas e tensionadas, prontas para atacar o seu irmão.

– Você sempre faz o papel do tolo impetuoso, irmão. Eu nunca iria contra as determinações da minha Consorte. Eu não o trouxe para o Mundo do Além. Apenas trouxe um pedaço do Mundo do Além para nos esconder, só por alguns momentos, dos olhos mortais – Erebus sorriu de novo. Desta vez, ele não obscureceu a beleza de sua expressão. Uma luz solar irradiava do seu corpo. As suas asas cintilavam com penas de ouro. A sua pele era perfeita, como se ele tivesse sido modelado com raios de sol.

Ele foi, Kalona pensou com desgosto. *Ele foi modelado quando o céu beijou o sol. Assim como eu fui modelado quando o céu beijou a lua. O céu, como a maioria dos imortais, é um bastardo inconstante, que faz o que quer e depois não presta atenção nos filhos que deixa para trás.*

– Que tal a sensação de estar no Mundo do Além? Deve ser melhor do que quando você entrou sorrateiramente, perseguindo aquela pequena novata, Zoey Redbird. Naquela ocasião você era só espírito. Você não podia sentir a mágica do reino de Nyx contra a sua pele. E você sempre ficou tão impressionado com qualquer coisa que você pudesse tocar, que pudesse fisicamente chamar de sua.

Ótimo, Kalona pensou, *ele ficou nervoso. Isso vai ofuscar a sua perfeição.*

Foi a vez de Kalona sorrir. A luz que ele emitiu para o seu irmão não era a luz quente e vistosa do sol. Era a luminescência prateada e fria da lua.

– Ainda enciumado por eu tê-la tocado depois de todo esse tempo? Você se lembra de que Nyx é uma Deusa, não lembra? Ela não pode ser tocada a não ser que seja a sua vontade, o seu desejo, ser tocada, acariciada, amada por...

– Eu não vim aqui para falar de minha Consorte! – as palavras explodiram em flashes de calor dourado ao redor de Kalona.

– Que amostra de temperamento divino! – Kalona riu sarcasticamente. – E ainda dizem que você é o irmão bom. Se ao menos os aduladores que preferiram ficar no Mundo do Além pudessem vê-lo agora.

– Eles não dizem que eu sou o irmão bom. Eles dizem que você é o usurpador – Erebus atirou as palavras no seu irmão.

– Verdade? Pergunte novamente a eles. Eu acredito, depois de éons de reflexão cuidadosa, que eles iriam me chamar de "aquele que se recusou a compartilhá-la" – Kalona disse.

– Ela me escolheu – a voz de Erebus estava baixa; os seus pulsos estavam cerrados ao lado de seu corpo.

– Escolheu mesmo? Minha memória é diferente.

– Você a traiu! – Erebus gritou.

Kalona ignorou o ataque de cólera de seu irmão. Ele já havia testemunhado isso antes. Em vez de se abalar, ele falou com a frieza da superfície da lua:

– Por que você veio? Diga o que tem a dizer e então desapareça. O mundo mortal não é um grande reino, mas ele é meu. E eu não vou compartilhá-lo com você, assim como eu não teria compartilhado Nyx com você.

– Eu vim adverti-lo. Nós escutamos o seu Juramento no Mundo do Além. Nós sabemos que você se comprometeu a ser o guerreiro da Morte e a se tornar o Mestre da Espada desta escola.

– E líder dos Filhos de Erebus – Kalona acrescentou. – Não se esqueça do resto do meu título.

– Eu nunca poderia esquecer que você pretende blasfemar contra os meus filhos.

– Seus filhos? Agora você anda se acasalando com humanas e produzindo machos que crescem para se tornar guerreiros vampiros? Isso é fascinante, especialmente porque eu fui julgado tão duramente por criar meus filhos.

– Vá embora – os olhos de Erebus começaram a ficar incandescentes. – Saia deste lugar e pare de se intrometer na vida dos vampiros de Nyx e dos valorosos guerreiros que se comprometeram a me servir.

– Mas você não está se intrometendo ao ordenar que eu parta? Estou surpreso que Nyx tenha permitido isso.

– A minha Consorte não sabe que estou aqui. Eu só vim porque, de novo, você a está perturbando. Eu vivo para evitar qualquer perturbação a ela. Essa é a única razão pela qual estou aqui – Erebus disse.

– Você vive para lamber os pés dela e está, como sempre, com ciúmes de mim – Kalona não pôde evitar uma onda de alegria pelo que as palavras de Erebus tinham revelado. *Ainda posso fazer Nyx sentir algo! A Deusa me observa!* O imortal controlou suas emoções. Ele tinha que esconder a sua alegria de Erebus. Quando ele falou novamente, a sua voz estava sem emoção. – Que isto fique claro: eu não jurei servir a você. Eu fiz um Juramento de servir a uma Grande Sacerdotisa que personifica a Morte através da sua afinidade concedida pela Deusa. Tudo o que a sua visita fez foi me dar motivos para fazer uma clara distinção entre os guerreiros que se dizem seus filhos e os que não. Eu não vou oprimir os seus *filhos* com a minha liderança.

– Então você vai embora desta Morada da Noite – Erebus afirmou.

– Não. Mas você vai. Leve esta mensagem minha para Nyx: a Morte não faz diferença entre aqueles que a seguem e aqueles que seguem outros deuses. A Morte chega para todos os mortais. Eu não preciso da sua permissão, nem da permissão da Deusa, para servir à Morte. Agora suma daqui, irmão. Eu tenho que participar de um funeral – Kalona colocou os braços à frente do seu corpo e juntou as palmas das mãos, provocando uma explosão de luz prateada e gelada que criou uma onda ao redor dele, despedaçando a pequena bolha de Mundo do Além que o seu irmão havia criado e arremessando Erebus para cima e para longe no céu.

Quando a luz em volta dele desapareceu, os pés de Kalona tocaram a terra de novo e ele estava em pé ao lado do Templo de Nyx.

Aphrodite surgiu de um canto apressada, parou e o encarou.

– Eu já fui convocado? – ele perguntou.

Ela piscou e esfregou os olhos, como se estivesse tendo problemas em clarear a sua visão.

– Você estava brincando com uma lanterna aqui?

– Não tenho nenhuma lanterna. Eu já fui convocado? – ele repetiu.

– Quase. Alguma retardada, ou melhor, Kramisha, porque ela estava responsável pelas velas, esqueceu a vela do espírito. Eu tenho que pegar uma no Templo de Nyx. Você deve voltar comigo para a pira de Dragon. Thanatos vai concluir o círculo, dizer algumas coisas bacanas sobre Dragon e depois apresentar você.

Sentindo-se estranhamente desconfortável sob o olhar da humana rude e estranha que Nyx tinha, por razões incompreensíveis a quase todos, escolhido como sua Profetisa, Kalona resmungou uma resposta sem palavras e se virou para abrir a porta lateral do templo.

Ela não se abriu.

Kalona tentou de novo.

Ele se esforçou, usando a sua enorme força imortal.

Ela absolutamente não se abriu.

Foi então que ele notou que a porta de madeira havia desaparecido. A maçaneta havia se transformado em uma pedra firme e espessa. Não havia nenhuma entrada. Nada.

De repente, Aphrodite o estava empurrando para o lado. Ela segurou a maçaneta e a girou. A pedra desapareceu, transformando-se de novo em uma porta de madeira, que se abriu facilmente para ela. Aphrodite levantou os olhos para Kalona, antes de passar pela entrada do templo da Deusa.

– Você é tão estranho – ela atirou o cabelo para trás e entrou.

A porta se fechou atrás dela. Kalona colocou sua mão nela e, sob sua palma, ela se transformou de uma receptiva madeira em pedra novamente.

Kalona se afastou para trás, com uma sensação terrível dentro dele.

Apenas alguns minutos depois, Aphrodite emergiu por uma porta completamente normal. Ela estava segurando uma grossa vela roxa e disse, ao passar por ele:

– Bom, vamos lá. Thanatos quer que você fique na beira do círculo e tente não chamar atenção. Apesar de que, você sabe, isso seria bem mais fácil se você usasse mais roupas.

Kalona a seguiu, tentando ignorar aquele vazio dentro dele. Ele era exatamente o que Erebus havia dito, um tolo impetuoso e um usurpador. Se Nyx o estava observando, não era com nada mais além de desdém. Ela negava tudo a ele: que ele entrasse no Mundo do Além, no seu templo e no seu coração...

Os séculos deveriam ter diminuído a sua dor, mas Kalona estava começando a entender que a verdade era o oposto disso.

AUROX

Nyx, se você é mesmo uma Deusa misericordiosa, por favor, me ajude... por favor...

Aurox não tinha escapado de seu esconderijo na terra. Em vez disso, ele ficou repetindo sem parar aquela única frase, aquela única prece. Talvez Nyx premiasse a determinação. Pele menos ele poderia oferecer isso à Deusa.

Foi durante a ladainha da sua prece silenciosa que a mágica começou a girar em um redemoinho ao redor dele. A princípio, o espírito dele se animou. *Nyx me ouviu!* Mas bastaram alguns instantes para que ele percebesse o quanto estava errado. As criaturas que se materializaram, saindo do ar frio e úmido ao redor dele, não podiam estar a serviço de uma Deusa misericordiosa.

Aurox se encolheu para se afastar delas. O fedor daquelas criaturas era quase insuportável. Era horrível olhar aquelas faces cegas. O coração dele começou a bater mais forte. O medo o fez estremecer e a besta dentro dele se agitou. Será que aquelas coisas tinham sido enviadas como julgamento pelos malfeitos que ele cometera a serviço de Neferet? Aurox usou o seu próprio medo e começou a alimentar a besta no seu interior. Ele não queria que ela despertasse, mas ele ia lutar antes de sucumbir ao redemoinho de malevolência que ameaçava engolfá-lo.

Mas Aurox não foi engolfado por elas. Devagar, as criaturas foram subindo em um redemoinho mágico. Quanto mais alto elas iam, mais rápido elas giravam. Parecia que elas haviam sido invocadas e estavam despertando aos poucos, atendendo a um chamado mudo.

Aurox acalmou o seu medo e a besta dentro dele retrocedeu. Aquelas coisas não o queriam. Elas não tinham prestado nenhuma atenção nele. A cauda do redemoinho estava deixando como rastro uma névoa escura e fétida. Sem saber ao certo o que o compelia, Aurox estendeu o braço e passou a mão naquele rastro.

A sua mão se tornou a névoa, como se elas fossem feitas da mesma substância. Ele não sentiu o redemoinho, apesar de aparentemente ele ter dissolvido a carne de Aurox. Com os olhos arregalados, ele tentou soltar sua mão, mas era tarde demais. Ele não tinha mais mão, e então um tremor tomou conta dele quando a névoa começou a absorver a sua carne. Impotente, Aurox viu o seu antebraço desaparecer, depois os seus bíceps, depois os seus ombros. Ele tentou despertar a besta, libertar o poder adormecido dentro dele, mas a névoa amortecia os seus sentimentos. Ela o anestesiava enquanto o sugava. Quando ela absorveu a sua cabeça, Aurox se tornou a névoa. Ele não sentia mais nada, exceto um desejo enorme, uma busca incompleta, uma necessidade implacável. Do quê? Aurox não sabia dizer. Tudo o que ele sabia é que havia sido engolfado pelas Trevas e que ele estava sendo levado em uma onda de desespero.

Tem que existir algo além disto para mim!, ele pensou freneticamente. *Eu tenho que ser mais do que névoa, desejo, besta e escuridão!* Mas parecia que ele não era nada além dessas coisas. O desespero tomou conta dele quando ele percebeu a verdade. Ele era todas essas coisas e ao mesmo tempo nenhuma dessas coisas. Aurox não era nada... Absolutamente nada.

Aurox pensou que o barulho de vômito fosse dele mesmo. Em algum lugar, de algum modo, o seu corpo deveria estar revoltado com o que estava acontecendo. Então ele a viu.

Zoey estava lá. Ela estava segurando a pedra branca à sua frente. Do mesmo modo como ela havia feito na noite anterior, no ritual em que ele tinha tentado fazer uma escolha, fazer a coisa certa.

Ele sentiu a névoa se agitar. Ela também viu Zoey.

A névoa ia absorvê-la.

Não! O seu espírito berrou profundamente. *Não!* A mente de Aurox ecoou aquele berro. Em vez de desespero, ele começou a sentir algo mais ao observar Zoey. Ele sentiu o medo dela e a sua força. A sua determinação e a sua fraqueza. E Aurox percebeu algo que o surpreendeu. Zoey se sentia tão insegura sobre si mesma e sobre o seu lugar no mundo quanto ele. Ela se preocupava em não ter a coragem necessária para fazer as coisas certas. Ela questionava as suas decisões e se envergonhava de seus erros. De vez em quando, até Zoey Redbird, a novata privilegiada tocada pela Deusa, sentia-se como um fracasso e pensava em desistir.

Exatamente como ele.

A compaixão e a compreensão fluíram através de Aurox, e nesse momento ele sentiu uma onda de um poder quente e claro. Em um flash de luz ofuscante, ele caiu do centro do redemoinho em desintegração, aterrissando com força no seu corpo restaurado, arfando em busca de ar fresco e tremendo inteiro.

Ele não ficou descansando muito tempo ali. Ainda trêmulo e fraco, Aurox encontrou apoio para as mãos e os pés no labirinto de raízes quebradas. Devagar, ele foi se puxando para cima até a beira do buraco. Isso levou muito tempo. Quando finalmente alcançou o topo, ele hesitou, procurando ouvir atentamente.

Ele não ouviu nada além do vento.

Aurox se ergueu do chão, usando o tronco quebrado como esconderijo. Zoey tinha desaparecido. Ele analisou a área ao seu redor e os seus olhos foram atraídos imediatamente para um monte enorme de madeiras e tábuas, em cujo topo havia uma figura coberta por uma mortalha. Apesar de aquele local estar aparentemente cercado pela Morada da Noite inteira, Aurox não teve dúvidas em reconhecer o que estava vendo. *É a pira funerária de Dragon Lankford,* foi o seu primeiro pensamento. *Eu o matei,* foi o segundo. Como o desespero na névoa mágica, o funeral o sugou.

Não foi difícil se aproximar do círculo de novatos e vampiros. Os guerreiros Filhos de Erebus estavam obviamente bem armados, mas a atenção de todos estava focada dentro do círculo e na pira no seu centro.

Aurox se moveu furtivamente, usando os grandes carvalhos antigos e as sombras abaixo deles como cobertura até chegar perto o bastante para entender as palavras que Thanatos estava dizendo. Então ele recuperou o controle sobre si mesmo e saltou. Agarrando um galho baixo, Aurox foi subindo na árvore até encontrar um lugar onde se agachou, com uma vista desimpedida do espetáculo macabro.

Thanatos havia acabado de traçar o círculo. Aurox podia ver que quatro professores vampiros estavam segurando velas e representando cada um dos elementos. Ele esperava ver Zoey no centro do círculo, perto da pira, mas em vez disso ele ficou surpreso ao ver que Thanatos estava segurando a vela roxa do espírito com uma mão e uma tocha grande com a outra.

Onde estava Zoey? Será que as criaturas da névoa a tinham capturado? Será que foi isso que fez com que a névoa se dissipasse? Freneticamente, ele procurou encontrá-la no círculo. Quando ele a encontrou em pé ao lado de Stark, rodeada pelo seu grupo de amigos, Aurox achou que ela parecia triste, mas sem ferimentos. Ela estava observando Thanatos atentamente. Aparentemente, não havia nada errado com Zoey, exceto que ela lamentava a perda do seu Mestre da Espada. Com aquela sensação de alívio, Aurox ficou tão fraco que quase caiu de seu poleiro na árvore.

Aurox encarou Zoey. Ela havia começado esse conflito interno que ele sentia. Por quê? Ele estava tão confuso com ela quanto estava em relação aos sentimentos que ela havia despertado dentro dele.

Ele voltou sua atenção para Thanatos. Ela estava andando graciosamente em volta da circunferência do círculo, falando com uma voz que acalmava até os seus nervos em frangalhos.

– O nosso Mestre da Espada morreu como ele viveu: como um guerreiro, fiel ao seu Juramento, fiel a esta Morada da Noite e fiel à sua Deusa. Há outra verdade aqui que precisa ser contada. Apesar de nós chorarmos a sua perda, nós reconhecemos que ele era apenas a casca de si mesmo sem a sua companheira, a amável Anastasia – Aurox olhou para Rephaim. Ele sabia que, como Raven Mocker, Rephaim havia matado Anastasia Lankford. Que ironia o fato de o Mestre da Espada ter morrido para protegê-lo. Ironia maior ainda era o rosto do garoto estar encharcado de lágrimas e ele chorar abertamente a morte de Dragon.

– A Morte foi gentil com Dragon Lankford. Ela não apenas permitiu que ele morresse como guerreiro, mas também serviu como um conduto para a Deusa. Nyx uniu novamente Bryan Dragon Lankford à sua amada e aos espíritos iluminados de seus dois familiares felinos, Shadowfax e Guinevere.

Os gatos deles também morreram? Eu não me lembro de nenhum gato no ritual. Confuso, Aurox analisou a pira funerária. Sim, agora que estava olhando mais de perto, ele podia ver dois pequenos volumes embrulhados na mortalha com Dragon, aninhados um de cada lado do guerreiro caído.

Thanatos havia parado de andar em volta do círculo e estava parada bem na frente de Zoey. A Grande Sacerdotisa sorriu para a novata.

– Conte-nos, Zoey Redbird. Já que você entrou no Mundo do Além e voltou, qual é a única constante lá?

– O amor – Zoey respondeu sem hesitar. – Sempre o amor.

– E você, James Stark? O que você encontrou no Mundo do Além? – Thanatos perguntou ao jovem guerreiro, que estava com seu braço em volta dos ombros de Zoey.

– O amor – Stark repetiu com uma voz forte e firme. – Sempre o amor.

– Isso é uma verdade – Thanatos continuou a andar ao redor do círculo. – Eu também posso dizer a vocês que a minha proximidade com a Morte já me mostrou relances do Mundo do Além. O que eu tive permissão para ver me ensinou que, apesar de o amor permanecer conosco quando passamos deste reino a outro, ele não pode existir eternamente sem compaixão, assim como a Luz não pode existir sem esperança e as Trevas não podem existir sem o ódio. Então, tendo em mente essa verdade dita e compreendida, eu gostaria de pedir que vocês abram os seus corações e deem as boas-vindas ao nosso novo Mestre da Espada e líder dos guerreiros Filhos de Erebus, meu guerreiro sob Juramento, Kalona!

Aurox refletiu a surpresa que ele viu em muitos rostos abaixo dele quando Kalona, o imortal alado que ele sabia que estava havia muito tempo ao lado das Trevas, entrou no círculo com passos firmes e se aproximou de Thanatos. Ele cruzou sua mão em punho sobre o peito e se curvou respeitosamente. Então ele levantou a cabeça e sua voz profunda preencheu o ar.

– Eu jurei ser o guerreiro da Morte, e assim será. Eu jurei ser o Mestre da Espada desta Morada da Noite, e assim será. Mas eu não tentarei tomar o lugar de Dragon como líder dos guerreiros Filhos de Erebus.

Aurox viu que Thanatos estava observando Kalona atentamente, apesar de a sua expressão parecer satisfeita. Os guerreiros que estavam espalhados por toda a volta do círculo se agitaram, como se não soubessem bem o que pensar a respeito da proclamação do imortal.

– Eu vou servir como guerreiro da Morte – Kalona repetiu. Ele estava se dirigindo a Thanatos, mas a sua voz chegava a todos no círculo e à multidão que havia se reunido para o funeral. – Vou proteger você e esta escola. Mas não vou receber um título que me liga a Erebus.

– Eu estava no Conselho Supremo quando você declarou ser Erebus de volta à Terra – Thanatos afirmou. – O que você tem a dizer sobre isso?

– Eu não reivindiquei esse título. Isso foi coisa de Neferet. Ela quer muito ser uma deusa, e isso significa que ela precisa de um Consorte imortal, então ela me nomeou Erebus de volta à Terra. Eu rejeitei esse papel quando rejeitei Neferet.

Sussurros zuniram através do círculo como se fosse o vento através das árvores. Thanatos levantou a tocha que ela ainda segurava.

– Silêncio! – as vozes se aquietaram, mas o choque e a descrença continuaram. – Kalona está falando a verdade sobre Neferet. Dragon foi morto pela criatura dela, Aurox. Ele não foi um presente de Nyx. Na noite passada, durante o ritual de revelação na fazenda de lavandas de Sylvia Redbird, a terra nos mostrou a terrível verdade. Aurox foi criado pelas Trevas através do sacrifício da mãe de Zoey Redbird. Ele é um Receptáculo escravo de Neferet. As Trevas continuam a controlá-lo através de sacrifícios sangrentos – ela apontou sua tocha para os três corpos em cima da pira. – Eu tenho evidências de que Neferet tirou a vida de Shadowfax para que as Trevas mantivessem o domínio sobre Aurox. Essa morte foi demais para a pequena Guinevere de Anastasia. A tristeza parou o seu coração e ela prontamente seguiu Shadowfax para o Mundo do Além, para se reencontrar com aqueles a quem os dois mais amavam.

O corpo de Aurox ficou imóvel. Ele mal conseguia respirar. Ele se sentia como se Thanatos tivesse acabado de estripá-lo. Ele queria gritar: *"Não é verdade! NÃO É VERDADE!"*, mas as palavras dela continuavam a massacrá-lo.

– Zoey, Damien, Shaunee, Erin, Stevie Rae, Darius, Stark, Rephaim e eu! – ela gritou cada nome. – Nós testemunhamos os malfeitos sombrios de Neferet. Dragon Lankford morreu para que nosso testemunho pudesse se tornar público. Agora nós precisamos continuar a luta que derrubou o nosso Mestre da Espada. Kalona, estou satisfeita por ouvir a sua confissão. Você tentou usurpar Erebus, ainda que apenas na Terra. Ficou claro para o Conselho Supremo que você estava sendo incitado pelas tramoias de Neferet. Eu o aceito como guerreiro da Morte e protetor desta escola, mas você não pode liderar os guerreiros que fizeram Juramento como Filhos de Erebus. Isso seria desrespeitoso à Deusa e ao seu Consorte.

Aurox viu um lampejo de raiva passar pelos olhos de Kalona, mas ele abaixou a cabeça para Thanatos e cruzou sua mão em punho sobre o coração, dizendo:

– Que assim seja, Grande Sacerdotisa. – Então ele voltou para a beira do círculo, e as pessoas que estavam próximas a ele deram alguns passos discretos para trás.

Thanatos pediu que Shaunee invocasse o fogo e acendesse a pira funerária. Quando a coluna de fogo engolfou a pira de Dragon Lankford, Aurox desceu da árvore e, sem ser visto por ninguém, cambaleou de volta até o carvalho despedaçado e desapareceu abaixo do chão, onde, sozinho, chorou todo o seu desespero e o seu ódio por si mesmo dentro da terra partida.

13

ZOEY

– Está tudo bem, Z.? – Stark falou baixo no meu ouvido quando o meu círculo e eu estávamos reunidos perto da entrada do lobby da escola. Thanatos havia pedido que nós esperássemos ela terminar de falar com os professores e guerreiros, e então ela iria se juntar a nós para a entrevista.

– Estou triste por causa de Dragon – sussurrei para ele.

– Não quis dizer isso – ele manteve a voz baixa, para que eu fosse a única capaz de ouvi-lo. – Eu queria saber se está tudo bem com a pedra. Eu vi quando você a tocou durante o funeral.

– Eu achei ter sentido a pedra esquentando por um momento, mas logo passou. Provavelmente foi porque nós estávamos bem perto da pira. E por falar nisso... – levantei a voz e me dirigi a Shaunee –, bom trabalho com a parte do fogo no funeral. Eu sei que não é fácil manter piras funerárias acesas, mas você ajudou. Você fez com que tudo acabasse mais rápido.

– Obrigada. Sim, todos nós estamos cansados de funerais. Pelo menos antes desse funeral nós pudemos assistir a Dragon entrando no Mundo do Além, mas ver os gatos lá na pira com ele deixou tudo especialmente triste – ela enxugou os olhos e eu me perguntei como ela (ou qualquer um) conseguia chorar e ainda ficar bonita. – Na verdade, isso me lembra de uma coisa... – Shaunee continuou, virando-se para encarar Erin, que estava na ponta do nosso grupo, olhando para os garotos que ainda estavam na pira como se ela estivesse procurando alguém.

– Erin, tudo bem por você se eu mudar a caixa de areia e as coisas de Belzebu para o meu quarto? Ele tem dormido lá a maioria dos dias.

Erin olhou para Shaunee, deu de ombros e disse:

– Sim, tanto faz para mim. Aquela caixa de areia tem cheiro de merda mesmo.

– Erin, os gatos não gostam de usar caixas de areia sujas. Você tem que limpá-la todo dia – Damien a informou, franzindo a testa.

Erin bufou de um jeito sarcástico.

– Não, eu não preciso mais fazer isso – então ela voltou a olhar para os outros garotos.

Percebi que ela não estava chorando. Pensei nisso e me dei conta de que ela não havia chorado nenhuma vez durante o funeral inteiro. No começo, toda essa coisa da ruptura entre as gêmeas parecia ter mexido mais com Shaunee, mas com o passar do tempo comecei a notar que Erin não estava agindo como ela mesma. Apesar de eu supor que isso seria normal, já que agir como ela mesma costumava significar agir igual a Shaunee, que agora parecia bem mais madura e legal. Fiz uma nota mental de que eu precisava encontrar tempo para conversar com Erin, para me certificar de que ela estava bem.

– Que droga, eu preferia que Thanatos não tivesse dito para Rephaim esperar com os outros garotos no ônibus. Ele estava superperturbado no funeral. Eu odiei ter que deixá-lo sozinho nesse estado – Stevie Rae falou, vindo para o meu lado.

– Ele não está sozinho. Ele está com todos os outros novatos vermelhos. Eu vi quando eles foram para o ônibus. Kramisha estava falando para ele sobre como a poesia podia ser um caminho para extravasar as emoções.

– Kramisha vai entreter o menino-pássaro com as suas tolices sobre poesia. Blá-blá... versos iâmbicos e blá-blá... – Aphrodite comentou. – Além disso, até você precisa entender que não é uma boa ideia deixar o público humano saber do seu pequeno "probleminha de pássaro" – ela colocou aspas no ar com os dedos.

– Olá, ahn, desculpem-me por interromper vocês, mas eu estou procurando o lobby da escola.

Todos nós nos viramos ao mesmo tempo e olhamos para o humano que estava andando na nossa direção pela calçada que vinha do estacionamento. Atrás dele, havia um cara segurando uma câmera e com uma grande bolsa preta abarrotada de coisas pendurada no seu ombro e uma espécie de fone de ouvido cinza na cabeça.

Como era de se prever, Damien foi o primeiro de nós a se recompor. Falando sério, Damien realmente devia ser coroado a Miss Simpatia da Morada da Noite de Tulsa.

– Você está no lugar certo. Parabéns por nos encontrar! – Damien sorriu tão afetuosamente que eu percebi que o humano relaxou os seus ombros tensos.

Então ele estendeu a mão e disse:

– Ótimo. Eu sou Adam Paluka, da Fox23 News. Estou aqui para entrevistar a sua Grande Sacerdotisa e, imagino, alguns de vocês também.

– Prazer em conhecê-lo, senhor Paluka. Eu sou Damien – ele disse, apertando a mão do humano. Então Damien deu uma risadinha e acrescentou: – Ai, que aperto forte!

O repórter sorriu.

– O prazer é meu. Pode me chamar de Adam. O senhor Paluka é o meu pai.

Damien deu outra risadinha. Adam também. Eles fizeram um supercontato visual. Stevie Rae me cutucou e nós demos aquele *Olhar* uma para a outra. Adam era fofo, muito fofo mesmo, de um jeito jovem, inteligente, promissor e metrossexual. Ele tinha cabelos e olhos escuros, bons dentes, sapatos caros e uma bolsa masculina, na qual Stevie Rae e eu reparamos juntas. *Um namorado em potencial para Damien!*, nossos olhares telegrafaram ao mesmo tempo.

– Olá, Adam. Eu sou Stevie Rae – ela estendeu a mão e, enquanto ele a apertava, ela perguntou: – Você não tem namorada, tem?

O sorriso cheio de dentes dele diminuiu, mas só um pouco.

– Não. Eu não tenho, não. Hum. Com certeza, eu não tenho namorada. – Então ele notou a Marca vermelha de Stevie Rae. – Então você é do novo tipo de vampiros de que a sua ex-Grande Sacerdotisa falou.

Stevie Rae abriu o sorriso para ele.

– Sim, eu sou a primeira Grande Sacerdotisa Vermelha. Legal, não é?

– A sua tatuagem é realmente muito bonita – Adam disse, parecendo mais curioso do que desconfortável.

– Obrigada! – Stevie Rae agradeceu efusivamente. – Este aqui é James Stark. Ele é o primeiro guerreiro vampiro vermelho. A tatuagem dele também é incrível.

Stark estendeu a mão.

– Prazer em conhecê-lo. E você não precisa me dizer que a minha tatuagem é bonita.

O rosto de Adam ficou um pouco pálido, mas ele apertou a mão de Stark. O sorriso dele pareceu sincero; nervoso, mas sincero.

– Olá – eu entrei na conversa, apertando a mão dele. – Eu sou Zoey.

O olhar de Adam rapidamente se voltou para a tatuagem completa do meu rosto, para a gola em V da minha camiseta e o relance de tatuagens em volta da minha clavícula, e depois para a palma da minha mão, que estava coberta com a mesma tatuagem cheia de filigranas.

– Eu não sabia que vampiros faziam tatuagens adicionais. O seu tatuador é daqui de Tulsa?

Eu sorri para ele.

– Bem, às vezes. Mas ela passa a maior parte do tempo no Mundo do Além. – Percebi que ele estava tentando entender o que eu havia acabado de dizer, então aproveitei a oportunidade e perguntei: – Ei, você disse que não tem namorada. E quanto a um namorado?

– Hum, não, eu também não tenho namorado. Pelo menos não atualmente – Adam se voltou para Damien, que encontrou o seu olhar.

Sucesso!, era o que eu estava pensando quando Aphrodite bufou.

– Ah, que merda, isto aqui não é *The Bachelorette.* Eu sou Aphrodite LaFont. Sim, o prefeito é o meu pai. Ipi-ipi-urra – ela deu o braço para Darius. – E este aqui é Darius, o meu guerreiro.

Adam levantou a sua bela sobrancelha quando ele reparou no suéter de sexto--formanda que Aphrodite estava usando, com a insígnia das três Moiras bordada no bolso do lado esquerdo do peito.

– Agora permitem que humanos frequentem a Morada da Noite?

– Aphrodite é uma Profetisa de Nyx, um fato provado pelo elo que ela tem com Darius, que é um guerreiro Filho de Erebus e fez o Juramento de ser o seu protetor – Thanatos falou enquanto saía das sombras e caminhava graciosamente na nossa direção. Eu achei o *timing* dela excelente, assim como a sua entrada. Ela era alta e poderosa, sem aparentar idade, e tinha uma beleza clássica. A sua voz era agradável e informativa, como se ela desse entrevistas para repórteres humanos todo dia. – Eu sei que o funcionamento interno da nossa sociedade não é senso comum, mas acredito que a maioria dos humanos sabe que um guerreiro não pode se ligar a um humano por um Juramento de proteção.

– Na verdade, apesar de esta entrevista ser de última hora, tive tempo para pesquisar um pouco, e esse é um fato que eu realmente descobri.

– O fato de Aphrodite ser uma Profetisa de Nyx e de estar frequentando esta escola, assim como vários novatos e vampiros vermelhos, vai ser um dos tópicos da nossa entrevista. Embora pareça que a entrevista já tenha começado – Thanatos saiu totalmente das sombras, indicando com a cabeça o cameraman que sem dúvida já estava nos filmando, apesar de nenhum de nós ter prestado atenção nele. – Eu sou Thanatos, a nova Grande Sacerdotisa da Morada da Noite de Tulsa. *Merry meet,* Adam Paluka. Você é bem-vindo à nossa escola.

– *M-merry meet* – Adam se atrapalhou um pouco. – Eu não quis ofender começando a filmagem mais cedo.

Thanatos sorriu.

– Você não nos ofendeu. Nós o convidamos a vir até aqui. Fico satisfeita que a entrevista tenha começado sem formalidades. Nós podemos ficar aqui, sob o belo céu da noite de Tulsa, e continuar a conversa?

– Claro – Adam disse após um aceno de cabeça do cameraman. – A luz dos lampiões a gás é uma boa iluminação. Se vocês nos derem um segundo, podemos usar um microfone *boom* e captar todos do grupo que quiserem participar.

– Parece ótimo. Zoey, Aphrodite, Stevie Rae, Stark e Damien, por favor, fiquem para a entrevista. Darius, Shaunee e Erin, vocês poderiam se certificar de que os novatos que estão reunidos voltem para os seus dormitórios? Esta foi uma noite difícil para a nossa escola.

Darius se curvou para Aphrodite e Thanatos, e então ele e Shaunee foram embora juntos. Erin saiu andando na direção contrária.

– Você disse que hoje foi uma noite difícil para a sua escola. O que quis dizer com isso?

– Com o seu faro para notícias, tenho certeza de que você sabe que tivemos recentemente um incêndio no *campus* – Thanatos explicou.

– Sim, nós inclusive fizemos uma reportagem sobre isso na Fox. Foi no estábulo, certo? – ele a estimulou a continuar.

– Certo. Foi um acidente infeliz, apesar de não totalmente surpreendente – Thanatos fez um gesto indicando os lampiões de cobre pendurados que faziam uma bela decoração ao nosso redor. – A luz dos lampiões a gás e a luz de velas é mais agradável aos nossos olhos do que lâmpadas elétricas. Como você já observou, esse tipo de iluminação ambiente é adorável, mas as chamas são vivas e às vezes voláteis. Um lampião foi deixado aceso sozinho no celeiro. Foi uma noite com muito vento. Uma rajada forte derrubou o lampião em cima de um fardo de feno, colocando fogo no estábulo.

– Espero que ninguém tenha se ferido – achei que Adam pareceu sinceramente preocupado.

– A nossa Mestra dos Cavalos e uma novata inalaram um pouco de fumaça, e o humano empregado como treinador do estábulo teve queimaduras, a maioria nas mãos. Ele vai se recuperar totalmente. Quero deixar aqui registrado que Travis Foster agiu como um herói. Ele cuidou para que todos os cavalos escapassem.

– Travis Foster é humano?

– Completamente humano, além de ótimo funcionário e amigo.

– Fascinante – Adam disse e olhou em volta. Pude ver quando o olhar dele se fixou na pira distante, que agora estava em combustão lenta e sem chamas, com um brilho alaranjado. – Por favor, corrija-me se eu estiver errado, mas acho que aquela pilha de madeira queimando não faz parte do estábulo. Durante a minha pesquisa, eu li que os vampiros queimam os seus mortos em piras funerárias. Será que eu escolhi uma hora inapropriada para esta entrevista? – ele fez a pergunta com um tom de consideração em sua voz, mas eu consegui enxergar a curiosidade que brilhava em seus olhos.

– Você não está errado. Aquilo são os restos de uma pira funerária. De fato, nós sofremos uma grande perda na Morada da Noite, que não teve nada a ver com o incêndio no estábulo. O nosso Mestre da Espada, Dragon Lankford, foi morto recentemente em um trágico acidente em uma fazenda de lavandas que faz divisa com a reserva nacional conhecida como Pradaria de Tallgrass – ela contou e eu fiquei de boca fechada, perguntando-me como diabos Thanatos ia transformar o assassinato de Dragon em um "trágico acidente" que pudesse ser explicado ao público humano. – Um bisão grande escapou das fronteiras da reserva. Alguns de nós estávamos terminando um adorável ritual de purificação na fazenda de lavandas, e aquela besta deve ter ficado confusa com a fumaça de sálvia e o nosso círculo. A criatura nos atacou. O nosso Mestre da Espada protegeu os nossos novatos, perdendo a vida ao fazê-lo.

– Isso é terrível! Eu sinto muito – Adam pareceu perturbado. Na verdade, todos nós parecemos perturbados, o que escondeu o nosso choque com a mentira gigante de Thanatos.

– Obrigada, Adam. Apesar de ter sido um acidente horrível e uma grande perda para a nossa Morada da Noite, o nosso Mestre da Espada morreu como ele viveu, como um guerreiro honrado que protegeu os mais jovens. Por causa dele, ninguém mais se feriu e o ritual foi concluído. Todos nós vamos nos lembrar da bravura de Dragon Lankford pelos séculos que virão – ela tocou levemente os olhos com um lenço rendado que tirou de dentro da luva. Foi realmente um momento tocante.

Adam ficou parado ali, parecendo compreensivo, enquanto o cameraman desviou a lente da pira de Dragon para focar a dor de Thanatos e o seu esforço muito humano para se recompor novamente.

Foi tudo muito bem encenado. Ela me fez pensar em quantas aulas de Teatro a Grande Sacerdotisa da Morte havia feito quando era uma novata.

Thanatos terminou de enxugar os olhos e suspirou profundamente.

– E respondendo à sua outra pergunta, não, não é uma hora inapropriada para a nossa entrevista. Nós o convidamos, lembra? Nós estamos felizes por recebê-lo na Morada da Noite, mesmo neste momento de tristeza. Então, vamos começar oficialmente. Aqui neste banco é um bom lugar? – Thanatos indicou com um gesto um dos longos bancos de pedra que se alinhavam no caminho de entrada para o lobby da escola. Durante uma noite normal de escola, haveria um monte de garotos aglomerados em volta dos bancos, fazendo lição de casa, flertando e fofocando. Naquela noite, os bancos estavam completamente vazios.

– Perfeito – Adam respondeu.

Enquanto ele e o cameraman se preparavam, Thanatos tomou o seu lugar no centro do banco. Em voz baixa, ela disse:

– Zoey, Stark, aqui ao meu lado – ela apontou para a direita, atrás dela. – Aphrodite, Stevie Rae e Damien, aqui – eles ficaram parados em pé à esquerda.

Quando Adam voltou e oficialmente começou a filmar, senti uma agitação nos meus nervos. Até os meus antigos amigos da South Intermediate High School iriam ver isso!

– Thanatos, eu estava pensando se você poderia dar mais detalhes sobre o comentário que Neferet, a ex-Grande Sacerdotisa da Morada da Noite de Tulsa, fez sobre você na noite passada. Ela disse que a Morte era a nova Grande Sacerdotisa daqui – Adam fez uma pausa e sorriu. – Para mim, você não parece a Morte.

– Você conhece bem a Morte, jovem Adam? – Thanatos perguntou com uma voz suave e espirituosa.

– Não, na verdade eu nunca morri – ele respondeu no mesmo tom de brincadeira.

– Bem, o comentário de Neferet pode ser facilmente explicado. Eu não sou a Morte propriamente dita. Eu simplesmente recebi o dom de ajudar os mortos a passarem deste reino para o próximo. Eu sou tanto a Morte quanto você é a Humanidade. Nós dois somos apenas a representação de ambos. Pode ser mais fácil de entender se você pensar em mim como uma médium muito boa.

– Neferet também mencionou um novo tipo de vampiros, os vampiros vermelhos, e sugeriu que eles podem ser perigosos – ele falou, e eu percebi que a câmera se voltou para Stark e Stevie Rae. – Você também pode explicar isso melhor?

– Certamente, mas primeiro eu sinto que preciso deixar algo bem claro. Neferet não é mais funcionária da Morada da Noite de Tulsa. Na verdade, pelo modo como a nossa sociedade funciona, uma vez que uma Grande Sacerdotisa perde o seu emprego, ela perde essa posição para sempre. Ela nunca mais vai servir como Grande Sacerdotisa em nenhuma outra Morada da Noite. Como você pode imaginar, isso pode ser uma transição difícil e frequentemente embaraçosa para o empregado demitido, assim como para o seu empregador. Os vampiros não têm leis de calúnia e difamação. Nós usamos o sistema de Juramento e honra. Obviamente, desta vez esse sistema não funcionou.

– Então você está dizendo que Neferet é... – ele não concluiu e fez um gesto com a cabeça, encorajando Thanatos a concluir a frase por ele.

– Sim, é um fato triste, mas verdadeiro. Neferet é uma ex-funcionária descontente que não apita mais nada – Thanatos disse calmamente.

Adam olhou para Stark, que estava ao meu lado, não muito longe de Thanatos.

– Essa ex-funcionária fez alguns comentários sobre um membro da Morada da Noite em particular: James Stark.

– Sou eu – Stark falou na hora. Eu percebi que ele estava desconfortável, mas acho que ninguém mais, incluindo os telespectadores, iria ver qualquer coisa além de um cara muito bonito com uma tatuagem vermelha no rosto que lembrava flechas.

– Então, Jim. Posso chamá-lo assim? – Adam perguntou.

– Bem, sim, mas seria melhor você me chamar de Stark. Todo mundo me chama assim.

– Ok, Stark, Neferet disse que você matou o seu mentor na Morada da Noite de Chicago, e ela sugeriu que você é uma ameaça para a comunidade daqui. Você gostaria de responder a isso?

– Bem, isso é um monte de papo-furado! – escutei a minha boca dizer.

Stark abriu o seu meio sorriso metidinho e pegou a minha mão, entrelaçando os seus dedos aos meus de modo que todos os telespectadores podiam ver.

– Z., quase você fala um palavrão na TV. Não faça isso, a sua avó pode ouvir e isso não seria legal.

– Desculpe – murmurei. – Que tal eu simplesmente deixar você falar?

Stark abriu ainda mais o sorriso.

– Bem, sempre há uma primeira vez para tudo.

Infelizmente, todos os meus amigos riram. Eu olhei zangada para ele. Stark continuou falando, apesar de eu pensar em sufocá-lo com um travesseiro da próxima vez que nós fôssemos dormir.

A voz dele foi hesitante no começo, mas, quanto mais ele falava, mais forte e seguro ficava.

– O meu mentor, William Chidsey, era incrível. Ele era legal. E inteligente. Estou falando inteligente *mesmo*. E talentoso. Ele me ajudou. Na verdade, ele foi mais um pai do que um mentor para mim – Stark fez uma pausa e passou a mão pelo rosto. Quando ele começou a falar de novo, foi como se só ele e o repórter estivessem ali sozinhos, como se ele tivesse esquecido que a câmera estava ali e tudo o mais. – Adam, eu descobri bem cedo, quando eu estava no segundo ano do Ensino Médio, que eu tinha recebido um *dom* – Stark enfatizou bem a última palavra, não sarcasticamente, mas também não como se aquilo fosse uma coisa fantástica. O tom de voz dele deixava claro que o seu dom era uma responsabilidade, e não uma responsabilidade fácil. – Eu não consigo errar o alvo. Eu sou um arqueiro – ele explicou quando Adam o olhou de modo questionador. – Você sabe, arco e flecha. Enfim, seja para onde for que eu mire, eu acerto. Infelizmente, não é tão literal assim. Pense nisso: há bastante diferença entre o lugar para onde você está olhando e o que você está realmente pensando e o que você está alvejando. Um exemplo simples: imagine que você pega um arco e uma flecha e mira em uma placa com um sinal de "Pare". Então, você puxa o arco, aponta a flecha e dispara no meio de uma grande placa vermelha. Mas e se dentro da sua cabeça você estiver pensando: "Ok, quero atingir aquela coisa que faz os carros pararem"? Quando você se dá conta, a sua flecha está atravessada no radiador do primeiro carro que aparece.

– Bem, eu posso entender como isso pode causar grandes problemas – Adam disse.

– Sim, problemas de proporções épicas. Levou um tempo para que eu descobrisse e aprendesse a controlar isso. Nesse tempo, eu cometi um erro realmente terrível – Stark fez uma pausa de novo e eu apertei a sua mão, tentando transmitir o meu apoio. – E por causa disso o meu mentor morreu. Eu não vou deixar que isso aconteça de novo. Fiz um Juramento de que isso não vai mais acontecer.

– E é por isso que James Stark está aqui na Morada da Noite de Tulsa – Thanatos retomou o controle da conversa, e a câmera a seguiu. – Em Tulsa, nós acreditamos em dar outra chance – o olhar dela se voltou para Aphrodite. Tive que cuidar para não ficar de queixo caído quando ela falou tranquilamente: – Você não diria que este é um excelente lugar para segundas chances, Aphrodite LaFont?

Eu não deveria ter me preocupado. Na frente de uma câmera gravando, Aphrodite se sentia em casa. Ela caminhou para a frente, na direção da câmera (é claro), e então se sentou ao lado de Thanatos.

– Eu concordo totalmente com você, Grande Sacerdotisa. Eu fui uma novata por quase quatro anos, mas Nyx, a nossa Deusa benevolente, decidiu tirar a sua Marca de mim e substituí-la por um dom profético. Os meus pais concordam com a minha decisão de permanecer na Morada da Noite. Na verdade, nós falamos sobre a possibilidade de eu fazer um treinamento no Conselho Supremo em Veneza quando eu me formar aqui. Minha mãe e meu pai me dão muito apoio – ela sorriu para a câmera. – Você pode comprovar isso se olhar as nossas contas de cartão de crédito dos últimos meses. Uau! Eu tenho pais tão incrivelmente legais!

Ok, sem brincadeira. Aquilo era uma montanha de besteiras podres e fedidas tão grande que eu nem conseguia falar. Felizmente, Stevie Rae não era tão muda.

– Falando em pais incríveis, a minha mãe, Ginny Johnson, vai fazer os melhores cookies de chocolate do universo e trazê-los para o evento aberto ao público com venda de guloseimas que nós vamos fazer aqui em breve, certo, Thanatos?

Thanatos não perdeu tempo.

– Você está absolutamente certa, Stevie Rae. Na próxima semana, se o tempo sujeito a tempestades de Oklahoma permitir, nós estaremos organizando um evento aberto ao público no *campus*. Esperamos que os Street Cats estejam aqui com gatos para adoção. Aproveitando, eu gostaria de anunciar que todos os lucros da nossa venda de guloseimas – ela sorriu na direção de Stevie Rae – vão beneficiar as obras de caridade dos Street Cats. Além disso, a avó da nossa Grande Sacerdotisa novata, Zoey Redbird, vai vender os seus produtos de lavanda nos nossos jardins.

– Não se esqueça da feira de empregos.

Todos, incluindo o cameraman, se viraram ao som da voz da Mestra dos Cavalos. Lenobia estava em pé ali, conduzindo sua bela égua negra, Mujaji, que parecia um sonho.

– Professora Lenobia, que bom que você se juntou à nossa entrevista – Thanatos afirmou.

– Uau! Que belo cavalo ele é! – Adam falou entusiasmado quando o cameraman deu um close em Mujaji.

Damien tocou o braço de Adam e sorriu.

– Querido, é ela, não ele.

– Ah, eu me enganei – Adam levou numa boa, sorrindo com um rubor gracioso em suas bochechas. – Essa coisa de ele ou ela nunca fez muita diferença para mim.

– Porque nós somos todos iguais – ouvi as palavras saindo da minha boca e silenciosamente agradeci a Nyx por elas. – Meninos, meninas, humanos, vampiros, que diferença faz? Todos nós vivemos em Tulsa e amamos esta cidade. Então, vamos apenas nos dar bem uns com os outros!

Thanatos riu, e o som da sua risada foi como música.

– Ah, Zoey, eu não poderia ter dito isso de melhor forma. E Lenobia, você fez bem em me lembrar. Adam, eu gostaria de anunciar que, durante a noite aberta ao público e o evento beneficente para os Street Cats, a Morada da Noite de Tulsa vai, como a primeira Morada da Noite da nossa história escrita, receber inscrições de humanos para vagas de professores. Vamos fazer entrevistas para colocações de professores nos nossos departamentos de Teatro e de Literatura – Thanatos se levantou e abriu os braços, parecendo benevolente e sábia. – A Morada da Noite dá as boas-vindas a Tulsa. Até sábado, nós desejamos a vocês *merry meet, merry part* e *merry meet again.*

14

NEFERET

Neferet não teria visto a entrevista se ela não tivesse chamado o serviço de quarto até a sua cobertura. O subserviente garoto loiro era quase jovem demais para despertar o interesse dela. O último mensageiro que havia tido a sorte de atender ao seu chamado ia ter que tirar uma licença médica do trabalho pelos próximos dias. Fraco e cheio de hematomas, ele não iria se lembrar de nada, além da fascinação pela sua beleza e de uma série de sonhos eróticos e sombrios. Sonhos febris – o seu médico sem dúvida iria chamá-los assim. Os humanos eram criaturas tão frágeis. Era uma pena que ela precisasse constantemente encontrar novos brinquedinhos.

Neferet analisou o mensageiro. Ele era alto e parecia extremamente nervoso. A sua pele era ruim. Ele praticamente exalava virgindade por todos os seus poros dilatados. Pensando que sangue virgem iria combinar bem com a garrafa resfriada de champanhe que ele estava trazendo, ela fez um gesto em direção à sua sala de estar.

– Por favor, traga a garrafa aqui para dentro – Neferet ronronou.

O sangue virgem era tão doce que aquela aparência ruim e as mãos cheias de suor podiam ser facilmente ignoradas. Afinal de contas, ela não ia tocá-lo. Pelo menos não muito...

– Aqui está bem, madame? – os olhos dele continuavam passeando rapidamente dos seios dela para a sua boca e depois de volta para a garrafa que ele estava abrindo, enquanto ele fedia a desejo sexual, medo e fascinação.

– Aqui está *perfeito* – Neferet deslizou uma unha comprida e pontuda pelo corpete decotado do seu robe de seda.

– Uau – ele engoliu em seco, tirando a folha metálica dourada da boca da garrafa de champanhe com mãos trêmulas e inexperientes. – Espero que não se importe por eu dizer isto, mas você é muito mais bonita do que aqueles outros vampiros no telejornal.

– Outros vampiros? Telejornal?

– Sim, madame. Eles estão agora no jornal da noite da Fox23.

– Ligue a TV para mim! – ela falou rispidamente.

– Mas o champanhe não está...

– Deixe a garrafa de lado! Eu sou plenamente capaz de abri-la sozinha. Ligue a TV no telejornal e vá embora.

O garoto fez o que ela ordenara e então se retirou envergonhadamente, ainda dando olhares desejosos para ela. Neferet não prestou atenção nele. Ela estava totalmente absorta na cena que se descortinava à frente dela na grande televisão de tela plana. Thanatos, Zoey e alguns do seu grupo estavam lá. Eles estavam ao ar livre na Morada da Noite, bem agrupados e conversando facilmente com o repórter. Neferet franziu a testa. Todos pareciam tão *normais*.

Ela sorriu um pouco quando ouviu Thanatos explicar a morte de Dragon Lankford como um trágico acidente com um bisão.

– Aquele Aurox imprestável! – Neferet resmungou. – Receptáculo imperfeito e incpto! Tudo isso é culpa *dele*.

Ela continuou assistindo à entrevista, sorrindo ironicamente para Stark e Zoey, apenas se concentrando mais quando ouviu o seu próprio nome ser mencionado. Neferet apertou o botão para aumentar o volume e Thanatos proclamou em voz alta:

– ... *Neferet é uma ex-funcionária descontente que não apita mais nada.*

O corpo de Neferet se congelou.

– Ela se atreve a me chamar de funcionária! – Neferet continuou a assistir. A raiva dela cresceu com tanta intensidade que a porta de vidro que dava para a varanda da cobertura se abriu com força, espalhando estilhaços de cristal sobre o chão de mármore.

– *Todos nós vivemos em Tulsa e amamos esta cidade. Então, vamos apenas nos dar bem uns com os outros!* – a voz ridiculamente alegre de Zoey provocou arrepios de raiva que subiram e desceram pela espinha de Neferet.

– Eu não vou permitir que você desfaça o que eu comecei, sua criança odiosa! – Neferet explodiu. Quando Thanatos anunciou que a Morada da Noite ia receber inscrições de humanos para vagas de professores, ela ficou de queixo caído junto com o repórter. Após a saudação benevolente da nova Grande Sacerdotisa, *merry meet, merry part* e *merry meet again,* Neferet assistiu incrédula aos âncoras do telejornal conversarem tolamente sobre como a interação com os vampiros era interessante e como o evento aberto ao público e a feira de empregos seria ótima para a cidade, com um close congelado do rosto sorridente de Zoey decorando a tela. Ela apertou com força o botão de desligar a TV, incapaz de suportar Zoey Redbird por um só instante.

Do pequeno recanto que ficava entre a sala de estar e a sala de jantar, o computador de Neferet começou a chamar. Na tela, a silhueta da imagem de Nyx com os braços levantados piscou e, ao lado do ícone, apareceram as palavras: CONSELHO SUPREMO DOS VAMPIROS.

Neferet caminhou devagar até o computador e clicou no mouse para atender ao chamado, automaticamente ativando a câmera de vídeo. Ela sorriu friamente para as seis Grandes Sacerdotisas com expressões sérias que estavam sentadas em seus tronos esculpidos em mármore.

– Eu estava esperando a sua ligação.

Duantia, membro sênior do Conselho Supremo dos Vampiros, falou primeiro. Neferet achou que ela soou muito, *muito* velha. Certamente o seu cabelo longo e grosso parecia mais prata do que castanho, e Neferet teve certeza de ver bolsas embaixo de seus olhos escuros.

– Você foi convocada a aparecer diante de nós, mas aí está você em Tulsa, e aqui estamos nós em Veneza. Qual o motivo da sua demora?

– Eu estou ocupada – Neferet modulou a sua voz para parecer mais entretida do que irritada. Ou com medo. Ela não podia permitir nunca que as vampiras do Conselho Supremo acreditassem que ela tinha medo delas ou de qualquer um. – Não é conveniente viajar para a Itália nesta época.

– Então você nos obriga a julgá-la *absente reo*.[3]

Neferet zombou.

– Guarde o seu latim para os vampiros velhos demais para viver no presente.

Duantia continuou como se ela não tivesse falado nada.

– Nossa irmã Grande Sacerdotisa, sétimo membro deste Conselho Supremo, Thanatos, produziu provas irrefutáveis através de um ritual de revelação testemunhado pela Grande Sacerdotisa Zoey Redbird, pelo seu...

– Aquela criança insolente não é uma Grande Sacerdotisa!

– *Você não vai me interromper!* – mesmo pela internet, a milhares de quilômetros de distância, o poder de Duantia era palpável. Foi preciso um esforço supremo para que Neferet não se encolhesse de medo da tela do computador.

– Diga o que tem a dizer. Eu não vou interrompê-la de novo – Neferet disse sem emoção.

– O ritual de revelação que Thanatos presidiu foi testemunhado pela jovem Grande Sacerdotisa Zoey Redbird, pelo seu círculo, em que cada membro recebeu de Nyx o dom de uma afinidade elemental, além de vários guerreiros Filhos de Erebus. Durante esse ritual, a terra mostrou o registro de que você assassinou uma humana, sacrificando-a para o touro branco das Trevas, que aparenta ser o seu Consorte.

Neferet observou que as vampiras do Conselho Supremo se agitaram nervosamente, como se apenas ouvir a palavra Consorte associada ao touro branco fosse difícil de suportar. Isso a agradou. Muito em breve o Conselho Supremo iria ter que suportar muito mais do que apenas palavras.

– Neferet, o que você tem a dizer em sua defesa? – Duantia concluiu.

Neferet se levantou, atingindo a sua altura máxima. Ela sentiu os filamentos de Trevas roçando em volta dela, enrolando-se nos seus tornozelos e serpenteando em suas panturrilhas.

– Eu não preciso de defesa. Matar a humana não foi um ato de assassinato. Foi um sacrifício sagrado.

3 "Na ausência do réu", em latim. (N.T.)

– Você se atreve a chamar as Trevas de sagradas? – a vampira membro do Conselho Supremo chamada Alitheia gritou.

– Alitheia, ou Verdade, como nós diríamos em uma língua que não está morta, eu vou conceder um pouco de você mesma a todas vocês. A *verdade* é que eu sou imortal. Em pouco mais de uma centena de anos eu obtive mais poder do que vocês, com todos os seus séculos, conseguiram adquirir. A *verdade* é que dentro de mais alguma centena de anos, a maioria de vocês será pó, e eu ainda vou ser jovem, poderosa, bonita e uma deusa. Se eu decido sacrificar uma humana, não importa por qual motivo, isso é sagrado, e não pecado!

– Neferet, você é Consorte das Trevas? – a pergunta de Duantia foi disparada em meio ao silêncio que se seguiu ao grito de Neferet.

– Conjure o touro branco e pergunte às Trevas você mesma. Mas apenas se você tiver coragem – Neferet sorriu com sarcasmo.

– Conselho Supremo, qual é o seu julgamento? – Duantia perguntou. Ela manteve o olhar fixo em Neferet enquanto cada vampira membro do Conselho Supremo se levantou e, uma de cada vez, pronunciou repetidamente a mesma palavra: "Banida!".

Duantia se levantou por último.

– Banida! – ela disse com firmeza. – Deste dia em diante, você não será mais reconhecida como uma Grande Sacerdotisa de Nyx. Você não será mais reconhecida nem como uma vampira. Daqui em diante, você está morta para nós – Duantia falou e todas as vampiras do Conselho Supremo deram as costas para Neferet. Então o computador emitiu aquele som de final de chamada e a imagem delas se apagou.

Neferet olhou para a tela escura. Ela estava respirando pesadamente, tentando controlar o tumulto dentro dela. O Conselho Supremo a havia banido!

– Velhas horrendas! – ela explodiu. Era cedo demais! Neferet tinha a intenção, é claro, de romper com o Conselho Supremo, mas não antes de ela provocar uma divisão interna e atiçar umas contra outras para que elas ficassem ocupadas demais com a própria destruição e não se intrometessem no mundo que ela estava criando do lado de fora da charmosa ilhazinha delas. – Eu quase consegui isso antes, quando Kalona estava posando de Erebus ao meu lado. Mas

Zoey estragou tudo, forçando-me a revelar que ele era uma fraude. – Incapaz de acalmar a sua frustração, Neferet andou com passos largos pela sala, com seu salto agulha triturando o vidro quebrado. Ela saiu para a varanda, apoiando as mãos no parapeito de pedra. – Zoey fez com que Thanatos fosse enviada a Tulsa para me espionar. E a mãe de Zoey foi um sacrifício fraco e imperfeito demais. Se Aurox não fosse um Receptáculo defeituoso, o ritual de revelação teria sido interrompido com a morte de Rephaim. E agora eu fui banida pelo Conselho Supremo e sou vista como uma aliada domesticada pelos humanos de Tulsa – Neferet levantou os braços para o céu e descarregou a sua raiva. – Zoey Redbird vai pagar por tudo que ela causou!

Neferet abaixou as mãos e rasgou o seu robe de seda, desnudando o seu corpo para a noite. Nua, ela estendeu os braços e inclinou a cabeça para trás de modo que o seu cabelo comprido a encobrisse como uma cortina escura.

– Trevas, venham para mim! – ela se apoiou, preparando-se para o prazer doloroso do toque gélido do seu touro branco.

Nada aconteceu.

O único movimento na noite era das gavinhas escuras e agitadas que haviam se tornado sua companhia constante.

– Meu senhor! Venha para mim! Eu preciso de você – Neferet chamou.

– O seu chamado não é uma surpresa, minha cara impiedosa.

Neferet ouviu a voz dele em sua cabeça, como sempre, mas ela não sentiu a sua presença imponente e poderosa. Ela abaixou os braços, virando-se, procurando por ele.

– Meu senhor, eu não posso vê-lo.

– Você precisa de algo.

Ainda sem entender por que ele não havia aparecido para ela, Neferet não permitiu que a sua confusão transparecesse. Em vez disso, ela respondeu sedutoramente:

– Eu preciso de *você*, meu senhor.

Instantaneamente, o filamento mais grosso feito uma serpente, comandado pelas Trevas, soltou-se dos outros que estavam enrolados em seus tornozelos. Ele deu uma chicotada ao redor da cintura dela, abrindo uma ferida na sua pele macia e desenhando um perfeito círculo escarlate. As outras gavinhas subiram se arrastando pelas suas pernas, para se alimentar do seu sangue quente.

Neferet teve que se esforçar muito para não gritar de dor.

– *Mentir para mim não é sábio de sua parte, minha cara impiedosa.*

– Eu preciso de mais poder – Neferet admitiu. – Quero matar Zoey Redbird, e ela está bem protegida.

– *Ela está bem protegida e é amada por uma Deusa. Nem você está preparada para destruir abertamente alguém como ela.*

– Então me ajude. Eu imploro, meu senhor – Neferet bajulou o touro, ignorando o filamento afiado como uma lâmina que continuava a ferir a sua pele e as outras gavinhas que estavam se alimentando dela.

– *Você me desapontou. Eu já esperava que você me chamasse e implorasse pela minha ajuda. Veja bem, minha cara impiedosa, eu não deveria conseguir prever as suas ações. Isso me deixa entediado, e eu não desejo desperdiçar os meus poderes com nada previsível e tedioso* – a voz dele martelou implacavelmente na sua mente.

Neferet não recuou.

– Eu não vou pedir que você me perdoe – ela disse friamente. – Você sabia como eu era desde a primeira vez em que nos encontramos. Eu não mudei. E não vou mudar.

– *De fato, e é por isso que eu sempre a chamo de minha cara impiedosa* – a voz dele era quase uma violação. Agora ela tinha um tom de divertimento. – *Você me lembrou de como nós começamos bem. Você era uma surpresa tão deliciosa. Surpreenda-me de novo, e eu vou pensar em vir ajudá-la. Até lá, eu concedo a você o controle sobre os filamentos de Trevas que escolherem permanecer com você. Não se desespere. Muitos vão escolher você. Você os alimenta tão bem. Eu a verei de novo, minha cara impiedosa, quando... se... você despertar o meu interesse o bastante para que eu volte* – a voz dele cessou quando a gavinha grossa enroscada na cintura dela se soltou e desapareceu na noite.

Neferet desabou. Ela ficou deitada na varanda de pedra fria, observando os filamentos de Trevas lamberem o seu sangue. Ela não os deteve. Ela deixou que eles se alimentassem dela enquanto os acariciava, encorajando-os, analisando quantos haviam permanecido fiéis a ela.

Se o touro não ia ajudá-la, Neferet se ajudaria sozinha. Zoey Redbird era um problema havia tempo demais. Havia tempo demais ela permitia que aquela garota interferisse nos seus planos. Mas ela não iria matá-la. Isso provocaria a ira de Nyx cedo demais. Ao contrário do Conselho Supremo dos Vampiros, uma Deusa não podia ser ignorada. *Não,* Neferet pensou, *eu não preciso matar Zoey. Tudo o que eu preciso fazer é criar um ser para fazer o serviço por mim. O Receptáculo falhou uma vez por causa de um sacrifício imperfeito. Com o sacrifício perfeito, eu não vou falhar.*

– Eu sou imortal. Eu não preciso do touro para criar. Tudo o que eu preciso é de um sacrifício sagrado e de poder. Eu já aprendi o feitiço. Aurox foi só o começo... – Neferet acariciou os filamentos de Trevas e permitiu que eles continuassem a se alimentar dela.

Há filamentos o bastante, ela assegurou a si mesma. *Sobrou apenas o suficiente.*

ZOEY

– A Deusa sabe que eu odeio dizer isso, mas eu estava errada. Isso é *sim* como assistir àquele programa idiota *The Bachelorette* – Aphrodite balançou a cabeça e revirou os olhos.

Ela, Stevie Rae e eu caminhávamos devagar para o estacionamento na direção do ônibus cheio de garotos que estava à nossa espera. Nós estávamos indo devagar porque a gente estava superocupada olhando para Damien e o repórter, Adam. Os dois estavam parados, sorrindo e conversando, perto da van da Fox23 News.

– *Shhh!* – sussurrei para Aphrodite. – Eles vão ouvir você e isso vai deixar Damien constrangido.

– Ah, por favor! – Aphrodite bufou. – Os garotos gays estão bem animadinhos e entretidos. Ele não está prestando a menor atenção em nós.

– Eu estou tão feliz que ele está flertando – comentei.

– Vejam! Eles estão pegando os telefones!!! – Stevie Rae sussurrou efusivamente com pontos de exclamação demais para ser um sussurro.

– Eu estava errada de novo – Aphrodite falou. – Isso aqui não é como assistir a *The Bachelorette.* É como assistir ao National Geographic Channel.

– Eu acho que ele é uma gracinha – Stevie Rae disse.

– O cara que está conversando com Damien? – Shaylin perguntou quando se juntou a nós.

– Sim. A gente acha que eles estão marcando um encontro – Stevie Rae respondeu, ainda olhando para os dois.

– Ele tem cores suaves e bonitas – Shaylin observou. – Na verdade, as cores dele combinam bem com as de Damien.

– Como assim, os arco-íris deles estão se fundindo? – Aphrodite bufou sarcasticamente.

Shaylin franziu a testa.

– Eles não têm cores de arco-íris. Isso é um estereótipo horrível. Eles têm a cor do céu de verão, com tons de azul e amarelo. Damien também tem um pouco de branco encrespado e fofo que se parece bastante com nuvens densas.

– Ah, que merda, isso aí não tem nenhum senso de humor – Aphrodite protestou.

– Aphrodite, você tem que parar de chamar Shaylin de *isso*. Não é nada legal – Stevie Rae a repreendeu.

– Então me diga, para futura referência, o quanto isso não é legal na escala daquela palavra maldosa, "retardada"? – ela levantou uma sobrancelha loira com cara de interrogação para Stevie Rae. – Não é legal no nível de "debiloide" ou "monga", ou mais como a palavra tradicional e explícita "retardada" mesmo?

– Você é a Grande Sacerdotisa, mas eu acho que responder qualquer coisa apenas a encoraja. Você sabe, é como acontece quando você pega um bebê chorando, ele continua chorando – Shaylin afirmou, soando bem prática.

Aff, Aphrodite vai arrancar os cabelos dela pela raiz, foi só o que eu consegui pensar.

Em vez disso, Aphrodite deu risada.

– Ei, isso fez uma piada! Pode até ser que isso tenha alguma personalidade.

– Aphrodite, eu acho que você deve ter algum dano cerebral – Stevie Rae disse.

– Obrigada – Aphrodite respondeu. – Eu vou entrar no ônibus. E vou cronometrar o Garoto Gay. Se ele continuar flertando por mais do que cinco minutos, eu vou... – ela parou de falar quando se virou em direção ao ônibus. Os meus olhos seguiram os dela. Shaunee e Erin estavam paradas do lado da porta aberta do ônibus. Shaunee parecia perturbada. O rosto de Erin não tinha nenhuma expressão. Eu podia ver que elas estavam conversando, mas nós estávamos muito longe para ouvir o que elas estavam dizendo.

– Há algo errado com ela – Shaylin observou.

– Ela quem? – Stevie Rae perguntou.

– Erin.

– Shaylin está certa. Tem alguma coisa errada com Erin – Aphrodite concordou.

Eu não sabia o que havia me chocado mais, se era o que Shaylin e Aphrodite estavam dizendo ou o fato de elas estarem de acordo.

– Conte-me o que você está vendo – Stevie Rae falou em voz baixa para Shaylin.

– Este é o melhor jeito de eu descrever o que vejo: havia um canal que passava atrás da casa onde eu morava quando era criança, um pouco antes de eu perder a visão. Eu costumava brincar ali perto e fingia que o canal era um córrego da montanha lindo e borbulhante, e que eu estava crescendo nas Montanhas Rochosas do Colorado, porque ele era claro e até mesmo bonito. Mas, assim que eu me aproximava, podia sentir o fedor do canal. Tinha um cheiro de coisas químicas e de algo mais, algo podre. A água parecia boa, mas abaixo da superfície ela era suja e poluída.

– Shaylin – eu estava quase perdendo a paciência. Eu me sentia como se estivesse ouvindo um dos poemas de Kramisha, e isso não é necessariamente uma coisa boa. – Que diabo você quer dizer? Erin tem cor de água poluída? E se ela tem, por que você nunca disse nada até agora?

– Ela está mudando! – Erin gritou! Quando vários rostos no ônibus, além de Erin e Shaunee, voltaram-se na nossa direção, ela disfarçou: – O inverno parece estar mudando para a primavera! Hoje não está uma bela noite?

Os garotos balançaram a cabeça e franziram a testa para ela, mas pelo menos pareceu que eles pararam de prestar atenção em nós.

– Ah, que merda. Você não é nada boa em espionagem – Aphrodite abaixou a voz e nos agrupou. – Z., se liga. É simples. O que Shaylin está dizendo é que Erin parece ser a mesma de sempre: bonita, loira, popular, perfeita. Você sabe, típica. Mas a verdade é que por baixo da superfície há algo apodrecendo. Você não pode ver isso. Eu não posso ver isso. Mas Shaylin pode – Aphrodite deu uma olhada no ônibus. Todos nós acompanhamos o olhar dela a tempo de ver Shaunee balançar a cabeça como quem diz não e subir rapidamente os degraus pretos com piso emborrachado, enquanto Erin continuou ali com uma aparência bonita, mas muito, muito fria. – Parece que Shaunee pode ver isso também. Não que a gente tenha acreditado nela. A gente achou que ela só estava irritada com Erin porque as gêmeas siamesas idiotas tinham sido separadas cirurgicamente.

– Eu acho que isso é muito rude – eu falei.

– Também acho – Stevie Rae concordou. – Mas o meu instinto me diz que é verdade.

– O meu também – Damien disse, aproximando-se de nós. As suas bochechas ainda estavam vermelhas e ele acenou alegremente quando a van da Fox23 foi embora, mas a sua atenção estava voltada para Erin. – E o meu instinto também está me dizendo mais uma coisa.

– Que você e o Garoto das Notícias estão quase virando amiguinhos de cama? – Aphrodite falou com uma voz animada e educada, que contrastava radicalmente com o que ela havia dito.

– *Isso* não é da sua conta. – Damien respondeu. E então acrescentou em um tom suave: – E acho que você vai querer prestar atenção, Aphrodite. O que eu vou falar vai abalar o seu mundo.

– Que coisa mais velha de se dizer – Aphrodite comentou.

– Velho não significa impreciso – Damien rebateu. – Você traduziu o que Shaylin pressentiu. Isso significa que você está agindo como um oráculo.

– Eu não sou um maldito oráculo. Sou uma Profetisa – Aphrodite pareceu realmente irritada.

– Oráculo... Profetisa – Damien levantou primeiro uma mão e depois a outra, como se ele estivesse comparando o peso de algo na palma de suas mãos, até que ambas ficaram na mesma altura. – Para mim é a mesma coisa. Pesquise a sua história, *Profetisa*. Sibila, Delfos, Cassandra. Esses nomes não dizem nada a você?

– Não. Sério. Eu tento não ler demais.

– Bem, eu começaria a ler se fosse você. Esses são apenas os nomes top três que vêm à minha mente culta. Alguns os chamam de Oráculos. Alguns os chamam de Profetisas. É a mesma coisa.

– Eu posso pegar o resumo na internet? – Aphrodite estava tentando parecer engraçadinha, mas o seu rosto tinha perdido toda a cor e os seus olhos pareciam gigantes e ainda mais azul-topázio do que o normal. E assustados. Ela parecia superassustada.

– Ok. Bem, lição aprendida. Parabéns para nós! – eu falei animadamente. Todo mundo simplesmente olhou para mim, então tentei explicar: – Thanatos disse que nós temos que praticar os nossos dons. Acho que o que acabou de acontecer é como uma nota extra nessa prova. Que tal agora a gente entrar no ônibus, voltar para os túneis e assistir um pouco às reprises de *Fringe?*

– *Fringe?* Estou dentro – Shaylin começou a andar na direção do ônibus.

– Eu gosto de Walter – Aphrodite comentou. – Ele me lembra o meu avô. Bem, exceto que Walter é um pouco mais inteligente e é doidão e louco, em vez de bêbado e antissocial. Mesmo assim, ambos são estranhamente adoráveis.

– Você tem um avô? E você gosta dele? – Stevie Rae perguntou antes de mim.

– É claro que eu tenho avô. Você é uma retardada em Biologia? – então Aphrodite deu de ombros. – Que seja. Minha família é meio difícil de explicar. Eu vou seguir *isso* e entrar no ônibus – e foi o que ela fez, seguindo Shaylin.

Ficamos só Stevie Rae, Damien e eu.

– Ela é totalmente louca – foi só o que pensei em dizer.

– De fato – Damien concordou.

– Ok, bem, vocês acham que está todo mundo no ônibus? – perguntei.

– Espero que sim. Eu sei que Rephaim está aí, e que nós só temos algumas horas até o sol nascer. Tenho certeza de que ele nunca viu nenhum episódio de *Fringe*, e acho que ele vai gostar. Assistir a uma série abraçadinha com ele parece uma ótima ideia agora, mesmo se a gente tiver que fazer isso com a louca da Aphrodite – ela sorriu para mim. – A gente pode pedir pizza no Andolini's?

– Claro que sim – respondi.

– Ahn-han – Damien simulou bem o ato de limpar a garganta.

– Sim? – perguntei.

– Hum, vocês achariam estranho se eu, hum, talvez fosse me encontrar com *alguém* para tomar um café? Mais tarde. Hoje à noite. No The Coffee House On Cherry Street.

– Eles ainda estão abertos? – eu perguntei, dando uma olhada no meu celular. *Aff*, já eram quase 4 h da manhã.

– Eles começaram a funcionar 24 horas por dia. A tempestade de gelo acabou com os negócios por semanas e eles estão tentando compensar o prejuízo atendendo, bem, a *turma da noite* – Damien explicou.

– Sério? Eles estão ficando abertos por nossa causa? – eu me lembrava tanto dos sanduíches incríveis deles e da bela arte local que eles exibiam. Eles costumavam fechar às 23 h!

– Não mais – ele disse alegremente.

– Uau, que legal. Quero dizer, eu nunca estive lá, mas o fato de uma coffee shop ficar aberta no Centro da cidade para que a gente possa se encontrar lá é sensacional – Stevie Rae falou.

– Que tal se amanhã Darius desviar o ônibus para lá na volta para a estação? – eu segui o meu instinto. *É normal que um grupo de estudantes do Ensino Médio queira parar em uma coffee shop depois da escola.* – Damien, se você for lá hoje, pode perguntar para algum funcionário se tudo bem a gente aparecer lá amanhã?

– Com certeza, vou fazer um reconhecimento da área para vocês! – então a expressão de Damien murchou. – E então, o que vocês acham? Jack iria me odiar?

– Oh, claro que não, querido! – falei rapidamente.

– Jack entenderia – Stevie Rae acrescentou. – Ele não ia querer que você ficasse triste e sozinho enquanto espera que ele volte.

– Ele vai voltar, não vai? – Damien me encarou bem no fundo dos meus olhos. – Jack vai voltar, certo?

As almas deles estão destinadas a se encontrar novamente... as palavras foram sussurradas na minha mente. Reconhecendo a voz sábia e familiar de Nyx, eu sorri, dando o braço para Damien.

– Ele vai. Eu prometo. E a Deusa também promete.

Damien piscou forte para segurar as lágrimas.

– Eu tenho um encontro! E vou ficar feliz com isso.

– É isso aí! – eu o encorajei.

– Estou tão feliz que eu poderia cuspir! Mesmo que isso seja um pouco grosseiro – Stevie Rae pegou a outra mão de Damien.

– Esse é um ditado estranho – Damien observou.

– Totalmente – eu disse. – Foi nojento quando Leonardo fez toda aquela cena da cuspida com Kate em *Titanic.*

– Essa cena nunca deveria ter acontecido – Damien concordou. – Foi a única falha do filme.

– Bem, essa cena e aquela do Leo se transformando em um lindo picolé – acrescentei.

Damien e Stevie Rae fizeram sons de total concordância comigo enquanto nos aproximávamos do ônibus. Eu podia ver os rostos dos garotos nas janelinhas. Parecia que o ônibus estava cheio, o que me deu uma onda enorme de alívio porque eu estava mais do que pronta para ir para casa. Stark estava lá, em pé no alto da escada, ao lado de Darius. Os olhos dele me encontraram, e isso fez minha pele esquentar e formigar. Rephaim estava no primeiro assento, bem na frente de Kramisha, e eu praticamente pude sentir Stevie Rae vibrando de alegria ao acenar para ele. Shaylin e Aphrodite estavam subindo as escadas. Eu não conseguia ver o rosto de Aphrodite, mas o jeito com que ela jogou o cabelo para trás me dizia que ela já estava flertando com o seu guerreiro.

Ok, as Trevas eram um pé no saco e muitas coisas difíceis haviam acontecido com a gente, mas pelo menos estávamos juntos e tínhamos amor. Sempre o amor.

– Preciso conversar com você.

A voz sem emoção de Erin foi como um banho de água fria na minha alegria.

– Ok, claro. Ei, daqui a um instante eu estarei no ônibus – avisei Stevie Rae e Damien.

– Eu vou ficar – Erin disse as três palavras assim que ficamos sozinhas.

– Ficar? Você quer dizer aqui? – Eu tinha entendido o que ela queria dizer, mas precisava ganhar tempo para tentar processar as perguntas na minha mente. Eu tinha impedido Shaunee quando ela havia tentado se separar de nós e voltar para a Morada da Noite logo depois que ela e Erin começaram a ter problemas. Eu não deveria impedir Erin também?

– Sim, é claro que eu estou falando daqui. Estou cansada dos túneis. A umidade está deixando o meu cabelo cheio de *frizz*.

– Ahn, há produtos para isso. Tem alguns da Aveda. Podemos pegar para você no salão Ilhoff da Utica Square amanhã – sugeri.

– Ok, então, não é só o meu cabelo. Eu não quero morar nos túneis. É aqui que eu moro. Nesta escola. Eu não quero ser levada de ônibus. É idiota.

– Erin, eu sei que pegar o ônibus da escola é idiota. Que inferno, isso já era idiota antes de eu ser Marcada. Mas eu acho que nós precisamos ficar juntos. A gente é mais do que um grupo ou uma panelinha, a gente é uma família.

– Não, a gente não é uma família. Nós somos um grupo de garotos que vai para a mesma escola. Só isso. Ponto final.

– As nossas afinidades fazem com que a gente seja mais do que isso – ela estava me deixando chocada... não apenas pelo que ela estava dizendo, mas pela sua atitude. Erin era tão fria! – Erin, nós passamos por coisas demais juntos para acreditarmos que somos apenas um grupo de garotos que por acaso frequenta a mesma escola.

– E se isso for o jeito como você se sente, mas não como eu me sinto? Eu não posso escolher? Achei que Nyx concedesse o livre-arbítrio.

– Sim, mas isso não quer dizer que não podemos dizer algo quando alguém com quem a gente se importa está fazendo besteira.

– Deixe-a ficar.

Erin e eu levantamos os olhos e vimos Aphrodite em pé no primeiro degrau do ônibus. Ela estava encostada na porta com os braços cruzados. Eu esperei ver aquele sorriso irônico típico de Aphrodite em seu rosto, mas ela não parecia brava. Ela não soou irônica. Ela apenas pareceu bastante segura de si. Atrás dela, eu podia ver Stevie Rae e Shaylin. Elas concordaram com a cabeça, e aquele apoio mudo a Aphrodite me venceu quando eu percebi que o meu Conselho havia decidido – elas resolveram o que era melhor para todos nós, mesmo que aquilo não fosse o melhor para Erin.

– Obrigada, Aphrodite. Quem poderia imaginar que você seria a única a concordar comigo? – Erin riu, soando petulante e infantil em comparação com o despertar da maturidade serena de Aphrodite.

– Sabe de uma coisa, Erin, estou feliz que você *e* Aphrodite tenham me lembrado de uma coisa – afirmei. – Nyx realmente nos dá o livre-arbítrio e, se você prefere viver na Morada da Noite, então vou respeitar isso. Espero que isso não mude as coisas no nosso círculo. Você ainda é a água. O seu elemento e você ainda são importantes para nós.

Erin sorriu um pouco, mas o sorriso dela não chegou aos seus frios olhos azuis.

– Sim, é claro. Eu sempre serei a água, e a água pode correr em qualquer lugar. É só me chamar se precisar de mim. Eu vou estar lá na mesma hora.

– Que ótimo – falei rapidamente, sentindo-me superconstrangida. – Bem, então acho que a gente se vê amanhã.

– Sim, claro. Vejo vocês na aula – Erin acenou de modo petulante e saiu andando.

Subi as escadas do ônibus, perguntando para Darius:

– Estão todos aqui?

– Todos já foram contados e estão presentes – ele respondeu.

– Então vamos para casa – eu disse. Todos se espalharam pelos seus assentos, Stevie Rae ao lado de Rephaim, Aphrodite na primeira poltrona logo atrás de Darius como motorista. Stark estava esperando por mim na poltrona atrás dela, e eu me inclinei, beijando-o rapidamente e sussurrando: – Vou dar uma olhada em Shaunee e já volto.

– Vou estar aqui esperando. Sempre – ele tocou o meu rosto delicadamente.

Fui sacolejando até o fundo do ônibus, onde Shaunee estava sentada sozinha, enquanto Darius passava pelos buracos do estacionamento e fazia um retorno em direção ao caminho de saída da escola.

– Posso sentar aqui por um instante?

– Sim, claro – ela respondeu.

– Então, você e Erin não estão mais se falando direito?

Shaunee mordeu a bochecha e balançou a cabeça.

– Não.

– Ela está bem brava – eu estava tentando pensar em algo para dizer que ajudaria Shaunee a se abrir comigo.

– Não, acho que ela não está brava – Shaunee afirmou.

Franzi a testa.

– Bem, ela pareceu brava.

– Não – Shaunee repetiu, olhando para fora da janela. – Pense em como ela vem agindo nos últimos dias, principalmente hoje. "Brava" não é a melhor palavra para descrevê-la.

Eu realmente pensei. Erin estava sendo fria e sem emoções. Só isso.

– Bem, você está certa. Agora que eu pensei mesmo nisso, ela não tem sido nada além de desinteressada, e isso é estranho.

– Sabe o que é mais estranho? Aquela garota ali está demonstrando mais sentimentos do que Erin – Shaunee apontou pela janela na direção do pequeno jardim dos professores, não muito longe dos limites do estacionamento. Uma garota estava sentada ao lado da fonte. Quando o ônibus passou ali perto, havia luz suficiente para ver de relance que ela estava com a cabeça apoiada nas mãos. Os seus ombros estavam chacoalhando como se ela estivesse chorando convulsivamente.

– Quem é ela?

– Nicole.

– Nicole, a novata vermelha? Você tem certeza? – estiquei o pescoço, tentando olhar melhor para ela, mas nós já estávamos pegando a pista com árvores enfileiradas, e a minha visão da garota ficou completamente encoberta.

– Tenho. Eu a vi lá quando estava indo para o ônibus.

– Hum. E você imagina o que está se passando com ela? – eu perguntei.

– Acho que as coisas estão mudando para muitos de nós, e às vezes isso enche o saco.

– Há algo que eu possa fazer para tornar isso menos pé no saco para você? – eu quis saber.

Então Shaunee olhou para mim.

– Apenas seja minha amiga.

Eu pisquei surpresa.

– Eu *sou* sua amiga.

– Mesmo sem a Erin?

– Eu gosto mais de você sem a Erin – falei honestamente.

– Eu também – Shaunee concordou. – Eu também.

Um pouco depois voltei para o meu assento ao lado de Stark e deixei que ele colocasse o seu braço ao redor de mim. Encostei a cabeça no ombro dele e fiquei escutando a batida do seu coração, apoiando-me na sua força e no seu amor.

– Prometa-me que você nunca vai pirar e se transformar em um estranho frio e distante – pedi em voz baixa para ele.

– Prometo. Não importa o que aconteça – ele afirmou sem hesitar. – Agora, tire qualquer coisa de sua cabeça, exceto o fato de que eu vou forçá-la a experimentar uma pizza diferente hoje à noite.

– Não vamos pedir a Santino? Mas a gente adora essa pizza!

– Confie em mim, Z. Damien me falou sobre a pizza Athenian. Ele disse que ela é a ambrosia das pizzas. Não entendi exatamente o que ele quis dizer, mas acho que isso significa mais do que bom, então vamos experimentar.

Eu sorri, relaxei ao lado dele e, no curto caminho da Morada da Noite até a estação, fingi que o meu maior problema era decidir se expandia os meus horizontes em relação aos sabores de pizza.

15

VOVÓ REDBIRD

Sylvia saudou o sol com alegria e gratidão, com o coração tão leve como ela não sentia havia anos – mais leve até do que na manhã anterior, quando ela encontrara Aurox e escolhera o amor e o perdão em vez da ira e do ódio.

A sua filha estava morta e, apesar da certeza de que ela iria sentir a sua perda pelo resto da vida, Sylvia sabia que Linda estava finalmente livre do solo infértil em que a sua vida havia se transformado. Agora ela descansava em paz no Mundo do Além com Nyx, feliz e sem dor. Essa constatação fez a velha mulher sorrir.

Sentada na sua mesa de artesanato na sala de trabalho de sua casa, ela cantarolava uma antiga canção de ninar Cherokee enquanto analisava as diversas ervas, pedras, cristais e linhas, escolhendo um ramo de erva-doce longo e macio para enrolar junto com um feixe de lavanda seca. Neste amanhecer, ela iria cantar para o sol enquanto a fumaça purificadora da erva-doce e o aroma relaxante da lavanda se misturavam e a banhavam junto com a luz do sol. Enquanto fabricava o bastão de defumação, Sylvia deixou de refletir sobre a sua filha biológica e passou a pensar em Zoey, a sua filha do espírito.

– Ah, *u-we-tsi-a-ge-ya*, sinto tanto a sua falta – ela disse em voz baixa. – Vou ligar para você hoje depois do pôr do sol. Vai ser bom ouvir a sua voz – a sua neta era jovem, mas havia recebido dons especiais de sua Deusa e, mesmo que isso significasse que Zoey tinha responsabilidades incomuns para carregar, também significava que ela tinha o talento de se superar para enfrentar os desafios que vinham com essas responsabilidades adicionais.

E isso fez com que a mente de Sylvia se voltasse para Aurox, o garoto que também era uma besta.

– Ou ele é uma besta que também é um garoto? – enquanto suas mãos trabalhavam, a velha mulher balançou a cabeça. – Não, eu vou esperar o melhor dele. Eu o chamei de *tsu-ka-nv-s-di-na.* Touro, em vez de besta. Eu o encontrei, olhei nos seus olhos e o vi chorando de arrependimento e solidão. Ele tinha um espírito, uma alma e, portanto, uma escolha. Vou acreditar que Aurox vai escolher a Luz, mesmo que as Trevas habitem o seu interior. Nenhum de nós é inteiramente bom. Ou mau – Sylvia fechou os olhos, inalando o aroma doce das ervas. – Grande Mãe Terra, fortaleça o bem dentro daquele garoto e permita que o *tsu-ka-nv-s-di-na* seja domado.

Sylvia começou a cantarolar de novo enquanto terminava de fabricar o bastão de defumação. Foi só quando completou o trançado de erva-doce e lavanda que ela percebeu que a cantiga que cantarolava havia se transformado em outra bem diferente: *Song for a Woman who was Brave in War.* Apesar de ainda estar sentada, Sylvia começou a bater os pés e a subir e descer o tom de voz para acompanhar o ritmo forte.

Quando se deu conta do que estava fazendo, Sylvia ficou completamente imóvel. Ela olhou para as suas mãos. Entremeada dentro da trança de erva-doce e lavanda, havia uma linha azul que estava amarrada e presa com nós a turquesas brutas. Em um choque de claridade, Sylvia compreendeu.

– Um Feixe da Deusa – Sylvia falou as palavras com reverência. – Obrigada, Mãe Terra, por este aviso. O meu espírito escuta você, e o meu corpo obedece – devagar, solenemente, a velha mulher se levantou. Ela caminhou até o seu quarto e tirou a camisola. Abrindo o armário encostado nas paredes rústicas de pinho, Sylvia pegou a sua relíquia mais sagrada: o manto e a saia que ela havia feito assim que descobriu que estava grávida de Linda. A pele de cervo estava velha e ficava um pouco folgada no seu corpo magro, mas ainda era lisa e macia. O verde que Sylvia tinha passado tanto tempo misturando pigmentos para fazer, e que depois usou para tingir as peças, ainda permanecia com o mesmo tom de musgo, mesmo depois de três décadas. Nenhuma das contas e conchas haviam se soltado.

Enquanto Sylvia fazia uma trança longa e grossa em seu cabelo prateado, ela começou a cantar em voz alta *Song for a Woman who was Brave in War.*

Ela colocou brincos de prata e turquesa.

A sua voz ficava mais alta e mais baixa, acompanhando a batida dos seus pés descalços, enquanto ela pendurava colares de turquesa em volta do pescoço, colocando um em cima do outro, para sentir o seu peso familiar e seguro.

Sylvia envolveu seus pulsos finos com braceletes de turquesa e pulseiras menores de prata e turquesa – sempre turquesa –, até os dois antebraços estarem quase completamente preenchidos, do pulso ao cotovelo.

Só então Sylvia pegou seu bastão de defumação e uma caixa de fósforos longos e saiu do seu quarto.

Ela deixou que o seu espírito guiasse os seus pés descalços. O espírito dela não a levou para o riacho borbulhante que corria atrás da sua casa, onde ela normalmente saudava o amanhecer. Em vez disso, Sylvia se viu no meio da sua ampla varanda frontal. Continuando a seguir os seus instintos, ela acendeu o bastão de defumação. Com graça e movimentos hábeis pela prática, Sylvia começou a girar em volta de si mesma junto com os aromas de erva-doce e lavanda. Quando ela foi engolfada pela fumaça dos pés à cabeça, ainda cantando a canção de guerra das Sábias Cherokee, Neferet saiu de um poço de Trevas, materializando-se diante dela.

NEFERET

A voz de Sylvia Redbird soava como o barulho de giz arranhando um quadro-negro.

– De acordo com o seu sistema de crenças, é falta de educação não saudar um convidado – Neferet levantou a voz para poder ser ouvida mais alto do que a canção horrível daquela velha.

– Você não é convidada. Você não recebeu nenhum convite para vir à minha casa. Isso faz de você uma intrusa. De acordo com as minhas crenças, eu a estou saudando adequadamente.

Neferet sorriu. A velha havia parado de cantar, mas ainda estava batendo seus pés descalços em um ritmo repetitivo.

– Essa canção é quase tão irritante quanto essa fumaça. Você realmente pensa que esse fedor a protege?

– Eu penso muitas coisas, Tsi Sgili – Sylvia disse, ainda agitando a grossa varinha de ervas em volta de si mesma, enquanto dançava sem sair do lugar. – Neste momento, estou pensando que você quebrou a promessa que fez para mim quando minha *u-we-tsi-a-ge-ya* entrou no seu mundo. Eu a censuro por isso.

Neferet estava quase achando graça na insolência daquela velha.

– Eu não fiz nenhuma promessa a você.

– Você fez. Você prometeu ser a mentora e protetora de Zoey. E então você quebrou essa promessa. Você tem uma dívida comigo por essa promessa quebrada.

– Velha, eu sou uma imortal. Não estou presa às mesmas regras que você – Neferet zombou.

– Você pode ter se tornado imortal. Isso não muda as leis da Mãe Terra.

– Talvez não, mas muda o modo como elas são aplicadas – Neferet afirmou.

– Essa promessa quebrada é apenas uma das dívidas que você tem comigo, bruxa – Sylvia disse.

– Eu sou uma deusa, não uma bruxa! – Neferet sentiu a sua raiva aumentar. Ela começou a se aproximar da varanda devagar. As gavinhas de Trevas deslizaram junto com ela, apesar de Neferet sentir a sua hesitação quando tufos de fumaça branca flutuaram para baixo, parecendo se dissolver em volta delas.

Sylvia continuava dançando e agitando o bastão ao seu redor.

– A segunda dívida que você tem comigo é maior do que uma promessa quebrada. Você tem uma dívida de vida comigo. Você matou a minha filha.

– Eu sacrifiquei a sua filha por um bem maior. Não devo nada a você!

A velha mulher não prestou atenção nela. Em vez disso, ela fez uma pausa em sua dança para se inclinar e colocar as ervas fumegantes aos seus pés. Então ela levantou o rosto e ergueu os braços, como se estivesse abraçando o céu.

– Grande Mãe Terra, ouça-me. Eu sou Sylvia Redbird, Sábia Cherokee e Ghigua da minha tribo, aquela da Morada da Noite. Eu imploro misericórdia. A

Tsi Sgili, Neferet, que já foi Grande Sacerdotisa de Nyx, cometeu perjúrio. Ela tem uma dívida comigo por uma promessa quebrada. Ela também é a assassina de minha filha. Ela tem uma dívida de vida comigo. Eu invoco a sua ajuda, Mãe Terra, e proclamo que essas duas dívidas devem ser quitadas. O pagamento que eu solicito é proteção.

Ignorando as gavinhas de Trevas que estavam se acovardando em volta dela, Neferet se aproximou de Sylvia, subindo os degraus para a varanda enquanto dizia:

– Você está completamente enganada, velha. Eu sou a única deusa que a está ouvindo. Eu sou a imortal para quem você devia estar implorando proteção.

Neferet entrou na varanda cheia de fumaça quando Sylvia falou novamente. A voz da velha mulher havia mudado. Quando invocou aquela a quem chamava de Grande Mãe, a voz dela estava poderosa, mais baixa e suave. Os seus braços não estavam mais abertos. O seu rosto suplicante não estava mais levantado para o céu. Em vez disso, os seus olhos escuros encontraram o olhar de Neferet sem se abalar.

– Você não é nenhuma deusa. Você é uma garotinha ferida, com o espírito maldoso. Tenho pena de você. O que aconteceu com você? Quem a feriu, filha?

A raiva de Neferet era tão intensa que ela sentia que ia explodir. Sem se lembrar dos filamentos de Trevas, ela atacou Sylvia, querendo ferir, cortar e dilacerar aquela velha horrorosa com suas próprias mãos.

Com um movimento tão rápido que contrariava a sua idade, Sylvia colocou os braços na frente do seu rosto defensivamente, e recebeu a explosão de ódio de Neferet.

A dor fulminou o corpo da Tsi Sgili, irradiando-se das suas mãos. Neferet berrou e se esquivou para trás, olhando para as marcas sangrentas que ficaram em seus pulsos, queimadas com a forma exata das pedras azuis dos braceletes que envolviam os braços murchos da velha.

– Você se atreve a me atacar! A atacar uma deusa!

– Eu não ataquei ninguém. Eu só me defendi com as pedras de proteção com que a Grande Mãe me presenteou. – Sem deixar de olhar para ela, e mantendo levantados os seus braços envolvidos em turquesa e prata, a velha mulher começou a cantar de novo.

Neferet sentia vontade de despedaçá-la. Mas, enquanto se aproximava mais da Cherokee, ela podia sentir a onda de calor que se irradiava das pedras azuis das quais ela estava coberta. Era como se elas pulsassem com um fogo equivalente à sua própria fúria.

Ela precisava do touro branco! As Trevas geladas dele iriam extinguir as chamas da velha. Talvez a energia estranha que ela ostentava o surpreendesse e ele emprestasse novamente a Neferet o seu poder encantador.

Controlando a sua raiva, Neferet deu um passo para trás, saindo do anel de fumaça e calor que engolfava Sylvia. Ela analisou a velha mulher, observou a sua dança, escutou a sua canção. Antiga. Ancestral. Tudo em relação a Sylvia Redbird dizia que ela e o poder da terra que ela portava já estavam ali havia muito tempo.

O touro branco também era ancestral.

Aquela índia não iria surpreendê-lo.

– Eu mesma vou lidar com você – ainda sustentando o olhar de Sylvia Redbird, Neferet levantou suas mãos e, sem a menor hesitação, usou suas unhas afiadas para abrir as feridas feitas pelas turquesas protetoras da velha. O seu sangue fluiu livremente, respingando na varanda. Neferet sacudiu as mãos, borrifando gotas escarlates através da nuvem de fumaça, tingindo a velha com pontos vermelhos brilhantes, que eram um contraste forte e gritante com os tons de verde e azul que ela usava. Então Neferet virou as palmas da mão para cima, deixando que o sangue se empoçasse ali. – Venham, meus filhos das Trevas, bebam! – ela disse, e as gavinhas hesitaram no começo, mas tomaram coragem depois de provar o sangue de Neferet.

Neferet observou a índia arregalar os olhos e viu a sombra do medo dentro deles. Sylvia não deixou de olhá-la intensamente, mas a sua canção ficou vacilante. Sua voz começou a soar velha... fraca... trêmula.

– Agora, meus filhos! Vocês provaram o meu sangue e Sylvia Redbird foi ungida por ele. Aprisionem-na! Tragam-me a velha! – a voz de Neferet se transformou e ganhou ritmo. Sombriamente, ela espelhou a canção de guerra de Sylvia.

"Vocês não precisam matar
Vocês só precisam saciar a minha raiva.
Vocês já beberam o bastante.
Agora criem uma jaula para mim.
Vou transformar o velho em novo.
Vocês terão um banquete de juventude, vigor e força.
Ajam com precisão para mim.
E acabem com a canção dessa velha mulher!"

As gavinhas obedeceram Neferet. Elas evitaram as turquesas da velha e se enrolaram em volta dos seus pés descalços e sem ornamentos, interrompendo a sua dança cadenciada. Como o chão de uma jaula, Trevas se formaram a partir dos seus pés, espalhando-se e subindo por todos os lados, aprisionando Sylvia. Finalmente, a canção dela foi silenciada e substituída por um grito agonizante quando ela foi levantada e as Trevas seguiram a sua mestra, movendo-se através das sombras e das névoas e carregando a terrível jaula e a sua prisioneira.

AUROX

Aurox esperou até que o sol estivesse alto no céu do inverno antes de escalar o buraco de novo. A manhã estava acinzentada e cheia de nuvens, mas com o passar interminável das horas o sol do inverno tinha finalmente aparecido através da névoa e das sombras. Ao meio-dia, quando o sol estava em seu ponto mais alto no céu, Aurox emergiu.

Ele não permitiu que aquela sensação de urgência que formigava em sua pele o deixasse imprudente. Aurox usou os músculos salientes dos seus braços para segurar firme nas raízes e ficar pendurado na beira do buraco, com a cabeça parcialmente para fora. Ele usou todos os seus sentidos paranormais para olhar em volta. *Eu preciso fugir sem ser visto,* era o principal pensamento em sua mente.

A escola não estava tão silenciosa como havia ficado no dia anterior. Trabalhadores humanos estavam ocupados consertando a parte danificada do estábulo. Aurox não viu nenhum vampiro, mas o cowboy humano, Travis, parecia estar em toda parte. Sim, as mãos e os antebraços dele ainda estavam enfaixados com gaze branca, mas a voz dele era tão forte que atravessou os jardins da escola e chegou até Aurox. Lenobia não apareceu no sol do meio-dia, mas ela não precisava. Travis estava lá por ela, e não simplesmente para lidar com os trabalhadores. O cowboy interagia livremente com os cavalos. Aurox observou Travis mudando a grande Percherão e a égua negra de Lenobia de um cercado temporário para outro.

Ele não apenas trabalha para Lenobia. Ela confia nele. Essa percepção surpreendeu Aurox. *Se uma Grande Sacerdotisa pode confiar tanto em um humano nesse período de estresse e tumulto, talvez exista uma chance de que Zoey possa...*

Não. Ele não ia se deixar iludir com uma fantasia dessas. Aurox havia escutado o que ele era. Zoey também tinha escutado. Todo mundo havia escutado! Ele fora criado pelas Trevas através do sangue vital da mãe de Zoey. Ele estava fora do alcance da confiança ou do perdão dela.

Só há uma única pessoa neste mundo que confia em mim... só uma pessoa que me perdoou. É para ela que eu tenho que ir.

Aurox ficou pendurado ali, espiando através das raízes e dos pedaços de casca de árvore, esperando... observando... Finalmente, os humanos começaram a se afastar do estábulo, conversando sobre como eles estavam felizes por poderem ir a pé até o Queenies e comerem um sanduíche Ultimate Egg no almoço. E eles estavam rindo. Amigos sempre riem.

Aurox desejava muito compartilhar risadas com amigos.

Quando eles estavam de costas para Aurox e as suas vozes desapareceram, ele puxou o próprio corpo para fora do buraco e, feito um macaco, escalou a árvore caída até o ponto em que ela encostava no muro da escola, saltando por cima dele.

Aurox queria sair dali em disparada, queria despertar a besta, rasgar o solo e correr com todo o seu poder sobrenatural. Em vez disso, ele se forçou a caminhar. Ele tirou a terra, as folhas e a grama da sua roupa. Ele passou os dedos pelo seu cabelo emaranhado, tirando o acúmulo de lama e sangue e tentando penteá-lo para ficar com alguma aparência de normalidade.

O normal era bom. O normal não era notado. O normal não era aprisionado.

O carro estava exatamente no mesmo lugar em que ele o havia deixado no dia anterior. A chave ainda estava na ignição. As mãos de Aurox tremeram apenas um pouco quando o motor começou a funcionar e ele saiu do estacionamento dos fundos da Utica Square, rumando para o sudeste, em busca de refúgio.

O percurso até lá pareceu rápido. Aurox ficou feliz com isso. Quando o carro fez o retorno para entrar na pista que levava até a casa de Vovó Redbird, ele abaixou os vidros das janelas. Apesar de o dia estar frio, ele queria inalar o aroma de lavanda e com isso aceitar a sensação de calma que aquele perfume oferecia. Assim como ele havia aceitado o refúgio que Vovó Redbird oferecera.

Quando Aurox estacionou na frente da sua ampla varanda frontal, tudo mudou. No começo ele não entendeu, não conseguiu processar aquilo. O cheiro o atingiu, mas ele lutou contra a compreensão que inalou simultaneamente.

– Vovó? Vovó Redbird? – Aurox chamou quando saiu do carro e correu pela lateral da pequena casa de campo. Ele esperava encontrá-la perto do riacho cristalino; ela pertencia àquele lugar. Ela deveria estar cantarolando uma canção alegre. Cheia de paz. Segura. A salvo.

Mas ela não estava lá.

Uma premonição terrível tomou conta dele. Aurox se lembrou do cheiro fétido que havia chegado até ele misturado ao aroma de lavanda quando ele estacionou diante da casa de Vovó.

Aurox correu.

– Vovó! Onde está você? – ele gritou enquanto rodeava a casa, com seus pés deslizando no cascalho que pavimentava o pequeno espaço de estacionamento na frente da casa.

Aurox segurou no corrimão da varanda e subiu os seis degraus em dois passos largos, parando no meio do amplo deque de madeira, na frente da porta fechada de Vovó. Aurox empurrou a porta para abri-la e correu para dentro.

– Vovó! Sou eu, Aurox, o seu *tsu-ka-nv-s-di-na*. Eu voltei!

Nada. Ela não estava ali. Aquilo parecia errado, muito errado.

Aurox refez os seus passos, voltando para o meio da varanda. O cheiro era mais forte ali.

Trevas. Medo. Ódio. Dor. Aurox podia captar todas essas emoções e mais algumas no sangue salpicado na varanda. Enquanto ele estava parado ali, respirando pesadamente, absorvendo a terrível compreensão da violência e da destruição, a fumaça veio até ele. Ela se levantou em redemoinho ao redor dos seus pés calçados com mocassins de couro, levando até ele fragmentos de informação. Uma canção antiga estava impregnada na névoa cinza que se ergueu em volta dele como uma pluma. Dentro dela, Aurox podia escutar os ecos da voz corajosa de uma mulher.

Aurox fechou os olhos e inspirou profundamente. *Por favor,* ele suplicou silenciosamente, *deixe-me saber o que aconteceu aqui.*

Sensações como o ódio e a ira o assaltaram. Essas sensações eram familiares, fáceis de entender.

– Neferet – ele murmurou. – Você esteve aqui. Eu sinto o seu cheiro. Eu sinto você. – Mas depois dessas emoções familiares, vieram aquelas que o fizeram cair de joelhos.

Aurox sentiu a coragem de Sylvia Redbird. Ele reconheceu a sua sabedoria e a sua determinação, e depois finalmente o seu medo. Ele se ajoelhou.

– Ah, Deusa, não! – Aurox gritou para o céu. – Este é o sangue de Neferet, derramado por Vovó Redbird. Neferet a matou como ela fez com sua filha? Onde está o corpo de Vovó?

Não houve nenhuma resposta, exceto o suspiro do vento e as grasnadas irritantes de um enorme corvo que se empoleirou no parapeito da varanda.

– Rephaim! É você? – Aurox passou a mão pelo seu cabelo sujo enquanto o corvo o encarava, inclinando a cabeça para um lado e depois para o outro. – Eu queria que a Deusa tirasse o touro de dentro de mim e me transformasse em um pássaro. Se ela fizesse isso, eu subiria ao céu e voaria para sempre.

O corvo deu uma grasnada para ele e então abriu suas asas e saiu voando, deixando Aurox completamente sozinho.

Dividido em partes iguais, Aurox queria chorar de desespero e frustração ou despertar a besta dentro dele e atacar alguém, qualquer um, para descarregar a raiva e o medo.

O garoto que era também uma besta escolheu não fazer nenhuma das duas coisas. Em vez disso, Aurox não fez nada – nada mesmo, exceto pensar. Aurox ficou sentado na varanda de Vovó por bastante tempo e, em meio aos resíduos de sangue, fumaça, medo e coragem, raciocinou para chegar à verdade.

Se Neferet tivesse matado Vovó Redbird, o corpo dela estaria aqui. Ela não tem nenhum motivo para esconder os seus malfeitos. Os seus crimes já foram descobertos. Thanatos cuidou disso. Então, o que será que Neferet quer mais do que a morte e a destruição?

A resposta era tão simples quanto horrível.

Neferet quer criar o caos, e um modo muito fácil de fazer isso é provocar dor em Zoey Redbird. Assim que esse pensamento chegou até Aurox, ele soube que era verdade. Vovó era única entre os mortais... ela era uma líder com muitos dons... amada por muitos. E poderosa. Vovó era poderosa.

Sylvia Redbird seria um sacrifício mais perfeito do que a sua filha tinha sido.

– Não! – a mente de Aurox afugentou aquele pensamento terrível.

Também era verdade que, capturando a amada avó de Zoey, Neferet tinha certeza de que a novata iria atrás dela com todo o seu impressionante poder. Ao fazer isso, ela também iria fragmentar a comunidade dos vampiros e espalhar o seu caos localmente.

– Seja para usá-la como sacrifício ou como refém, se Neferet mantiver Vovó Redbird presa, e Zoey tentar salvá-la, Neferet pode conseguir o que ela mais quer: caos e vingança. Bem, então alguém precisa salvar Vovó.

Aurox tomou a sua decisão rapidamente, apesar de saber que isso poderia muito bem significar o seu fim. O caminho de volta para Tulsa pareceu demorar muito mais tempo do que o normal. Aurox teve bastante tempo para pensar. Ele pensou em Neferet e no seu insensível desprezo pela vida. Ele pensou em Dragon Lankford e em como ele tinha lutado e superado a solidão e o desespero que haviam tentado dominar a sua vida. Aurox pensou na coragem daqueles que se levantaram contra um inimigo tão grande, e apenas a lembrança do touro branco lhe causou calafrios. E Aurox pensou em Zoey Redbird.

Foi só bem depois do pôr do sol que Aurox chegou em Tulsa. Ele não pegou o caminho do obscuro estacionamento dos fundos da Utica Square. Em vez disso, Aurox passou pelas lojas fechadas do centro de compras, rumando para leste na Twenty-first Street. Ele virou à esquerda no farol da Utica Street e depois à esquerda de novo no próximo quarteirão, entrando pelo portão da frente da Morada da Noite e estacionando não muito longe do ônibus amarelo vazio.

Aurox respirou fundo. *Fique calmo. Controle a besta. Eu posso fazer isso. Eu preciso fazer isso.* Então ele saiu do carro.

Aurox havia pensado bastante no caminho da casa vazia de Vovó Redbird até ali, mas na verdade ele não havia planejados os detalhes do que deveria fazer quando chegasse à Morada da Noite. Então, deixando que os seus instintos o guiassem, simplesmente começou a andar pelo *campus*.

Obviamente, era a hora do almoço. Os cheiros que vinham do refeitório no prédio principal fizeram sua boca salivar, e ele se deu conta de que não havia comido nada o dia todo. Automaticamente, os seus pés o levaram até o centro do *campus*, seguindo a comida.

Assim que ele pisou na calçada do lado de fora da entrada do refeitório, a grande porta de madeira se abriu e um grupo de novatos saiu, conversando e rindo com vozes tranquilas e familiares.

Zoey o viu antes de todo mundo. Ele percebeu isso porque ela arregalou os olhos de surpresa. Ela balançou a cabeça e estava começando a abrir a boca, como se fosse gritar algo para ele, quando a voz de Stark cruzou o espaço entre eles como uma flecha.

– Zoey, volte para dentro! Darius, Rephaim, venham comigo. Vamos pegá-lo!

16

ZOEY

– Eu preciso falar com Zoey! – Aurox gritou, então Stark deu um soco direto na sua boca e ele ficou ocupado demais cuspindo sangue e caindo de joelhos para gritar qualquer outra coisa.

– Stark! Caramba! Pare com isso! – tentei agarrar o braço do meu guerreiro.

– Eu já disse, volte para dentro! – Stark berrou comigo enquanto se soltava de mim como se eu fosse uma formiga. Ele e Darius tinham derrubado Aurox para fora da calçada e o atirado no jardim da escola, perto dos carvalhos, onde as sombras eram mais escuras.

Eles vão acabar com ele!

– Ele não está lutando com você, Stark. Ele não está machucando ninguém – eu corri atrás de Darius e Stark, odiando o som abafado de dor que Aurox estava fazendo enquanto eles o arrastavam pelo gramado. Eu tentei argumentar com ele, mas Stark definitivamente não estava me ouvindo. Darius nem olhou para mim.

Então eu senti a mão de Stevie Rae no meu pulso.

– Z., deixe os garotos lidarem com isso.

– Não, mas ele vai...

– Ele não vai a lugar nenhum – Stark o chutou e Aurox saiu rolando em meio às sombras de um carvalho grande. – Mesmo se ele se transformar naquela criatura – Stark soava tão perigoso quanto aparentava. Ele havia pegado o arco que estava pendurado nas suas costas e tinha engatado nele uma flecha, apontando diretamente para Aurox.

– Eu não quero me transformar. Estou tentando não me transformar – Aurox estava ajoelhado, contorcendo-se. Ele estava com a cabeça abaixada e sangue escorria da sua boca, pingando na sua roupa. – Se você não vai me deixar falar com Zoey, chame Thanatos.

– Faça isso – Darius falou para Rephaim. – Traga Kalona também – Rephaim saiu correndo enquanto Darius caminhou na direção de Aurox.

Aurox levantou a cabeça. Os seus olhos estavam brilhando e percebi que o seu rosto estava corado. Ele começou a se levantar, mas Darius o empurrou para trás, derrubando-o no chão novamente. Então o guerreiro pegou no seu casaco uma faca fina e com aparência perigosa e pisou em cima dele.

O rosto de Aurox estava pressionado contra o chão e eu ouvi um gemido terrível escapar dele.

– Se você se transformar, eu mato você – Stark falou devagar e claramente.

– Estou me esforçando para não me transformar! – as palavras soaram estranhas, como se elas tivessem saído à força da garganta de Aurox. Então ele virou a cabeça, e pude ver que o seu rosto estava totalmente contorcido e que os seus olhos estavam incandescentes. A pele dele estava se repuxando e ondulando como se dúzias de insetos estivessem se movendo por baixo da superfície, dentro do corpo dele.

Aquilo era nojento e fez meu estômago se revirar. *Essa coisa não pode ser o meu Heath. A pedra da vidência estava errada.* Coloquei a mão em cima da pedra e a pressionei contra o meu peito. Nada. Ela não estava nem morna. *Eu estava errada. Tudo não passou de mais uma confusão minha.* Eu mal podia pensar em meio à onda de tristeza que sentia.

– Esforce-se mais! – Aphrodite falou, e eu estava olhando surpresa para ela e me perguntando aonde diabos ela estava indo quando ela passou marchando por mim em direção a Aurox.

– Aphrodite, afaste-se! Ele pode... – Darius começou, mas Aphrodite o interrompeu.

– Ele não vai fazer merda nenhuma. O Garoto do Arco vai disparar uma flecha no rabo dele. E você vai rasgá-lo ao meio, da zona genital até o pescoço. Eu não poderia estar mais segura, mesmo se eu estivesse dando aulas para criancinhas. Bem, eu estaria totalmente enojada com os fedelhos em volta de mim, mas você entendeu o que eu quis dizer.

– Aphrodite, o que você está fazendo? – encontrei minha voz de novo.

Ela apontou uma unha benfeita para Aurox.

– Desde que você não ataque ninguém, não há nada aqui para você combater. Então controle essa merda que está rolando dentro de você. Agora! – ela deu uma olhada por sobre o ombro para mim. – Cheguem mais perto. A gente não precisa que essa maldita escola inteira fique olhando para nós com cara de idiota, como se estivesse vendo os destroços de um acidente de trem – o olhar dela envolveu os meus amigos que haviam cerrado fileiras e estavam chegando apressados atrás de mim: Damien, Shaunee e Shaylin. A presença deles junto à de Stevie Rae começou a me acalmar e me ajudou a pensar, enquanto ela continuava: – Ok, Shaylin diz que ele tem a cor da luz da lua, o que me faz pensar em Nyx. E isso me fez chegar à conclusão de que qualquer um que me faz pensar em Nyx, mesmo alguém tão nojento como essa coisa garoto-touro, deve ter a permissão de falar. Só isso. Ponto final.

– Sim, sinto muito. – Shaylin se aproximou mais de mim e disse em voz baixa: – Eu sei que não é isso o que todo mundo quer ouvir, mas com certeza eu vejo a luz da lua prateada quando olho para ele.

– Era isso o que eu queria ouvir – a voz de Aurox estava mais normal. A pele dele tinha parado de fazer aquela coisa nojenta, tipo insetos ondulando dentro do corpo dele. A sua boca ainda estava sangrando, e a lateral do seu rosto tinha uma marca vermelha de escorregão, da hora em que ele havia atingido a calçada quando Stark o socou, mas ele parecia um garoto normal de novo, e não algo saído de *Resident Evil.*

– Não se atreva a se mexer – Stark rosnou entredentes. – Aphrodite, pelo menos uma vez escute Darius e afaste-se. Você não lembra no que ele se transforma?

– Ele matou Dragon. Ele pode matar você – Darius disse.

– Eu não queria matá-lo! Eu tentei não fazer isso – o olhar de Aurox encontrou o meu. – Zoey, conte a eles. Conte que eu tentei parar o que estava acontecendo. Mas eu não sei o que aconteceu depois. Você acredita em mim. Eu sei que você acredita. Vovó Redbird disse que você me protegeria.

Stark deu um passo na direção de Aurox.

– *Não* fale na avó de Zoey!

– É por isso que eu estou aqui! Zoey, a sua avó está em perigo.

Eu senti como se Aurox tivesse me dado um soco na boca do estômago. Stark estava pisando na nuca de Aurox, pressionando o seu pescoço contra o chão e gritando algo sobre Vovó. Darius também estava gritando. Damien tinha começado a berrar. O rosto de Aurox começou a se contorcer de novo, e de repente Kalona estava lá. Ele pegou Stark com uma mão e Darius com a outra e os atirou para longe. Com as asas totalmente abertas, ele parou diante de Aurox, de punhos cerrados e com a aparência de um Hulk imortal. Não havia dúvidas de que ele ia reduzir Aurox a nada.

– Não o mate! – eu berrei desesperada. – Ele sabe alguma coisa sobre Vovó!

– Guerreiro, abaixe a guarda! – Thanatos não levantou a voz, mas o poder da sua ordem ondulou pela pele de Kalona. Ele se contraiu como um cavalo tentando repelir uma mosca, mas abaixou seus punhos. A Grande Sacerdotisa da Morte voltou para mim o seu olhar escuro e intenso. – Chame o espírito. Fortaleça o bem dentro de Aurox. Ajude-o a não se transformar.

Inspirei tremulamente e fechei os olhos para não olhar para a coisa que era Aurox... a coisa que eu tinha pensado que era Heath... a coisa que podia ter ferido Vovó.

– Espírito, venha para mim – sussurrei. – Se existe o bem dentro de Aurox, fortaleça-o. Ajude-o a permanecer um garoto – senti o elemento com o qual eu considerava ter a afinidade mais próxima se agitar ao meu redor e ouvi Aurox ofegar quando o espírito se moveu até ele. E então, apenas por um instante, senti a minha pedra da vidência esquentar.

Abri os olhos e a pedra da vidência ficou fria. Aurox estava sentado no chão, apoiado em um grande carvalho, sangrando e cheio de hematomas, mas totalmente um garoto de novo. Darius e Stark haviam se levantado e estavam de caras fechadas, voltando para o nosso grupo. Kalona parecia nervoso, mas tinha se afastado um pouco.

– Stevie Rae, invoque a terra. Aprofunde as sombras embaixo dessa árvore. Damien, chame o ar. Faça a brisa soprar forte o bastante para abafar as nossas palavras. Os nossos novatos não precisam testemunhar mais violência e caos. O que acontece aqui deve permanecer como assunto privado – Thanatos ordenou.

Stevie Rae e Damien obedeceram a Grande Sacerdotisa, e logo depois parecia que o nosso grupo estava em uma pequena bolha com aroma de carvalho, enquanto o vento chicoteava à nossa volta, levando nossas palavras para bem longe.

Thanatos assentiu em aprovação aos dois. Então ela se voltou para Aurox.

– Agora, o que você sabe sobre Sylvia Redbird? – Thanatos disparou a pergunta para ele.

– Neferet a levou.

– Ah, Deusa! – eu cambaleei e Stark me segurou antes que eu caísse. – Ela está morta?

– E-eu não sei. Espero que não – Aurox respondeu com seriedade.

– Você não sabe? Você espera que ela não esteja morta? – Stevie Rae soou superirritada. – De novo, você fez uma coisa, mas tentou não fazer?

– Não! Eu não tive nada a ver com isso.

– Então como você sabe o que aconteceu? – consegui falar, apesar de a minha voz estar trêmula e eu me sentir como se fosse vomitar.

– Eu voltei para a casa de Vovó Redbird e ela tinha desaparecido. Havia sangue na sua varanda. Era o sangue de Neferet. Eu sei. Eu conheço o cheiro do sangue dela.

– Tinha sangue da Vovó lá também? – eu perguntei.

– Não – ele balançou a cabeça. – Mas vestígios do seu poder permaneciam na fumaça e na terra, como se ela tivesse se preparado para a batalha.

– Você disse que voltou para a casa de Sylvia. Por quê? – Thanatos quis saber.

Aurox passou a mão na boca para limpar um pouco do sangue. A mão dele estava trêmula. Na verdade, parecia que ele ia explodir em lágrimas.

– Ela me encontrou ontem de manhã, depois daquela noite terrível. Ela me perdoou. Ela disse que acreditava em mim, e então me ofereceu refúgio. Ela conversou comigo, como se eu fosse normal. Como se eu não fosse um monstro. Ela me chamou de *tsu-ka-nv-s-di-na* – Aurox encontrou o meu olhar.

– Touro – eu disse, lembrando-me de palavras decoradas nas minhas lições de infância. – Essa palavra quer dizer "touro" em Cherokee.

– Sim, foi o que Vovó me explicou. Ela me ofereceu refúgio, desde que eu não machucasse mais ninguém, mas eu fui embora – ele balançou a cabeça. – Eu não deveria ter ido! Eu devia ter ficado lá e a protegido, mas eu não sabia que ela estava em perigo.

– Eu não estou acusando você. Não desta vez – Thanatos afirmou. – Você disse que foi embora ontem e que hoje voltou para lá?

Aurox assentiu.

– Fui embora porque precisava descobrir quem eu era... o que eu era. Então vim até aqui e me escondi embaixo da árvore despedaçada – ele olhou humildemente para Thanatos. – Ouvi o que você disse na pira funerária de Dragon sobre o que eu era. Não consegui suportar aquilo. Só pensei que eu tinha que voltar para a casa de Vovó Redbird, e que ela iria me ajudar a descobrir um jeito de desfazer o que foi feito para me criar.

– Foi a morte da filha dela que fez você, Receptáculo – Kalona falou com sua voz fria. – Você espera que a gente acredite que a mulher cuja filha foi morta para criá-lo lhe ofereceu refúgio?

– É inacreditável. Eu sei – os olhos com uma cor estranha de Aurox encontraram os meus novamente. – Eu não entendo como Vovó pode ser tão gentil, tão misericordiosa, mas ela é. Ela até me deu cookies de chocolate e lavanda com leite – ele apontou para os seus sapatos, que eu reconheci como os mocassins costurados à mão que Vovó gostava de fazer como presente de Natal.

– Nenhum humano é tão misericordioso. Até uma deusa acharia difícil perdoar alguém como você – a voz fria e sem vida de Kalona declarou.

– A Deusa me perdoou – Rephaim disse brandamente. – E eu fiz coisas piores do que Aurox.

– Vovó chamou Aurox de touro. Ela faz mesmo cookies de chocolate e lavanda – afirmei. – E esses sapatos são os mocassins que ela costura à mão.

– O que significa que você esteve na casa dela e que ela falou com você – Stark deduziu. – Mas isso não significa que você não fez algo terrível com ela e depois roubou as suas coisas.

– Se isso é verdade, então por que ele viria até aqui? – eu me ouvi dizer.

– Ótima observação – Thanatos concordou. Então ela se voltou para Shaylin. – Filha, veja as cores dele.

– Já vi. Foi por isso que Aphrodite fez com que Darius e Stark parassem de espancá-lo – Shaylin contou.

– A aura dele é feita da luz da lua – Aphrodite continuou a explicação. – Foi por isso que eu intervi e apertei o botão pause na testosterona deles.

– Explique melhor, Profetisa – Thanatos ordenou.

– Se ele tem a cor da luz da lua, então tenho que acreditar que, de algum modo, ele está ligado a Nyx, já que a lua é o seu símbolo principal – Aphrodite disse.

– Bem pensado – Thanatos falou e então analisou Aurox. – Mesmo antes de Zoey fortalecer o seu espírito, você estava controlando a metamorfose que tentava transformá-lo.

– Eu não estava controlando muito bem – ele admitiu.

– Mas percebi que você estava tentando – o olhar dela se voltou para mim. – Será que a sua avó o perdoaria, mesmo depois de ver no que ele pode se transformar?

Respondi sem hesitar.

– Sim. Vovó é a pessoa mais bondosa que já conheci. Ela é a nossa Sábia, nossa Ghigua – cheguei mais perto de Aurox. – Onde ela está? Para onde Neferet a levou?

– Eu não sei. Só sei que Neferet lutou com ela. Vovó Redbird tirou sangue dela, e agora as duas desapareceram. Sinto muito, Zo.

– Nunca, *nunca* mais me chame assim de novo – afirmei.

Percebi que Stark franziu os olhos e estava olhando para ele como se Aurox fosse uma mosca e ele quisesse arrancar as suas asas.

– Você *não* é Heath Luck – Stark acrescentou. Ele manteve a voz baixa, mas estava óbvio que ele estava pronto para explodir.

Aurox balançou a cabeça, totalmente confuso.

– Eu sou Aurox. Não conheço esse Heath Luck.

– É claro que não – Stark rebateu. – Então, como Zoey disse, nunca mais a chame de Zo de novo. Você não merece nem limpar os sapatos do cara que costumava chamá-la assim.

– Heath Luck tem algo a ver com Vovó Redbird? – Aurox perguntou.

– Não! – eu cortei logo a resposta irritadinha que Stark estava se preparando para dar. – E a gente realmente precisa se concentrar em encontrar Vovó.

– Eu sei para onde Neferet pode ter levado Sylvia Redbird – Kalona falou. Todos nós olhamos cheios de expectativa para ele. – Ela tem uma cobertura no Mayo Hotel. A varanda inteira é dela. As paredes são de mármore maciço e não deixam escapar nenhum som. Lá ela tem toda a privacidade que a riqueza dela pode comprar. Ela pode ter levado Sylvia Redbird para lá.

– Como ela poderia ter feito isso? – perguntei, apesar de querer muito acreditar que, para encontrar Vovó, bastaria seguir Neferet até a sua cobertura. – Vovó não teria simplesmente entrado andando junto com ela e, apesar de parecer que o prefeito e a Câmara dos Vereadores estão lambendo os pés dela, os funcionários do Mayo não iam ignorar de jeito nenhum o fato de ela entrar arrastando uma senhora idosa pelo lobby.

– Você já viu Neferet se movendo silenciosamente, de modo invisível. Aposto que você mesma pode aparecer e desaparecer facilmente, Zoey Redbird – Thanatos sugeriu.

– Bem, sim, eu posso. Mais ou menos. Mas acho que eu não consigo fazer com que outra pessoa fique invisível.

– Neferet consegue – Aurox declarou solenemente. – Isso e muito mais. A sua Deusa deu poder a ela. O touro branco deu ainda mais poder. E o poder que Neferet não recebeu, ela rouba através da dor, da morte e dos seus truques. Ela está totalmente cheia de poder.

– Seria um erro subestimar Neferet – Thanatos concordou.

– Então a gente tem que ir até a sua cobertura e fazer com que ela solte Vovó – eu afirmei.

– Espere aí – Stark disse. – Como podemos saber se ele não está inventando tudo isso para fazer a gente ir atrás de Neferet?

– Eu não sou uma criatura de Neferet! – Aurox gritou.

– Há duas noites, você era. Dragon Lankford está morto por causa disso – Stark disparou de volta para ele.

– Stark pode ter razão – Stevie Rae observou. – Tente ligar para a sua avó.

Satisfeita por ter algo que eu podia fazer, peguei meu telefone e digitei o número de Vovó. Enquanto chamava, Thanatos falou:

– Se ela não atender, tente soar normal. Deixe uma mensagem sobre o evento aberto ao público. Se Neferet a levou, pode ser que ela tenha acesso ao telefone de Sylvia também.

Concordei e senti um aperto no estômago quando ela não atendeu e a voz familiar de Vovó disse que ela não podia falar no momento, mas que ligaria de volta em breve. Respirei fundo e depois do bip tentei soar o mais normal possível.

– Oi, Vovó, desculpe ligar tão tarde. Ainda bem que você deixou o seu telefone no modo silencioso, assim eu não acordei você – minha voz começou a ficar trêmula, mas, antes que eu desabasse e explodisse em lágrimas, o braço forte de Stark pousou sobre os meus ombros. Eu me recostei nele e falei rapidamente, esperando que eu parecesse animada, e não histérica. – Não sei se você assistiu ao telejornal, mas Thanatos anunciou que nós vamos fazer um grande evento aberto ao público e uma feira de empregos, convidando basicamente Tulsa inteira. Também vai ser um evento beneficente para os Street Cats e um jeito de fazer com que Neferet pareça tão louca quanto ela é, e que a gente pareça, bem, *normal* – acrescentei, pensando *"toma essa, sua bruxa detestável!"*. – Enfim, vai ser neste próximo sábado, e Thanatos me pediu para perguntar se você pode nos ajudar a coordenar o evento com a irmã Mary Angela. Eu falei que achava que você toparia sem problemas, então me ligue assim que puder que eu conto mais detalhes, ok? Eu amo você, Vovó. Amo muito, muito mesmo! Tchau.

Stark pegou o telefone da minha mão e apertou o botão de desligar. Então ele me abraçou quando eu finalmente explodi em lágrimas. Enquanto eu estava tremendo e fungando, senti outra mão tocar as minhas costas e reconheci a presença calma da terra. Então outra mão me tocou, e o ar roçou suavemente a minha pele. Mais uma mão se juntou às outras, e o fogo me aqueceu. O espírito, que já estava presente, acomodou-se dentro de mim, sossegando as minhas lágrimas e permitindo que eu me afastasse um pouco de Stark e sorrisse trêmula para os meus amigos.

– Obrigada, pessoal. Estou melhor agora.

– Bem, você vai ficar melhor depois de assoar o nariz – Stark brincou comigo enquanto me entregava uma bola de lenços de papel que ele tirou do bolso.

– Você está horrível, Z. Certeza – Aphrodite disse. Ela estava balançando a cabeça, mas ela também estava ali, ombro a ombro com os meus amigos, mostrando solidariedade e apoio.

– Eu não estou mentindo – Aurox se levantou e atraiu a minha atenção. Ele estava encarando Thanatos. Darius e Kalona haviam se posicionado de modo protetor entre ele e a Grande Sacerdotisa. Aurox virou a cabeça e os seus olhos encontraram os meus. Fiquei chocada por ver lágrimas dentro deles. Ele parecia quase tão devastado quanto eu me sentia. Então ele se voltou para a Grande Sacerdotisa e implorou: – Acorrente-me. Prenda-me. Eu vou aceitar qualquer punição que você me der, mas, por favor, pelo bem de Sylvia Redbird, acredite em mim. Eu não estou aliado a Neferet. Eu a desprezo. Eu odeio o fato de ela ter me criado por meio da morte e da dor. Para me controlar, ela tem que fazer as Trevas tomarem posse do meu corpo e despertarem a criatura dentro de mim. Grande Sacerdotisa, você sabe que é verdade.

– Pelas evidências que nós descobrimos, parece que é verdade – Thanatos falou.

– Então me escute. Eu dou a minha palavra que Neferet levou a avó de Zoey.

– Você só tem essa chance – eu me afastei um pouco do meu círculo de amigos e me dirigi a Aurox. – Se você estiver mentindo para nós, se Vovó estiver ferida e você tiver qualquer coisa a ver com isso, vou usar todos os cinco elementos e todos os meus poderes concedidos pela Deusa para destruir você, não importa o que você seja. Não importa quem você seja. Eu dou a *minha* palavra.

– Aceito – ele disse, abaixando a cabeça para mim.

– Está resolvido – Thanatos afirmou. – Todos os seres com espíritos têm escolha. Espero que você esteja fazendo a escolha certa, Aurox.

– Eu estou – ele respondeu.

– Sim, nós temos a sua palavra – Thanatos o lembrou, e então ela se voltou para nós. – Precisamos entrar na cobertura de Neferet.

– Eu posso ir – Aurox se ofereceu.

– Não! – Stark, Darius, Kalona e eu gritamos juntos.

– Eu posso entrar na maldita cobertura dela – Aphrodite falou. – Aquela vaca pensa que eu sou tão vaca quanto ela e, apesar de isso poder ser meia verdade em certo sentido, Neferet mede a lealdade de todo mundo pela sua própria lealdade, que é inexistente. Ela sempre quis me usar *e* ela não pode ouvir os meus pensamentos. Eu posso entrar.

– Neferet pode deixá-la entrar, mas nunca vai permitir que você veja se ela mantém Vovó Redbird presa – Aurox argumentou.

– O que ele diz é verdade. Ela iria esconder de Aphrodite a presença de sua prisioneira – Thanatos concordou.

– Mas não de mim – Aurox continuou. – Ela nunca ia pensar que isso seria necessário. Neferet vai estar furiosa comigo por eu ter falhado em impedir o ritual de revelação, mas ela vai permitir que eu entre, pelo menos por tempo o suficiente para descobrir se Vovó Redbird está lá.

– Ou por tempo o suficiente para manipulá-lo – Darius replicou.

– E para despertar essa coisa que dorme dentro de você – Stark acrescentou.

– Aurox, você não pode controlar a besta. Não se Neferet fizer um sacrifício para despertá-la – Thanatos afirmou.

– Pode ser que tenha sido por isso que ela capturou a avó de Zoey – Darius disse, dando um olhar de desculpas na minha direção. – Talvez ela precise de um sacrifício maior do que o gato de um guerreiro para recuperar o controle sobre Aurox.

– Não! Eu, não... – Aurox falou de modo entrecortado, os seus ombros desabaram e ele colocou o rosto entre as mãos.

Eu só conseguia balançar minha cabeça de um lado para o outro sem parar. Stark pegou minha mão e a apertou com força.

– Nós não vamos deixar isso acontecer. A gente vai trazer Vovó de volta.

– Mas como? – minhas palavras saíram em meio aos meus soluços.

– Eu vou – Kalona me encarou enquanto falava. – Eu não vou apenas entrar na casa de Neferet. Se ela está mantendo Sylvia Redbird prisioneira, eu vou encontrá--la e resgatá-la. As Trevas não podem se esconder de mim; nós nos conhecemos há muito tempo. Neferet se acha invulnerável porque se tornou imortal, mas ela tem só a experiência de uma criança comparada aos meus inúmeros séculos de poder e conhecimento. Eu não posso matá-la, mas posso tirar uma senhora idosa da casa dela.

– Bem, talvez. *Se* ela deixar você entrar pela porta da frente – Stark observou. – Pelo que reparei na última vez em que a vi, parece que ela não gosta muito de você.

– Neferet me detesta, mas isso não muda o fato de que ela me deseja.

– É mesmo? Não é o que parece para todo mundo. A fila andou para Neferet – Stark continuou. – O touro branco é o Consorte dela.

Kalona sorriu sarcasticamente para Stark.

– Você é jovem e sabe muito pouco sobre as mulheres.

Senti Stark se eriçar, então rapidamente limpei meus olhos e meu nariz e me recompus.

– Você vai ter que fazer com que ela pense que você está nos traindo, que o seu Juramento a Thanatos foi uma fraude – eu disse.

– Neferet não sabe que eu fiz Juramento a Thanatos.

– Hum, acho que pode ser que ela saiba – Shaunee insinuou.

Olhei surpresa para ela.

– Não estou falando isso para ser maldosa, e realmente não quero entrar em detalhes, então peço que vocês apenas acreditem em mim. Mas posso dizer, quase com certeza, que tudo que Erin sabe sobre nós, Dallas também sabe – Shaunee contou.

– *Aff*, que droga! – Stevie Rae exclamou.

– Dallas conversa com Neferet – Rephaim se manifestou.

– Ahn? – eu tinha praticamente esquecido que Rephaim estava ali.

Então eu me senti superculpada quando ele deu de ombros e explicou:

– Eu não costumo falar muito, então as pessoas me ignoram e eu acabo escutando coisas.

– Eu não ignoro você – Stevie Rae ficou na ponta dos pés e deu um beijo na bochecha dele.

Ele sorriu para ela.

– Não, você não. Mas Dallas me ignora. Ele estava perto de mim quando o telefone dele tocou no intervalo das aulas hoje. Duas vezes. As duas ligações eram de Neferet.

– E eu tenho quase noventa e nove por cento de certeza de que Erin contaria a Dallas tudo que ele quiser saber sobre nós – Shaunee reafirmou.

– Erin permaneceu aqui na Morada da Noite quando vocês voltaram para a estação ontem – Thanatos lembrou.

Encontrei o olhar de Shaylin.

– Conte a ela – eu pedi.

A novata não hesitou.

– As cores de Erin estão diferentes do que eram antes. Percebi isso uns dias atrás.

– Ela está mudando – Aphrodite explicou. – Shaylin e eu acreditamos nisso. Foi por isso que aconselhamos Zoey a deixar Erin ficar quando ela disse a Zoey que queria permanecer aqui.

– Então eu concordo com Shaunee. É muito provável que Neferet saiba tudo que Erin sabe – Thanatos disse.

– Pois eu acho o seguinte – Aphrodite começou. – Acho que todos nós precisamos ficar de boca fechada sobre o que está rolando com Vovó Redbird, Aurox e os nossos assuntos em geral. Quem não é parte deste grupo aqui não vai saber merda nenhuma. Erin é apenas uma garota, mas, se ela souber de alguma coisa, pode definitivamente nos ferrar.

– Profetisa, parece que há uma lição para ser ouvida no que você está dizendo – Thanatos falou, e o resto de nós concordou.

Olhei para Kalona. Incluí-lo no nosso grupo era realmente muito esquisito, mas eu não sabia dizer se isso significava que a gente devia ou não confiar nele.

Ecoando estranhamente os meus pensamentos, Thanatos perguntou a Kalona:

– Você ainda acredita que ela vai confiar em você?

– Neferet? Confiar em mim? Nunca. Mas ela realmente me deseja, mesmo que seja apenas o meu poder imortal que ela cobiça. E, como Aphrodite disse, ela mede a profundidade da lealdade de todo mundo pela sua própria – Kalona respondeu.

– Neferet só é leal a ela mesma – Rephaim observou.

– Exato – Kalona concordou.

– Bem, vamos esperar que você não seja assim tão raso – Stark acrescentou, soando como se ele acreditasse no contrário.

Eu apenas fiquei parada ali, olhando para Kalona, lembrando que ele já tinha sido um assassino mentiroso e manipulador, e pensando: *É isso aí que vai salvar a minha avó?*

Eu estava piscando com força para tentar segurar lágrimas assustadas quando Rephaim sussurrou o meu nome. Eu me virei para ele. Ele sorriu e falou três palavras, só fazendo o movimento da boca, sem emitir som: *"As pessoas mudam"*.

17

SHAYLIN

– Aqui. Agora – Aphrodite mexeu o dedo, chamando Shaylin para que ela a seguisse. Ela saiu rebolando, cortando caminho pelo gramado e tomando a direção dos dormitórios dos novatos.

Shaylin suspirou, controlou a sua irritação e seguiu aquela loira metida. Quando ela a alcançou, Aphrodite foi logo dizendo:

– Ok, você precisa fazer um reconhecimento de área.

– Ok, você precisa melhorar as suas maneiras – Shaylin afirmou.

Aphrodite parou e franziu seus olhos azuis.

Shaylin falou rapidamente, antes que Aphrodite pudesse dizer algo maldoso e engraçadinho:

– Você deveria saber que agir assim não é nada atraente *e* provoca pé de galinha.

– Aposto que você andou conversando com Damien, não é?

– Talvez – Shaylin respondeu vagamente, não querendo colocar Damien em apuros. Mas, sim, realmente ela andava conversando com ele. Na verdade, ela tinha começado a gostar mesmo de Damien, assim como de Stevie Rae e de Zoey. Já Aphrodite, bem, *ela* era outra história. – Aphrodite, falando sério, parece que você e eu vamos ter que trabalhar juntas, ou seja lá como for que você queira chamar essa coisa de Profetisa. Então, se você fosse pelo menos educada comigo, isso tornaria a nossa vida mais fácil.

– Não, isso tornaria a *sua* vida mais fácil. A minha não ia mudar em nada.

Shaylin balançou a cabeça.

– É mesmo? Por que você não discute essa sua atitude com Nyx? Nós temos Trevas poderosas para enfrentar. A mãe de Zoey acabou de ser assassinada e agora a avó dela está correndo um grave perigo. Corrija-me se eu estiver errada, mas Zoey não é sua amiga?

Aphrodite franziu os olhos novamente, mas ela só disse uma palavra:

– Sim.

– Então que tal você fazer tudo o que estiver ao seu alcance para ajudá-la?

– Já estou fazendo, sua vaca – Aphrodite respondeu rispidamente.

– Como você pode ter tanta certeza? Você já pensou no simples fato de que talvez, se você for menos detestável, pode ter acesso a mais dons como Profetisa?

Os olhos de Aphrodite se normalizaram. Devagar. Ela até pareceu um pouco surpresa.

– Não. Nunca pensei nisso.

Shaylin levantou as mãos para o alto de frustração.

– Caramba, você foi criada por lobos?

– Mais ou menos por aí – Aphrodite falou. – Mas eles têm dinheiro.

– Incrível – Shaylin murmurou. Então ela começou de novo. – Ok, o que eu sei é o seguinte. Quando eu li a sua aura e fui maldosa sobre a luz trêmula que vi dentro de você, isso bagunçou a minha cabeça. Quando olhei para você de novo depois disso, era como se todas as suas cores estivessem misturadas.

– O que, obviamente, significa que você me viu ficando irritada.

– Não, porque as cores de *todo mundo* pareceram misturadas e indistintas até eu pedir desculpas a você. Espere, apague isso. Na realidade, a minha Visão Verdadeira ficou confusa até eu pedir desculpas a você *sinceramente.*

– Hum. Isso é quase interessante.

– Você não está captando nada do que eu estou falando, está?

– Assim como o que qualquer um fala – Aphrodite disse. – Então, vamos voltar para o reconhecimento de área.

– Ok. Tudo bem. O que você quer que eu faça?

– Encontre Erin. E Dallas. Se eu estiver certa, e para a sua informação eu quase sempre estou, você vai encontrá-los juntos.

– E isso seria ruim, certo?

– Você tem problemas mentais?

– Não vou nem responder a isso – Shaylin falou.

– Ótimo. A gente não tem tempo para "ligar os pontinhos". Vai amanhecer em algumas horas. O ônibus vai voltar para a estação e Kalona vai para o covil nojento de Neferet.

– Sim, Kalona está esperando amanhecer para que ela fique enfraquecida pelo sol, apesar de ser totalmente óbvio que parece que não vai funcionar essa ideia de ele ficar esperando até que ela se enfraqueça pelo sol – Shaylin pareceu avoada, olhando para o céu.

– De que diabos você está falando, retardada?

Shaylin apontou para cima.

– Nuvens de chuva. Um monte. Eu realmente queria que o céu clareasse. Essas nuvens cobrem o sol e o seu efeito enfraquecedor. Agora, quem é a retardada aqui?

– Não me chame de retardada – Aphrodite disse.

– Bom, então também não me chame assim.

– Vou pensar nisso. Vamos voltar ao ponto inicial: antes de a gente ir para a estação e de Kalona decolar, quero que você dê uma conferida nas cores de Dallas e Erin. Qualquer informação adicional que você possa nos dar sobre Erin, principalmente se ela é uma traidora, uma bandida malandrona (parafraseando Shaunee); seria ótimo. Tenho um pressentimento em relação a eles, e não é nada fofinho e carinhoso.

– Sim, tudo bem, mas eu não tenho a menor ideia de onde eles podem estar. Você tem? Esse é um dos seus dons? – Shaylin perguntou.

– Deusa, você tem problemas mentais. Não, eu não tenho um GPS dentro da minha cabeça. Mas eu *tenho* um cérebro dentro dela. Ele me diz que, se Erin e Dallas estão se pegando, faz sentido começar a procurá-los no quarto de Erin, o quarto que ela *não* divide mais com Shaunee.

– Ah, sim. Isso faz sentido – Shaylin hesitou. – Mas eu não sei qual é o quarto dela.

– Terceiro andar, quarto trinta e seis. Quando elas compartilhavam o cérebro, diziam que esse número representava a medida do peito delas. Eu dizia que era a soma do QI das duas.

– É claro que você dizia isso – Shaylin comentou.

– Veja só, você me entendeu! – Aphrodite falou com falso entusiasmo. – Encontro com você no ônibus. Logo. – Ela começou a se afastar, então fez uma pausa e acrescentou: – Por favor.

Shaylin fez cara de espanto.

Aphrodite revirou os olhos e abriu a boca, obviamente se preparando para dizer algo detestável. Então ela parou, olhou para cima por alguns momentos e depois se virou para Shaylin.

– Parece que os seus desejos estão sendo atendidos. As nuvens de chuva estão clareando – então Aphrodite atirou o cabelo para trás e saiu andando.

Shaylin balançou a cabeça.

– Que garota mais sem noção – ela resmungou para si mesma enquanto caminhava até o dormitório das garotas. – Nyx, eu não a conheço muito bem, e não quero que você pense que estou sendo rude ou blasfemando nem nada parecido, mas Aphrodite como sua Profetisa? Por quê?

– Ninguém sabe, e acho que nem mesmo Aphrodite.

Shaylin deu um pulo de surpresa quando Erik Night saiu das sombras de um carvalho próximo.

– Erik! O que você está fazendo aqui? – Shaylin colocou a mão na garganta. Ela achou que Erik podia ver como o seu coração estava batendo forte pela pulsação no seu pescoço, e não apenas porque ele a havia assustado. Sempre que ela o encontrava, era a mesma coisa: a sua absoluta beleza morena e alta era uma óbvia distração. Mas então ela olhava as cores dele, e elas não eram nem um pouco atraentes. Shaylin achava que ele era como uma daquelas maravilhosas peças pintadas em cerâmica que você gostaria de usar para colocar uma salada ou qualquer outra coisa, mas, quando você virava a peça, via uma etiqueta dizendo cuidado: não use para servir comida.

– Desculpe. Eu não queria assustar você. Eu estou aqui enrolando um pouco – o sorriso dele era como uma lâmpada de milhões de watts. Shaylin conseguia entender por que quase cem por cento das novatas eram apaixonadas por ele. O problema é que ela conseguia *ver* mais do que como ele era maravilhoso.

– Eu não quis interromper você. Vou deixar você voltar para a sua enrolação. Até mais.

– Ei – ele tocou o braço dela, apenas por um instante quando ela passou por ele, persuadindo-a a parar. – Pensei que nós éramos amigos.

Shaylin o analisou. Quando Erik a Marcara, as cores dele eram formadas na maior parte por um verde-ervilha hesitante, que obscurecia flashes brilhantes que podiam ser dourados como os raios de sol, mas eram muito fugazes para ela ter certeza. Fora isso, ele era só meio nebuloso e aguado. Nos últimos dias, ela não havia prestado muita atenção nas cores dele. Então, quando ela se concentrou, ficou surpresa de ver que, apesar daquele verde ainda estar lá, ele tinha ficado mais claro e agora não trazia à sua mente ervilhas polpudas. Em vez disso, aquela cor lembrava turquesa, como uma bela espuma do mar verde-turquesa. E em toda a volta do verde-azulado, a mistura nebulosa de cinza havia se levantado, revelando um bege compacto, como a areia de uma praia linda e intocada. Sentindo-se meio como se ela tivesse caído em uma água profunda, Shaylin tentou não parecer nervosa e falou sem pensar:

– Sim, nós somos amigos, mas só isso.

– Eu não pedi nada além disso, pedi?

Shaylin encontrou os olhos dele. Eles eram brilhantes e azuis, e estavam passando tempo demais olhando para baixo na direção dos peitos dela. É claro que dizer "é óbvio que você quer ter uma amizade colorida" soaria como algo que Aphrodite diria. Então, em vez disso, ela escolheu uma resposta mais gentil.

– Não, você não *pediu* mais nada.

Ele sorriu de novo.

– Então, nós podemos ser amigos?

Era difícil não sorrir de volta para ele, e na verdade ela não conseguia pensar em nenhuma razão para não fazer isso. Então Shaylin abriu o sorriso e assentiu.

– Sim, amigos.

– Ótimo! Que tal eu acompanhá-la para onde você está indo? Eu posso enrolar tão bem ao seu lado quanto posso enrolar sozinho.

– Você está enrolando para fazer o quê? – Shaylin evitou a pergunta de para onde ela estava indo e começou a andar vagamente na direção geral dos dormitórios. Devagar.

– Planejamento de aulas – ele suspirou. – Eu realmente detesto escrever isso. Você sabe, eu nunca quis ser professor.

– É, todo mundo sabe disso. Você era destinado a ser uma estrela de cinema – Shaylin disse. Ela falou de um jeito inconsequente. Ela não quis ser condescendente nem sarcástica, mas a dor nos olhos azuis dele mostrou que provavelmente ela tinha soado das duas formas.

– É – ele repetiu laconicamente, desviando o olhar dela e enfiando as mãos nos bolsos da sua calça jeans. – Todo mundo sabe disso.

– Ei, mas essa coisa de Rastreador é apenas uma pequena lombada no caminho até Hollywood, certo? Quantos anos você tem, vinte e um?

– Dezenove. Acabei de completar a Transformação há poucos meses. Por quê? Eu pareço velho?

Shaylin riu.

– Vinte e um anos não é velho.

– É sim, se você acrescentar mais quatro anos, e eu acabei de começar um trabalho de quatro anos como Rastreador.

– Ser Rastreador significa que você tem que ficar na Morada da Noite de Tulsa?

– Você está tentando se livrar de mim? – ele falou mais ou menos brincando.

– Não, é claro que não – ela garantiu. – O que eu quis saber é: você não pode se transferir para a Costa Oeste e continuar sendo Rastreador lá? Deve haver uma Morada da Noite mais próxima de Hollywood do que esta aqui. – Enquanto eles conversavam, Shaylin percebeu que Erik não estava soando como um garoto mimado e irritadiço. Ele só parecia cansado, frustrado e talvez até um pouco deprimido.

– Já estudei essa possibilidade. O que eu descobri foi estranho e um pouco assustador – ele fez uma pausa e olhou de lado para ela. – Bem, provavelmente é mais assustador para os garotos que estão sendo Rastreados do que para mim.

– Sei do que você está falando. Mas não foi tão assustador. Na verdade, você foi até meio engraçado – ela lembrou.

Erik franziu a testa.

– Eu devia ser poderoso, confiante e um pouco amedrontador.

– Então você quer ser assustador?

Aquilo fez Erik rir.

– Não, não exatamente. E na verdade o ato de Marcar não é a parte assustadora de que eu estava falando, ou pelo menos não deveria ser. O que definitivamente *não é normal* é que há alguma coisa no meu sangue que me mantém preso a este lugar. Sim, eu posso viajar, mas só se for por causa de um chamado do meu sangue para Marcar algum garoto que pertence a esta Morada da Noite.

– Então você é tipo um GPS.

– Acho que sim – Erik não pareceu animado com isso. – Ei, mas chega de falar de mim. Para onde você está indo?

Shaylin engoliu em seco e falou a primeira mentira que lhe veio à cabeça.

– Para o dormitório. Aphrodite me pediu para pegar umas coisas dela no seu quarto.

– Ela pediu falando *por favor, você poderia fazer isso?* Ou ela ordenou, dizendo: "Pegue as minhas coisas, senão eu amarro as suas mãos e empurro você dentro de uma panela fervente, como se você fosse uma lagosta, para o *chef* da minha mãe cozinhar!"?

Shaylin riu.

– As suas habilidades de atuação foram ao mesmo tempo ótimas e péssimas, na minha opinião, porque você soou exatamente igual a Aphrodite.

Ele encolheu os ombros.

– Vou tentar não fazer isso de novo.

– Mas, respondendo à sua pergunta, foi mais como o segundo exemplo do que como o primeiro.

– Ah, que surpresa. Bom, então vou acompanhá-la até o dormitório, ok?

Shaylin encontrou os olhos dele. *Que mal poderia haver nisso?*

– Ok – ela respondeu.

ERIK

– Acho que eu concordo com você sobre essa coisa de planejamento de aulas. Deve ser superenfadonho ter que pensar no que você vai ensinar, escrever, submeter à aprovação e depois finalmente ensinar. Parece um trabalho exagerado – Shaylin opinou.

– Exatamente – Eric disse laconicamente. – A gente vai trabalhar com Shakespeare. Eu amo as peças, mas era muito mais legal quando eu só tinha que atuar, e não agir como um maldito robô para o Conselho da escola. Sim, fazer planejamento de aulas é totalmente enfadonho, é um saco escrever.

Ele tinha que ficar lembrando a si mesmo para parar de olhar para os peitos de Shaylin. Ok, ele podia dizer em sua defesa que ela estava usando uma camiseta branca transparente, que deixava bem óbvio que ela estava com um sutiã rosa e sexy por baixo. E esse sutiã tinha lacinhos pretos na parte do meio e nas alças.

– E com que peça você vai trabalhar na aula sobre Shakespeare? – ela perguntou.

Olhe para o rosto dela e concentre-se!

– Aula sobre Shakespeare?

Ela olhou para Erik como se ele fosse um idiota – e ele tinha que concordar com ela, porque, quando se forçou a não olhar para aqueles peitos com sutiã rosa, ele ficou distraído com as suas grossas mechas de cabelo comprido e escuro, que ondulavam e pareciam macias feito seda, se ele pelo menos pudesse...

– Ah, sim, a aula sobre Shakespeare. Com certeza, vamos fazer uma comédia. Já há muita tragédia no mundo de hoje.

– Qual?

Ela parecia sinceramente interessada, então ele admitiu:

– Estou dividido. A minha favorita é *A Megera Domada*, mas, quando penso nela e principalmente no discurso final de Catarina, isso não combina com o sistema matriarcal da Morada da Noite, e a última coisa que eu preciso é irritar Thanatos. Então, estou pensando em fazer *Como lhe Aprouver*. Rosalinda é uma das heroínas mais fortes do Bardo. E acho que essa peça não vai me causar nenhuma encrenca com a administração.

– Mas isso não significa se curvar?

– Provavelmente, mas ser professor não é tão fácil como se pensa. Há um monte de coisas chatas que acontece nos bastidores, isso sem contar a batalha contra as Trevas que parece ser tipo interminável e o fato irritante de que os professores continuam sendo mortos *e* de que cada vez mais novatos estão sendo Marcados, então a nossa equipe é pequena.

Houve um silêncio longo e desconfortável, então Shaylin disse:

– Sim, realmente deve ter sido inconveniente para você que professores tenham sido decapitados, estripados ou furados por chifres. Isso sem falar em todos os novatos vermelhos para quem você tem que dar aulas, porque nós não morremos de verdade. Ainda.

Erik franziu a testa. Ele não havia tido a intenção de dizer aquilo dessa forma.

– Acho que me expressei mal – ele falou.

– E eu acho que preciso me lembrar de que ervilhas não se transformam em uma linda espuma do mar turquesa e numa praia intocada.

– O que isso quer dizer? – Erik perguntou. Shaylin era realmente uma gata, mas às vezes ela bagunçava a sua cabeça e o deixava confuso.

– Significa que eu precisava de um banho de realidade. Obrigada por me dar um – Shaylin apertou o passo, e Erik ainda estava tentando decifrar o comentário sobre ervilhas e espuma turquesa quando eles saíram do gramado de inverno do jardim da escola e passaram para a calçada que cercava o dormitório das garotas.

– Hum, de nada? – Erik falou enquanto eles se aproximavam dos amplos degraus de cimento que levavam à varanda frontal do dormitório.

Shaylin ainda estava um pouco à frente dele, então ela chegou ao primeiro degrau antes dele. Ao subir no degrau, ficou quase da mesma altura dele, o que era estranho, já que ela era bem baixinha.

– Não, você não precisa falar "de nada" para mim – ela suspirou. – Eu não estava agradecendo a você. Eu só estava lembrando algo a mim mesma.

– O quê? – ele perguntou, honestamente interessado.

Ela suspirou de novo.

– Eu estava me lembrando do fato de que aquilo que o olho pode ver não é a coisa mais importante sobre uma pessoa. Na verdade, o mais importante é o que está escondido do lado de dentro.

– Mas, com você por perto, nada está escondido de fato, certo?

– Certo – ela falou em voz baixa.

– Eu realmente não tive a intenção de dizer aquilo antes. Eu só estava descarregando o que eu sinto. Você sabe, as garotas fazem isso o tempo todo – Erik disse.

– Erik, você não vai melhorar as coisas sendo misógino.

– Misógino... isso é uma coisa ruim, certo? Ou é algo legal, como ginecologista?

– Erik, acho que é melhor você tentar não falar mais nada – Shaylin soou irritada, mas Erik percebeu que ela estava se esforçando para não rir. Até que finalmente uma risadinha escapou dos seus lindos lábios rosados. – Ginecologista? Você realmente acabou de falar isso?

– Sim, e tenho orgulho disso – Erik fez o seu melhor sotaque de homem de Oklahoma. – Eu realmente adoraria ter uma carreira que só trata daquelas partes femininas.

– Ok, para mim chega – ela disse, ainda rindo. – Tenho que ir antes que...

Shaylin foi para trás e tropeçou no próximo degrau. Ela ia cair bem em cima do seu traseiro lindo e redondo, mas Erik foi mais rápido do que a gravidade e, quase como um super-herói, ele a pegou pela cintura, evitando que ela se machucasse.

E então ali estavam eles. Ela estava um degrau acima, e ele estava com os braços em volta da cintura dela. Quando ela estava caindo e ele a pegou, os braços dela automaticamente agarraram os ombros dele. Então o corpo dela estava pressionado tão forte contra o dele que Erik podia sentir os lacinhos pretos daquele sutiã rosa.

– Cuidado – ele falou baixinho, suavemente, como se ela fosse um passarinho assustado. – Eu não quero que nada de mal aconteça a você.

– O-obrigada. Eu quase caí.

Ela olhou para ele, e Erik ficou absorto admirando os grandes olhos castanhos dela. Shaylin tinha um perfume incrível, como na noite em que ele a Marcara: doce, como pêssegos e morangos misturados. Ele nunca quis tanto uma coisa quanto beijá-la agora. Só uma vez. Apenas por um segundo. Ele se inclinou. Parecia que ela estava levantando os lábios para ele. Erik se inclinou mais, puxando-a para mais perto.

Foi então que ela deu um soco no peito dele.

– Você estava tentando me beijar agora? *Sério?* – Shaylin balançou a cabeça e o empurrou, fazendo com que ele saísse do degrau em que estava.

Erik cambaleou para trás. Ele estava tentando descobrir exatamente o que tinha dado errado quando escutou uma risada sarcástica. Sentindo-se uma merda, ele levantou os olhos e viu Erin e Dallas no alto da escada do dormitório, perto da ampla porta de entrada.

– Caramba, isso é que são sinais ambíguos – Dallas comentou. – Primeiro ela está toda na sua, depois ela empurra você. Isso não é certo.

– É, quando uma garota diz sim ela deveria querer dizer sim mesmo, e não "ei, acho que vou te provocar e depois te rejeitar" – Erin colocou aspas no ar com os dedos.

– Vocês não sabem do que estão falando – Shaylin colocou uma mão no quadril e levantou o queixo, mas o seu rosto estava vermelho. Erik a achou uma graça, mas nem um pouco ameaçadora.

Dallas colocou a mão em volta da cintura de Erin, e ela se encostou nele enquanto os dois desciam a escada em direção a Erik, rindo de Shaylin o caminho inteiro.

– Ei, cara – Dallas deu uma gargalhada. – Não se preocupe. Minha sereia e eu vamos contar para todo mundo como essa daí só gosta de provocar. – Apesar de Erik tentar interrompê-lo, Dallas continuou falando: – Não, você não precisa me agradecer. Apenas considere isso como um favor de um vampiro para outro.

Erik olhou para Shaylin. O rosto dela tinha perdido a cor vermelha e estava branco. Ele até considerou deixar que Dallas fizesse o que estava dizendo, mas só por um segundo. Seria mais fácil rir e sair andando com Dallas e Erin. Isso até poderia fazer com que ele se sentisse tão bem quanto se sentia quando ele era o novato mais gostoso da escola – quando ele podia ter qualquer garota que quisesse. Então ele se deu conta do que estava pensando e sentiu um enjoo no estômago.

– Não – Erik encontrou o olhar de Dallas. – Shaylin estava certa, vocês não sabem do que estão falando. O que vocês viram foi só eu tentando fazer algo idiota. Shaylin não provocou nada.

– Ah, fala sério. Você é Erik Night – a voz de Dallas ainda era toda amigável, mas o seu olhar havia se endurecido.

– Sim, eu sou. E estou dizendo que você está errado. Shaylin não me provocou. Eu estava sendo um cuzão. Se vocês forem falar dela, é isso o que devem dizer.

– Você espera que as pessoas acreditem que uma esquisitinha como ela dispensou *você?* – Erin nem tentou disfarçar o veneno na sua voz.

E eu que sonhava em ser o recheio de um sanduíche de gêmeas. Deusa, eu sou um idiota.

– O que eu espero é que vocês digam a verdade ou calem a boca – Erik afirmou.

– Bem, isso não foi nem um pouco divertido – Shaylin desceu os degraus rapidamente. Quando passou por Erik, ela fez uma pausa. – Mudei de ideia sobre pegar coisas no dormitório. Aphrodite pode resolver os assuntos dela sozinha – então ela olhou para Erin. – Acho que isso significa que você não vai pegar o ônibus para a estação de novo hoje.

– Nunca mais vou pegar aquele ônibus, mas você pode ir andando. Ele combina mais com você mesmo.

– Conte a eles, sereia – Dallas falou, enquanto passava a mão na bunda de Erin. – A água precisa ser livre para ir aonde quiser.

– É, e já está na hora de a gente ir. Estou entediada – Erin disse.

– Sei como resolver isso! – Dallas mordeu o pescoço dela.

O gritinho de Erin se transformou em uma gargalhada.

– E eu não vou ficar dizendo sim, não, sim, não. Só vou dizer sim, sim! – Erin olhou com desprezo para Shaylin, pegou a mão de Dallas e os dois foram embora, rindo sarcasticamente.

Erik ficou olhando os dois se afastarem.

– Desde quando os dois estão juntos?

– Desde logo depois que Erin e Shaunee se separaram – Shaylin contou. – E a coisa é mesmo tão feia quanto Shaunee falou que poderia ser.

Erik arregalou os olhos.

– Você não veio até aqui para pegar as coisas de Aphrodite, veio?

– Não.

A compreensão o atingiu em cheio.

– Ah, que merda! Erin mudou de lado, não foi? E isso significa que Dallas e a sua turma vão saber tudo o que o grupo de Zoey sabe.

– Parece que sim. Eu vou contar para Z. e Stevie Rae que Erin e Dallas realmente estão juntos – Shaylin hesitou. E então acrescentou: – Obrigada por me defender. Sei que isso não foi fácil para você.

– Você realmente acha que eu sou um idiota, não acha?

Shaylin não respondeu logo de cara. Em vez disso, ela o analisou, como se compreendesse como a sua resposta seria importante para ele. Finalmente, ela disse:

– Acho que você tem potencial para ser mais verde-turquesa do que verde cor de ervilha.

– E isso é bom?

Ela sorriu.

– É ainda melhor do que ser um ginecologista misógino.

Ele deu uma gargalhada.

– Ok, ótimo. Ei, posso acompanhá-la até o ônibus?

– Não, desta vez não. Mas peça para me acompanhar outra hora. E, só para registrar, quando eu digo não quero dizer não, e quando digo sim quero dizer sim.

– Eu já sabia que você era assim – ele falou.

– Ótimo, então da próxima vez você pode esperar que eu diga sim para me beijar. Até mais, Erik.

Enquanto Shaylin se afastava, o sorriso de Erik foi ficando cada vez maior. Não era o seu sorriso de cem watts – aquele era um sorriso de ator, *aparentando* felicidade. Este sorriso era melhor, era o sorriso de quem se *sentia* feliz. E, pela primeira vez em muito tempo, Erik Night percebeu que sentir era muito melhor que atuar...

18

KALONA

– As nuvens do céu clarearam. Acho que isso é um bom presságio – Kalona se dirigiu à Grande Sacerdotisa da Morte, que estava parada diante do ônibus, cheio de novatos e vampiros, que ainda não havia partido para a estação.

– Sim, é verdade. Agora a gente realmente tem que voltar para a estação – Stevie Rae disse. – Mas todos nós desejamos boa sorte a você. Eu só sei que, se Neferet está mesmo com Vovó Redbird, você é o cara certo para trazê-la de volta! – ela deu aquele seu sorriso inocente e alegre para ele, e o seu filho deu um aceno feliz, indicando que concordava com ela. Então as portas do ônibus se fecharam e Darius deu a partida e foi embora.

Zoey não disse nada antes de partir. Absolutamente nada. Ela havia apenas se sentado no ônibus enquanto todo mundo conversava, organizava os seus livros de escola e terminava de entrar no veículo. Mas ele pôde sentir os olhos dela o observando. Ele sentiu a desconfiança que havia neles. Ele também sentiu a sua esperança. *Eu represento a única chance que ela tem de trazer a avó dela de volta com vida,* Kalona pensou enquanto o ônibus desaparecia na Utica Street. *Ela podia ao menos ter me desejado boa sorte.*

– Nyx, eu peço que você proteja o meu guerreiro, Kalona.

Ouvir o nome da Deusa alarmou Kalona e fez com que ele se concentrasse de novo em Thanatos. A Grande Sacerdotisa estava parada diante dele, com os braços levantados e o rosto voltado para o céu do pré-amanhecer.

– Ele escolheu se comprometer a seguir o seu caminho através de mim, sua fiel Grande Sacerdotisa. Ele é minha espada, meu escudo, meu protetor. E como eu recebi o controle sobre esta Morada da Noite, Kalona também se tornou o protetor desta escola.

A voz de Thanatos estava cheia de poder e, quando ela roçou pela pele de Kalona, ele estremeceu. *Ela está invocando Nyx! E a Deusa está respondendo!* Ele ficou escutando ansiosamente enquanto ela continuava.

– Portanto, eu suplico a sua ajuda, benevolente Deusa da Noite. Peço que o fortaleça se ele for enfraquecido pelas Trevas e suas armadilhas. Permita que a escolha dele se ilumine e, como a luz da lua através da escuridão de um nevoeiro, deixe que o propósito dele rompa as sombras daquilo que possa turvar o seu discernimento e distraí-lo do seu objetivo. Não deixe que ele seja presa das Trevas, já que a escolha dele é pela Luz.

Kalona fechou suas mãos em punho para que Thanatos não visse como elas haviam começado a tremer.

Nyx não apareceu, mas a presença dela ali, à escuta, era tangível. Ele podia sentir a doce bondade que agitou o ar no rastro da Deusa. Sempre havia sido assim. Para onde quer que Nyx voltasse a sua atenção imortal, para lá seguiam magia, Luz, poder, sorrisos, alegria e amor. Sempre o amor.

Kalona abaixou a cabeça. *Como eu sinto falta dela!*

– Kalona, vá com a bênção de Nyx!

O turbilhão de energia que se seguiu à invocação de Thanatos banhou os dois. Kalona levantou os olhos e viu que a Grande Sacerdotisa estava sorrindo em júbilo para ele.

– Nyx a ouviu – ele falou, satisfeito por a sua voz não soar tão trêmula quanto ele se sentia.

– De fato, ela me ouviu – Thanatos disse. – E *isso* com certeza é um bom presságio.

– Eu não vou desapontar nem você nem a Deusa – Kalona afirmou, então ele deu uma corrida curta e se lançou ao céu. *Não desta vez; eu não vou desapontá-la desta vez,* ele pensou.

Kalona fez um voo direto e preciso. A varanda do edifício Mayo era ampla e alta. Ele desceu do céu cor de ameixa e aterrissou facilmente na sua superfície de pedra fria. Ele dobrou suas asas de corvo atrás de suas costas nuas. Sim, ele tinha vindo até ela com o peito nu. Ela o preferia dessa forma.

– Deusa, o seu Consorte voltou! – Kalona chamou, grato por alguém ter quebrado o vidro da porta da cobertura. Isso evitava que ele tivesse que quebrar a porta desajeitadamente para abri-la se Neferet não o recebesse como ele esperava.

– Não estou vendo nenhum Consorte, só um fracasso alado – a voz dela veio das sombras atrás dele no canto mais distante da varanda, num local bem afastado da entrada para a sua cobertura.

Ele se virou devagar para encará-la, dando tempo para que ela absorvesse a visão do seu peito nu e das suas asas poderosas. Neferet era uma criatura luxuriosa. Neferet desejava ardentemente os homens. Porém, mais do que o prazer físico que ela obtinha com o corpo dos homens, Neferet ansiava por exercer domínio sobre os homens. O touro branco podia dar poder a ela, mas um touro não era um homem.

– Durante os éons da minha existência, de fato eu fracassei em algumas coisas. Cometi muitos erros. O maior deles foi sair do seu lado, Deusa – Kalona falou sinceramente, apesar de a Deusa em sua mente não ser Neferet.

– Então agora você me chama de Deusa e vem rastejando de volta para mim.

Kalona deu dois passos firmes na direção dela, deixando suas asas se agitarem.

– Eu pareço estar rastejando?

Neferet inclinou a cabeça. Ela não saiu das sombras e tudo o que ele podia ver dela eram seus olhos cor de esmeralda e o brilho flamejante do seu cabelo provocado pelo sol que começava a se levantar atrás dela.

– Não – ela respondeu, soando entediada. – Você parece estar batendo as asas.

Kalona abriu suas asas e seus braços. Os seus olhos cor de âmbar encontraram o olhar verde e frio dela, e ele concentrou o seu poder nela. Neferet era imortal havia pouco tempo. Ela ainda deveria ser suscetível ao seu encanto.

– Olhe de novo, Deusa. Mire o seu Consorte.

– Estou vendo você. Mas você não é tão jovem quanto eu me lembrava.

– Parece que você não sabe com quem está falando! – ele tentou controlar o seu temperamento, mas ela havia despertado a sua raiva. Ele havia esquecido como detestava o sarcasmo frio dela.

– Não sei? – Neferet saiu deslizando do canto escuro. – Foi *você* quem veio atrás de *mim*. Você realmente acreditou que eu ia recebê-lo de bom grado?

O sol havia se levantado acima do horizonte distante e, quando ela se aproximou, Kalona finalmente conseguiu vê-la por inteiro. Neferet havia continuado a se transformar. Ela ainda estava bonita, mas havia perdido qualquer traço mortal, delicado e *humano*. Era como se ela fosse uma estátua benfeita que tivesse recebido o sopro da vida, mas sem uma consciência, sem uma alma. Ela sempre fora fria, mas antes Neferet mantinha a habilidade de fingir gentileza e amor. Não mais. Kalona se perguntou se ele era o único que podia ver tão claramente que ela estava se tornando um canal direto para o mal.

– Eu não acreditava, mas tinha esperança, apesar de eu ter escutado rumores de que o meu lugar ao seu lado havia sido usurpado – ele esperava que ela confundisse o abalo na sua voz com ciúmes.

Neferet deu um sorriso de réptil.

– Sim, eu encontrei algo maior do que um pássaro, mas tenho que admitir que o seu ciúme é divertido.

Engolindo a bílis que subiu na sua garganta ao pensar em tocá-la, Kalona encurtou a distância entre eles. Ele colocou suas asas para a frente, para que a fria maciez de suas penas acariciasse a pele dela.

– Eu sou algo maior do que um pássaro.

– Por que eu deveria aceitá-lo de volta? – a voz de Neferet soou sem emoção, mas Kalona sentiu que a pele dela estremeceu de expectativa sob o seu toque.

– Porque você é uma Deusa e merece um Consorte imortal – ele se aproximou ainda mais, sabendo que ela podia sentir o poder gelado da sua imortalidade abençoada pela lua.

– Eu já tenho um Consorte imortal – Neferet afirmou.

– Não um Consorte que pode fazer isto – Kalona a envolveu com suas asas. Devagar, ele se ajoelhou diante dela, com seus lábios a apenas alguns centímetros da sua carne trêmula de desejo. – Eu vou servir a você.

– Como? – a voz dela não deixou transparecer nenhum sentimento, mas ela levantou a mão para acariciar a parte interna da asa dele.

Kalona fechou a mente para qualquer coisa exceto sensações, e então gemeu de prazer.

Ela continuou a acariciá-lo.

– Como? – Neferet repetiu a pergunta e acrescentou: – Ainda mais agora que você serve a outra mestra.

Kalona esperava que ela soubesse do seu Juramento a Thanatos e já tinha uma resposta pronta.

– A única mestra a quem eu posso servir de verdade é uma Deusa e, se a minha Deusa me perdoar, eu farei qualquer coisa que ela me peça – Kalona tinha pensado que o seu jogo de palavras seria divertido. Neferet iria acreditar que ele falava sobre ela, e na verdade ele poderia estar falando sobre qualquer divindade feminina. Mas, no momento em que ele disse aquelas palavras, a verdade da afirmação de Kalona ondulou através de seu corpo, fazendo com que ele arfasse e cambaleasse para trás, afastando-se da criatura que estava diante dele. Os joguinhos que ele estava jogando consigo mesmo havia éons terminaram com aquela sentença. *Eu fui criado para servir apenas a uma única Deusa.* Neferet incorporava o oposto de tudo o que Nyx representava. De costas para Neferet, Kalona afundou o rosto em suas mãos. *Como eu já pude pensar que ela ou qualquer outra mulher poderia suplantar o lugar de Nyx no meu coração? Eu passei séculos como uma concha quebrada de mim mesmo, tentando preencher o que estava faltando dentro de mim com violência, luxúria e poder. Não deu certo! Nada funcionou!*

Ele sentiu as mãos dela em seus ombros. Elas eram macias, quentes e pareciam irradiar bondade. Com muita gentileza, ela fez com que ele se virasse, persuadindo Kalona a encará-la. Quando ele levantou a cabeça, o seu corpo ficou imóvel. Neferet não o havia seguido. Ela não tinha se movido. Ela nunca poderia tê-lo tocado. Neferet *nunca* o tocaria com tanta benevolência.

Mas Nyx sim.

Kalona sentiu o seu rosto molhado. Distraidamente, ele enxugou as lágrimas.

– Hummm... – Neferet estava batucando o queixo com uma unha longa e afiada, analisando-o do outro lado da varanda, sem demonstrar nenhum sinal de ter visto Nyx se manifestar diante dele.

Será que ele havia imaginado que a sua Deusa estivera ali? *Não! Eu me lembro do seu toque... do seu afeto... da sua bondade.* Nyx tinha estado ali. Kalona se forçou a acreditar nisso.

– Kalona, eu não posso dizer que não fiquei tocada com a sua súplica. Parece que você finalmente aprendeu a falar com uma Deusa de verdade. Talvez eu perdoe a sua traição e permita que você me ame novamente. Com uma condição.

– Faço qualquer coisa – Kalona falou as palavras para a sua Deusa invisível, esperando que ela ainda estivesse presente, escutando.

– Desta vez você tem que me trazer Zoey Redbird. Apesar de que eu não a quero morta, pelo menos não ainda. Eu resolvi que atormentá-la vai ser muito mais divertido – Neferet caminhou devagar até Kalona e arranhou o peito dele com suas unhas, rasgando a pele dele e desenhando linhas finas e escarlates. Neferet virou a mão para cima para que o sangue dele escorresse pelo dedo dela e caísse na sua palma. Ela deixou que o sangue se empoçasse na sua mão e depois se inclinou para a frente, lambendo o seu peito e fechando as feridas. Sorrindo, Neferet continuou andando e passou por ele. – Eu tinha esquecido como o seu gosto era delicioso. Siga-me e vamos ver se o resto de você ainda é tão agradável também.

Sentindo-se totalmente entorpecido, Kalona não saiu do lugar. Com o vestígio do toque de Nyx, ele havia se esquecido de Sylvia Redbird. Ele não queria mais nada exceto a sua Deusa.

Eu não posso suportar o toque de Neferet. Eu não posso nunca mais, nem fingindo, abrir a mim mesmo para uma perversão como ela.

Foi a grasnada de um corvo que fez com que ele recuperasse a concentração. Ele olhou para trás. O sol havia se levantado completamente, destacando a silhueta do pássaro empoleirado no parapeito da varanda de pedra. Ele o olhava com olhos cheios de consciência.

Rephaim? Kalona se sacudiu mentalmente. *Eu jurei não desapontar Thanatos e Nyx, e também não vou desapontar o meu filho. Ainda que eu não consiga suportar o toque dessa versão distorcida da minha Deusa.*

Kalona não conseguia se mexer. Ele estava confuso. A sua mente era um campo de batalha; os seus pensamentos, inimigos de si mesmos.

– O que há de errado com você? – Neferet estava parada do lado de dentro, perto da porta de vidro estilhaçado da sua cobertura. Ela tinha franzido os olhos com desconfiança. A palma da mão dela ainda estava voltada para cima, segurando o sangue dele. – Venham, alimentem-se. Pode ser que eu precise que vocês mostrem a Kalona o quanto eu mudei. Eu não tolero mais desobediência.

Kalona observou as gavinhas de Trevas deslizarem feito cobras vindas de um canto da sala. Elas engolfaram a mão de Neferet, parecendo sorvê-la bem como o seu sangue. Kalona sabia que as gavinhas deviam estar provocando dor nela. Elas pulsavam e se contorciam enquanto se alimentavam, mas Neferet as acariciava com a outra mão, quase amavelmente.

Kalona desviou os olhos. Neferet o enojava.

Então ele escutou um gemido. No começo ele pensou que o som vinha de Neferet, mas quando ele olhou na sua direção ela ainda estava sorrindo e acariciando os filamentos de Trevas. Ele ouviu o gemido novamente. Kalona olhou para dentro da sala. Neferet não havia deixado nenhuma luz acesa. As amplas janelas que iam do chão ao teto eram vitrais espessos e, apesar de a cobertura ficar no topo daquele edifício alto, eles deixavam entrar pouca luz. Neferet havia deixado acesas apenas algumas grossas velas brancas. As suas chamas trêmulas serviam como a única iluminação de fato do apartamento. Kalona espiou para dentro, mas não viu nada exceto sombras e Trevas.

Uma gavinha estremeceu em um canto particularmente escuro do aposento principal, abrindo uma brecha nas sombras retintas. Algo dentro do escuro se agitou. Houve um rápido lampejo prateado, refletindo momentaneamente a luz das velas. Kalona piscou algumas vezes, sem saber se podia confiar na sua visão. O imortal focou o olhar na escuridão e aquilo tomou forma. Parecia um casulo pendurado no teto. Kalona balançou a cabeça, sem compreender. Um flash prateado dentro do escuro brilhou novamente, e Kalona viu algo mais refletindo luz dentro daquela forma feito um casulo. Olhos – os olhos abertos de um humano. As peças do quebra-cabeças se juntaram quando Kalona viu aqueles olhos.

O imortal alado entrou no aposento.

Sylvia Redbird se agitou e, com uma voz trêmula e sussurrante, murmurou "não aguento mais... não aguento mais...", enquanto as gavinhas se formavam de novo, enrolando-se em volta dela, cortando a sua pele. O seu sangue gotejava na poça que já havia se formado abaixo da sua jaula. Estranhamente, as famintas gavinhas de Trevas não se alimentavam do banquete à sua espera. Enquanto Kalona observava, Sylvia mexeu seu corpo novamente, desta vez pressionando seus braços contra a jaula. Quando os seus antebraços, adornados por braceletes de prata com turquesas, entraram em contato com uma gavinha, o filamento vivo estremeceu e se retraiu rapidamente, deixando escapar uma fumaça preta e murchando, enquanto outra gavinha deslizava para ocupar o seu lugar.

– Ah, vejo que você encontrou o meu novo animal de estimação.

Kalona se forçou a desviar os olhos de Sylvia Redbird. As gavinhas de Trevas já haviam se alimentado, mas ainda estavam enroladas em volta do braço e da mão de Neferet, imitando grotescamente os braceletes protetores de Sylvia.

– É claro que você reconhece a avó de Zoey Redbird. É uma pena que ela estava preparada para mim quando eu fui até a sua casa. Ela teve tempo de reunir o poder da terra de seus ancestrais em um feitiço protetor – Neferet suspirou, claramente irritada. – Tem algo a ver com a turquesa e a prata. Estão funcionando como um empecilho para alcançá-la, mas os meus adoráveis filhotes de Trevas estão produzindo algum dano.

– No mínimo, a velha mulher vai sangrar até a morte – Kalona afirmou.

– Tenho certeza de que vai, no final das contas. É uma pena que o sangue dela não sirva para nada. Simplesmente não dá para bebê-lo. Mas não importa. Vou esperar ela se esvair.

– Você pretende matá-la?

– Eu pretendia sacrificá-la, mas como você pode ver isso se mostrou mais difícil do que eu havia previsto. Mas não importa. Eu sou uma Deusa. Eu me adapto facilmente às mudanças. Talvez eu a mantenha viva e a transforme em meu animal de estimação. *Isso* iria sem dúvida torturar a sua neta – Neferet deu de ombros. – Matá-la ou usá-la, tanto faz. Vai dar tudo no mesmo. Afinal de contas, ela não é nada além de uma concha mortal.

– Pensei que a criatura Aurox fosse o seu animal de estimação – Kalona se esforçou para parecer apenas vagamente interessado. – Por que você iria abandonar uma criatura tão poderosa e trocá-la por uma mulher velha?

– Eu não abandonei Aurox. Aquela criatura-touro é imperfeita e não foi tão útil quanto eu esperava. Mais ou menos como você, meu amor perdido – ela acariciou uma gavinha pulsante. – Mas você já sabia disso, não? Você agora é o Mestre da Espada da Morada da Noite no lugar de Dragon Lankford. Certamente você sabe como o seu antecessor foi morto.

– Claro que sim. Aurox o matou – Kalona começou a andar devagar na direção da jaula de Sylvia. – E só ocupei o lugar de Dragon para que eu possa conquistar a confiança de Thanatos e do Conselho Supremo.

– Por que você iria querer fazer isso?

– Por nós, é claro. O Conselho Supremo a baniu por unanimidade. Você não pode mais causar o caos entre eles, então pensei em fazer isso no seu lugar. Thanatos está começando a confiar em mim. O Conselho Supremo confia nela. Eu já comecei a espalhar a discórdia para a Morte.

– Interessante – Neferet disse. – Quanta consideração da sua parte, especialmente porque no nosso último encontro nós nos despedimos como inimigos declarados.

– Eu errei em deixá-la assim tão bruscamente. Só percebi como estava errado quando descobri que você havia tomado outro como seu Consorte. Eu não gosto de sentir ciúmes – Kalona deu alguns passos enquanto falava com ela. Ele esperava aparentar frustração com o questionamento dela. Na verdade, ele se certificou de que os seus passos continuavam o levando para cada vez mais perto da jaula de Sylvia.

– E eu não gosto de ser traída. Mesmo assim, aqui estamos nós.

– Eu não estou traindo você – Kalona falou honestamente. Ele não estava traindo Neferet. Ele não devia a ela absolutamente nenhuma lealdade.

– Ah, eu acho que você está fazendo muito mais do que me trair. Eu acredito que você traiu também a sua própria natureza.

As palavras dela fizeram com que ele interrompesse os seus passos.

– O que você está dizendo não faz sentido.

– Como vai o seu filho, Rephaim?

– Rephaim? O que ele tem a ver com nós dois? – Kalona sentiu o primeiro fiapo de preocupação com a menção ao nome de seu filho.

– Eu observei você. Eu vi o seu sofrimento pela perda do seu filho. *Você se importa com ele* – Neferet cuspiu as palavras, como se elas tivessem um gosto horrível. Ela deu um passo na direção de Kalona. Ele deu um passo para trás.

– Rephaim está há muito tempo ao meu lado. Ele faz tudo que eu mando há séculos. Eu senti falta da presença dele como eu sentiria de qualquer servo dedicado.

– Eu acho que você está mentindo.

Ele forçou uma risada.

– Assim você prova que imortalidade não equivale a infalibilidade.

– Diga-me que você não permitiu que sentimentos o enfraquecessem. Diga--me que você não decidiu correr feito um cachorrinho atrás de uma Deusa que já o rejeitou.

– Meus sentimentos não me enfraquecem. É você quem está torturando uma velha para atormentar uma garota.

– Você se atreve a falar de Zoey Redbird para mim? Você, que sabe quanta dor ela já me causou! – Neferet estava respirando pesadamente. As gavinhas de Trevas que deslizavam em volta dela se contorceram de agitação.

– Dor que Zoey causou a você? – Kalona balançou a cabeça, incrédulo. – Você deixou caos e dor por onde passou. Zoey não hostilizou você, foi você quem a atacou primeiro. Eu sei. Você me usou para feri-la.

– Eu sabia que você estava mentindo. Eu sempre soube que você a amava, a sua doce e especial A-yazinha reencarnada.

– Eu não a amo! – Kalona quase deixou escapar a verdade: *Eu sempre amei e sempre vou amar Nyx!* Um gemido atrás dele fez com que ele escolhesse melhor as palavras. – Mas eu também não a odeio. Você não pode considerar a ideia de que pode encontrar mais satisfação em fragmentar o Conselho Supremo e em comandar aqueles vampiros que escolherem um caminho mais ancestral no seu castelo em Capri? Os seus vampiros vermelhos em particular iriam venerá-la e ficariam ansiosos em trazer de volta o antigo modo de vida dos vampiros. Eu vou ajudá-la nesse caminho, serei o seu Consorte e obedecerei aos seus comandos – Kalona falou com uma voz calma e racional. Ele também deu mais um passo para trás. Para mais longe de Neferet. Para mais perto de Sylvia Redbird.

– Você quer que eu vá embora de Tulsa?

– Por que não? O que há aqui? Gelo no inverno, calor no verão e humanos religiosos e de mente estreita. Acho que nós dois ficamos grandes demais para Tulsa.

– Você fez uma excelente observação – as gavinhas de Trevas, ainda inchadas pelo sangue de Kalona, aquietaram-se quando Neferet pareceu considerar a proposta dele. – É claro que você teria que fazer um Juramento de sangue para me servir.

– É claro – Kalona mentiu.

– Ótimo. Talvez eu o tenha julgado mal. Eu tenho as criaturas perfeitas que vão me ajudar a fazer um feitiço assim – ela acariciou ternamente as gavinhas que pareciam cobras. – Elas podem misturar o meu sangue com o seu, unindo-nos para sempre?

Kalona tensionou os seus músculos, preparando-se para correr os poucos passos que agora o separavam de Sylvia Redbird. Ele iria comandar os filamentos de Trevas que a prendiam, e então voaria com ela para a liberdade enquanto Neferet estava cortando a sua própria pele e conjurando um feitiço de magia negra que nunca seria realizado.

– Como quiser, Deusa.

Neferet estava começando a sorrir com seus lábios vermelhos e carnudos quando o corvo grasnou. Neferet franziu os olhos e voltou sua atenção para o pássaro, ainda empoleirado no parapeito, um alvo fácil no sol da manhã. Ela apontou um dedo longo para o pássaro e ordenou:

"Com o sangue imortal do qual vocês se alimentaram,

Matem agora o pássaro Rephaim!"

As gavinhas que estavam enroladas no seu corpo se soltaram e dispararam como flechas negras na direção do corvo.

Kalona não hesitou. Ele se atirou entre o corvo e a morte, absorvendo a explosão destinada ao seu filho.

A força do impacto o levantou do chão da cobertura e fez com que ele fosse arremessado para a varanda, atirando-o contra o parapeito de pedra. Enquanto a dor explodia no seu peito, Kalona gritou para o pássaro imóvel:

– Rephaim, voe!

Ele teve pouco tempo para se sentir aliviado quando o corvo obedeceu à sua ordem. Neferet avançou, com gavinhas de Trevas deslizando no seu rastro. Kalona se levantou. Ele ignorou a dor terrível em seu peito, abrindo seus braços e suas asas.

– Traidor! Mentiroso! Ladrão! – Neferet berrou para ele. Ela também abriu seus braços, com os dedos bem esticados. Ela penteou o ar com as mãos, agrupando os filamentos que se multiplicavam ao redor dela.

– Você pensa em me combater usando as Trevas? Você não se lembra de que tentou fazer isso há pouco tempo e eu ordenei que elas se afastassem? Você é tão tola quanto louca, Neferet – Kalona disse.

Neferet respondeu com as palavras cantaroladas de um feitiço:

"Vocês sabem do que eu preciso!
Façam esse imortal sangrar!
E então vocês podem se alimentar sem parar!"

Ela atirou as gavinhas nele. Kalona colocou suas mãos na frente do corpo e falou diretamente para aqueles servos das Trevas as mesmas palavras que havia usado semanas atrás, quando Neferet se atrevera pela primeira vez a desafiá-lo, quando ele estava inteiro, ileso e livre do confinamento sufocante da terra.

– Parem! Eu sou aliado das Trevas há muito tempo. Obedeçam ao meu comando. Esta batalha não é sua. *Fora daqui!*

O choque o atingiu ao mesmo tempo em que as gavinhas cortaram o seu corpo. *As gavinhas não me obedeceram!* Em vez disso, elas rasgaram a sua carne, alimentando-se como sanguessugas tóxicas. O imortal arrancou uma das criaturas pulsantes do seu peito e a atirou no chão da varanda. Ali ela se despedaçou para em seguida se recompor em dezenas de aberrações de dentes afiados.

Neferet deu uma gargalhada enlouquecida.

– Parece que só um de nós dois é aliado das Trevas, e esse alguém não é você, meu amor perdido!

Kalona se contorcia e lutava, arrancando aquelas criaturas do seu corpo, quando tudo ficou totalmente claro. Ele percebeu que Neferet estava certa. As gavinhas não obedeciam mais às suas ordens porque ele realmente havia escolhido outro caminho. Kalona não barganhava mais com as Trevas.

19

KALONA

Tudo voltou rapidamente para ele, como um amigo perdido que se reencontra depois de algum tempo. Kalona havia sido o guerreiro escolhido de Nyx. Ele passara séculos combatendo Trevas mais ferozes do que essas.

Sim, as gavinhas se multiplicavam quando se despedaçavam, mas se ele quebrasse os seus pescoços elas não conseguiam se regenerar imediatamente. Elas eram apenas servas inferiores.

Kalona ria enquanto se desviava, atacava e lutava. Era tão bom fazer de novo aquilo para o qual ele fora criado! No meio da batalha, ele viu Neferet observando a cena silenciosamente.

– Você pensa em me derrotar com essas marionetes? Por séculos eu combati coisas assim no Mundo do Além. Você deveria saber que eu posso combatê-las por mais alguns séculos.

– Ah, tenho certeza de que você pode, traidor. Mas *ela* não pode – Neferet apontou seu dedo longo para Sylvia Redbird, que ainda estava presa e sofrendo dentro da jaula de Trevas.

"Com o sangue de Kalona como alimento,
Obedeçam-me, sejam leais e precisas.
A turquesa não vai mais salvar a vida dela,
E o poder dele vai ser a minha faca vingadora!"

As gavinhas obedeceram Neferet instantaneamente. Elas pararam de sugá-lo e, inchadas com o seu sangue imortal, aglomeraram-se em Sylvia Redbird feito um enxame de abelhas. Ela gritou e levantou os braços, tentando bloquear aquele ataque furioso. As pedras que ela usava ainda freavam obviamente as gavinhas, mas não o suficiente. Através do poder roubado do sangue imortal de Kalona, várias gavinhas conseguiram resistir à proteção das turquesas. Elas cortavam a carne da velha mulher e, depois de se enfraquecerem e de soltarem fumaça, deslizavam de volta para ele para se alimentar. Kalona lutava com elas novamente, mas, a cada duas que ele detinha, outras duas rompiam as suas defesas, cortavam a sua carne e bebiam o seu sangue. Com forças renovadas, elas voltavam a atacar Sylvia.

Sylvia Redbird começou a cantar. Kalona não entendia aquelas palavras, mas ele percebeu o objetivo dela claramente. Ela estava cantando a sua canção de morte.

– Sim, Kalona. Por favor, fique e combata as Trevas. Você só serve para alimentar as torturadoras da avó de Zoey Redbird. Uma hora elas vão conseguir romper a barreira de proteção dela, mas com a sua *ajuda* o fim dela acontecerá mais rápido. Ou, talvez depois que a proteção da turquesa seja quebrada, eu decida não matá-la. Talvez eu fique com ela e a transforme em meu animal de estimação de verdade. Por quanto tempo você acha que a sanidade de uma velha vai resistir aos tormentos das Trevas?

Kalona sabia que Neferet estava certa. Ele não poderia salvá-la – ele não poderia ordenar que as Trevas se afastassem dela. Em vez disso, as Trevas iriam usar o poder do seu sangue para torturá-la.

– Vá embora! Deixe-me aqui! – Sylvia fez uma pausa na sua canção para gritar essas palavras para Kalona.

Ele sabia que ela estava certa, mas, se ele deixasse aquela velha mulher ali, teria que voltar para a Morada da Noite derrotado por Neferet. *Mas eu não tenho escolha!* Se ele permanecesse e combatesse as Trevas, tudo o que restaria de Sylvia Redbird seria a sua casca mortal. Neferet não conseguiria controlar a sua ira. Quando as turquesas não protegessem mais a velha mulher, Neferet a destruiria. Para ser vitorioso, Kalona tinha que se retirar e depois voltar outro dia para lutar, apesar de isso ferir o seu orgulho. O imortal abriu suas asas poderosas e se lançou da varanda, deixando as gavinhas de Trevas, Neferet e Sylvia Redbird para trás.

Kalona sabia para onde tinha que ir. Ele voou alto e rápido, e então desceu com uma velocidade sobrenatural, aterrissando no meio do *campus* da Morada da Noite, bem na frente da estátua em tamanho natural de Nyx. Kalona se ajoelhou e então fez o que ele ainda não havia se permitido até aquele momento: levantou os olhos para o retrato em mármore da sua Deusa perdida.

Não, ele se corrigiu silenciosamente. *Fui eu que me perdi, não Nyx.*

A imagem de Nyx que os escultores haviam decidido reproduzir era, de fato, adorável. A Deusa estava nua. Seus braços estavam erguidos, envolvendo a lua crescente com as mãos. Seus olhos de mármore olhavam ao longe. Ele parecia bela, impetuosa, grandiosa e poderosa. Kalona daria qualquer coisa para que ela simplesmente o tocasse de novo.

– Por quê? – ele perguntou para a estátua. – Por que você aceitou o meu Juramento e permitiu que eu trilhasse o seu caminho de novo se isso me custou o domínio sobre as Trevas? Agora eu tive que permitir que Neferet me derrotasse. Eu tive que deixar para trás uma velha presa e torturada. Eu fracassei! Por que me aceitar de volta, para deixar que eu fracasse?

– Liberdade de escolha – a voz de Thanatos trazia o poder da autoridade. – Você sabe melhor do que eu o que isso significa.

– Sim – Kalona continuou a olhar para a estátua enquanto falava. – Isso significa que Nyx não nos detém quando cometemos erros, mesmo que isso custe caro para nós e para aqueles à nossa volta.

– Por ser imortal pode ser que você não tenha percebido isto, mas a vida é uma lição – ela afirmou.

– Então eu vou estar para sempre em uma sala de aula – Kalona respondeu amargamente.

– Ou você pode olhar para isso como uma chance eterna de evoluir – Thanatos argumentou.

– Evoluir em que sentido? – ele se levantou e encarou a sua Grande Sacerdotisa. – Você não me escutou? Eu fracassei. Sylvia Redbird continua aprisionada pelas Trevas que Neferet domina.

– Primeiro você me perguntou em que sentido poderia evoluir. A minha resposta é: escolha. Definitivamente, você é um guerreiro. Mas que tipo de guerreiro é uma escolha sua. Dragon Lankford era um guerreiro. Ele quase escolheu se tornar amargo e duro, quebrar um Juramento e ser um traidor. Tudo porque o amor dele estava fora do seu alcance. Você pode fazer o mesmo.

– Você sabe – Kalona disse.

– Que você ama Nyx? Sim, eu sei – Thanatos falou. – Eu também sei que ela está fora do seu alcance, quer você admita ou não.

Kalona mordeu os lábios. Ele queria gritar o seu êxtase, contar a Thanatos que ele achava que a Deusa o havia tocado, que talvez ela *não* estivesse fora de seu alcance. Mas ele se lembrou de como a porta do templo da Deusa tinha se solidificado sob a sua mão, bloqueando a sua entrada. A certeza dele se esvaneceu.

– Eu admito – ele afirmou de modo lacônico.

– Ótimo. Em relação à sua segunda pergunta: sim, eu o escutei. Você não conseguiu resgatar Sylvia Redbird porque não comanda mais as Trevas.

– Sim.

Thanatos voltou o seu olhar para as marcas de cortes que cobriam o corpo dele. Elas estavam se curando, mas ainda sangravam.

– Você combateu as Trevas.

– Sim.

– Então você não fracassou. Você cumpriu o seu Juramento.

– E ao cumpri-lo, eu não consegui fazer o que me foi pedido – ele disse. – É um paradoxo desconcertante.

– De fato, é – Thanatos concordou.

– E agora? Não podemos permitir que Neferet torture aquela velha mulher. Ela planeja controlar Zoey através de sua avó. Zoey seria uma aliada poderosa para as Trevas, mesmo se ela for usada contra a sua vontade.

Thanatos balançou a cabeça com tristeza.

– Guerreiro, tudo o que você disse é verdade, mas você deixou de lado o ponto principal.

– Qual é o ponto principal?

– Não podemos permitir que Neferet torture uma velha mulher porque isso é desumano. Se você compreendesse isso, Nyx não seria tão inalcançável.

– Eu compreendo! – alguém mais disse.

Kalona e Thanatos se viraram ao mesmo tempo para olhar para Aurox. Ele estava sentado nos degraus de pedra do Templo de Nyx, em silêncio e observando a cena sem ser notado por nenhum dos dois.

– Por que ele não está sendo vigiado? Ou pelo menos preso em uma sala? – Kalona perguntou.

– Eu não preciso de ninguém me vigiando nem de uma prisão assim como você! Eu escolhi vir até aqui... e me afastar das Trevas... do mesmo modo que você! – Aurox gritou para Kalona. – E se eu tivesse ido até a casa de Vovó Redbird mais cedo, ou não tivesse saído de lá, eu não teria deixado que Neferet a levasse! Eu teria lutado mais por ela!

Kalona deu passos firmes em direção a ele, agarrou-o pelo cangote da sua blusa e atirou-o no chão aos pés da estátua.

– Você não conseguiu nem impedir a si mesmo de matar Dragon. Você atacou Rephaim. Você não pode combater as Trevas, sua criatura tola. Não importam as suas palavras de bravura e os seus propósitos tão nobres, você foi feito com Trevas!

– E apesar disso ninguém precisa me dizer que a vida de uma velha mulher é importante, não apenas porque a sua neta pode ser usada! – Aurox contra-atacou.

Kalona estendeu o braço para pegá-lo e sacudi-lo pelo cangote novamente, mas Thanatos interveio.

– Não, o garoto está sendo sincero. Ele realmente se importa com Sylvia.

– Ele também é uma criação das Trevas!

Thanatos arregalou os olhos.

– Sim, com certeza ele é. E isso, guerreiro, pode muito bem vir a ser a salvação de Sylvia Redbird – a Grande Sacerdotisa começou a se afastar rapidamente, deixando Kalona e Aurox olhando para ela. – Bem, o que vocês estão esperando? Venham comigo! – ela chamou sem fazer nenhuma pausa.

Kalona e Aurox trocaram um olhar confuso e então fizeram o que a sua Grande Sacerdotisa havia ordenado.

ZOEY

Eu não conseguia dormir. Eu não parava de pensar em Vovó. Tentei não ficar imaginando tudo o que Neferet podia estar fazendo com ela, mas na minha mente volta e meia eu via Vovó sendo ferida – ou coisa pior.

Neferet podia ter matado Vovó.

– Pare de pensar nisso! – Stark havia me dito com firmeza quando nós ficamos abraçados de conchinha na cama. – Você não sabe o que aconteceu e se ficar pensando nisso vai ficar louca!

– Eu sei. Eu sei. Mas não consigo evitar. Stark, eu não posso perdê-la. Vovó não! – afundei meu rosto no peito dele e o abracei forte.

Ele tentou me tranquilizar, e por um tempo eu encontrei conforto no seu toque. Eu me concentrei no seu amor e na sua força. Ele era o meu Guardião, o meu guerreiro e o meu namorado. Ele era o meu chão.

Então o sol nasceu e ele pegou no sono, deixando-me sozinha com os meus pensamentos. Nem a máquina de ronronar de Nala conseguiu fazer a minha mente desligar. Sério, tudo o que eu queria era me encolher num canto e chorar no pelo macio e laranja da minha gata.

Mas isso não iria trazer Vovó de volta.

Eu sabia que a minha ansiedade iria acabar acordando Stark, e enquanto o sol estava alto isso não era nada bom, então beijei o focinho de Nala e saí do quarto de fininho. Meus pés me levaram automaticamente até a cozinha, onde eu apanhei uma lata de refrigerante marrom e um saco de Doritos sabor queijo nacho. Sentei-me à mesa por um tempo, querendo que alguém acordasse e conversasse comigo. Mas ninguém apareceu. Não os censurei por isso. A gente tinha acordado cedo no dia anterior, e todo mundo estava estressado. Eles precisavam dormir. Que inferno, eu também precisava dormir.

Em vez disso, fiquei olhando para o meu telefone, bebi refrigerante e comi um saco de salgadinhos.

E também chorei.

Se Neferet estava com Vovó, a culpa era minha. Era eu quem tinha sido Marcada e quem havia feito com que uma bomba explodisse na minha família humana.

– Eu não devia ter mantido contato com ninguém – dei um pequeno soluço. – Se eu tivesse me afastado da minha família, Neferet não saberia nada sobre minha mãe nem sobre minha avó. Elas estariam seguras... vivas... – Limpei os restos de Doritos que estavam na minha calça jeans e usei um papel toalha para assoar o nariz. – Eu trouxe toda essa coisa de vampiros para a minha família – coloquei o rosto no papel toalha e chorei feito uma criancinha de dois anos. – É assim que eu me sinto: uma maldita criancinha. Impotente! Idiota! Inútil! – chorei de soluçar. – Nyx! Onde você está? Por favor, ajude-me. Eu preciso tanto de você!

Então cresça, filha. Seja uma mulher, uma Grande Sacerdotisa, e não uma criança.

A voz dela preencheu a minha mente. Levantei a cabeça, piscando com força e limpando o muco do meu rosto. As paredes de terra do túnel estavam incandescentes. Bem na minha frente, uma imagem começou a emergir. Como se eu estivesse olhando para uma piscina de água negra, algo começou a se formar e a se erguer das cavidades da parede. Era a figura de uma mulher! Em circunstâncias normais, eu a descreveria como gorda. Ela estava nua e tinha peitos enormes, quadris largos e macios e coxas grossas. O seu cabelo flutuava ao seu redor, tão espesso e escuro quanto o seu corpo.

Ela era absolutamente linda – cada quilo e cada curva dela, o que me fez repensar totalmente o meu conceito de "gorda".

Ela abriu os olhos, e eu vi que eles eram cristais de ametista, gentis, afetuosos e cor de violeta.

– Nyx!

Sim, u-we-tsi-a-ge-ya, esse é um dos meus nomes. Mas os seus ancestrais me chamariam de Mãe Terra.

– Você também é a Deusa de minha avó!

Ela sorriu e foi difícil continuar olhando diretamente na sua direção, pois ela era tão incrivelmente adorável!

Eu realmente conheço Sylvia Redbird.

– Você pode ajudá-la? Acho que neste momento ela está correndo um sério perigo! – juntei as mãos em prece.

A sua avó me conhece bem. Ela pode se esconder no poder da minha terra, assim como muitos dos meus filhos podem, se eles escolhem trilhar o meu caminho.

– Obrigada! Obrigada! Você vai me contar onde ela está e depois vai me ajudar a salvá-la?

Você tem recursos para isso, Zoey Redbird.

– Eu não entendo! Por favor, pelo bem de Vovó, ajude-me! – implorei para a Deusa.

Ela sorriu de novo, e desta vez me cegou ainda mais.

Mas eu já expliquei quando você suplicou pela primeira vez. Se você quer salvar a sua avó e, no final das contas, o seu povo, você vai ter que crescer. Ser uma mulher, uma Grande Sacerdotisa, e não uma criança.

– Mas eu quero ser, apenas não sei como. Você poderia me ensinar, por favor? – mordi o lábio para evitar chorar de novo.

Como ser a mulher que você está destinada a ser é algo que ninguém pode lhe ensinar. Você precisa encontrar o caminho por si mesma. Mas saiba de uma coisa: uma criança senta, chora e se esvai em depressão e pena de si mesma. Uma Grande Sacerdotisa age. Qual caminho você vai escolher, Zoey Redbird?

– O caminho certo! Eu quero escolher o caminho certo. Mas eu preciso da sua ajuda!

Como sempre, você tem. Nunca tomo de volta nada que eu concedo. Abençoada seja, minha preciosa u-we-tsi-a-ge-ya...

E a Deusa afundou na parede do túnel, desaparecendo em uma poeira que brilhava como os cristais de ametista que haviam sido os seus olhos.

Fiquei sentada ali, olhando para a parede e pensando no que a Deusa tinha dito. Percebi que o que eu sentia era principalmente vergonha. Basicamente, a Grande Mãe Terra havia acabado de me falar para parar de choramingar. Enxuguei meu rosto de novo. Suguei o último gole de refrigerante.

Então tomei minha decisão. Em voz alta.

– Hora de crescer. Hora de parar de chorar. Hora de fazer *alguma coisa.* E isso significa que, se eu não estou dormindo, a minha horda de nerds também não está, com sol ou não.

Voltei pelo mesmo caminho no túnel, teclando números de telefone enquanto eu andava.

– O que está acontecendo, Z.? – Stevie Rae atendeu no terceiro toque e soou meio grogue.

– Vista-se, pegue uma vela verde e me encontre no porão – eu disse e desliguei. Aphrodite era a próxima.

– Alguém deveria estar morto – foi o seu modo de dizer “alô”.

– Eu vou cuidar para que esse alguém não seja a Vovó. Acorde Darius. Encontrem-me no porão.

– Por favor, diga-me que eu posso ligar para Shaunee e para a Rainha Damien e acordá-los também – ela pediu.

– Com certeza. Diga para eles trazerem as suas velas do círculo. Ah, e avise Shaunee para ela trazer a vela azul de Erin. Você vai representar a água.

– Tenho uma ideia melhor, mas isso não é nenhuma novidade. Enfim, daqui a pouco a gente se vê.

Nessa hora eu já tinha chegado ao meu quarto. Eu não hesitei. Grandes Sacerdotisas não são bebês hesitantes. Elas agem. Então, eu agi.

– Stark, acorde – sacudi o ombro dele.

Ele piscou com um ar sonolento, olhando para mim com o cabelo bagunçado e fofo.

– O que há de errado? Você está bem?

– O que há de errado é que nós não vamos dormir até termos um plano para salvar Vovó.

Ele se sentou, desalojando Nala do seu quadril e fazendo com que ela resmungasse aqueles barulhos de gata velha e mal-humorada.

– Mas Kalona foi resgatar Vovó.

– Você confiaria em Kalona para cuidar de Nala?

Stark esfregou os olhos.

– Não, provavelmente não. Por que você quer que Kalona cuide de Nala?

– Eu não quero. Só estou mostrando como eu tenho razão: não quero que seja nele que eu tenha que confiar para salvar a minha avó.

– Ok, e agora?

– Agora a gente vai fazer um círculo – fui até a mesinha ao lado da nossa cama e peguei um isqueiro e a vela grossa roxa que ficava ali, com aquele cheirinho de lavanda e da minha infância. Respirei fundo. Então falei para Stark: – Encontre-me no porão.

Andei rapidamente. Eu não queria esperar ninguém, nem Stark. Eu precisava de algum tempo comigo mesma para me concentrar no espírito, para extrair força do elemento do qual eu era mais próxima. Eu tinha que ser corajosa, forte e inteligente, e na verdade eu não era todas essas coisas – ou pelo menos não ao mesmo tempo. Lembrei que uma vez eu havia perguntado para Vovó como ela conseguia ser tão inteligente. Nessa ocasião, ela riu e me contou que se cercava de pessoas inteligentes, e que nunca tinha deixado de estar disposta a escutar e a aprender.

– Ok – falei enquanto subia a escada de metal que ligava os túneis abaixo da estação à entrada do porão. – Eu tenho amigos inteligentes. Eu sei escutar. E, pelo menos na teoria, posso aprender. É isso o que eu vou fazer.

Andei até o que parecia o centro do porão e então me sentei de pernas cruzadas, colocando a vela no chão de cimento frio. Segurando o isqueiro, fechei os olhos e inspirei profundamente três vezes para me centrar. Com os olhos ainda fechados, eu disse:

– Espírito, você é o meu coração. Você me preenche e me dá força. Eu peço, por favor, venha para mim, espírito! – então abri os olhos e acendi a vela roxa.

A chama ficou prateada. Senti o elemento me invadir e de repente todo o turbilhão de confusão que havia tomado conta da minha mente e da minha alma desde que Aurox disse que Vovó havia desaparecido se dissipou. Eu me senti fortalecida pelo espírito enquanto ele passava rapidamente por mim e ao meu redor, enquanto a chama prateada da vela roxa dançava aparentemente como uma resposta vívida. Eu assenti.

– Ok, agora eu vou começar a agir. Primeiro passo: descobrir que diabo está acontecendo – peguei o telefone no meu bolso e liguei para Thanatos. Seria inteligente da minha parte esperar embaixo da terra até o sol se pôr para ter a ajuda dos meus vampiros vermelhos, mas isso *não* significava que eu tinha que ir para a cama sem reclamar como uma criança que vai correndo para casa antes do toque de recolher.

O telefone dela estava chamando quando Kalona empurrou o portão enferrujado e Thanatos entrou a passos largos no porão, seguida pelo guerreiro alado e por Aurox.

Apertei o botão para finalizar a ligação e me levantei. Eu estava abrindo a boca para perguntar a Thanatos que diabo ela estava fazendo ali e por que havia trazido Aurox quando a minha mente alcançou a minha visão. Kalona estava coberto de cortes rosados e manchas de sangue. Parecia que alguém havia batido nele com um chicote afiado.

– E Vovó? Onde ela está?

Kalona parou na minha frente. Os olhos âmbar dele encontraram os meus. Enquanto ele ficava parado ali, vários cortes rosados se abriram e começaram a sangrar. *O corpo dele é vulnerável aqui embaixo da terra,* eu me lembrei. *É mais difícil para ele se curar aqui.* Mas eu não reconheci que ele havia entrado na terra de boa vontade, apesar de ser óbvio que ele estava ferido. Ele era um guerreiro. A sua função sob Juramento era proteger.

– Onde ela está? – eu repeti.

– Na cobertura de Neferet. A Tsi Sgili a aprisionou usando as gavinhas de Trevas – ele contou.

– Por que você não a tirou de lá? – tive vontade de levantar meus punhos e bater no peito dele, abrindo mais as suas feridas e fazendo com que ele sofresse tanto quanto eu estava sofrendo; tanto quanto Vovó estava sofrendo. Mas eu não fiz isso. Apenas o feri com o meu olhar e com minhas palavras. – Você disse que, se Neferet estivesse com ela, você a resgataria. E que as Trevas eram suas melhores amigas havia séculos! Por que você não conseguiu resgatá-la?

– As subalternas das Trevas não obedecem mais a Kalona. Ele escolheu sinceramente voltar a trilhar o caminho de Nyx, portanto ele não é mais aliado do mal – Thanatos explicou.

– Ah, que merda incrível. Isso é que é habilidade de *timing,* Kalona – Aphrodite comentou. Ela, Darius e Stark haviam subido a escada e estavam sendo seguidos por Shaunee, Damien e, fiquei surpresa ao ver, Shaylin.

– Então por que você fugiu? Por que diabos você não lutou com as gavinhas, derrotou-as e pegou Vovó Redbird? – Stark perguntou. – Supostamente, proteger

Nyx contra as Trevas era o seu emprego de tempo integral antes de você ferrar com tudo. Você esqueceu como fazer isso?

Kalona andou em volta de Stark.

– Parece que eu fugi de uma batalha?

Stark não hesitou.

– Sim, você está aqui. Vovó não está. Você fugiu!

Kalona rosnou e deu um passo na direção de Stark. Darius tirou uma faca da sua manga e Stark pegou o seu arco onipresente. Totalmente irritada, eu entrei no meio deles.

– Isso *não* está ajudando em nada, Kalona! Conte-me por que Vovó ainda está com Neferet – eu falei.

– Eu poderia ter lutado com aquelas marionetes de Trevas por dias. No fim eu acabaria ganhando delas. Não iria me custar quase nada, exceto sangue e dor. Mas o comando não era para que elas lutassem comigo. Elas receberam a ordem de se alimentar do meu sangue para se fortalecer, de modo que elas pudessem romper o poder da terra com o qual Sylvia Redbird se protegeu.

– Vá em frente. Conte-me tudo – eu soei forte, mas tive que colocar minha mão na boca para evitar chorar. *Eu não vou chorar!*

– Turquesa e prata: o poder da terra. Isso a protege, mas, com o meu sangue alimentando as gavinhas, elas estavam conseguindo começar a atravessar essa barreira. Se eu tivesse ficado e continuasse a lutar com elas, eu venceria, mas Sylvia Redbird teria morrido.

– Nós precisamos de uma criatura feita de Trevas para romper a jaula de Trevas que aprisiona a sua avó – Thanatos afirmou.

– A criatura sou eu – Aurox deu um passo à frente.

– Ah, que merda! Nós estamos totalmente fodidos! – Aphrodite exclamou.

Infelizmente, eu tive que concordar com ela.

20

ZOEY

– Eu posso fazer isso. Fui criado pelas Trevas, sou feito de Trevas – Aurox afirmou. – As gavinhas não vão se alimentar de mim, seria como se elas comessem a si mesmas. Eu posso até ser capaz de controlá-las. Se elas não obedecerem às minhas ordens, então eu acabo com elas e resgato Sylvia Redbird. Zoey, eu me importo muito com Vovó. Eu posso salvá-la. Eu sei.

– Você não consegue controlar essa merda dentro de você! – Stark gritou. – É claro que Neferet vai deixar você entrar na cobertura dela. Você está de brincadeira, por que ela não faria isso? Ela tem bastante sangue de Vovó. Ela simplesmente vai usar um pouco desse sangue para alimentar as Trevas e controlar você. De novo!

– As gavinhas não podem se alimentar do sangue de Sylvia Redbird – Kalona revelou. – Neferet admitiu isso, e eu próprio fui testemunha. Imagino que o sangue dela seja protegido pela mesma magia da terra que defende o seu corpo.

– Mas você ainda pode ser controlado, certo? – Damien se aproximou de Aurox. Sua voz era racional e eu sabia que ele estava consultando mentalmente todos os arquivos de Biologia que ele tinha no seu cérebro enorme. – Você é um Receptáculo criado pelas Trevas. Então a besta dentro de você, que é basicamente uma criatura feita com o mal do touro branco, transforma-se sem necessariamente um sacrifício. Nós vimos isso acontecendo mais cedo quando Stark e Darius bateram em você.

– A besta se alimenta de violência, ódio, luxúria e dor. Isso é verdade – Aurox disse.

– Mas você tem algum controle sobre isso. Você não chegou a se transformar de fato hoje mais cedo – Thanatos lembrou.

– Eu tento não me transformar. Eu tento controlar isso.

– Bem, você tem alguma ideia de como fez para controlar isso até agora? – Stevie Rae perguntou, juntando-se a nós.

– Não – Aurox soou infeliz.

– E é por isso que estamos aqui. Precisamos ensinar Aurox a controlar essa transformação, pelo menos por tempo suficiente para que ele rompa a jaula de Trevas que prende Sylvia Redbird, pegue-a e a arremesse pela varanda do covil de Neferet.

– Arremessar Vovó pela varanda? – gritei assustada, mas não havia muito que eu pudesse fazer em relação a isso. Senti que a minha cabeça queria explodir.

– Eu vou pairar ali em cima, apanhá-la e voar com ela até um lugar seguro – Kalona explicou.

– E quanto tempo nós temos para descobrir como *não* apertar o botão de Aurox e resgatar Vovó? – Aphrodite quis saber.

– Acho que ela não sobrevive mais uma noite – Kalona respondeu.

– Bem, então vamos ao trabalho – olhei para Aurox. – Você realmente se importa com a minha avó?

– Sim. Muito. Eu dou a minha vida para salvá-la se for preciso.

– Pode ser que seja preciso – eu falei. Então olhei para Stark, Darius e Kalona. – Parece que vocês precisam começar a provocar muita dor em Aurox, com bastante violência. Agora.

Os guerreiros olharam para Thanatos.

– Eu concordo com Zoey. Provoquem dor em Aurox.

AUROX

– Acho que vou gostar disso – Stark disse, deixando o seu arco e as suas flechas de lado e estalando as juntas dos dedos.

– Eu também – Kalona falou, enquanto cercava Aurox. – Estou devendo uns golpes em você em nome do meu filho.

– E eu, em nome de Dragon – Darius tirou da cintura uma faca pequena e de aparência bem perigosa.

– Vocês não devem matá-lo – a voz de Zoey soou fria, sem emoção.

Aquela ausência de emoção assustou Aurox mais do que qualquer um dos guerreiros.

– Aposto que ele é bem difícil de matar – Aphrodite comentou, cruzando os braços e piscando para Darius. – Então, vá em frente e divirta-se com suas facas, bonitão.

– A besta se alimenta do ódio. Fiquem sérios, com raiva – Thanatos comandou os guerreiros, e eles ficaram em silêncio e se aproximaram mais dele.

Aurox sentiu imediatamente a mudança na energia deles. Antes os três obviamente desconfiavam e não gostavam dele, mas não estavam com raiva. Agora a tensão se irradiava dos guerreiros, crescendo em intensidade. A besta dentro dele se agitou na expectativa.

Aurox cerrou os dentes e enrijeceu o seu corpo. *Não, eu não vou perder o controle. Sou* tsu-ka-nv-s-di-na, *não uma besta. Eu vou domar o touro!*

Kalona atacou primeiro. Com um movimento de velocidade sobrenatural, ele girou e deu um tapa na cara de Aurox com as costas da mão, fazendo com que ele caísse de joelhos. Antes que ele conseguisse se levantar, Darius o golpeou rapidamente. Ele sentiu uma dor eletrizante em cima do ombro, e então sentiu o calor do sangue que começou a sair do corte fino e superficial. Em seguida, Stark deu um soco no seu estômago.

Aurox se curvou sobre si mesmo. Os guerreiros estavam nervosos. O cheiro do seu sangue produziu efeitos nos dois vampiros. Ele podia sentir a violência dentro deles aumentando, especialmente em Stark. *Trevas... eu posso senti-las. Stark já conheceu o mal, apesar de ter escolhido outro caminho.* Aurox conseguiu se levantar e assumiu uma postura defensiva, bem na hora em que Kalona deu outro golpe doloroso no outro lado do seu rosto. Aurox virou a cabeça, acompanhando o golpe, e levantou o braço para deter o punho de Stark.

Enquanto ele se movia, bloqueando os golpes, a criatura dentro dele estremecia, tentando se libertar da força de vontade de Aurox. Apesar de a sua pele se contorcer e de ele sentir os seus ossos começarem aquela terrível transformação de garoto em uma besta com chifres, Aurox ainda permanecia ele mesmo. Ele ainda tinha o controle.

– Você tem que reagir e lutar com eles! – Zoey gritou para ele.

Aurox conteve outro golpe de Stark.

– Eu não posso! – ele berrou. – Se lutar, eu me transformo.

– Então para que você serve? – Aphrodite atirou as mãos para cima de frustração. – Neferet não vai deixar você entrar lá, dizer para as Trevas desaparecerem e sair andando de mãos dadas com Vovó.

– Elas estão certas – Thanatos disse. – Você tem que contra-atacar. E tem que controlar a besta enquanto luta.

Aurox assentiu. Sentindo um pavor terrível, ele se abaixou, desviando-se da faca na mão de Darius, e se levantou, dando um soco embaixo do queixo do guerreiro.

Aurox sentiu a dor e a raiva explodirem dentro de Darius. A besta também sentiu. As emoções ondularam pelo seu corpo, enchendo a criatura de poder. Aurox tentou parar aquilo, tentou controlá-la. Mas quando ele girou e chutou Stark, atingindo o estômago do guerreiro e fazendo com que ele perdesse o fôlego, sentiu os seus pés começarem a se solidificar e a se transformar em cascos.

– Pense na luz da lua! – a novata da Visão Verdadeira gritou para ele. – Você tem essa luz dentro de você, tente encontrá-la.

Ele pensou na luz da lua e em lavandas, em prata, em turquesas e na terra ao scu redor.

Kalona atacou de novo – outro tapa dolorido com as costas da mão. Desta vez, Aurox agarrou o seu pulso e, usando a sua própria força sobrenatural, atirou o imortal para longe.

A besta rugiu.

– Ele está perdendo o controle! – Aphrodite exclamou.

– Voltem para os túneis! – Stark gritou. – Eu não sei por quanto tempo vamos conseguir controlá-lo.

– É melhor que vocês consigam controlá-lo, pois não vamos a lugar nenhum! Aurox, aguente firme! – Zoey berrou.

– Estou tentando! – Aurox foi para trás, afastando-se dos três guerreiros, que estavam ofegantes, mas não estavam atacando de novo. – Eu posso controlar!

– Se você não controlar e machucar qualquer um aqui, eu vou destruí-lo – Kalona disse com voz calma. Ele não gritou. Ele não mudou de postura. Mas Aurox sentiu a verdade da sua afirmação. *O imortal pode conseguir me destruir.* Esse pensamento fez a besta retroceder, liberando um pouco da sua raiva.

Aurox ficou firme.

– Eu tenho controle!

– Estou contando com isso – Zoey falou. – Guerreiros, abaixem a guarda um segundo. Eu tive uma ideia – eles concordaram, mas continuaram a vigiar Aurox com cuidado. Zoey continuou: – Damien, Shaunee, Stevie Rae, assumam as suas posições. Formem um círculo em volta de Aurox. Os três se espalharam pelo porão. – Aphrodite, pegue a vela de Erin e fique no lugar da água.

– Tenho uma ideia melhor – Aphrodite estendeu uma vela azul para a novata da Visão Verdadeira. – Vá para o oeste e pense em coisas molhadas.

– Água? Eu? – a garota pegou a vela, mas balançou a cabeça, parecendo confusa.

Aphrodite tirou do bolso um pequeno objeto prateado portátil e o abriu. Aurox viu a luz dançar sobre a sua superfície espelhada. Ela o levantou na altura do rosto da garota.

– Leia a sua própria aura.

A novata suspirou e olhou para o espelho. Então ela levantou as sobrancelhas e os seus olhos pareceram dobrar de tamanho.

– Que incrível! Uau! Eu nunca tinha pensado em ler a minha própria aura. Eu sou de vários tons de azul!

Aphrodite fechou o espelho e o guardou de volta no bolso, parecendo presunçosa.

– Sim, exatamente como eu imaginava. Agora, vá para o oeste.

Sorrindo, a novata assumiu o seu lugar no círculo.

– Isso foi sábio, Profetisa – Thanatos comentou.

– Eu tenho os meus momentos – Aphrodite disse. Então ela se dirigiu a Zoey, que estava vendo a cena com olhos arregalados junto com os outros novatos: – De nada.

– Ok, bem, vamos ver se eu consigo ser assim tão sábia – Zoey falou.

– Como posso ajudar? – Thanatos se ofereceu.

– Trace o círculo. Desta vez, eu não quero ser mais nada além do espírito – Zoey respondeu rapidamente.

– De acordo – Thanatos afirmou.

– Aurox, você está se segurando aí? – Zoey perguntou a ele.

Ele ainda estava ofegante, e a besta espreitava logo abaixo da superfície da sua pele, mas, como os guerreiros haviam parado de atacá-lo, Aurox tinha recuperado mais controle de novo.

– Sim. Por enquanto.

– Certo, então a gente vai fazer o seguinte – enquanto falava, Zoey caminhou na direção dele. – Thanatos, trace o círculo. Nós vamos manifestar os nossos elementos e mantê-los aqui, preparados. Guerreiros, depois que os cinco elementos estiverem presentes, ataquem Aurox – ela havia parado a apenas alguns passos de Aurox e dos três guerreiros. – Aurox, quero que você contra-ataque e faça o melhor que pode para controlar a besta, mas quando você começar a perder o controle, porque todos nós estamos vendo que você não consegue deter o que está acontecendo com você, vai ser a nossa vez de tentar ajudá-lo.

– Como? – ele perguntou a ela.

– Já fiz um pouco disso antes. Eu enviei o espírito para fortalecê-lo. Imagine essa força multiplicada por cinco – ela explicou. – Você disse que a besta se alimenta de violência, raiva e dor, certo?

– Certo – ele assentiu.

– Bem, apesar de os elementos não serem nem bons nem maus, a sensação que eles fazem nós cinco sentirmos é definitivamente boa. Então, eu pensei que, se nós cinco canalizarmos não apenas os nossos elementos para você, mas o modo como eles fazem a gente se sentir bem, então talvez *você* possa se agarrar nisso e extrair poder positivo suficiente para deter a besta.

– Aurox, se isso funcionar – Thanatos se juntou a Zoey no centro do círculo –, vai ser uma prova de que você é mais do que as Trevas com as quais você foi feito.

– Então isso vai funcionar porque eu não sou Trevas. Não posso ser – ele falou com firmeza.

– Prove – Stark disse.

– Vou provar – Aurox respondeu. Então ele encontrou o olhar de Zoey. – Estou pronto.

– Então vamos começar com o ar – Thanatos pegou o isqueiro que Zoey lhe ofereceu e caminhou até Damien. Falando com simplicidade, Thanatos fez a invocação. – Ar, você é o primeiro dos elementos, e eu o chamo para este círculo – depois de acender a vela amarela de Damien, ela foi até Shaunee, invocando o fogo da mesma forma. Quando ficou diante da novata da Visão Verdadeira, ela se alongou mais: – Água, você é sempre mutável, está sempre se adaptando. Muitas vezes, você tem sido chamada para este círculo e se manifestado através de sua novata, Erin Bates. Mas essa novata, como a água, mudou e se adaptou a outro ambiente. Esta nova filha de Nyx se coloca aqui no círculo, aberta e ansiosa para aceitar os seus dons. Como Grande Sacerdotisa, eu a convido para este círculo. Venha, água, e mostre para Shaylin que ela é abençoada!

Aurox observou Thanatos acender a vela azul da novata, e então ela ficou ofegante de prazer.

– Eu posso sentir! A água está aqui ao meu redor!

Thanatos sorriu.

– E por esse dom, nós agradecemos Nyx profundamente – a Grande Sacerdotisa foi até Stevie Rae, invocou a terra e acendeu a vela verde. Aurox podia sentir o cheiro de grama e de terra. Ele respirou fundo, lembrando-se da manhã em que havia despertado ouvindo Vovó Redbird cantar.

Eu preciso fazer isso. Ela acreditou em mim e eu não vou abandoná-la.

Então Thanatos parou na frente de Zoey.

– Espírito, você é o último elemento a se juntar ao círculo. Você abre e fecha a nossa união. Eu o chamo aqui, saudando-o efusivamente. *Merry meet!* Venha, espírito!

Quando ela encostou o isqueiro na vela roxa, houve um som chiado e a vela de Zoey se acendeu com uma chama prateada. A labareda ardeu intensamente e cresceu, transformando-se de repente em um fio incandescente que conectava todos em volta do círculo. Aurox sentiu o poder agitar o ar ao seu redor. Ele respirou fundo e se preparou.

– Vamos começar – Zoey disse. – Guerreiros, provoquem dor nele!

Desta vez, Stark atacou primeiro. Aurox achou que estava preparado, mas o vampiro o surpreendeu. Em vez de socá-lo, Stark chutou as suas pernas, derrubando-o. Ele bateu com força no chão. Aurox estava tentando se recompor e levantar quando Kalona lhe deu um chute no estômago, ao mesmo tempo que Darius cortava o seu outro ombro com a lâmina da faca.

Aurox reagiu automaticamente. Ele agarrou as pernas do imortal e então se contorceu, quando se virou e atacou Darius nas costas com a sua mão, que já estava se transformando em um casco fendido. Os dois guerreiros grunhiram de dor, e aquela dor se acendeu dentro de Aurox como um fósforo na palha seca. A besta explodiu para a superfície. Ele rugiu e arremeteu contra Stark.

– Está na hora! – Thanatos exclamou.

– Ordenem que os seus elementos preencham Aurox! Mostrem a ele como é sentir a alegria do ar, do fogo, da água, da terra e do espírito! – Zoey gritou.

Aurox mal podia ouvir Zoey. Ele virou a cabeça na direção dela. A chama prateada que ela estava segurando na sua frente atraiu a atenção da besta. Ele rugiu, querendo desviar de curso, querendo atacar a chama.

– Cuidado com ele, Z.! – Stark gritou. – Venha cá, sua aberração! Não se atreva a olhar para ela! – o guerreiro empurrou Aurox com o ombro, forçando-o para trás. Aurox fingiu cambalear, mas na verdade se desviou para a direita e com o punho esquerdo, que agora era um casco completamente formado, acertou Star na boca do estômago, fazendo com que ele se curvasse. Aurox estava abaixando a cabeça, preparando-se para furar o guerreiro com seus chifres, quando os elementos o atingiram.

Desta vez ele cambaleou sem fingimento. Ele sentiu o espírito primeiro. Sentiu profundamente no seu interior. Algo despertou. Algo que era o oposto da besta de Trevas que compartilhava o corpo com ele. A alegria ganhou vida. Era uma sensação estranhamente familiar, que fez Aurox virar a cabeça, automaticamente buscando e encontrando Zoey. Os olhos deles se encontraram. Ela estava chorando. Em uma das mãos, ela estava segurando a vela com chama prateada. Sua outra mão estava pressionada contra o peito.

– Não chore, Zo. Você vai ficar cheia de catarro – ele se ouviu dizer com uma voz humana, perfeitamente normal.

Uma rajada forte de ar o engolfou e ele ficou ofegante – e riu. Parecia um minitornado. O fogo veio em uma onda quente, que a água em seguida resfriou. A terra foi como um campo perfumado de lavandas, calmante e fortalecedor.

Aurox riu. Ele virou a cabeça para baixo, olhando para o que havia alguns instantes eram cascos fendidos e mortais. Agora ele tinha mãos e pés de novo!

– Não dê a volta olímpica da vitória ainda. Isso não significa merda nenhuma se você não pode lutar – Stark deu um soco nele. Com força. Jorrou sangue do seu nariz, junto com muita dor.

Aurox gemeu e revidou o soco, que pegou Stark na lateral do queixo.

– Eu posso lutar! – ele gritou. Stark caiu.

A besta estremeceu dentro dele, mas Aurox pensou nos elementos e a presença deles o fortaleceu. Ele sentiu a criatura se encolher e se acovardar.

Aurox estava sorrindo quando Darius o atacou. Aurox se desviou do golpe, batendo com tanta força no pulso do guerreiro que ele soltou a faca, que saiu deslizando no chão do porão. Aurox ainda estava sorrindo quando passou uma rasteira nas pernas de Darius, fazendo o guerreiro cair de costas.

Kalona não foi tão fácil. A velocidade dele era sobrenatural e, agora que Aurox não tinha os reflexos da besta, ele só conseguia bloquear um terço dos seus golpes. Mas isso não importava. Aurox ainda estava lutando, e ainda era humano, e era isso o que realmente importava.

– Ok, já chega! – a ordem de Thanatos veio quando Stark e Darius se juntaram a Kalona e eles estavam cercando Aurox. Os guerreiros pararam, apesar de Aurox achar que eles obedeceram à Grande Sacerdotisa com relutância. – Espírito, terra, água, fogo e ar, agradeço a cada um por sua presença poderosa. Vocês podem partir agora e até a próxima. *Merry meet, merry part* e *merry meet again!* – Thanatos fechou o círculo. Como se fossem uma só, as chamas de todas as velas arderam intensamente e depois se apagaram.

– Hum, deu certo – Zoey falou quebrando o silêncio.

Aurox limpou o sangue do seu nariz e da sua boca com a própria blusa. Sem pensar no que estava fazendo, ele seguiu as suas pernas e correu em direção a Zoey. Então os seus braços a levantaram e o seu corpo girou com ela sem parar, enquanto sua voz gritava:

– Você conseguiu! Deu certo!

Uma gargalhada escapou dela, mas assim que ele colocou Zoey no chão ela se afastou dele, indo ficar ao lado de Stark.

– Não fui só eu. Fomos todos nós – ela pegou a mão de Stark e, ignorando Aurox, sorriu para todos os outros. – Vocês foram incríveis.

– Ok, tudo bem, o círculo funcionou – Stark observou. – Mas como isso vai se traduzir em ajudar a tirar Vovó da cobertura de Neferet? Ela não vai deixar você traçar um círculo lá em cima.

– Bom, eu não tinha pensado tão à frente assim – Zoey disse.

– Vocês precisam ver Aurox para fortalecê-lo com os elementos? – Kalona perguntou.

– Na verdade, não – Zoey respondeu. – É mais difícil, e eu não sei por quanto tempo nós conseguiremos fazer isso, mas não precisamos ver alguém para enviar os nossos elementos até essa pessoa.

– Acho que um feitiço de proteção é a resposta – Thanatos falou devagar, raciocinando em voz alta. – Cerquem o edifício Mayo. Eu vou abrir o círculo e fazer o feitiço, amarrando-o com sal. Zoey, se o espírito estiver no centro do círculo, no coração do edifício, o círculo pode se manter.

– O lobby do edifício Mayo é grande. Há um bar e um restaurante ali – Aphrodite lembrou. – A comida é muito boa, e eles inclusive têm uma carta de champanhe decente. *E* é um lugar escuro e romântico.

– E por que eu me importaria com isso? – Zoey perguntou.

– Porque você e eu podemos sentar ali, em uma mesinha de canto. Eu posso tomar um bom champanhe. Você pode fingir que está lendo um livro enorme e enfadonho, enquanto acende uma versão menor e menos óbvia dessa vela roxa e dispara todos os elementos para o menino-touro.

– Onde nós vamos ficar? – Stark quis saber, parecendo não estar nem um pouco feliz com a ideia.

– Do lado de fora, cuidado da horda nerd para que nenhum louco da rua esbarre, por exemplo, na Rainha Damien e faça com que ele dê um gritinho, derrube a vela e ferre com tudo – Aphrodite explicou.

– Eu *não* vou derrubar a minha vela – Damien afirmou.

– E se for alguém muito, *muito* fedido e você achar que ele tem piolho? – Aphrodite provocou.

– Eca – Damien encolheu os ombros.

– Eu avisei – Aphrodite concluiu.

– Aurox, você consegue fazer isso? – Zoey perguntou.

Ele encontrou os olhos dela sem hesitar.

– Sim. Eu consigo. Eu vou fazer. Desde que os elementos consigam fortalecer *a mim* – Aurox fez uma pausa e não conseguiu evitar um sorriso de pura alegria. – A mim! Eu sou mais do que uma besta. Eu sou mais do que Trevas – ele se voltou para Thanatos. – Você disse que eu tinha uma escolha. Eu escolho a Luz e o caminho da Deusa.

Thanatos retribuiu o sorriso dele.

– Sim, meu filho. Sim, eu acredito nisso. E também acredito que a Deusa o escutou.

– Bem, ele definitivamente está falando alto o bastante para a Deusa escutar – Stevie Rae sorriu para ele também.

Mas Zoey não estava sorrindo. Ela havia se virado para Kalona.

– Você pode mesmo pegar Vovó? Isso parece ridículo e superassustador. Quero dizer, Aurox vai arremessá-la do alto do edifício Mayo.

Kalona abriu suas asas. Elas envolveram o grupo e roçaram o teto do porão. As feridas do imortal haviam se aberto durante a luta, e o sangue corria livremente pelo seu corpo. Aurox pensou que ele parecia um deus vingador.

– Eu vou pegá-la e, quando estiver comigo, Sylvia Redbird vai estar completamente segura.

Zoey assentiu.

– Eu conto com isso. Ok, então esse é o nosso plano.

21

ZOEY

Esperar até o anoitecer foi um inferno. Eu sentia a minha cabeça latejar e o meu estômago doer por ter que ficar de boca fechada enquanto os outros novatos da estação acordavam aos poucos, passavam sonolentos arrastando os pés pelos túneis, sem a menor pressa, e comiam cereal, falando sobre escola, lição de casa e outras coisas que não tinham *nada* a ver com salvar a Vovó.

E, claro, acrescente a isso o fato de que Aurox estava encolhido numa torre da estação, escondido, esperando até a gente voltar para pegá-lo um pouco antes de começar todo aquele plano de traçar o círculo e salvar a Vovó. Afinal, como Aphrodite tinha dito: "Não podemos deixar ninguém vê-lo. Se Neferet ouvir só uma palavrinha de que o menino-touro mostrou a cara de novo na Morada da Noite e que nós não acabamos totalmente com ele, bem, então podem pintar um alvo gigante nele e considerar que Vovó está ferrada".

Então, sim, eu estava com uma dor de cabeça enorme e com um episódio sério de síndrome do intestino irritável.

– Tome um refrigerante marrom – Stark disse, deslizando uma cadeira para perto de onde eu estava sentada em uma das mesas da cozinha.

– Já tomei – eu falei.

– Tome outro. – Ele se inclinou na minha direção, beijou a minha bochecha e sussurrou: – Você está batendo o seu pé feito louca, e os outros estão olhando na sua direção como se você fosse explodir.

– Eu acho que vou explodir mesmo – esfreguei o meu nariz nele, como pretexto para sussurrar de volta.

– Vai um pouco de Count Chocula aí, Z.? – Stevie Rae perguntou com uma alegria forçada.

– Não estou com fo... – comecei, mas Aphrodite me cortou.

– Ela vai adorar comer um pouco sim. O café da manhã é a refeição mais importante do dia.

– Você nunca come nada no café da manhã – eu lembrei, franzindo a testa para ela.

Aphrodite levantou a sua taça de champanhe que estava pela metade e me brindou ironicamente.

– Eu prefiro beber no meu café da manhã, e faço isso todo dia. Suco de laranja é alimento para o cérebro.

– E champanhe é um matador de células do cérebro – Shaylin comentou, com a boca cheia de Lucky Charms.

– Gosto de pensar nisso como o modo que a Deusa tem de nivelar o campo de jogo. Pensem por um instante como eu seria ridiculamente mais inteligente do que todos vocês se eu *não* bebesse tanto.

– Acho que a sua lógica é falha – Damien afirmou.

– E eu acho que tem uma falha no seu cabelo. Será que estou vendo aquela careca masculina precoce clássica aí?

Damien arfou.

Eu suspirei.

– Não seja tão maldosa – Stevie Rae falou para Aphrodite, enquanto me entregava uma cumbuca de cereal.

– Aproveitando, a cintura dessa calça jeans Roper horrorosa e caipira que você está usando está tão alta que não passaria num teste de bafômetro – Aphrodite fez graça com Stevie Rae, enquanto enchia a sua taça de Mimosa.

– Acho que Stevie Rae está ótima – Shaylin comentou.

– É claro que você acha. E amanhã provavelmente você vai usar dois sapatos diferentes, porque esse é o tipo de gosto refinado para moda que você tem.

Tentei comer enquanto meus amigos se alfinetavam. Stark continuava perto de mim, com a sua mão em cima da minha coxa – de vez em quando, ele me dava um apertãozinho reconfortante.

Minha mente não conseguia sossegar. Ok, eu entendia por que nós tínhamos que esperar até o pôr do sol para ir até o edifício Mayo. Das cinco personificações dos elementos do nosso círculo, duas iriam explodir em chamas se a gente saísse à luz do sol. Isso sem contar Stark, que também iria ficar torrado. Eu também sabia que a gente tinha que ir para a escola assistir à primeira aula, que seria dada por Thanatos. Ela iria nos dividir em grupos e passar diferentes deveres, todos relacionados com a preparação da escola para o evento aberto ao público no sábado. Convenientemente, as tarefas que ela iria atribuir aos que iam resgatar Vovó seriam fora do *campus*. Portanto, Erin, Dallas e ninguém mais que pudesse entrar em contato com Neferet de propósito ou acidentalmente não iriam ter a menor ideia do que estávamos preparando, nem mesmo de que a gente sabia que Vovó estava desaparecida.

Mas a espera era difícil, principalmente porque os garotos que não faziam parte do nosso plano não sabiam de nada do que estava acontecendo e estavam enrolando, levando *séculos* para se preparar para entrar no ônibus.

Aurox estava encolhido em uma torre no alto do prédio da estação. Vovó estava presa em uma jaula criada pelas Trevas. Era difícil fingir que não estava acontecendo nada. Eu queria ficar andando de um lado para o outro. Eu queria gritar. Que inferno, eu queria poder bater em algo. Ou em alguém. Bem, com certeza em Neferet. Mas pelo menos eu não queria explodir em lágrimas, e achei que isso era um bom sinal.

Quando o meu cereal e a minha paciência estavam quase acabando, Kramisha entrou na cozinha feito fogos de artifício. Bem, talvez fosse apenas a roupa dela que se parecesse com fogos de artifício, com a sua saia amarela colada na bunda, seu suéter roxo ostentando no peito o símbolo prateado de quinto-formanda da carruagem de ouro de Nyx puxando um rastro de estrelas, além dos seus sapatos de salto *wedge* de couro envernizado vermelho e brilhante, que combinavam exatamente com a cor da sua peruca curta escarlate.

– O ônibus está esperando! E por mais que Darius seja legal, ele não precisa ficar sentado lá fora imaginando por que todo mundo está demorando tanto – ela fez um movimento com as mãos para enxotar os novatos. – Vão logo, rápido!

Tive vontade de beijá-la. Então ela me fuzilou com seus olhos escuros e disse:

– Tenho algo para você.

Meu estômago se contraiu quando ela enfiou a mão na sua bolsa Louis Vuitton gigante e pegou o seu caderno roxo.

– Eu não consigo nem dizer o quanto eu detesto poesia – Aphrodite falou.

– Não me venha com essa sua atitude – Kramisha rebateu. – Você já teve alguma visão hoje?

– Não. Hoje estou às voltas com Mimosas em vez de visões, mas obrigada por perguntar – Aphrodite respondeu.

– Parece que eu estou tendo que fazer o seu trabalho, *Profetisa,* então você não deveria detestar a minha poesia – Kramisha também fez um movimento para enxotar Aphrodite dali. – Vá embora. Eu disse que isto aqui é para Zoey.

– Ótimo. Algumas pessoas dizem “foda-se a yoga”. Eu digo “foda-se a linguagem figurada”. E não, eu não quis dizer isso no sentido figurado – Aphrodite atirou o cabelo para trás e saiu andando.

– Você precisa que eu fique? – Stevie Rae perguntou.

Levantei as sobrancelhas fazendo um ar de interrogação para Kramisha.

– Não – ela afirmou. Então ela olhou para Damien, Shaylin e Stark. – Vocês também podem ir.

– Ei, não sei se estou de acordo com isso – Stark falou.

– Você tem que estar. Estou sentindo uma *vibe* forte de conversar a sós com Z., e estou seguindo isso – Kramisha cruzou os braços e bateu o pé no chão olhando para Stark, ainda segurando o que eu já estava começando a pensar em chamar de O Bloco Roxo da Danação.

– Vá na frente – eu pedi. – O instinto de Kramisha costuma acertar bem mais do que errar.

– “Bem mais” quer dizer sempre – Kramisha soou superimpaciente.

– Ok, mas não estou gostando disso. Eu te espero no ônibus – Stark me beijou, franziu os olhos para Kramisha e saiu.

Kramisha balançou a cabeça.

– Eu tenho quatro palavras para esse garoto: con-tro-la-dor.

– Ele só está tentando me manter segura, só isso – opinei.

Kramisha bufou.

– É, foi exatamente o que disse o segundo marido da minha tia, antes de dar um tapa na cara dela que a fez sair voando pela sala, só porque ela olhou torto para ele.

– Stark *não* vai me bater, Kramisha!

– Estou só avisando. Enfim, isto aqui é para você. Só para você. Não sei por que eu estou com uma intuição forte de que você tem que ouvir isto aqui, pensar a respeito e manter isto só para você, mas eu estou. Você é a Grande Sacerdotisa e tal, então você pode fazer o que quiser. Mas eu tenho que ser honesta e contar todos os detalhes da magia para você.

– Ok, sim, eu entendi. Então, deixe-me ler isso – estendi a mão para pegar o caderno.

– Não – Kramisha me surpreendeu. – Não sei por que, mas isto aqui é uma coisa que tem que ser lida em voz alta. Você só tem que escutar – quando ela começou a ler, a sua voz mudou. Não ficou mais alta, mas havia um poder no modo como Kramisha falava, no modo como ela pronunciava as palavras, que fazia com que aquilo fosse mais um cântico do que simplesmente um poema rimado.

"Espelho ancestral
Espelho mágico
Tons de cinza
Escondido
Proibido
Dentro, fora
Rompa a névoa
Toque de magia
Invoque as fadas
Revele o passado
O feitiço está feito
Eu salvo o dia!"

Ela terminou, e o aposento ficou totalmente silencioso.

– Bem, isso é alguma merda estranha – Kramisha disse, soando como ela mesma de novo. – Isso significa alguma coisa para você?

– Eu não sei. Pareceu algo poderoso, como se fosse mais do que um poema – respondi. – Eu gostei da parte que diz que *você* vai salvar o dia.

– Não foi dirigido a mim, Z. É para você. Eu nem sei muito bem o que ele é, porque não se parece com nenhum dos meus outros poemas. Parece mais um feitiço do que uma profecia.

– Um feitiço? – olhei ao nosso redor. Estava tudo igual. Nada havia acontecido. – Você tem certeza?

– Não, eu não tenho. Leve isto – ela arrancou a página do caderno e a entregou para mim. – Eu sei que tem alguma coisa rolando com você e com o seu círculo. Sei que você me contaria se pudesse – ela ergueu a mão para cortar a minha tentativa de explicação. – Eu não preciso de nenhuma explicação. Você é a minha Grande Sacerdotisa. Confio em você. Eu só precisava dar o poema a você e dizer que vai precisar dele. Quando você precisar, fale em voz alta como eu fiz. Há poder nessas palavras.

Peguei o poema, dobrei a folha cuidadosamente e a coloquei no bolso da frente da minha calça jeans.

– Obrigada, Kramisha. Espero que em breve eu possa contar a você como isso significa muito para mim.

– Você vai. Como eu disse, acredito em você, Z. Agora é a sua vez de acreditar em si mesma.

– É, seu sei. É isso que me assusta – eu admiti.

Kramisha me puxou e me deu um abraço apertado e caloroso.

– Z., se isso não a assustasse, eu diria que você não tem nenhum juízo mesmo. Apenas seja forte e se lembre: Nyx não é idiota, e foi ela que escolheu você para lidar com toda essa merda estressante, e não o contrário.

– Isso realmente me faz sentir um pouco melhor – falei.

– Bem, eu não sou nenhum Dr. Phil, mas sou inteligente – ela brincou.

– E os seus sapatos são mais bonitos do que os dele – tentei soar pelo menos um pouco normal.

– Sim, eles me lembram dos sapatinhos de rubi da Dorothy, só que os meus são *wedge* porque eu sou mais ligada em moda do que ela.

O comentário dela foi apropriado porque eu me sentia como se estivesse seguindo a estrada de tijolos amarelos ao encontro de uns macacos alados assustadores, o que supostamente transformava Aurox em Glinda, a Bruxa Boa do Norte. E eu? Tenho certeza de que eu seria o Leão Covarde...

Pensei que estava preparada para encontrar com Erin. Mas eu estava totalmente errada. Eu esperava que ela estivesse distante e fria; ela estava fazendo esse papel nos últimos dias. Eu inclusive já sabia do seu caso com Dallas – Shaylin tinha nos contado que viu Erin e Dallas juntos e que analisou as cores superturvas e imundas deles na noite anterior. E Shaunee havia admitido que viu os dois se pegando (apesar de se recusar a nos contar o que ela chamava de detalhes sórdidos). Mesmo assim, eu não esperava que Erin fosse tão descarada. Mas, quando chegamos para a primeira aula, ali estava ela, sentada grudada em Dallas, no fundo da classe com os outros novatos vermelhos detestáveis.

– Ah, não, que inferno – Aphrodite resmungou quando a risada sarcástica de Erin, na linha "ai, meu Deus, eu sou tão sexy", ressoou à nossa volta.

– Não deem nenhuma atenção a ela – Shaunee sussurrou enquanto caminhava ao nosso lado, pois todo mundo ficou olhando com cara de tacho para Erin, sem acreditar como ela tinha se afundado tanto na sarjeta. Ok, todos nós ficamos olhando com cara de tacho, menos Shaunee. Ela não olhou nem de relance para a sua ex-gêmea. Ela apenas entrou na sala de cabeça erguida, como se não estivesse ouvindo as risadinhas imaturas de Erin nem sentindo os olhares nojentos disparados na sua direção.

– Shaunee está certa – abaixei a voz para que só o meu grupo pudesse me ouvir. – Erin é como uma dessas crianças malcriadas que querem qualquer tipo de atenção, positiva ou negativa. Ignorem Erin e os outros.

Assim nós fizemos. Sentei na primeira fileira, com Stevie Rae, Rephaim e Shaunee de um lado, e Aphrodite, Shaylin e Damien do outro.

O assento vazio de Aurox saltou aos meus olhos. *O que será que ele está fazendo agora? O que está passando na sua cabeça enquanto ele se prepara para enfrentar Neferet e salvar Vovó? Será que ele vai amarelar? Provavelmente ele nem vai estar esperando na estação quando a gente voltar para buscá-lo. Provavelmente ele vai estar, tipo, na metade do caminho para o Brasil...*

A voz de Shaylin cortou o meu surto mental.

– Olhem lá – ela havia se inclinado sobre Aphrodite para sussurrar para mim. Com a cabeça, ela indicou ligeiramente uma garota à esquerda do nosso grupo.

Surpresa, reconheci Nicole. Ela estava sozinha, sentada mais na frente da classe, totalmente separada de Dallas e do seu grupo.

– Cores? – Aphrodite a questionou em voz baixa.

– O vermelho quase desapareceu – Shaylin respondeu de modo que eu ouvisse também. – E o marrom de tempestade de areia está ficando dourado. É realmente bonito.

– Hum – eu falei.

– Estranho – Aphrodite comentou.

– Totalmente estranho – Stevie Rae sussurrou do meu lado. – E eu ainda não gosto dela.

Eu estava pensando em algo sábio para dizer quando Thanatos entrou na sala.

– *Merry meet!* – ela saudou a todos.

– *Merry meet!* – nós a saudamos de volta.

Thanatos não perdeu tempo, e eu fiquei supergrata por isso, pois estava seriamente cansada de perder tempo.

– Não posso pedir que vocês entreguem a sua lição de casa, como eu faria se esta fosse uma escola comum. Não vou fingir que vocês não perderam a sua líder, Neferet, e que as suas vidas não foram dilaceradas.

Damien digitou rapidamente no seu iPad e o levantou para que a gente pudesse ler: dilaceradas = despedaçadas.

– Eu quero saber quem foi o responsável pelo incêndio no estábulo – a pergunta de Erin, vinda do fundo da classe, surpreendeu mais gente do que apenas a mim. Escutei sussurros em toda parte. O rosto de Shaunee ficou pálido, e até Thanatos levou mais do que o tempo normal de hesitação de um professor para responder.

– Parece que foi um acidente infeliz – Thanatos afirmou.

– Bem, eu não conheço algum acidente que seja feliz – a voz de Dallas foi sarcástica.

– Você não conhece *nenhum* acidente que seja feliz, certo? – Thanatos o corrigiu tranquilamente.

– Você não é um acidente? Lembro que você me contou que o seu pai e a sua mãe disseram que eles só foram até Dallas para passar o fim de semana, não para fazer um bebê – Stevie Rae gritou para o fundo da sala na direção dele.

Um monte de garotos começou a rir. Thanatos falou mais alto do que as risadas.

– Às vezes, as melhores coisas nascem de momentos acidentais e desesperadores. Você não concorda comigo, Dallas?

Ele resmungou algo que ninguém conseguiu entender. Escutei a voz ofegante de Erin, tipo Marilyn Monroe, sussurrar para Dallas antes que ele falasse qualquer coisa:

– Então, basicamente ninguém vai pagar por tocar fogo no estábulo?

– Eu não toquei fogo no estábulo – Nicole não estava se dirigindo a eles. Ela estava olhando para Thanatos e soando como se as duas estivessem sozinhas na sala. – Já falei isso para Lenobia. Eu estava lá. Estava ventando muito e o lampião caiu. Tudo aconteceu muito rápido. Eu estava indo até a selaria para guardar as escovas e outras coisas que estava usando para tratar de uma das éguas. Eu vi tudo acontecer. Teve uma rajada forte de vento, que derrubou o lampião bem no meio de um monte de fardos de feno, e eles se acenderam feito fogos de artifício – então Nicole se virou e terminou de falar olhando diretamente para Dallas. – Foi um acidente. Ponto final.

– Bom, ainda bem que você é tão confiável, ou as pessoas poderiam pensar que você está mentindo – a voz de Dallas soou como um insulto.

– Sim, de fato – Thanatos cortou o sarcasmo dele. – E a nossa Mestra dos Cavalos concorda com o testemunho de Nicole. Estamos todos muitos satisfeitos que ninguém tenha morrido por causa desse acidente.

– Mas o celeiro está uma bagunça – eu disse para preencher aquele silêncio desconfortável, fazendo o melhor que eu podia para nos trazer de volta para alguma aparência de normalidade. – Então, isso significa que as nossas aulas de Estudos Equestres estão canceladas?

– Não, de jeito nenhum – Thanatos se virou para mim com um olhar de gratidão. – Continuem com o seu calendário de aulas normalmente. Mas quem tiver aula de Estudos Equestres pode ser colocado para limpar o estábulo e retirar os destroços, em vez de cavalgar – então ela tocou a testa como se tivesse acabado de se lembrar de algo. – Exceto aqueles que eu preciso que me ajudem a preparar o evento aberto ao público no sábado.

Damien levantou a mão.

– Sim, Damien, qual é a sua pergunta? – Thanatos quis saber.

– Não é bem uma pergunta. Só quero me oferecer como voluntário para ajudar como eu puder.

Thanatos sorriu.

– Aprecio muito o seu gesto.

– Você está falando em estudo do meio? – a voz de Erin soava tão estranha vinda do fundo da sala.

– Acho que parte do que eu preciso pode ser considerada como estudo do meio, já que vou precisar que vocês saiam do *campus*. Erin, você está se candidatando a voluntária?

– Se isso significa perder aula, então você tem mais voluntários além de Erin – Dallas disse.

Eu não podia nem dar aquele olhar oblíquo para Stevie Rae e Aphrodite, mas com o canto do olho tive certeza de que vi Stevie Rae cruzando os dedos.

– Dallas, a sua ajuda pode ser útil. Hoje eu passei muitas horas do dia procurando na internet eventos beneficentes em Tulsa. Parece que um dos eventos para arrecadar fundos mais bem-sucedidos se chama Uma Noite de Vinho e Rosas. Ele ajuda o Tulsa Garden Center. Parece que a instituição pendura uma infinidade de luzes em volta do seu jardim de rosas e então promove um jantar com degustação de vinhos após o anoitecer. Isso, meu jovem e interessante vampiro vermelho, é perfeito para você.

– Perfeito? Eu não gosto muito de vinho – ele protestou.

Escutei Aphrodite bufando, mas continuei olhando para a frente, tentando nem respirar. Eu sabia o que Thanatos estava armando e queria muito que desse certo.

– Não, você me entendeu mal – Thanatos explicou. – Eu simplesmente quero reproduzir o padrão de iluminação deles no nosso evento aberto ao público. Dallas, imagine como o nosso *campus* vai ficar adorável se cordões de lâmpadas elétricas forem amarrados em volta dos nossos antigos carvalhos.

– Um monte de eletricidade seria ótimo. Já faz tempo que eu digo que esta escola precisa se atualizar em termos de eletricidade. Não estamos, tipo, em 1960. Precisamos de luzes de verdade aqui. Nossos olhos conseguem lidar com isso – Dallas soou metido, como sempre.

– Bem, eu concordo com você, pelo menos temporariamente – Thanatos sorriu para ele. Novamente, eu fiquei maravilhada com a sua impressionante capacidade de atuação. Então ela voltou sua atenção para Erin. – Como parece que você trabalha bem em parceria com Dallas, posso contar com você para ajudar a cuidar da decoração do nosso evento? Nós precisamos de uma iluminação requintada, mas também precisamos de mesas cobertas com belas toalhas de linho, espalhadas por todo o jardim central. Você pode assumir a responsabilidade de coordenar isso com os humanos locais, junto com a experiência em eletricidade de Dallas, para que tudo isso seja feito?

– Eu nasci para fazer decorações e compras. Dê o cartão ouro da escola para mim e estou dentro – Erin afirmou.

– Você vai ter um orçamento generoso – Thanatos garantiu a ela. – Principalmente porque o nosso evento já é daqui a alguns dias. O tempo é crucial.

– Se eu tiver dinheiro, sou ótima em cumprir prazos – Erin pareceu que tinha entrado totalmente no jogo de Thanatos.

Seguindo o roteiro, Aphrodite levantou a mão na hora certa.

– Ahn, *hello!* – ela soou entediada e maldosa. Ainda mais do que o normal.

– Você quer fazer uma pergunta, Aphrodite? – Thanatos se dirigiu a ela.

– Quero fazer uma observação inteligente. Se você vai escolher um responsável por organizar tudo para um evento beneficente, deveria procurar uma especialista: *moi*.[4] Eu cresci no meio do que a classe média chama tão barbaramente de *planejamento de eventos*.

Thanatos sorriu e respondeu em um tom condescendente:

– Tenho certeza de que você é uma especialista nisso, mas Erin e Dallas já se candidataram. Mas eu tenho outra tarefa para você. Gostaria que você desse uma saída rápida do *campus* para convidar os seus pais para o evento aberto ao público. Pelos comentários que li na imprensa ontem, suponho que posso contar com o apoio deles.

– Sim, que seja. Eu falo com eles – Aphrodite estava fazendo um trabalho incrível representando o seu papel. Ela parecia totalmente irritada por Thanatos não ter substituído Erin por ela, que era exatamente o que nós queríamos. Se Erin e Dallas acreditassem que estavam fazendo algo importante e que nós estávamos aborrecidos ou deixados de lado, eles ficariam convencidos. Eles ficariam insuportáveis. *Eles ficariam totalmente distraídos e não contariam nada para Neferet, apenas que Thanatos estava dependendo deles e dando um monte de responsabilidade a eles*. O primeiro passo definitivamente estava indo de acordo com o Plano.

Damien levantou a mão com ímpeto. Quando Thanatos o chamou, as palavras dele praticamente jorraram efusivamente:

– Será que eu poderia ir com Aphrodite? Sempre quis ver como a política da cidade funciona por dentro.

– Eca – Aphrodite bufou.

– Sim, você pode ir – Thanatos permitiu.

Foi a minha vez de levantar a mão. Eu tinha me preparado para isso, mas mesmo assim foi difícil manter a voz calma.

– Ahn, eu liguei para Vovó para falar sobre a ideia de ela vender os seus produtos de lavanda no evento, mas ela ainda não atendeu às minhas ligações.

– Você deixou um recado para a sua avó? – Thanatos perguntou.

– Sim, deixei – dei um longo suspiro. – E imagino que não é uma grande surpresa o fato de ela ter deixado o telefone desligado, já que a gente acabou de fazer o ritual de revelação sobre a minha mãe e tal – nessa hora não havia

....

4 "Eu", em francês (pronuncia-se "muá"). (N.T.)

problema de a minha voz ficar trêmula, e fiquei muito feliz com isso, pois estava sendo bem difícil me controlar. – Então, você quer que eu vá até a sua fazenda para falar com ela?

– Bem, talvez amanhã ou depois – Thanatos fez um gesto com a mão, indicando que isso não era urgente. – Mas acho que agora isso não é necessário. Hoje eu preciso que você vá comigo até os Street Cats. Gostaria muito de ser apresentada à líder da organização, irmã Mary Angela. Nós já sabemos que a sua avó irá nos apoiar, então ajudar a coordenar o evento com os Street Cats é um uso melhor do seu tempo, Zoey.

– Ok, eu posso fazer isso – respondi.

– Posso ir com vocês até os Street Cats? – Shaylin falou sem levantar a mão. – Eu realmente adoraria que um gato me escolhesse.

Thanatos sorriu.

– É claro, jovem novata – ela voltou o seu olhar aguçado para Stevie Rae. – Grande Sacerdotisa, preciso que você fale com a sua mãe. Você mencionou os cookies dela durante a nossa entrevista na televisão. Bem, acredito que vamos precisar dos cookies de mais de uma mãe para saciar o apetite de Tulsa no próximo sábado.

– Posso pedir para a minha mãe envolver as mães da Associação de Pais e Mestres. Elas cozinham feito loucas para o clube de apoio aos estudantes Henrietta Hen.

– Então vou contar com você para organizar os nossos petiscos – Thanatos afirmou. – Então, vamos recapitular. Aqueles a quem eu nomeei líderes, Dallas, Erin, Aphrodite, Zoey e Stevie Rae: escolham os novatos mais próximos a vocês e deleguem tarefas a eles. Dallas, você me parece um guerreiro legítimo, então pode proteger o seu próprio grupo. Zoey, Aphrodite e Stevie Rae, vocês podem incluir os seus guerreiros nas suas saídas do *campus* se acharem necessário. Vou confiar no seu bom senso. Fiquem em segurança e sejam discretas, ou seja, cubram as suas Marcas e não usem nenhuma peça do uniforme da escola. Não precisamos de nenhuma tensão adicional entre vampiros e humanos nem queremos chamar mais atenção do público. Além disso, vocês não precisam vir para a aula entre hoje e segunda. Aqueles a quem eu nomeei líderes devem vir até esta sala para me manter atualizada e, claro, pedir ajuda se for preciso. Hoje eu vou com Aphrodite encontrar o prefeito, mas depois vou voltar para a Morada da Noite e permanecer no *campus*, disponível como sempre. Não vamos esperar até que o sino indique que vocês podem ir. Vocês, meus estudantes especiais, não precisam seguir as regras tão ao pé da letra. Eu sei que vocês têm os valores da escola nos seus corações. Então, vão em frente com suas tarefas. *Merry meet, merry part* e *merry meet again*.

Desse modo, Thanatos simplesmente se livrou de Dallas, Erin e do seu grupo de bisbilhoteiros e espiões. Eles acreditavam sem a menor dúvida que Thanatos era uma Grande Sacerdotisa ingênua que eles podiam manipular, e que eles estavam recebendo um monte de responsabilidades para o evento aberto ao público na escola, o qual eu tinha certeza de que eles iriam tentar estragar totalmente junto com Neferet.

Nós, por outro lado, iríamos salvar Vovó e chutar a bunda de Neferet sem que ela desconfiasse. Então a gente teria tempo para consertar qualquer confusão que Dallas, Erin e a sua gangue pudessem ter aprontado para o nosso evento. Ou pelo menos esse era o nosso Plano.

22

AUROX

Ter que ficar esperando na torre do prédio da estação foi uma chance para Aurox relaxar. Era estranho, mas, desde que ele havia recebido a responsabilidade de salvar Vovó Redbird, o caos e o tumulto em sua mente tinham se acalmado. Ele estava no caminho certo, e sabia disso. E quando os elementos o alcançaram e o fortaleceram tanto que a vontade *dele* controlou a besta, Aurox se encheu de júbilo.

– Eu sou mais do que uma concha moldada pelas Trevas – as suas palavras ecoaram contra as paredes de pedra da torre, e Aurox sorriu. Ele queria poder gritá-las do alto do edifício Mayo. – Eu vou gritar – ele prometeu a si mesmo em voz alta. – Quando Vovó Redbird estiver livre e segura, vou gritar que escolhi a Luz em vez das Trevas – ele se sentiu bem só de dizer isso, apesar de ser o único a ouvir.

A menos que a Deusa esteja ouvindo...

Aurox levantou os olhos para a noite. O céu estava limpo e, apesar de a estação ficar bem no centro da cidade, um monte de estrelas estava visível, além de uma lasca brilhante de lua.

– A lua crescente. O seu símbolo – Aurox falou para a lua. – Nyx, se você está me ouvindo, eu quero agradecê-la. Você deve ter alguma coisa a ver com o fato de eu poder escolher ser mais do que aquilo que me criou. As Trevas não teriam me dado essa escolha, só pode ter sido você. Portanto, obrigado. E eu também ficarei muito grato se você puder fortalecer Vovó Redbird. Ajude-a a aguentar firme até eu chegar lá para resgatá-la. – Sentindo-se confiante e feliz, Aurox se recostou na parede arredondada da torre de pedra, fechou os olhos e, com um sorriso ainda no rosto, caiu em um sono profundo.

Aurox não costumava sonhar. Raramente ele se lembrava de alguma coisa do tempo que passava dormindo. Então aquele sonho em que ele estava pescando foi incomum desde o começo.

Aurox nunca tinha pescado, mas o cais em que ele estava sentado parecia muito familiar. O lago plácido era de um azul-topázio e estava dentro de um lindo bosque com árvores aparentemente ancestrais. Ele nunca tinha segurado uma vara de pesca antes, mas aquela vara parecia se encaixar naturalmente em suas mãos. Aurox enrolou a linha e depois a arremessou. A boia caiu no lago fazendo um barulho reconfortante. Ele suspirou e olhou preguiçosamente para a superfície espelhada da água – e sentiu um choque perturbador.

O rosto de Aurox não estava olhando de volta para ele, mas, sim, o rosto de outro garoto. Ele tinha um cabelo bagunçado cor de areia, e os seus olhos azuis estavam arregalados com a surpresa que Aurox estava sentindo.

Ele levantou a mão e tocou o seu rosto.

– Este não sou eu – ele falou para o reflexo incorreto e sentiu uma onda de choque de novo. A voz era sua, mas ela estava dentro do corpo errado! – É um sonho. Simplesmente uma imagem da minha mente adormecida – Aurox só precisava acordar. Mas ele não conseguia parar de olhar para o garoto.

Então o reflexo abriu a boca e começou a falar palavras sobre as quais Aurox não tinha nenhum controle.

– Ei, se liga. Você só pegou a minha escolha e a minha bondade emprestadas. Elas não são suas.

O pavor tomou conta de Aurox. O garoto em seu corpo estava dizendo a verdade. No reflexo, Aurox se viu balançando a cabeça de um lado para o outro sem parar, negando o que o seu coração afirmava.

– Não, eu escolhi a Luz em vez das Trevas. Eu fiz essa escolha!

– Pense melhor, cara. Eu fiz a escolha, você só pegou carona. Então você não pode se dar ao luxo de relaxar, principalmente quando vai resgatar a avó de Zo.

– Zo – Aurox franziu a testa. – Eu não devo chamá-la dessa forma.

– Ah, não diga, Sherlock. Isso é porque eu costumava chamá-la de Zo. Só estou avisando para você ficar ligado. Não fique tão convencido. As coisas não vão ser tão fáceis assim para você. Estou fazendo o melhor que eu posso, mas vai chegar a hora em que você vai ter que assumir a responsabilidade.

Então um peixe puxou a linha de Aurox, fazendo a água se ondular, turvando a sua superfície espelhada e fragmentando o sonho.

Aurox abriu os olhos. Ele ficou ofegante e se sentou rapidamente. O seu coração estava batendo tão forte que Aurox sentiu a besta dentro dele se agitar. Ele se levantou e começou a andar de um lado para o outro para aplacar a sua ansiedade.

Ele levantou os olhos para o céu. O crescente prateado havia se movido. Aurox olhou para o relógio que Stark tinha emprestado para ele. Já eram quase 22 h. Thanatos iria estar de volta para buscá-lo a qualquer momento. Ele precisava se recompor e descer até a frente do velho edifício da estação. Ele precisava reencontrar a sua confiança e se preparar para confrontar Neferet e as Trevas.

Aurox subiu a escada de metal enferrujada e então saltou de cima da torre para o telhado da estação. De lá, correu até alcançar a escadaria lateral. Ele estaria esperando quando Thanatos o chamasse. Ela estava contando com ele. Zoey estava contando com ele. Todos estavam contando com ele.

Ele iria provar que eles estavam certos em confiar a ele a vida de Vovó Redbird.

– Foi só um sonho. Nada mais do que isso – Aurox falou para o vazio da noite. A sua voz o reconfortou, mas o seu coração doía porque uma dúvida assustadora havia se infiltrado dentro dele.

ZOEY

– Lá está ele, esperando embaixo da parte mais escura da entrada da estação, exatamente onde Thanatos disse para ele ficar – apontei para a entrada da estação abandonada com aparência de Gotham City. Aurox estava nas sombras, mas o seu cabelo superloiro e os seus olhos cor de pedra da lua não deixavam que ele ficasse exatamente camuflado.

Stark se aproximou mais dele e Thanatos abriu a porta traseira do carro, um dos muitos SUVs da escola, fazendo um gesto para que ele entrasse.

– Não está todo mundo aqui – Aurox disse depois de fechar a porta e olhar ao redor dentro do veículo.

– Ahn, é claro que não – respondi, pensando que ele parecia muito nervoso. – Thanatos fingiu que nos dividiu para cumprirmos diferentes missões, para que Neferet não escute nada que a deixe desconfiada, lembra?

– Ah, sim. Sim. – Ele fez uma pausa e então acrescentou: – *Merry meet*, Thanatos.

– *Merry meet*, Aurox. Não se preocupe. O resto do nosso grupo vai se juntar a nós perto do edifício Mayo.

– Você está bem? Parece que você está meio pálido – Shaylin falou do banco de trás.

Estiquei o pescoço para olhar para ele.

– Pálido como? A aura dele está mudando?

– Não, a aura dele está igual. Eu quis dizer pálido mesmo. O rosto dele está branco – Shaylin observou.

– Eu estou bem – Aurox disse com firmeza. – Apenas ansioso para terminar de fazer o que tem que ser feito.

– Assim como nós – Thanatos afirmou. – Acalme-se e deixe essa tensão para a batalha.

Aurox assentiu e ficou em silêncio. Eu mordi o lábio e fiquei pensando em Vovó e olhando para fora da janela. Felizmente, o edifício Mayo não ficava longe da estação. Stark saiu da Fifth Street e estacionou nos fundos do edifício Oneok Plaza, que ficava em frente ao Mayo. Outro SUV escuro já estava lá. Darius, Aphrodite, Shaunee e Damien desceram do carro. Shaunee e Damien estavam segurando as velas dos seus elementos. Aphrodite estava dando uma mão para Darius e, na outra mão, ela tinha um livro de Geometria supergrosso.

– Geometria? Sério? Essa era a melhor escolha para a nossa falsa sessão de estudos? – percebi que eu estava falando coisas bobas sem pensar, mas realmente detestava Geometria.

– *Falsa* é a palavra-chave. A gente não vai estudar de verdade. A gente só vai *fingir* que está estudando, retardada.

– Sim, ok, tudo bem – eu falei. – Eu sei que a gente não vai estudar de verdade. Eu só estou muito nervosa e preocupada com Vovó.

– O que é totalmente compreensível – Damien me abraçou. – É por isso que estamos aqui. A gente vai resgatá-la – ele olhou para Aurox. – Você está pronto?

Aurox assentiu. Eu achei que ele não parecia estar pronto, mas provavelmente eu também não parecia pronta, então tentei não julgá-lo. Shaylin e eu estávamos pegando as nossas velas dos elementos nas nossas bolsas quando Kalona, silencioso como a própria noite, desceu do céu.

– Alguma novidade na escola? – Thanatos perguntou para o imortal alado.

– Dallas e Erin fragmentaram o grupo dos novatos vermelhos. Eles semeiam a discórdia, mesmo dentro da sua própria espécie. Vamos ter que lidar com eles quando isto aqui acabar.

– De acordo – Thanatos afirmou. – Mas o nosso plano funcionou.

– Sim. Eles estão tão ocupados exibindo para os outros estudantes a responsabilidade que você deu a eles que não estão preocupados com o que Zoey, você e qualquer um de nós estamos fazendo – Kalona contou.

– Erin está cometendo um grande erro – Shaunee falou em voz baixa.

– Estou feliz que ela está errando sozinha, sem você – Damien disse.

– Todos nós estamos felizes por isso – concordei.

Então o meu Fusca estacionou, e Stevie Rae e Rephaim saíram do carro.

– Desculpem pelo atraso – ela chegou apressada com a sua vela verde. – Erin e Dallas estavam em um carro atrás de mim, então tive que fingir que estava indo para o clube Henrietta Hen. *Aff*, eu estava com medo de que eles me seguissem o caminho todo, até que saíram da estrada e percebi que só estavam indo para a loja de iluminação Garbes. – Ela fez uma pausa e olhou para mim. – Você está bem, Z? Você está parecendo um cervo assustado na frente do carro, iluminado pelos faróis.

Pisquei e percebi que eu a estava encarando.

– É que é tão estranho ver você sem as suas tatuagens.

Stevie Rae levantou a mão e tocou a testa, tomando cuidado para não borrar a maquiagem pesada que cobria a sua bela Marca de vampira.

– É, para mim também é. Todos vocês estão estranhos.

– Mas assim chamamos menos atenção, e é isso o que importa hoje à noite – Stark afirmou.

Eu entendia e concordava que todos nós tínhamos que ser discretos – que inferno, até Kalona estava usando um casaco de couro comprido que, no escuro, realmente escondia a maior parte das suas asas gigantes. Mas isso não mudava o fato de que, sem as nossas Marcas, nós parecíamos estranhos, comuns e ordinários. Ordinários demais. E hoje nós precisávamos ser poderosos, confiantes e *extra*ordinários. Tentei me concentrar no lado positivo e acreditar que todos nós ficaríamos bem, mas a verdade era que o meu estômago estava doendo e eu estava me esforçando para não chorar.

Não. Eu não vou chorar. Garotinhas fracas choram. Líderes agem. Para o bem de Vovó, se não pelo meu próprio bem, eu vou agir.

– Ei, a sua Marca está dentro de você. Ela nunca pode ser coberta, perdida ou esquecida – Stark falou para mim, obviamente sentindo a minha tensão.

– Obrigada por me lembrar disso – respondi, tocando com carinho o seu rosto temporariamente sem tatuagens.

– Vamos todos nos lembrar disso. O nosso poder não reside nos ornamentos da nossa espécie, mas dentro de cada um de nós, através das nossas escolhas e dos dons concedidos pela nossa Deusa – Thanatos afirmou. – Portanto, nós devemos começar. O primeiro passo nesta noite é a abertura do nosso círculo e a realização de um feitiço de proteção. Quando eu colocar o feitiço em andamento, o nosso círculo vai ser encoberto. Desde que o círculo não se rompa, vocês cinco estarão seguros. Os olhos humanos não serão capazes de vê-los. As mãos humanas não poderão fazer mal a vocês. Mas, antes e depois do feitiço, todos vocês estarão vulneráveis.

Os pelinhos do meu braço estavam se arrepiando e eu tinha que respirar fundo para não surtar totalmente. Continuei olhando de relance para Aurox. Ele quase não tinha falado nada desde que nós o havíamos buscado. Na minha mente, imaginei a Deusa como da última vez em que eu a vira: voluptuosa, sábia e forte. Rezei em silêncio. *Por favor, Deusa, faça com que ele esteja preparado para isso!*

– Shaunee, a frente do edifício Mayo é voltada para o sul. Apesar de estarmos no inverno, há mesas tipo bistrô ao ar livre perto da entrada. É lá que você vai se posicionar com a sua vela. Darius, você vai com Shaunee. Proteja-a – Thanatos os orientou.

– Sim, Grande Sacerdotisa – Darius respondeu solenemente. – Eu também estarei perto o bastante para proteger Aphrodite e Zoey, se for preciso.

– As mesas fazem parte do restaurante. Elas ainda estão lá por causa dos fumantes – Aphrodite explicou. Ela enfiou a mão na bolsa, vasculhou o seu interior e depois jogou um maço de cigarros para Shaunee.

– Você fuma? – parecia uma pergunta idiota, mas, depois de tudo o que passamos juntas, fiquei chocada de pensar que Aphrodite podia ser fumante.

– Que inferno, claro que não. Você não sabe que cigarro causa rugas? *Hello*, não quero ficar com a pele esturricada aos trinta anos. Eu sei sobre as mesas para fumantes porque já estive no restaurante do edifício Mayo antes, então eu vim preparada – Aphrodite olhou para Shaunee. – Enquanto Zoey e eu fingimos estudar, você pode fingir que fuma e que Darius é o seu namorado. Atenção, *fingir* é uma palavra importante aqui. Lembre-se que eu vou estar logo atrás da janela, de onde posso ver tudo, e que vou matar você se o fingimento for muito convincente. Ah, peça a sopa de *chili* branco. Essa você não precisa fingir que vai comer. É boa.

– Obrigada – Shaunee agradeceu. – E apesar de você ser mais do que detestável, obrigada pelo empréstimo do seu guerreiro.

– Não precisa agradecer nem tocar mais nesse assunto. Sério. Jamais.

– Damien – Thanatos continuou, ignorando Aphrodite, assim como todos nós –, um beco acompanha a parede leste do edifício Mayo. É mal iluminado e é lá que eles acondicionam o lixo. Você pode se posicionar ali. Stark, você acompanha Damien. Se alguém tentar mexer com ele antes de o círculo estar traçado e de o feitiço de proteção ser feito, você deve usar todas as suas habilidades de controle da mente para afastar essa pessoa.

Stark assentiu.

– Entendido. Não vou deixar ninguém mexer com Damien. Assim como Darius não vai deixar ninguém mexer com a minha Z.

– Você tem a minha palavra de que não vou mesmo – Darius afirmou.

Apertei a mão de Stark. Eu sabia que ele odiava se separar de mim, mas, assim como eu, ele entendia o motivo. O círculo tinha que ser protegido, e o ar de Damien era o primeiro elemento a ser chamado, então ele ficaria ali, segurando uma vela, parado num beco frio e escuro, esperando que Thanatos desse toda a volta no quarteirão e fizesse o feitiço de proteção. Damien ia ficar muito mais vulnerável do que eu, num restaurante bacana, fingindo estudar Geometria.

– Stevie Rae, o beco de Damien acaba no caminho de entrada dos funcionários, bem atrás do edifício, num trecho da Fourth Street.

Stevie Rae assentiu para Thanatos.

– Lá é o meu norte. Rephaim e eu estaremos lá.

Thanatos se voltou para Shaylin.

– A Cheyenne Street é a rua do lado oeste do edifício Mayo. Não há nenhum local adequado para você se esconder. É simplesmente uma calçada entre um prédio e uma rua. A água é o terceiro elemento a ser chamado. Não vou mentir. Você vai ficar sozinha até que a terra e o fogo completem o círculo.

– Não, ela não vai estar sozinha – eu disse rapidamente, satisfeita com as palavras que a minha intuição estava me levando a falar. – Nyx vai estar com ela. Ela já concedeu dons incríveis a Shaylin: a Visão Verdadeira, uma afinidade com a água e a capacidade de poder mental que todos os novatos vermelhos têm.

– É verdade, Shaylin – Stevie Rae acrescentou. – Você não foi Marcada há muito tempo, então não teve muito tempo para praticar porque, bem, nós decidimos que não é muito legal ficar mexendo na cabeça de pessoas comuns, mas você pode fazer isso. Se alguém tentar perturbá-la, apenas olhe para essa pessoa. Faça com que ela olhe nos seus olhos e depois diga o que você quer que ela faça, pensando seriamente nisso.

Shaylin assentiu. Ela não parecia nem um pouco nervosa. Ela parecia firme feito uma rocha.

– Eu vou pensar: "Vá embora, deixe-me em paz, esqueça que você me viu!". Está bom assim?

– Sim, está ótimo – Stevie Rae sorriu. – Viu só, é moleza.

– Eu também vou cuidar de você – Kalona disse.

– Não! Shaylin pode cuidar de si mesma. Todos nós podemos. Você não deve tirar os olhos do alto do edifício Mayo e da varanda da cobertura de Neferet. No mesmo segundo em que você avistar Vovó, voe imediatamente até ela e a salve. Esse é o seu único trabalho hoje – eu afirmei.

– Isso não é verdade, jovem Sacerdotisa – Thanatos me corrigiu. – Kalona é o meu guerreiro, e como tal ele tem a responsabilidade de proteger os nossos novatos, além de proteger a mim – ela caminhou na direção de Kalona. – Encubra-me enquanto eu traço o círculo e faço o feitiço. Cuide dos nossos. Certifique-se de que o palco esteja montado para o que nós pretendemos realizar nesta noite – o olhar de Thanatos passou por mim e então se fixou em Aurox, que estava parado na beirada do nosso grupo. – Até que o círculo seja traçado, você não deve entrar no covil de Neferet.

– Eu vou esperar até sentir a presença dos elementos – Aurox afirmou.

– Lembre-se, Aurox, sem a força dos elementos, você não tem meios de controlar a besta, e ela vai emergir quando Neferet perceber que você foi até lá para salvar a prisioneira dela – Thanatos o advertiu.

– Vou me lembrar disso – ele falou.

– E eu vou me certificar de que o seu círculo seja traçado – Kalona disse. – Do céu, vou zelar por todos vocês – o imortal alado virou o seu olhar âmbar e frio para Aurox. – Você sabe que eu não posso ajudá-lo. Você vai ter que lutar sozinho para escapar do covil de Neferet.

Senti uma pequena onda de surpresa. Eu estava tão concentrada em tirar Vovó a salvo de lá que nem pensei no que ia acontecer a Aurox depois de tudo.

– Espere, você não pode carregar os dois para fora de lá? – perguntei a Kalona.

– Em segurança? Não. Há alguns limites para a minha força imortal – Kalona respondeu. – Aurox, se eu derrubar você do céu, você morre?

Kalona falou sobre cair do céu para Aurox de um jeito tão natural e bizarro, como se ele estivesse perguntando se ele preferia queijo suíço com presunto ou com peito de peru.

Aurox fez um movimento impaciente com o ombro.

– Acho que isso depende do fato de a besta dentro de mim ter se manifestado ou não. A besta é muito mais difícil de ser destruída do que eu.

– Quando Vovó estiver segura, nós vamos retirar os nossos elementos – agora eu estava soando tão estranhamente calma quanto os dois. – Aurox, deixe a besta assumir o controle o suficiente para que você consiga lutar para sair de lá.

– Você acredita que isso é possível? – Thanatos perguntou a ele.

– Talvez. Acho que isso vai depender muito de Neferet. E-eu não pensei em sair de lá, só em entrar – Aurox respondeu.

– Eu concordo com Zoey. Use a besta. Neferet já precisou de um sacrifício para controlá-la antes. Ela vai precisar disso de novo, mas nessa hora nós já teremos levado o sacrifício dela embora – Thanatos afirmou. – Eu posso mantê-lo em segurança. Quando você voltar a si novamente, vá até a Morada da Noite.

O rosto de Aurox pareceu se iluminar.

– Para ficar? Eu vou poder frequentar a escola?

– Essa é uma pergunta muito séria para que eu possa responder sozinha. O Conselho Supremo deve decidir o seu destino – Thanatos disse.

Prendi a respiração, esperando Aurox pular fora, esperando ele perceber que basicamente estava em uma missão suicida, esperando que ele nos mandasse para o inferno e fosse embora.

Mas ele não fez nada disso. Em vez disso, ele encontrou os meus olhos e falou:

– Eu tenho uma pergunta para você.

– Sim, qual é?

– O que significa "pegar carona" em alguém?

Acho que eu não teria ficado tão surpresa se Aurox tivesse se agachado e dado à luz uma ninhada de gatinhos. Por um segundo, eu não consegui nem pensar numa resposta. Até que soltei sem pensar:

– Significa que você não conquistou o que você recebeu, mas que outra pessoa conquistou, então você está pegando carona nela e ganhando crédito dessa forma.

O rosto de Aurox era uma máscara sem emoção. Ele respirou fundo e soltou o ar devagar. Todos nós estávamos olhando para Aurox, mas ele não disse nada. Apenas ficou parado ali, respirando fundo e parecendo quase uma estátua.

– Ok, então, você está pegando carona em quem? – a voz de Stark cortou o silêncio.

Aurox virou os seus olhos de pedra da lua para o meu guerreiro.

– Em ninguém. Em ninguém mesmo, e hoje eu vou provar isso – então o olhar dele encontrou o meu novamente. – Quando eu sentir a presença dos elementos, vou até Neferet. Quando Vovó estiver livre, façam como você disse. Retirem os elementos. Então fujam. Não quero correr o risco de ferir nenhum de vocês, e não posso ter certeza de que terei algum controle sobre a besta. Digam a Vovó que eu falei que a segurança dela é mais importante do que a minha. – Ele passou os olhos pelo nosso grupo enquanto disse: – *Merry meet, merry part* e *merry meet again* – Aurox se afastou de nós, atravessou a Fifth Street apressadamente e entrou no edifício Mayo pela porta da frente.

– Esta noite vai ser péssima para ele – Stark murmurou.

– *Hello,* você pegou leve – Aphrodite o corrigiu. – Esta *vida* é péssima para ele.

23

NEFERET

– Então, velha, o que você acha que há no seu sangue que o torna tão rançoso que os meus filhos não conseguem se alimentar dele?

Sylvia Redbird virou a cabeça devagar. Os olhos dela eram pontos brilhantes dentro da jaula de Trevas.

– Os seus fantoches não podem se alimentar de mim porque eu tive tempo para me preparar para você.

A voz da velha estava rouca, mas a força que ainda permanecia nela surpreendeu Neferet quase tanto quanto a irritou.

– Está certo. Oh, você é tão especial e amada pela sua Deusa. Mas espere um pouco – Neferet simulou sarcasticamente estar chocada. – Se você é mesmo tão especial e amada, por que está aqui, sendo torturada pelos meus filhos? Por que a sua Deusa não a salva?

– Você diz que eu sou especial. Eu não me chamaria assim, Tsi Sgili. Se você tivesse me perguntado, eu diria apenas que sou valorizada pela Grande Mãe Terra. Nem mais, nem menos.

– Se é assim que a sua Grande Mãe Terra trata uma filha valiosa que está gritando por ajuda, então sugiro que você pense em mudar de deusa – Neferet deu um gole no seu vinho misturado com sangue. Ela não sabia muito bem por que tinha a necessidade de provocar a velha mulher. A dor e a morte iminente dela deveriam ser suficientes para satisfazer a imortal, mas não eram. Neferet odiava o fato de Sylvia não gritar. Ela não implorava. Desde que Kalona havia escapado, Sylvia parara de gemer de dor. Agora, se não estava em silêncio, a velha estava cantando.

Neferet detestava aquela maldita canção.

– Eu não pedi ajuda para a Grande Mãe Terra. Só pedi a sua bênção, e isso ela me concedeu em abundância.

– A sua bênção! Você está dentro de uma jaula de Trevas que a está matando devagar e dolorosamente. Quem você pensa que é, uma santa católica? Será que eu devo crucificar você de cabeça para baixo e cortar a sua cabeça fora? – Neferet riu da própria piada, mas até mesmo para ela o som da sua risada foi falso. *Eu preciso de adulação e veneração! Como eu posso reinar como uma Deusa sem devotos?*

– Você matou os professores.

Sylvia não tinha feito uma pergunta, mas Neferet quis respondê-la.

– É claro que sim.

– Por quê?

– Para criar o caos entre humanos e vampiros, é claro.

– Mas como isso beneficia você?

– O caos incendeia as pessoas, os vampiros, a sociedade. O vencedor que emerge dessas cinzas controla o mundo. Eu serei essa vencedora – sentindo-se arrogante e cheia de poder, Neferet sorriu.

– Mas você já tinha poder. Você era a Grande Sacerdotisa da Morada da Noite. Você era amada por sua Deusa. Por que deixar tudo isso para trás?

Neferet franziu os olhos para Sylvia.

– Poder não significa controle. Quanto *poder* tem a sua Grande Mãe Terra se ela não pode fazer algo tão simples como controlar se eu tiro a sua vida ou não? Eu aprendi há muito tempo que o controle é o verdadeiro poder.

Sylvia balançou a cabeça, finalmente parecendo tão exausta quanto deveria.

– Você não pode controlar ninguém de verdade, exceto a si mesma, Tsi Sgili. Pode parecer que as coisas sejam de outro modo, mas todos nós fazemos as nossas próprias escolhas.

– É mesmo? Então vamos testar essa teoria. Imagino que você prefira viver – Neferet fez uma pausa, esperando ansiosamente pela resposta de Sylvia.

– Eu prefiro – as palavras de Sylvia saíram em um sussurro.

– Bem, acho que eu posso controlar se você vai viver ou morrer. Agora, vamos ver quem tem mais poder – Neferet levantou o pulso. Com um movimento rápido e habitual, ela abriu a veia que pulsava perto da superfície da pele com uma unha afiada. – Já cansei dessa conversa – quando o seu sangue começou a fluir, Neferet mudou o tom de voz e começou a cantarolar:

"Venham, meus filhos, provem a minha raiva
Usem o meu poder para fechar a sua jaula!"

Suas gavinhas fiéis deslizaram até ela, alimentando-se avidamente no seu pulso. Com forças renovadas, elas voltaram para Sylvia. A velha mulher levantou os braços defensivamente, mas vários braceletes se quebraram. Através das barras de sua jaula, peças de turquesa e prata caíram em cima da poça de sangue cada vez maior.

Quando a velha mulher tentou começar a cantar a sua canção de novo, as palavras dela foram cortadas por gavinhas pulsantes que se enrolaram na pele desprotegida dos seus braços.

Sylvia Redbird arfou de dor. Neferet gargalhou.

KALONA

Os humanos não olham para cima. Isso era uma coisa que não havia mudado com o passar dos séculos. O homem tinha conquistado o céu, mas, a menos que houvesse um pôr do sol radiante ou uma lua cheia e cintilante para admirar, os humanos raramente levantavam os olhos acima de suas cabeças. Kalona não entendia o motivo, mas ficava satisfeito com isso. Ele deu a volta por cima do edifício Mayo, avistando Damien, Stevie Rae, Shaylin e Shaunee. Então ele voltou para o edifício Oneok Plaza, aterrissando ao lado de Thanatos.

– Os quatro estão a postos.

Thanatos assentiu.

– Ótimo. Zoey já entrou. É hora de começar – ela colocou a mão dentro de seu volumoso manto de veludo e pegou um saco grande e escuro e uma caixa de fósforos longos.

Kalona apontou para o saco.

– Sal para amarrar o feitiço?

– Sim, é um prédio grande. Preciso de muito sal.

O imortal assentiu, pensando que ele havia começado a apreciar o senso de humor de Thanatos.

– Vamos torcer para ter um pouco de sorte nesse saco também.

– Sorte? Não sabia que imortais acreditavam nisso.

– Nós vamos resgatar uma humana, não uma imortal. Os humanos cruzam os dedos e desejam boa sorte uns aos outros. Só estou seguindo o exemplo – ele disse. – Além do mais, eu acredito que devemos usar toda a ajuda que conseguirmos. Se isso significa contar com um pouco de sorte, eu aceito.

– Eu também – Thanatos estendeu a mão para ele. – Não importa o que aconteça hoje, eu sei que você vai manter o seu Juramento a mim e, através de mim, a Nyx. Abençoado seja, Kalona.

Ele segurou o antebraço dela e abaixou a cabeça para Thanatos respeitosamente.

– *Merry meet, merry part* e *merry meet again*, Grande Sacerdotisa.

Kalona subiu ao céu enquanto Thanatos atravessava a Fifth Street e entrava no beco escuro, onde Damien estava esperando, vigiado por Stark. Empoleirado em um dos pilares de pedra da parede do edifício que ficava voltada para o leste, Kalona observou a cena do alto. Ele ficou surpreso por a voz de Thanatos chegar tão claramente até ele – e então a sua surpresa se transformou em vigilância. O poder no feitiço da Grande Sacerdotisa era palpável, e, se ele podia ouvi-la, um humano também poderia.

"Venha, ar, para este círculo da noite, eu o invoco
Proteja, defenda, esteja presente... Escute atentamente."

Thanatos riscou o fósforo e a vela amarela ganhou vida, iluminando o rosto sério de Damien. Stark estava parado na frente dele, de arco e flechas em punho.

Kalona ficou pairando acima deles, enquanto a Grande Sacerdotisa voltava pelo mesmo caminho, caminhando rapidamente para fora do beco em direção à frente do edifício Mayo. Com a mão escondida em seu manto, Thanatos ia derramando um rastro de sal. As luzes decorativas da entrada do saguão se refletiram nos minúsculos cristais, e de cima parecia que ela estava deixando um caminho de diamantes atrás dela.

Thanatos caminhou até a pequena mesa redonda na qual Darius e Shaunee estavam sentados. A jovem novata havia colocado a sua bolsa enorme na frente, de modo a bloquear a sua vela vermelha da visão dos transeuntes.

"Venha, fogo, para este círculo da noite, eu suplico
Seja vigilante e forte para fazer o que é preciso."

Antes que Thanatos riscasse o fósforo, ele se acendeu e virou uma labareda, iluminando a vela vermelha com um som alto e crepitante de fogo intenso.

Kalona franziu o cenho. Era bom que os elementos estivessem se manifestando, mas ele preferia que eles fizessem menos barulho.

Com o sal a seguindo, Thanatos deu a volta rapidamente no edifício, chegando até a calçada da Cheyenne Street. Havia pilares na lateral do prédio, como na face do edifício que dava para o beco. Foi ali que Kalona se empoleirou, olhando para baixo na direção da pequena novata sentada de pernas cruzadas no meio de uma cerca viva. Shaylin havia se escondido tão bem que Thanatos quase passou reto por ela. Kalona assentiu em aprovação à garota.

– Jovem, mas esperta. Nyx não se enganou em conceder dons a ela – ele murmurou.

"Venha, água, para este círculo da noite, eu peço
Flua, purifique, preencha, dê poder: essa é a sua tarefa."

A vela azul não ganhou vida em uma explosão de fogo como a vela de Shaunee, mas ela se acendeu normalmente, e Kalona sentiu o cheiro frio de chuvas de primavera chegando até ele.

Ele subiu ao céu novamente, seguindo a Grande Sacerdotisa.

Stevie Rae estava esperando com Rephaim nos fundos do edifício. Thanatos teve que descer uma escadaria escura e íngreme e caminhar entre vans que esperavam para fazer entregas. Kalona pairou no ar, observando atentamente. *Rephaim protege a sua Stevie Rae, e eu protejo o meu filho.* Mas parecia que tanta vigilância não era necessária. A noite estava silenciosa como a própria morte quando Thanatos parou na frente de Stevie Rae.

"Venha, terra, para este círculo da noite, eu imploro

Apoie, seja o chão que sustenta e que dá confiança ao nosso grupo."

A vela verde crepitou e se acendeu. Na sua luz trêmula, Kalona viu de relance o rosto de Rephaim. O garoto parecia calmo e seguro, como se acreditasse que não havia nenhuma possibilidade de o saldo final da noite não ser positivo.

Kalona queria ter a fé de seu filho.

Ele voou mais para cima, mantendo Thanatos à vista enquanto a Grande Sacerdotisa terminava o círculo ao redor do edifício Mayo, cortando caminho pelo beco e passando rapidamente em silêncio por Damien e Stark. A trilha de sal que envolvia o prédio ficou completa. Quando ela chegou na frente do edifício novamente, Thanatos fez apenas uma pausa para olhar para cima. Kalona encontrou o olhar dela e voou para o topo do Oneok Plaza, empoleirando-se ali. Daquele ponto avantajado, ele observou a Grande Sacerdotisa entrando no edifício Mayo. Ela desapareceu por alguns instantes, e então ele viu o seu manto escuro quando ela se juntou a Zoey e Aphrodite na mesa perto da ampla janela do restaurante.

Kalona não conseguiu ouvir as palavras de Thanatos, mas ele sussurrou para si mesmo a conclusão da invocação dos elementos.

"Venha, espírito, para este círculo da noite, eu clamo

Conceda seus dons, preencha-nos, em seu poder nós confiamos."

Zoey tinha levado uma pequena vela roxa em seu bolso até o restaurante. Ela e Aphrodite haviam conversado sobre esconder a vela atrás do livro que elas estavam usando como acessório. A visão de Kalona não era boa o suficiente para ver a luz da vela, mas ele teve certeza de que o círculo estava traçado e de que o feitiço de proteção tinha sido realizado. Ele sentiu a onda de poder dos elementos o invadir. Ela formigou pela sua pele como uma faísca elétrica.

Não! O imortal alado quis gritar para a noite. *Se eu posso sentir o feitiço, Neferet também pode!* Com um temor horrível, Kalona observou o espaço que separava o topo do seu prédio da varanda na cobertura de Neferet. Ele não podia ver nada através dos grossos parapeitos de pedra. Será que ele deveria sobrevoar o covil de Neferet e correr o risco de ser visto? *O que será que está acontecendo?*

– Apresse-se, garoto. Suba na cobertura enquanto Neferet está distraída, para que ela não saiba que eles fizeram um círculo lá embaixo e para que ela descarregue a sua vingança apenas em cima de você. Eu vou cuidar para que todos escapem. Pegue Sylvia antes que a Tsi Sgili o mate! – Essa era a verdade que ninguém tinha falado. Kalona sabia disso, e ele acreditava que Aurox também sabia. Não haveria escapatória para Aurox. Neferet iria matar o seu Receptáculo traidor naquela noite.

Kalona sentiu o calor e soube que Erebus tinha se materializado antes que ele falasse. Mas ele não se virou. Ele não desviou o olhar da varanda de Neferet.

– Pronto para aceitar a minha ajuda, irmão?

– Por que eu precisaria da sua ajuda? Eu sempre fui o melhor guerreiro – Kalona respondeu.

– Talvez o melhor guerreiro, mas não o melhor Consorte.

– Esse título é seu, não meu – Kalona se recusou a morder a isca. – Volte para a sua Deusa. Eu não tenho tempo nem paciência para discutir com você hoje.

– As Trevas não podem se alimentar de nós dois – a voz de Erebus não tinha emoção. – Se eu voar até lá com você, nós podemos libertar a velha senhora e levá-la de volta para as pessoas que ela ama. Neferet não pode nos deter.

Kalona se virou um pouco, de modo que ele podia olhar para o seu irmão e continuar vigiando a varanda ao mesmo tempo.

– Por que você faria isso?

– Para conseguir o que eu quero, é claro – Erebus afirmou.

– E o que é?

– Que você vá embora da Morada da Noite; de *qualquer* Morada da Noite. Os vampiros não são o seu povo. Vá viver a sua eternidade em qualquer outro lugar e deixe os nossos filhos para a Noite e o seu Sol.

– Eu fiz um Juramento de ser o guerreiro da Morte e não vou quebrá-lo.

– Você já quebrou um Juramento antes. Que diferença faz quebrar mais uma vez?

– Eu nunca mais vou quebrar nenhum Juramento! – a raiva de Kalona fez o ar em volta deles se agitar com o poder frio da luz da lua. Uma névoa se levantou do corpo abençoado pelo sol de seu irmão, quando aquele poder fluiu por sobre o calor das suas asas douradas.

Erebus sacudiu as asas e afastou a neblina, que se evaporou.

– Como sempre, você está pensando só em si mesmo – ele olhou com desprezo para Kalona.

Kalona balançou a cabeça de desgosto.

– O que Nyx diria se escutasse você negociando a vida de uma velha mulher?

Erebus bufou.

– Você vem falar para mim sobre a vida de uma velha mulher? Quantas mulheres, jovens e velhas, você destruiu durante todos esses éons, desde que você foi banido?

– Nyx não sabe que você está aqui – Kalona deu as costas para o seu irmão. – Eu fui banido. Eu quebrei um Juramento. E mesmo assim eu sou inteligente o bastante para saber que, se a sua Deusa descobrir, ela vai desprezar o que você está fazendo.

– Minha Deusa despreza você!

Kalona não o viu partir. A ausência do seu calor e da sua malícia era a prova de que Erebus havia retornado para o reino do Mundo do Além.

Silenciosamente, Kalona continuou a observar o espaço até a varanda. Não muito tempo depois, Thanatos se juntou a ele na sua vigília.

– O círculo está traçado. O feitiço está feito. Agora nós só podemos esperar – Thanatos disse.

– E assistir – Kalona concordou, acrescentando mentalmente: *e imaginar.*

AUROX

Ele sentiu o feitiço de proteção sendo feito e sabia o que significava. Sem hesitar, Aurox entrou apressado no elevador e apertou o botão para subir até a cobertura.

– Rápido! Por favor, vá rápido! – ele gritou para as portas fechadas. *Está devagar demais! Eu já precisava estar lá agora! Se eu senti o feitiço, ela pode senti-lo também!*

Aurox queria esmurrar as paredes daquela caixa de metal lenta. Ele sentiu a frustração, quente e espessa, tomar conta dele. A besta se agitou.

Aurox congelou. Apavorado, ele diminuiu o ritmo da sua respiração. *Controle a besta... controle a besta...* Ele ficou repetindo mentalmente sem parar. Foi quando o elevador finalmente alcançou o andar da cobertura e as portas se abriram devagar que os elementos o encontraram. Com uma onda de energia, eles o encheram de força e calma, apagando o calor da besta.

Ele soltou um logo suspiro de alívio e, com confiança renovada, pisou no mármore lustroso do *hall* de entrada. Havia um cheiro forte do sangue de Neferet no ar. Por um momento, Aurox não compreendeu. Será que Vovó Redbird havia conseguido ferir a Sacerdotisa?

Então ele escutou uma risada e o barulho familiar que as gavinhas de Trevas faziam ao se alimentar. Ele também ouviu o terrível gemido de dor de uma mulher. Furtivamente, Aurox extraiu coragem da presença dos elementos e entrou rapidamente e em silêncio na sala de estar da cobertura.

Aurox pensou que estava preparado para o que iria ver. Ele sabia que Neferet havia aprisionado Vovó em uma jaula de Trevas. Ele sabia que ela estaria assustada e machucada. Mas a cena era muito pior do que ele tinha imaginado. Ele deu só uma rápida olhada para Vovó, encontrando os olhos cheios de dor dela apenas por um instante. Foi em Neferet que ele concentrou a sua atenção.

Ela parecia nem saber que ele estava ali. Ela estava se espreguiçando em um grande móvel modular que tinha a forma de um semicírculo. Seus braços estavam abertos, com as palmas voltadas para cima, e ela estava rindo. As gavinhas de Trevas estavam em toda a volta dela, agitando-se por cima das almofadas e debatendo-se umas contra as outras, ávidas por alcançar os pulsos feridos de Neferet e se alimentar. Quando uma se soltava da pele dela, outra tomava o seu lugar. Aurox observou quando uma gavinha inchada deslizou para a jaula que prendia Vovó, onde ela se juntou a outras da sua espécie que não paravam de cortar a pele da velha mulher com as mesmas marcas de chicote afiado das quais Kalona havia se curado recentemente. Aurox sabia que Vovó não teria tanta sorte.

Ele andou decididamente até Neferet e se ajoelhou diante dela.

– Sacerdotisa! Eu voltei para você!

A cabeça dela estava virada preguiçosamente para trás. Ao som da voz dele, Neferet a levantou. Ela franziu a sobrancelha, como se estivesse sendo difícil conseguir focá-lo, até que arregalou os olhos ao reconhecê-lo. Apesar de a posição do seu corpo passar a falsa impressão de letargia, em um movimento rápido Neferet agarrou uma gavinha que tinha acabado de se alimentar e a atirou em Aurox. A criatura parecida com uma cobra o atingiu no meio do peito, rasgando a sua blusa e abrindo a sua pele.

– Você demorou! – Neferet gritou para ele.

Aurox não recuou.

– Perdão, Sacerdotisa! Eu fiquei confuso. Não consegui encontrar o caminho de volta até você – Aurox deu a desculpa que ele achou mais provável de Neferet acreditar.

Neferet endireitou as costas e se sentou, afastando as gavinhas dos seus pulsos e falando suavemente com elas, como se aqueles filamentos de Trevas fossem filhos amados.

– Você ignorou a minha ordem. Eu tive que fazer um sacrifício para reassumir o controle da besta, e mesmo assim você fracassou – ela atirou outra gavinha nele, que deixou a marca de uma linha vermelha no bíceps de Aurox.

A dor se multiplicou. A besta sentiu e começou a se agitar. Aurox fechou os olhos e imaginou o círculo incandescente em volta dele com o seu brilho protetor.

Com relutância, a besta se acalmou.

Fortalecido, Aurox abriu os olhos e suplicou para Neferet:

– Eu não ignorei a sua ordem! Foi o círculo que foi traçado e a invocação da Morte que me fizeram fracassar. Sacerdotisa, eu não posso descrever o afluxo de Luz e poder que Thanatos fez surgir. Isso afetou a besta. Eu não consegui fazer com que ela emergisse!

– Mas eu consegui, e mesmo depois disso você fracassou em destruir Rephaim e romper o círculo – Neferet atirou outra gavinha nele. Esta não apenas o feriu. Ela se enroscou no pescoço dele e começou a se alimentar dali.

Mesmo assim, Aurox não se retraiu. Porém, dentro dele, a besta rugiu, mas o som foi abafado por uma onda fria de água e soprado para longe com uma poderosa rajada de vento.

– Isso foi culpa de Dragon Lankford. Ele estava protegendo Rephaim – Aurox respondeu, mantendo o corpo totalmente imóvel, enquanto as Trevas continuavam a se alimentar dele.

Neferet balançou a cabeça, irritada.

– Dragon não deveria estar lá. Eu pensei que a morte de Anastasia havia acabado com ele. Infelizmente, eu estava errada – ela suspirou. – Eu ainda não entendo por que você não matou Rephaim *depois* que Dragon morreu.

– Foi como eu disse, Sacerdotisa. O feitiço fez algo terrível a mim. Eu não era eu mesmo. Não consegui controlar a besta. Depois que ela perfurou o Mestre da Espada, não consegui forçá-la a continuar e a matar Rephaim. Ela saiu correndo, e eu não consegui detê-la. Foi só hoje que finalmente eu recuperei os sentidos. No mesmo instante em que voltei a mim, vim atrás de você novamente.

Neferet franziu a testa.

– Como se você tivesse algum sentido que pudesse recuperar. Imagino que eu deveria esperar mesmo esse tipo de coisa. Sacrifício imperfeito, Receptáculo estragado – ela resmungou mais para si mesma do que para Aurox. – Bem, tudo não acabou tão mal assim – ela voltou a se dirigir a ele. – Você colocou um fim na vida honrada e irritante de Dragon Lankford. Você não impediu o ritual de revelação, e por causa disso eu fui banida pelo Conselho Supremo dos Vampiros, mas resolvi não me importar muito com isso. Afinal, eu posso brincar com os humanos locais e o meu pequeno grupo de vampiros – ela se inclinou para a frente, oferecendo a Aurox sua mão manchada de sangue. – Portanto, você está perdoado.

Aurox pegou a mão dela e inclinou a cabeça.

– Obrigado, Sacerdotisa.

A gavinha que estava se alimentando no seu pescoço se soltou e caiu na mão de Neferet, enrolando-se no seu braço e aninhando-se perto do seu peito.

– Na verdade, a sua volta me deu uma ideia. Dragon Lankford estava quase completamente acabado com a morte de sua companheira. Permitir que alguém tenha tanto controle sobre as suas emoções é mesmo uma coisa patética e fraca. Mas não importa. Dragon era maduro e sábio, e mesmo assim a morte de Anastasia quase o destruiu. Zoey Redbird não é madura nem sábia. Quando Kalona matou aquele humano dela tão estupidamente, ela se despedaçou e eu quase me livrei dela – Neferet colocou seu dedo lambuzado de sangue em seu lábio vermelho, pensativamente. Ela desviou o olhar de Aurox e se voltou para o canto da sala em que Sylvia Redbird estava pendurada em uma jaula cada vez mais apertada. – Sylvia, você pode imaginar como a sua pobre e doce *u-we-tsi-a--ge-ya* vai ficar devastada quando você morrer?

A voz de Vovó Redbird estava fraca e com traços de dor, mas ela respondeu sem hesitar:

– Zoey é mais forte do que você pensa. Você subestima o amor. Acho que porque você nunca se permitiu saber o que é isso.

– Eu nunca permiti que isso me controlasse como se eu fosse uma idiota! – os olhos de Neferet faiscaram de ódio.

Aurox queria implorar para Vovó: *Não a enfrente, fique em silêncio até que eu liberte você!*

Mas Vovó não ficou em silêncio.

– Aceitar o amor não faz de você uma idiota. O amor a torna humana, e isso é exatamente o que você não é, Tsi Sgili. Você só glorifica a sua vitória sobre a humanidade porque se tornou uma coisa podre, impossível de ser amada.

Aurox percebeu que as palavras de Sylvia afetaram profundamente Neferet. A Tsi Sgili se levantou e, com um sorriso de réptil, ela ordenou:

– Receptáculo, invoque a besta e mate Sylvia Redbird!

24

AUROX

Apesar de Aurox precisar que ela desse essa ordem para que ele pudesse se aproximar de Vovó Redbird o bastante para salvá-la, aquelas palavras fizeram o estômago dele se contrair e o seu coração disparar. Ele se levantou e começou a caminhar na direção da jaula feita de gavinhas de Trevas.

– Apenas quebre o pescoço dela. Não danifique o seu corpo ainda mais do que o estrago que os meus filhos já fizeram. Quero me certificar de que Zoey possa identificá-la.

– Sim, Sacerdotisa – Aurox disse sem mostrar emoção.

Ele não olhou para a terrível poça de sangue coagulado e turquesas quebradas que havia se formado, manchando o carpete abaixo da jaula. O olhar dele e o de Vovó Redbird se encontraram. Aurox tentou dizer a ela com aquele único olhar que ela não precisava ter medo, que ele nunca iria machucá-la. Sem emitir som, ele movimentou a boca para falar duas palavras para ela: corra e varanda.

Vovó continuou olhando para ele. Ela assentiu e disse:

– Eu vou sentir falta do nascer do sol, das lavandas e da minha *u-we-tsi-a-ge--ya*, mas a morte não me aterroriza.

A jaula estava quase ao alcance de Aurox. Ele sabia o que precisava fazer. As gavinhas iriam se abrir para ele. Vovó iria correr. Ele iria persegui-la, mantendo o seu corpo entre o dela e os filhotes deslizantes de Neferet, pegando-a lá fora, na varanda. Então ele iria segurá-la, até que Kalona a levasse para um local seguro.

Então os elementos iriam abandoná-lo e a besta teria que lutar pela sua própria liberdade. Aurox tinha pouca esperança de conseguir, mas ele se agarrava ao pensamento de que libertar Vovó Redbird já era uma vitória por si só. Aurox levantou as mãos para romper os filamentos de Trevas.

– Por que você não invocou a besta? – a voz de Neferet estava a centímetros dele.

Vovó Redbird se encolheu para trás, olhando por sobre o ombro dele.

Aurox se virou. Neferet estava ali, pairando sobre um ninho de gavinhas deslizantes. Ele não podia ver os pés dela. Dos joelhos para baixo, parecia que ela havia se transformado em uma parte dos filhos de Trevas que havia tanto tempo ela alimentava.

Então ele sentiu medo. Esse medo provocou calafrios em Aurox como um vento de inverno. Mas, dentro dele, o fogo enviou uma onda de calor e ele reencontrou a sua voz.

– Sacerdotisa, a besta não responde aos meus comandos como fazia antes do ritual de revelação. Mas eu não preciso dela para quebrar o pescoço de uma velha mulher.

– Mas eu realmente gosto de bestas. Vou ajudar você a fazê-la emergir – rápida como o bote de uma cobra, Neferet deu um tapa em Aurox.

A besta estremeceu, mas a terra suavizou a dor lancinante, permitindo que Aurox controlasse a criatura mais uma vez.

Neferet levantou a sobrancelha.

– Isso não é interessante? Eu não sinto o menor sinal da presença da criatura – o seu ninho de Trevas a levou para ainda mais perto de Aurox. Ele podia sentir o seu bafo, que tinha um cheiro rançoso, como se ela tivesse comido carne podre. Ele se forçou a não se mover quando ela se inclinou sobre ele, colocando os seus braços em volta de Aurox, como se ele fosse seu amante. – Mas você sabe o que eu sinto?

Aurox não conseguiu falar. Ele só conseguiu balançar a cabeça.

– Eu vou dizer a você – ela passou a sua unha afiada pelo rosto dele. O sangue brotou e as gavinhas em volta dela estremeceram na expectativa. – Eu sinto traição – ela deu outro tapa nele, desta vez usando a sua mão como uma garra e tirando mais sangue do seu rosto. – Você é um Receptáculo, criado como um presente para mim. Você é meu e tem que obedecer às minhas ordens. A besta é minha e eu posso invocá-la – Neferet o atacou novamente, extraindo mais sangue.

A besta se agitou, mas o espírito fortaleceu Aurox, permitindo que ele mantivesse o controle.

– Espírito? Como o espírito pode estar presente dentro de você? – Neferet cresceu sobre ele, e sua fúria fez com que as gavinhas se multiplicassem e se expandissem. – Ataque-o! – a Tsi Sgili atirou um filamento de Trevas nele. Desta vez, Aurox levantou o braço para bloquear o impacto. A gavinha fez um corte profundo em todo o seu antebraço. A besta estremeceu, alimentando-se da dor de Aurox.

Instantaneamente, os outros quatro elementos se uniram ao espírito que o acalmava, e a água o suavizou, o ar o resfriou, a terra o apoiou e o fogo o fortaleceu.

A ira de Neferet era terrível.

– Os elementos estão com você! Onde estão aquela vaca da Zoey e o seu círculo?

– Longe de você, bruxa! – Aurox gritou, e então ele se virou e rasgou a jaula de Trevas, abrindo-a. Pegando Vovó Redbird em seus braços, Aurox correu.

"Ataquem! Machuquem! Provoquem uma dor insuportável em Aurox, essa é a minha ordem!"

As gavinhas pegaram Aurox pelos tornozelos, ferindo-o profundamente e fazendo com que ele tropeçasse. Ele derrubou Vovó Redbird. A velha mulher gritou:

– Aurox!

Ele tentou responder, dizendo para ela correr para a varanda, onde a liberdade a esperava, mas Neferet foi mais rápida, terminando o feitiço num piscar de olhos.

"Besta feita de Trevas, apareça! Obedeça à minha ordem!"

Aurox foi engolfado pelas gavinhas de Trevas. Elas não apenas o cortaram. Elas pressionaram os seus corpos contra ele. A pele dele ondulou e começou a absorver aquelas terríveis criaturas parecidas com cobras. A dor ardia por baixo de sua pele. Acompanhando cada batida do seu coração disparado, as Trevas pulsavam através do corpo de Aurox, combatendo os elementos até que eles desaparecessem, despertando a besta.

Vovó Redbird estava chorando e estendendo o braço na direção de Aurox. A dor dentro dele era insuportável, e com um tremor terrível o seu corpo começou a se transformar.

– Não! Vá! – Aurox conseguiu gritar. A voz dele havia mudado. Era incrivelmente poderosa e completamente inumana.

A besta emergiu, nascida da dor, do ódio e do desespero.

A velha mulher se levantou e começou a mancar na direção da porta quebrada da varanda.

– Mate-a! Agora! – Neferet ordenou.

Dentro da parte da mente que ainda era sua, Aurox gritou quando a besta rugiu e obedeceu.

ZOEY

Balancei a cabeça para Aphrodite quando ela pediu a sua terceira taça de champanhe.

– Como você consegue beber?

– Usando a minha identidade falsa que diz que eu sou Anastasia Beaverhousen e tenho vinte e um anos.

Revirei os olhos.

– Ok, o meu nome falso na verdade é Kitina Maria Bartovick – ela disse.

– Ah, como se esse nome não fosse tão obviamente falso – revirei os olhos de novo.

– Tanto faz. Funciona.

– Você não respondeu à minha pergunta sobre as centenas de taças de champanhe.

– Não respondi mesmo, e você perdeu o senso de humor – ela deu um gole naquele líquido rosado e borbulhante. – Enfim, de repente você ficou com a aparência péssima. O que está rolando?

Esfreguei a testa. Minha mão estava trêmula. Meu estômago estava me matando.

Aphrodite se inclinou para mais perto de mim, fingindo estar interessada no livro de Geometria aberto em cima da mesa, e sussurrou:

– Se você começar a tossir sangue e morrer, você vai ferrar totalmente o nosso Plano.

– Eu *não* estou morrendo. Eu só... – perdi a fala quando fui preenchida por uma onda de energia. – Ah, não!

– O que foi?

– O espírito. O elemento está de volta – falei enquanto digitava o número de Thanatos no meu telefone. Através da janela enorme da frente do restaurante, eu vi o ombro de Shaunee dar um solavanco, como se alguma coisa tivesse acabado de bater com força dentro dela também, e juro que o ar em volta dela soltou faíscas de fogo. Ela se virou. Os nossos olhos se encontraram. Ela pegou a sua vela vermelha.

Thanatos atendeu no primeiro toque.

– Kalona pegou Vovó? – perguntei.

– Não. Não há nenhum sinal dela. Zoey, você não pode... – ela ainda estava falando quando eu desliguei o telefone e peguei a pequena vela roxa.

– Ela não está a salvo? – Aphrodite perguntou.

– Não – eu me levantei. – Eu vou subir lá agora – sem esperar para ver se ela concordava comigo, saí correndo do restaurante, atravessei o lobby e cheguei ao elevador. Shaunee e Darius me encontraram lá. Ela estava segurando a sua vela. A chama dela estava brilhando bem mais forte do que a da minha pequena vela roxa, mas as duas velas ainda estavam acesas.

– O fogo voltou – Shaunee disse.

Apertei o botão do elevador com a seta apontada para cima.

– Eu sei. Vovó ainda está lá em cima.

Stark entrou correndo no lobby, com Damien logo atrás dele. Ele também ainda estava segurando a sua vela acesa.

– O ar retornou! O fogo e o espírito também?

Eu assenti e então encarei Stark.

– Vovó não saiu. Eu vou subir lá agora.

– Não sem mim – Stark afirmou.

– Ou sem mim – o rosto de Stevie Rae estava corado e ela estava cuidando da sua vela acesa.

Shaylin parecia assustada e confusa quando entrou apressada no lobby, protegendo com a mão a chama da sua vela azul.

– Aconteceu alguma coisa. A água voltou e Thanatos não fechou o círculo. Achei melhor entrar aqui.

– Você fez bem – respondi. – Ok, olhem só – as portas do elevador se abriram e eu entrei. – Aurox perdeu o controle. Provavelmente porque Neferet fez algo terrível. Eu e Stark vamos subir lá para ter certeza de que essa coisa terrível não vai acabar matando a Vovó. Vocês ficam aqui. Não deixem as suas velas se apagarem. Mantenham o círculo aberto.

– Claro que não, que inferno – Shaunee falou, entrando decidida no elevador. – Se você vai, o fogo também vai.

– Todos nós vamos – Stevie Rae afirmou.

– Foda-se, eu também vou – Aphrodite disse.

E foi assim. Eu e meus amigos nos apertamos dentro do elevador. Apertei o botão para subir até a cobertura.

– Vocês sabem que vai estar rolando uma merda incrivelmente foda quando essas portas se abrirem – Aphrodite nos alertou.

– Fique dentro do círculo e perto de Zoey – Darius a orientou. Ele tinha uma faca em cada mão.

Stark engatou uma flecha no seu arco. Coloquei a mão que não estava segurando a vela em seu ombro.

– Não mate Aurox a menos que você tenha que fazer isso.

– Zoey, não é Aurox que vamos encontrar. Vai ser a besta. Lembre-se disso – ele respondeu.

Eu concordei.

– Vou me lembrar. E lembre que eu amo você.

– Sempre – ele falou.

As portas se abriram e vimos um *hall* deserto. Como se a gente fosse um só, saímos juntos do elevador, segurando as nossas velas acesas e mantendo o nosso círculo aberto.

O cheiro de sangue me atingiu. Misturado na terrível sedução daquele aroma, havia o perfume de lavanda e algo que não consegui identificar. Algo que me lembrava dos rochedos que rodeavam a fazenda de Vovó.

– Turquesa – Stevie Rae afirmou. – Eu posso senti-la.

Então escutei Vovó chamar o nome de Aurox, e logo depois um grito seguido de um terrível rugido, e então a voz inconfundível de Neferet ordenando:

– Mate-a! Agora!

Entrei correndo na cobertura.

– Ar, fogo, água, terra, espírito! Detenham a besta!

Houve um flash ofuscante quando Aurox, totalmente transformado naquela criatura horrível que repousava embaixo da sua pele, arremeteu contra Vovó. O poder dos elementos o envolveu e o segurou, chiando de energia. A besta rugiu de ódio, cuspindo sangue e saliva daquela boca terrível, enquanto ele rodeava Vovó.

– *U-we-tsi-a-ge-ya!*

– Vá para a varanda! – eu berrei. Havia uma porta de vidro estilhaçado apenas alguns metros atrás de Vovó, e através dela eu podia ver a varanda iluminada pelas estrelas na qual Kalona, com as asas abertas, estava pousando.

– Não! Desta vez não! – de repente Neferet estava ali, diante do meu grupo. – Fechem a porta! – Neferet ordenou e uma teia preta se formou sobre a porta quebrada, bloqueando a saída de Vovó. Então ela se virou para nós. – Desta vez vocês estão na minha casa, e eu não convidei nenhum novato ou vampiro vermelho para entrar!

– Ah, não! – Stevie Rae gritou quando ela, Shaylin e Stark foram levantados do chão e arremessados contra as portas fechadas do elevador com tanta força que Shaylin berrou. Ela e Stevie Rae derrubaram as suas velas. O círculo estava rompido.

– Zoey! – Stark exclamou, soando como se ele estivesse em agonia enquanto o seu corpo continuava se chocando contra as portas de metal fechadas do elevador.

– Faça isso parar! – Shaylin implorou.

Eu entendi o que tinha acontecido. Regras diferentes se aplicavam aos vampiros vermelhos. O sol os queimava. Eles conseguiam controlar a mente dos humanos. E eles não podiam entrar em uma casa sem serem convidados.

Aphrodite conhecia muito bem essas regras. Ela correu até o elevador e apertou o botão. Quando as portas se abriram, os três foram jogados para dentro. Stark se levantou primeiro.

– Traga o meu arco para mim! – ele gritou para Rephaim.

– Não. Eu prefiro que você fique sem o seu arco – Neferet disse. Ela mexeu a mão e algo escuro e pegajoso derrubou Rephaim. – Mas eu quero que vocês três assistam – ela estalou os dedos e gavinhas parecidas com teias de aranha se formaram em volta das portas do elevador, mantendo-as abertas. Então ela se voltou para mim. – Que ótimo que você veio se juntar à sua avó. Vamos nos divertir, não? Receptáculo, mate a velha!

A ordem de Neferet foi como um chicote sobre a besta. Ele rugiu e se debateu contra a prisão dos elementos.

E os elementos começaram a ceder.

Eu soltei a minha vela e levantei as mãos. Damien pegou a minha mão direita. Shaunee agarrou a minha mão esquerda.

– Espírito, segure-o! – eu berrei.

– Ar, bata nele! – Damien gritou.

– Fogo, acabe com ele! – Shaunee acrescentou.

A bolha de energia em volta da besta pulsou e por um momento achei que ela fosse aguentar. Então Neferet falou de novo.

"Meus filhos que estão aí dentro, feitos das divinas Trevas,

Venham para a superfície e consumem a minha vingança!"

A pele da besta estremeceu e se contraiu e, enquanto ela rugia, criaturas negras e medonhas foram cuspidas da sua boca. Elas se chocaram contra a bolha de poder elemental. Eu senti uma exaustão, como se eu tivesse recebido um soco no estômago. Shaunee gritou. Escutei Damien ofegar de dor. Os dois ainda estavam agarrando as minhas mãos.

– Espírito, continue firme!

– Ar, mantenha o controle!

– Fogo, aguente aí!

Nós três tentamos, mas eu sabia que estávamos perdidos. As criaturas de Trevas eram muitas. Elas eram poderosas demais. Um círculo quebrado não conseguiria detê-las.

– Zoey! Vá embora! – Vovó estava encolhida no chão diante da teia de Trevas que havia impedido a sua fuga para a varanda. Eu podia ver Kalona do outro lado, combatendo as Trevas furiosamente. Ele estava arrancando, cortando e ferindo as gavinhas. Ele estava avançando, mas eu sabia que não rápido o bastante.

– Vovó, venha para cá!

– Eu não consigo, *u-we-tsi-a-ge-ya*. Estou muito fraca.

– Tente! Você tem que tentar! – Stevie Rae gritou do elevador.

Vovó começou a se arrastar na nossa direção.

Neferet deu uma gargalhada.

– Isto é tão divertido! Nunca imaginei que eu iria acabar com todos vocês de uma só vez. Vou até me livrar de Kalona. O Conselho Supremo vai ficar furioso quando souber que ele ficou louco e me atacou e que, quando vocês vieram tentar me salvar, ele matou todos vocês – ela estava sentada no grande sofá arredondado, com as pernas cruzadas e com a mão no joelho, de um modo bem afetado. O seu longo vestido negro cobria os seus pés, mas havia algo errado. Neferet não estava se movendo, mas o tecido do seu vestido não parava quieto. Eu estremeci. Era como se ela estivesse coberta de insetos.

– Ninguém vai acreditar nisso. Thanatos está aqui. Ela é nossa testemunha – eu afirmei.

– Vai ser tão triste contar que Kalona atacou a sua Grande Sacerdotisa antes de mim – ela disse.

– Você não vai escapar assim! – eu berrei para ela.

Ela riu de novo e fez um gesto com o dedo, chamando as criaturas que haviam saído do corpo da besta. Elas pressionaram a bolha com uma energia renovada.

Shaunee cambaleou e a mão dela escapou da minha. O poder elemental que continha a besta diminuiu.

– Sinto muito, Zoey. Eu não consigo mais – Damien soltou a minha mão e caiu de joelhos, passando mal.

A bolha estremeceu.

Senti um puxão violento dentro de mim e soube que logo eu iria perder o espírito também e que a besta ficaria livre.

– Cresça, Zoey. Desta vez você não vai salvar o dia – Neferet falou.

Stark estava gritando atrás de mim. Darius e Rephaim estavam lado a lado na frente do elevador aberto, combatendo os filamentos de Trevas que continuavam tentando entrar.

Mas tudo aquilo pareceu muito distante para mim, pois as últimas palavras de Neferet ficaram ecoando dentro da minha mente sem parar. *Eu salvo o dia... eu salvo o dia... eu salvo o dia...*

Então eu me lembrei. *Não é um poema! É um feitiço!*

Senti o espírito sair de mim com um solavanco e dei um passo para a frente. Peguei o pedaço de papel roxo dobrado no bolso da minha calça jeans, e a minha pedra da vidência se inflamou com o calor.

Eu não tinha tempo para me questionar. Eu só tinha tempo para agir. Puxei a corrente que prendia a pedra em volta do meu pescoço e a segurei diante de mim como um escudo. Então, com uma voz amplificada pela dor e pelo poder, eu recitei:

"Espelho ancestral
Espelho mágico
Tons de cinza
Escondido
Proibido
Dentro, fora
Rompa a névoa
Toque de magia
Invoque as fadas
Revele o passado
O feitiço está feito
Eu salvo o dia!"

Olhei através da pedra da vidência e o mundo se transformou completamente. Eu não estava mais segurando uma pedra com a forma de uma pastilha Life Savers. Diante de mim, ela se expandiu e ficou com uma superfície redonda e brilhante. Eu não entendi o que era aquilo até que vi o reflexo da sala reluzindo sombriamente em sua superfície.

– Você acha que pode me combater com um espelho? – Neferet perguntou.

Eu não hesitei. Eu já sabia a resposta.

– Sim – eu disse com firmeza. – É exatamente isso o que eu vou fazer – segurando o espelho com as duas mãos, eu o virei para que ele capturasse a imagem de Neferet.

Ela havia se levantado do sofá. O espelho pegou o reflexo enquanto ela deslizava na minha direção. Ela estava rindo cruelmente e olhando com desprezo para o espelho quando toda a sua linguagem corporal mudou. Neferet começou a balançar a cabeça de um lado para o outro. Sua boca se abriu e ela gemeu, encolhendo-se para trás, como se estivesse se protegendo de um golpe invisível. Surpresa com a mudança de postura dela, estiquei o pescoço e olhei para o reflexo.

No espelho, havia a imagem de uma Neferet que eu não conhecia. Ela era jovem, parecia ter mais ou menos a minha idade. Ela também era bonita, extremamente bonita, apesar de o seu longo vestido verde estar rasgado, deixando claro que alguém havia batido nela. Muito. O rosto dela estava perfeito, não tinha sido tocado. Mas parecia que haviam marcas de mordidas no seu peito. Os pulsos dela estavam inchados e com hematomas escuros. Mas o mais horrível de tudo era o sangue que cobria a parte interna das suas coxas e escorria pelas suas pernas.

– Não! De novo não! Não quero ver isso nunca mais! – Neferet cobriu o rosto com as mãos, soluçando de desespero. Enquanto a Tsi Sgili chorava arrasada, as gavinhas de Trevas começaram a se dissolver.

– Espírito! – eu chamei o meu elemento, o único que ainda continha a besta em um círculo de poder cada vez mais fraco. – Solte-o – então eu andei para a frente, mantendo o espelho apontado para Neferet. – Aurox! – o meu grito fez a besta desviar os olhos do lugar em que a Vovó havia caído e olhar para mim. – As Trevas não controlam você. Volte para nós. Você consegue! – eu disse. Ele balançou a sua cabeça disforme. Continuei andando na direção dele. Ele começou a me rodear. Continuei olhando nos seus olhos cor de lua. – Espírito! Não o prenda, ajude-o!

Senti quando o elemento entrou na besta. Ele cambaleou, caiu de joelhos e rugiu.

– Lute! Você é mais do que uma criatura feita de Trevas! – atirei as palavras nele.

Ele levantou a cabeça e senti uma onda de esperança. A sua pele estava tremendo e se contraindo. Ele estava se transformando!

– Zoey, cuidado! – Stark gritou.

Desviei os olhos de Aurox a tempo de ver Neferet se aproximando de mim. Ela ainda estava olhando fixamente para o espelho. Lágrimas de sangue escorriam dos seus olhos. Ela havia cortado a sua própria carne com as suas mãos feito garras. Ela levantou aquelas mãos ensopadas de sangue e mortais.

– Sua vaquinha! Não vou deixar que você traga tudo isso de volta para mim! Maldita seja Nyx! Eu mesma vou matá-la! – Neferet correu na minha direção.

Aurox a atingiu violentamente. Ele ainda era uma besta, e a ponta branca e comprida de um chifre espetou Neferet bem no meio do peito. A força do impulso levou ambos para a frente, e eles atravessaram juntos o resto da teia que Kalona estava combatendo. O imortal alado se desviou quando aquele ser metade besta metade garoto passou pela varanda carregando Neferet, que gritava e se debatia. Levou menos do que um piscar de olhos até os dois chegarem à borda da varanda. O poder sobrenatural do corpo da besta despedaçou o parapeito de pedra e os dois despencaram da cobertura.

25

ZOEY

Soltei o espelho e corri para a varanda.

– Kalona! Salve Aurox! – o imortal já estava a caminho antes de eu terminar de falar.

Com as asas abertas, ele saltou sobre o parapeito quebrado e desapareceu. Corri atrás dele, parando na beirada da varanda. Olhando para baixo, vi Kalona agarrar o tornozelo de Aurox apenas uns instantes antes de o garoto, que já estava completamente humano de novo, bater no chão.

Neferet não teve tanta sorte. Eu pude vê-la. Ela tinha batido em uma ponta do edifício e havia caído girando, aterrissando no meio da Fifth Street. Daquela altura, ela parecia uma boneca quebrada. O seu pescoço estava torcido. Os seus braços e pernas estavam todos virados para o lado errado. A cabeça dela era uma poça escura de sangue.

Thanatos se juntou a mim, colocando um braço forte em volta do meu ombro, como se ela estivesse com medo de eu cair atrás de Neferet. Então de repente todo mundo estava ali ao meu lado. Stark me pegou dos braços de Thanatos e me segurou, enquanto eu tremia e continuava a olhar para baixo, na direção do corpo de Neferet. Kalona pousou na varanda com Aurox. Aphrodite estava ajudando Vovó a se apoiar. Ela deslizou a sua mão para dentro da minha.

– Minha *u-we-tsi-a-ge-ya*, pare de olhar para essa cena terrível – ela disse.

Mesmo assim eu não desviei os olhos. Então eu vi quando o corpo de Neferet começou a sofrer convulsões. Eu assisti a tudo. Seus braços e pernas se agitaram.

O seu cabelo se levantou. Suas costas se arquearam. E então a Tsi Sgili pareceu se dissolver. De dentro das dobras das suas roupas ensopadas de sangue, milhares de aranhas negras explodiram, correndo para a sarjeta e desaparecendo na escuridão.

Só então eu desviei o meu olhar e encarei Thanatos.

– Ela não está morta.

A Grande Sacerdotisa da Morte me respondeu, apesar de eu não ter formulado minha frase como uma pergunta.

– Eu não sei – Thanatos parecia pálida e abalada. – Eu nunca vi nem nunca imaginei algo como o que acabamos de testemunhar.

Eu me senti muito calma por dentro. Eu não estava cansada. Eu não estava chorando. Eu não estava irritada. Eu estava apenas calma, muito calma.

– Acho que é melhor nos prepararmos. O meu instinto me diz que Neferet vai vir atrás de nós novamente – eu afirmei.

– Sim, Sacerdotisa. Eu concordo – Thanatos disse.

Coloquei o meu braço em volta da cintura de Vovó, deixando ela se recostar em mim.

– Você precisa ir para o hospital – eu falei gentilmente para ela.

– Não, minha *u-we-tsi-a-ge-ya*. Eu só preciso ir para casa.

Olhei dentro dos seus olhos bondosos.

– Eu entendo completamente, Vovó. Stark e eu vamos levar você para casa.

– Primeiro você precisa fazer uma coisa – Stark disse.

– Ela pode te beijar e dizer que te ama mais tarde. Vamos sair daqui. Aquela coisa das aranhas foi a cereja nesta merda de bolo que foi esta noite. Preciso de um banho e de um Xanax – Aphrodite opinou.

Eu não disse nada. Eu estava sentindo uma energia estranha em Stark.

– Espere aqui. Todo mundo precisa ver isto – ele apertou minha mão e então entrou na cobertura. Um segundo depois ele voltou, trazendo a minha pedra da vidência em sua corrente quebrada.

Ela estava com a forma de uma pastilha Life Savers de novo e parecia não ter sofrido nenhum dano. Eu já imaginava o que ele queria, então quando ele a entregou para mim, eu a segurei cuidadosamente, como se ela fosse uma bomba explosiva (e era). Eu já estava guardando a pedra dentro do bolso da minha calça jeans quando Stark me deteve.

– Não, não guarde a pedra. Levante-a. Aponte-a para Aurox. Recite o feitiço de novo.

– Ahn? – de repente, eu não soava mais tão madura, centrada e brilhante.

– Para mim? – Aurox falou e todo mundo se virou para olhá-lo. Bem, o garoto estava péssimo. As roupas dele estavam todas rasgadas e o seu rosto e as suas mãos estavam machucados e ensanguentados. – Por que para mim?

– Porque quando você espetou Neferet eu vi o seu reflexo naquele espelho mágico. Todo mundo tem que ver o que eu vi – Stark afirmou. – Faça o feitiço de novo, Zoey.

– Eu nem sei se vai funcionar de novo. É aquela coisa de magia antiga. É estranho e totalmente imprevisível – eu argumentei.

– Recite o feitiço, *u-we-tsi-a-ge-ya* – Vovó pediu.

– Eu não tenho...

Stark me entregou o papel roxo amassado.

– Sim, você tem.

– Bem, ok então – levantei a pedra da vidência e a apontei para Aurox. Mesmo antes de eu começar a ler o papel, comecei a sentir o calor que se irradiava dele.

"Espelho ancestral
Espelho mágico
Tons de cinza
Escondido
Proibido
Dentro, fora
Rompa a névoa
Toque de magia
Invoque as fadas
Revele o passado
O feitiço está feito
Eu salvo o dia!"

A minha voz não soou tão poderosa como da primeira vez, mas as palavras saíram fortes e claras e, no final do feitiço, a pedra da vidência se transformou de novo, expandindo-se e virando um círculo refletor apontado direto para Aurox.

– Que merda. É verdade – Aphrodite comentou. – Essa é a coisa mais estranha que eu já vi, e olha que eu já vi muita coisa estranha por aí.

Vovó foi mancando até Aurox. Ela tocou o rosto dele. Ele estava olhando para o espelho com lágrimas nos olhos. Então ele olhou para ela.

– Eu sabia que estava certa em acreditar em você, *tsu-ka-nv-s-di-na* – Vovó disse a ele. – Obrigada por me salvar, meu filho – ela se inclinou para a frente e deu um beijo doce, como um beijo de mãe, na bochecha dele.

– Você precisa olhar no espelho, Z. – Stark afirmou.

– Não, eu não preciso – eu me sentia estranhamente entorpecida. – Eu sei muito bem como Heath é.

Aurox estava olhando de novo para o espelho.

– Então esse aí é Heath?

– Sim – Stark respondeu com um suspiro. – Esse é Heath. O que significa que de algum modo você é meu amigo.

Aurox ainda estava olhando para o seu reflexo quando a expressão dele mudou. Ele sorriu e disse:

– Bom te ver de novo.

Alguma coisa na voz dele me fez estremecer.

Então Aurox olhou dentro dos meus olhos.

– E você? – ele me perguntou. – O que Heath era para você?

Um monte de respostas passou rapidamente pela minha mente: *ele era um problema... um pé no saco... meu amante... meu Consorte... meu chão... meu eterno namorado.*

– Heath era a minha humanidade – foi o que saiu da minha boca. – E agora parece que ele se tornou a sua humanidade.

Soltei o espelho. Antes que ele caísse no chão e quebrasse, ele fez um pequeno barulho e virou a pedra da vidência de novo. Desta vez eu a enfiei mesmo no bolso.

Vovó se aproximou de mim e eu coloquei o meu braço em volta da cintura dela novamente. Stark pegou a minha mão, levantou-a e beijou a minha palma.

– Não se preocupe – ele falou baixinho. – Não importa o que aconteça, a gente tem amor. Sempre o amor.

FIM

Por enquanto...

FONTE: Alegreya
IMPRESSÃO: Sermograf

#Novo Século nas redes sociais

novo século®
www.gruponovoseculo.com.br